Gil Ribeiro

Lautlose Feinde

Lost in Fuseta

Gil Ribeiro
Lautlose Feinde
Lost in Fuseta
Ein Portugal-Krimi

Kiepenheuer
& Witsch

FSC www.fsc.org
MIX
Papier | Fördert gute Waldnutzung
FSC® C083411

1. Auflage 2025

Covergestaltung Rudolf Linn, Köln
Covermotiv © privat
Karte Oliver Wetterauer
Gesetzt aus der Berkeley
Satz Buch-Werkstatt GmbH, Bad Aibling
Druck und Bindung CPI books GmbH, Leck
ISBN 978-3-462-00687-2

Kontaktadresse nach EU-Produktsicherheitsverordnung:
produktsicherheit@kiwi-verlag.de

Die größte Kunst ist es, den Feind
ohne Schlacht zu unterwerfen.

SUN TZU, DIE KUNST DES KRIEGES

A good hockey player plays where the puck is.
A great hockey player plays where the puck
is going to be.

WAYNE GRETZKY

Personen

Da in diesem Buch nicht jeder ist, wer er vorgibt zu sein, und manche unter einem oder gleich mehreren falschen Namen aktiv sind, erfolgt hier eine alphabetische Aufzählung der wichtigsten Nebenfiguren, die in diesem siebten Fall eine Rolle spielen:

Raica Afonso	Taschendiebin
André Bento	Zöllner und Mordopfer
Clara Bento	seine Tochter
Gabriel Bento	sein Schwiegersohn
Maria Bento	seine Enkelin
Victoria Coen	arbeitet für einen Nachrichtendienst
Jack Davis	kanadischer Geschäftsmann
José Fidalgo	GNR-Beamter aus São Brás de Alportel
Victor Fjodorow	das »Chamäleon«
Kolja Orlow	der »Sandmann«
Michael Learner	US-amerikanischer Oberst
Diogo Lima	Ex-Agent des portugiesischen Geheimdienstes
Vanessa Novo	Mordopfer in Lissabon

Mascha Karpenko	Fjodorows Assistentin
Raphael Romão	portugiesischer Geschäftsmann
Thierry Roux	französischer Geschäftsmann
Gloria Santos	Direktorin für Disziplinarmaßnahmen im Innenministerium
Matilda Vaz	Haushälterin von André Bento
Adriana Ventura	portugiesische Investigativjournalistin
Sienna White	leitet ein spezielles Reisebüro
Ewa Zorin	Orlows Assistentin

1.

Sie hatten sich in Strahan, Tasmanien, getroffen, in Tel Aviv und in Luxemburg. In Kihei auf Maui, in Salamanca und in Hamburg. Dieses Mal also in der Upper East Side in Manhattan. Wo der Septemberwind in Form einer warmen Brise durch die Straßen strich und die Kronen der wenigen Bäume in ein sanftes Rauschen versetzte, weil er bereits von den Ausläufern eines heranziehenden Gewitters vertrieben wurde. Eine Vorahnung des Herbstes erreichte New York City.

Sienna White wusste, er kam nicht gern hierher, obwohl er nur 800 Kilometer entfernt in Toronto in Kanada lebte. *Die besseren USA*, wie einige unkten. Aber gemessen an den Weiten Nordamerikas nur einen Katzensprung vom *Pappardella* entfernt, einem kleinen Restaurant Ecke Columbus Avenue und West 75th Street in der Upper East. Ein steinerner Schwarz-weiß-Boden und Fotografien aus Italien an den Wänden, die langsam vergilbten. Zusammen mit den weißen Tischdecken und der mit Holz verkleideten Decke vermischten sie sich zu jener Erinnerung, die jeder, der noch nie in Italien gewesen war, an das Land zu haben glaubte.

Auf der tiefroten Markise draußen prangte in verwaschenem Weiß der Schriftzug *Cucina tipica Italiana*. Was von den meisten Passanten als Verheißung und einigen wenigen als Warnung aufgefasst wurde.

Im Innenraum untermalte Andrea Bocellis *Con te partirò* diese Illusion und die abgewetzten Sitzflächen der Barhocker komplettierten den legeren Eindruck, sich im *Pappardella* in einer Art erweitertem Wohnzimmer zu befinden. Bei Freunden.

Auf all das blickte Sienna White, die sich an ihrem Tisch für den Platz auf der Bank entschieden hatte. Mit dem Rücken zu den Fotos aus Rom und Neapel. Und mit einem Exemplar der *New York Times,* das sie neben ihrer Handtasche abgelegt hatte.

Sienna White würde nächstes Jahr 45 werden. Sie war brünett, groß und dünn. Sie trug flache Schuhe und wenig Schminke, eine weiße Baumwollhose und eine olivefarbene Bluse, die ihren mediterranen Teint unterstrich. Dabei mied sie, wenn möglich, die Sonne.

Aber angeblich hatte irgendeine Urgroßmutter in ihrem weitverzweigten Stammbaum am Mittelmeer gelebt und diesen Hautton in feinen Schattierungen an ihre Nachfahren weitergegeben.

Jack Davis betrat das Lokal und bekam den Tisch neben ihr zugewiesen, was kein Zufall war, denn er hatte ihn reserviert. Er war knapp ebenso groß wie sie, Bauchansatz und kleine Hände, die frei von Schwielen oder anderen Hinweisen auf körperliche Arbeit waren.

Die Schläfen grau, die Geheimratsecken tief, ein Allerweltsgesicht mit einem wachen, aber wässrigen Blick. Es gab nichts an seiner Erscheinung, an seiner Art zu sprechen, sich zu bewegen oder auch nur zu atmen, was einen aufmerken ließ. Davis war niemand, an den man sich später erinnern würde. Ein Grad von Unscheinbarkeit, der an Unsichtbarkeit grenzte.

Auch seine Stimme, mit der er bei dem beleibten Kellner die Bestellung aufgab, hatte nichts Markantes an sich.

Alles an ihm lud dazu ein, ihn zu vergessen. Er war – Zufall oder Absicht – der perfekte Niemand.

Davis hatte sie zwar mit einem Lächeln und einem angedeuteten Nicken begrüßt, bevor er am Nebentisch Platz genommen hatte – wie man das als ein höflicher Mensch eben tat –, sie seitdem aber mit keinem Blick bedacht.

Er trug Slipper und eine hellgraue Sommerhose, dazu ein blaues Shirt und ein helles Leinenjackett.

Seine Kleidung wechselte über die Jahre und Orte. Keine Hose, kein Hemd, keine Jacke, die Sienna je ein zweites Mal gesehen hätte.

Manchmal ruhte eine Brille auf seinem Nasenrücken. Heute nicht.

Das Auffallendste an Jack Davis war eine Narbe, eine Art Schmiss am linken Auge, der ein paar Lachfältchen vertikal durchtrennte. Eine längst verheilte Verletzung, wie Sienna White vermutete.

Analog zu seiner Kleidung war er auch kulinarisch schwer zu fassen. Aus den bisherigen Treffen hatte sie abgeleitet, Davis sei kein Freund von Fisch, um jetzt zu hören, wie er neben einem Wasser und einem leichten Weißwein die *Ravioli di Astice* bestellte – mit Hummer gefüllte Ravioli.

Er war, wurde ihr bewusst, nicht zu greifen. Buchstäblich nichts an ihm wiederholte sich, alles war einer ständigen Veränderung unterworfen.

Als passte er sich mit traumwandlerischer Präzision an die jeweilige Situation an. Wie ein Chamäleon.

Auch diese Traurigkeit, die heute in seinen Gesten lag, in seinem Blick, der abhandengekommenen Leichtigkeit seiner Bewegungen. Ganz dezent hatte sie von seinem Wesen Besitz ergriffen. Im Blick, in den Augenbrauen, in der Art, wie er die Speisekarte angefasst hatte. Sienna hätte es nicht konkret an etwas festmachen können, aber sie spürte seine Schwermut. Eine jener hilflosen Art, die etwas Unbezwingbarem galt, der Schlechtigkeit der Welt etwa, obwohl Sienna sich sicher war, dass Davis' Traurigkeit nicht ihr galt. »Entschuldigen Sie, wenn ich Sie störe«, sagte er, »aber sind Sie von hier? Sind Sie New Yorkerin?«

Kontaktaufnahme.

Sienna schenkte ihm ein freundliches Lächeln: »Ja. Kann ich Ihnen helfen?«

»Ich hoffe. Ich möchte die Frick Collection besuchen.«

»Das ist gar nicht weit von hier. Genauer gesagt: Ecke 70th Street und Fifth Avenue.«

»Denken Sie, es lohnt sich?«

Ist Ihnen jemand gefolgt?

»Ja«, antwortete Sienna White und unterstrich ihre Worte mit einem Nicken, »ich bin überzeugt, es ist einen Besuch wert.«

Nein, mir ist niemand gefolgt.

Sie bestellte beim Kellner einen Espresso und die Rechnung. Beim Griff nach ihrer Handtasche schob sie die Ausgabe der *New York Times* beiläufig ein Stück von sich weg und in seine Richtung.

Der Kellner kam zurück und legte ihr den ausgedruckten Beleg auf den Tisch: »42,50.«

Sienna gab ihm 50 Dollar: »Stimmt so.«

»Danke.«

Keine Karte. Keine digitalen Spuren.

Davis' Anweisung. Von Anfang an. Strikt.

Keine Spur im Netz. Nirgends. Nie.

Deswegen oldschool: via Zeitung.

Der Kellner wandte ihnen den Rücken und sich einem anderen Gast zu.

Sienna stand daraufhin ohne Hast auf und Davis registrierte, wie sie mit ihrem Körper dabei die mögliche Blickachse des Kellners oder anderer Gäste auf ihre *New York Times* geschickt versperrte, die Davis nun an sich nahm.

»Die Collection hat noch zwei Stunden geöffnet. Aber wenn Sie es nicht schaffen: Sie öffnet morgen wieder um neun Uhr.«

»Vielen Dank, aber ich versuche es heute noch, ich fürchte, es kommt bald schwerer Sturm auf.«

Es wird einen Krieg geben.

Sie wollte nicht, aber Sienna schluckte leer. Das Lächeln durchzuhalten, fiel ihr schwer und so wurde es erst angestrengt und dann hölzern. Sie schaute ihm in die grauen Augen, um herauszufinden, ob sie sich verhört hatte. Hatte sie nicht: Davis deutete ein Nicken an und seine Miene war ernst.

Sofort stürzten die Fragen auf sie ein: Wann? Wer? Wo? Warum?

Aber natürlich durfte ihr keine davon über die Lippen kommen.

»Vielleicht kommt der Sturm ja auch nicht«, fügte Davis hinzu, doch Sienna erkannte, dass er mit diesen Worten lediglich seine schützende Hand über sie legte, um sie nicht zu beunruhigen. Wie nach Timothys Tod.

Der irgendwelchen Regierungsstellen in Washington auf einer seiner Geschäftsreisen in den Nahen Osten einen Gefallen erwiesen hatte. Welchen, darüber hatte er sich ausgeschwiegen. Seine Leiche wurde drei Tage später am Wüstenrand gefunden. Eine Frau erschien bei ihr zu Hause, die wie die beiden Brüder hieß, die den Film »Fargo« gemacht hatten, Coen. Sie überbrachte ihr behutsam und mitfühlend die Nachricht von Timothys Tod. Und berichtete ihr von einem tragischen Unfall mit Fahrerflucht.

Da trat Jack Davis in ihr Leben. Mit einem Foto von Timothy, das die Erzählung von einem Unfall als Lüge entlarvte. Coen hatte sie belogen. Und Davis arbeitete als Journalist und Kriegsreporter für investigative Plattfomen, Wikileaks, Bellingcat und andere: »Timothy wird nicht wiederauferstehen. Er ist tot. Aber wenn Sie in seinem Sinne handeln wollen, sein Andenken bewahren wollen, dann geben Sie mir die richtigen Informationen.«

Mit tränenverschleiertem Blick hatte sie die Augen von dem Foto gelöst und auf ihn gerichtet: »Ich will denen schaden, die dafür verantwortlich sind.« Er hatte genickt und ihre Hand ergriffen, sanft. »Miss White … Sienna …, nichts wird Timothy lebendig machen.« »Ich weiß«, hatte sie geschnieft. Es folgte

ein langer, stummer Blick. »Was brauchen Sie, Mister Davis?«
»Wann wer wohin reist, unter welchem Namen und wie lange.«

Und jetzt saßen sie hier im *Pappardella* und es stand ein Krieg im Raum. Sie wusste, es war gegen alle Absprachen, gegen seine Regeln, aber sie *musste* es wissen.

»Sehen wir uns wieder?«, flüsterte sie.

Da er nicht antwortete, schaute sie auf.

»Hoffentlich nach dem Sturm«, gab er zurück und sein Blick war frei von Zorn oder Vorwurf. Ganz im Gegenteil: Er war warm. Wie eine sanfte Berührung, die sie fühlte, obwohl sie ausblieb.

Nachdem Sienna White das *Pappardella* verlassen hatte und Jack Davis noch auf die Ravioli wartete, blätterte er in der Ausgabe der *New York Times*, die Sienna White absichtlich liegen gelassen hatte. Auf Seite elf fand er eine handschriftliche Notiz. Für die Zielperson, einen Oberst Michael Learner, waren fünf Hotels in Portugal für den identischen Zeitraum gebucht worden. Alle, das wusste Davis, würden bezahlt werden. Aber Sienna wusste, in welchem er tatsächlich einchecken würde: dem Da Gama in Olhão. Die Zimmer in den anderen vier Hotels würden leer bleiben.

Das war die entscheidende Information.

Davis, der seine Merkfähigkeit über die Jahre trainiert und gesteigert hatte, sog jedes Detail auf, bevor er mit der Notiz in der Hosentasche die Toiletten aufsuchte und sie dort säuberlich zerrissen davonspülte.

Für den Fall, dass man ihn beim Verlassen des Lokals verhaften würde. Was nicht geschah.

Da Gama in Olhão. 20.–24.09.

Dort würde es stattfinden. Der Coup. Die Rettung. Seine Mission. Alles.

TAG EINS

2.

Der 24. September 2021 begann wie die Tage zuvor: Die Sterne waren verblichen, die Kühle der Nacht – 22 °C – schwand und ein paar Wölkchen zogen weiter nach Osten, Richtung Spanien. Sie schwebten einem Horizont entgegen, den die aufgehende Sonne bereits in Brand setzte.

Im Laufe des Tages würde wieder ein Azurblau den Himmel beherrschen, das es nur hier gab.

Um 4:47 Uhr meldete sich *Desgraçado* zu Wort, der Hahn in ein, zwei Kilometer Entfernung.

Desgraçado hatte eine kräftige Stimme, als Mensch hätte es zum Opernsänger gereicht. Der Wind, der vom Atlantik über die Ria Formosa strich, ein riesiges Naturschutzgebiet aus vorgelagerten Inseln an der Algarve, trug seine Stimme weiter hinein in den Ort.

So kam es, dass ihm kurz darauf im nördlichen Teil Fusetas ein zweiter Hahn nacheiferte, *O Segundo*, der immer vergaß, als Erster zu krähen. Ab 4:51 Uhr ertönte in der Folge ein vielstimmiges Krähen bis hoch nach Moncarapacho im Norden und bis nach Olhão, dem geschichtsträchtigen Fischerort im Westen mit den kubischen Bauten, der deshalb den Beinamen *Würfelstadt* trug.

Als der Weckruf der vielen Hähne gegen 4:56 Uhr abebbte, meldete sich im Nachbarort Arroteia, kaum größer als eine Siedlung, der erste Hund zu Wort. Sein Gebell wurde erwidert, erst ein-, dann vier-, dann achtfach. Das Kläffen der Vierbeiner pflanzte sich fort wie eine schnelle Flut, verzweigte sich, nahm Abkürzungen, konzentrierte sich an einer Stelle, schwappte weiter, unterlief einer Teilung und wurde dann nach einer Weile – genauer gesagt nach acht Minuten – wieder schwächer, um nach und nach zu versickern. Um 5:04 Uhr gab es noch ein letztes Knurren von Edma, einer korpulenten Bernhardinerhündin, die wie immer das letzte Wort hatte.

Bei geschlossener Terrassentür wäre das alles kaum ins Schlafzimmer des *Canto das Baleias* gedrungen, dem neuen Zuhause von Soraia und Leander am westlichen Rand von Fuseta, einem kleinen Fischerdorf, das sich in vielerlei Hinsicht noch im Dornröschenschlaf befand.

Im Gegensatz zu Soraia, die wegen des frühmorgendlichen Konzerts seufzte und sich in der wenig aussichtsreichen Hoffnung auf die andere Seite drehte, um in dieser Position vielleicht schneller zurück in den Schlaf zu finden. Leander, der auf dem Rücken neben ihr lag und die Augen geschlossen hatte, lächelte leicht.

All das – erst die Hähne, dann die Hunde – ereignete sich hier morgens in verlässlicher Regelmäßigkeit. Genau das liebte Leander Lost und ließ ihn zufrieden lächeln. Er schätzte diese Verlässlichkeit von Abläufen und festen Routinen, die dem Alltag Ordnung verliehen. Und ihm Halt und Orientierung boten.

Leander Lost war imstande, eine hohe Flexibilität an den Tag zu legen, wenn es die Situation erforderte. Er war Sub-Inspetor der portugiesischen Kriminalpolizei, der *Polícia Judiciária* mit Sitz in Faro an der Algarve, und in seiner Dienstzeit war er des Öfteren mit Situationen konfrontiert, die sich nicht vorab planen oder vorhersehen ließen.

Bisher hatte er die Mehrzahl davon meistern können, aber es kostete ihn enorm viel Konzentration und Anstrengung, ein stiller Kraftakt, der von der Außenwelt in der Regel unbemerkt blieb.

Jetzt, als er einen warmen, feuchten Kuss auf seiner nackten Schulter spürte, öffnete er die Augen und blickte zur Seite – Soraia, die nicht schlafen konnte und sich an ihn schmiegte. Ihre Haut roch nach Paprika. Und als sie ihn verschlafen anlächelte, bildeten sich Grübchen in ihrem Gesicht.

Sein Faible für Grübchen würde Leander Lost zeit seines Lebens ein Rätsel bleiben. Irrational, nicht nachvollziehbar, evolutionär ohne jede Bedeutung. Und gerade deshalb so faszinierend. Magie vielleicht, auch wenn das ein Begriff war, der sich in Losts von Ratio und Logik geprägter Weltsicht nicht in in dessen aktivem Wortschatz befand.

In Soraias dagegen schon. Sie fühlte sich unfähig, die Anziehungskraft, die Lost auf sie ausübte, in Worte zu fassen, geschweige denn zu begründen. Obwohl sie als Kindergartnerin eigentlich genug Routine und Behutsamkeit mitbrachte, um den Kindern die Welt altersgerecht zu erklären. Und damit auch all das, was auf die Kleinen wie ein Wunder oder ein Mysterium wirken musste: Warum schweben Schneeflocken? Wie weinen Delfine?

Manche Erklärungen rauben den Dingen ihren Zauber, hatte ihre Mutter ihr gesagt, als sie noch klein war.

Und genau das beherzigte sie jetzt und küsste Leander erneut. Dieses Mal auf den Hals.

Wortlos nahmen sie sich in die Arme und genossen die Berührung und den vertrauten Geruch des jeweils anderen.

Um 5:20 Uhr, wusste Leander, würden die Flüge von Faro aus starten.

Die Abflug- und Einflugschneise verlief unter anderem über Fuseta und Moncarapacho.

5:20 Uhr: Abflug Easyjet 2409 nach Genf. 5:45 Uhr: Abflug Ryanair 2306 nach Dublin. 6:05 Uhr: Ankunft Eurowings 1208 aus London. 6:10 Uhr: Ankunft Ryanair 1908 aus Birmingham. 6:30 Uhr: Abflug Vueling 0412 nach Barcelona. Und so weiter.

Leander hatte jede Uhrzeit, Fluggesellschaft und jeden Abflug- oder Zielflughafen in seinem Gedächtnis hinterlegt. Der Tag nahm die bekannten Konturen an, was ihn entspannte.

Soraia umarmte ihn nun fester, ihr Mund fand seinen.

Und ja: Bei dem langsamen, zärtlichen Kuss durchflutete ihn dabei noch immer das Gefühl wie bei der allerersten Berührung ihrer Lippen: Als spritzte ihm jemand Kontrastmittel, das Leander wie eine warme Welle durchströmte, die an Zehen und Fingerkuppen zurückgeworfen wurde und angenehm von innen über die Schädeldecke strich.

Schön!

Um 7:49 Uhr wurde Maria Bento entführt.

3.

Ameisen sind die besten Lehrmeister in puncto Gründlichkeit.

Matildas Großvater hatte es ihr immer wieder gesagt. Sie erinnerte sich dabei an die Brille mit den runden Gläsern, die seine Augen so unnatürlich vergrößerten, weshalb sie als Kind vor Faszination den Blick kaum von ihm lösen konnte.

Oft saß er auf einem alten Plastikstuhl im Schatten der überdachten Veranda und löste Kreuzworträtsel und döste danach oder andersherum. So oder so war Punkt sechs Uhr am Abend ein Gläschen Portwein fällig. Das lockerte die Zunge und durchblutete die Wangen. Mit zunehmendem Alter begann er dann umso mehr von früher zu erzählen, desto weniger es im Jetzt zu berichten gab.

Ließ sie den Krümel eines Kekses oder einer Scheibe Brot fallen, stieß alsbald ein Ameisenspäher darauf. Und in Windeseile verbreitete sich die freudige Nachricht unter seinen Artgenossen und es entstand jenes hektisch anmutende Gewusel Dutzender, dann Hunderter und schließlich Tausender Ameisen, die diesen Fund rasend schnell abtransportierten. Das galt auch für ganze Brotlaibe, Hähnchenschenkel, Eis und dergleichen.

»Olhe«, sagte ihr Großvater dann und deutete mit seinem dürren, von Arthrose geplagten Zeigefinger auf das schwärzliche Band, das sich in sanften Linien über den Boden oder die Anrichte in der Küche schlängelte.

Olhe – schau.

Etwas stimmte nicht, meinte Matilda Vaz zu spüren, als sie mit dem von der Sonne ausgeblichenen Kleinwagen die schmale Auffahrt zur Quinta von Senhor André Bento hinauffuhr.

Das Haus, auf einer Seite von einer Gruppe hoher Pinien umgeben, lag auf einem Hügel, den es sich – obwohl jeweils weit über hundert Meter voneinander entfernt – mit drei anderen Gebäuden teilte. In der Morgensonne warfen die Bäume lange Schatten. Ein sandiger Feldweg führte in engen Kurven hier hinauf.

Die Quinta von Senhor André war durch ihre exponierte Lage zwar der Sonne ausgesetzt, die noch recht tief am azurblauen Himmel stand, aber im Gegensatz zu den Häusern im Tal auch dem frischen Wind, der salzgeschwängert war und Metall in dieser Gegend schnell korrodieren ließ.

Das weiß gestrichene Holztor zur Einfahrt auf das Grundstück war geöffnet und der alte, silberfarbene Pick-up von Senhor André stand an seinem Platz im Schatten eines Johannisbrotbaumes. Obwohl er heute Vormittag eigentlich Dienst hatte.

Aber das war nichts Ungewöhnliches. Senhor André arbeitete am Flughafen in Faro beim Zoll. Und hin und wieder musste er für einen kranken Kollegen in einer anderen Schicht einspringen oder bei einer groß angelegten Kontrolle kurzfristig aushelfen. Vielleicht hatte er gestern Nacht eine Sonderschicht einlegen müssen und konnte deswegen heute ausschlafen. Oder er frühstückte gerade auf der Holzveranda.

Wie auch immer: Matilda Vaz schnappte sich den Karabinerhaken mit den Schlüsseln der Häuser, die sie betreute, und ging zur Eingangstür. Sie zückte den mit dem gelben Streifen darauf, denn Bento hatte das Haus *Casa Girasol* getauft, weil seine Frau Sonnenblumen geliebt hatte.

Nach ihrem Tod vor gut acht Jahren war er in ein Loch gefallen. Er hatte das Spielen angefangen im Casino in Monte Gordo, nahe der spanischen Grenze. Als er dort zu seinem Schutz Hausverbot erhielt, spielte er im Casino in Portimão an der Westküste weiter.

Um ein Haar verspielte er die Hypothek auf sein Haus. Aber irgendjemand hatte ihn in letzter Sekunde wohl davor bewahrt.

All das jedenfalls änderte sich mit der Geburt seiner Enkelin Maria. Als hätte ihn die Existenz des Mädchens mit einem Schlag zur Besinnung gebracht: Weil er sonst ihr und den Eltern kaum etwas hätte vererben können außer der haushoch verschuldeten *Casa Girasol*.

Also mühte er sich ab. Legte Nacht- und Wochenendschichten ein, bildete sich fort, stieg in überschaubarem Rahmen auf und erhielt eine höhere Besoldung.

Es gab ein paar Frauen im Ort, die ein Auge auf den attraktiven Witwer geworfen hatten, doch André Bento schien dieses Kapitel in seinem Leben abgeschlossen zu haben. Was Matilda Vaz ein wenig bedauerte.

Als sie die Tür des Hauses fast erreicht hatte, beschlich sie ein merkwürdiges Gefühl. Später würde man im Ort von *Vorhersehung* tuscheln.

Matilda hätte selbst nicht benennen können, woher dieses Gefühl rührte. Als hätten sich die Farben ein wenig verändert, die Strömung der Luft oder so etwas.

Mit diesem Eindruck behaftet, wollte sie die Tür des ebenerdigen Hauses in Quelfes öffnen und stellte fest, dass diese nicht abgeschlossen war. Matilda blickte nach unten und entdeckte dort eine Ameisenstraße, die sich in beeindruckender Emsigkeit nach drinnen bewegte.

Ein paar von ihnen schlüpften bereits in der Gegenrichtung unter der Tür hindurch und zurück nach draußen. Sie alle trugen kleine Krümel von irgendetwas mit sich. Gelbe Krümel.

Zum Teil größer als sie selbst.

Ganz sanft legte sie ihre Finger auf die hölzerne Oberfläche der Tür und drückte sie behutsam auf.

Drinnen war es wegen der heruntergelassenen Jalousien

dunkler. Und kühler. Die Straße der Ameisen bog nach nur zwei Metern scharf rechts ab. In Richtung Küche.

Matilda Vaz schlug eine satte Geruchsmischung aus Eisen und – war es Ei? – entgegen.

Und ein feines, vielstimmiges Surren.

»Senhor André?«

Keine Antwort.

Und mit dem ersten Blick, den sie in die Küche warf, wusste Martina Vaz es bereits: zwei Stühle neben dem uralten hölzernen Esstisch lagen auf der Seite am Boden. Und dann bemerkte sie etwas längliches Schwarzes, das sich bewegte: die Ameisenstraße, der Matilda nun folgte. Obwohl alle Anzeichen dafür sprachen, dass sie an deren Ende nichts Gutes erwarten würde. Als zöge sie ein Band mit unerbittlicher Bestimmtheit trotzdem hinein.

Hätte sie nicht sofort umkehren und Reißaus nehmen sollen? Die Polizei rufen?

Oder Bentos Tochter, die unten im Ort mit ihrem Mann den Gemüseladen betrieb?

Nichts von alledem tat sie, sondern folgte den Ameisen hinter den Esstisch. Dort lag er: André Bento, ein gedrungener, kräftiger Mann, Mitte, Anfang 60, bäuchlings im Flur.

Das Gesicht aschfahl, die glanzlosen Augen offen.

Das vielstimmige Surren stammte von den Fliegen, die um die Blutlache kreisten, die sich unter Senhor Andrés Körper auf den Bodenfliesen gebildet hatte.

Daher der Geruch von Eisen, schoss es Matilda durch den Kopf. Die Ameisen spazierten derweil an Bentos gebrochenem Blick vorbei, als wäre nichts geschehen. Der dunkle Strom, den sie in ihrer Vielzahl bildeten, gabelte sich vor dem Esstisch, der quasi beidseitig von den Insekten erklommen wurde. Denn darauf befanden sich, gegenüber angeordnet, Besteck, Wassergläser und zwei Teller mit Rührei. Gelbe Krümel. Sie transportierten das Rührei ab, begriff Matilda Vaz. Dann gaben ihr die Beine nach und sie musste sich setzen.

4.

Die Fischer mit den von der Sonne verbrannten Nacken hatten ihren nächtlichen Fang entladen und schlurften nach Hause, um sich schlafen zu legen. Drei, vier von ihnen öffneten noch ein eiskaltes Sagres und tranken es gemeinsam in der Morgensonne. Sie setzten sich vor ihre kleinen, hölzernen Hütten, kaum anderthalb Meter breit und allesamt mit einem spitzen Satteldach ausgestattet. Wie Umkleidekabinen standen sie im doppelten Dutzend nebeneinander und bildeten zusammen ein einseitiges, lückenloses Spalier. Alte, farbige Reusen stapelten sich ebenso wie Netze auf den winzigen Podesten vor ihnen, die es zu reparieren galt.

Von hier aus waren die Männer nur 20 Meter von ihren Booten entfernt, die nun wieder im Kanal bei minimalem Wellengang vor sich hin schaukelten und sich für die nächste Nacht bereithielten.

Aus einem Transistorradio knisterte ein Fado von Ana Moura. Der Schwermut des Stückes wurde von jener Frische der Wind aus den Segeln genommen, die in dem knappen Zeitfenster herrschte, in dem die Kühle der Nacht noch kurz die Oberhand behielt. Sodass die Fischer das Licht der Sonne noch als ein sanftes Streicheln auf den Wangen und den Unterarmen empfanden. Wie die erste Berührung von Verliebten.

Sie rauchten eine Selbstgedrehte und sahen zu, wie der kleine Ort allmählich erwachte und die Läden öffneten, die Cafes aufgesucht wurden und Straßenhändler in Shirts und Espadrilles neben Rechtsanwältinnen im Kostüm eine Bica tranken und sich unterhielten. Denn im Café und vor der Bica waren sie alle gleich.

Wie die Köche oder ihre Gehilfen ausströmten und in der Markthalle in Olhão jene Fische, Krebse und Muscheln begutachteten und kauften, die sie am Mittag und Abend ihren Gästen auf dem Außengrill zubereiten würden.

Der Ansturm der Touristen ebbte um diese Jahreszeit langsam ab, die Hektik der Kellner wich und die Zahl leerer Parkplätze nahm wieder zu. Das Gros der Wohnmobilflotte legte ebenfalls ab.

Alles im Ort manövrierte jetzt auf einen entspannten Herbst zu.

Ein Lieferwagen, der nicht rasch genug einparkte, wurde von einem weißen Cabrio angehupt, wie die Fischer nun beobachteten. Das Cabrio, ein Jaguar, zog recht schnell die schmale Straße weiter am Kanal hoch und stoppte kurz vor dem letzten Bistro, dem *Farol,* einem kleinen Holzbau in Form eines Oktagons. Mit weißen Tischen und roten Plastikstühlen davor. Über diesen Kanal waren die Fischer von ihrem nächtlichen Streifzug eingelaufen. Die Fähren setzten von hier aus über die Lagune vor Fuseta über, um die Touristen auf den vorgelagerten Inseln abzusetzen, damit sie dort im Atlantik baden oder sich in seinem Angesicht sonnen konnten.

Alles, was mit dem Meer zu tun hatte, mit Fischern, Muschelsammlern, Kite-Surfern, Hausbooten, einfach alles nahm hier seinen Anfang. Und genau dort, zwischen zwei eingezeichneten Parkplätzen, stellte der Fahrer des Jaguars seinen Wagen ab und stieg aus.

Während die Fischer stumm darüber rätselten, ob er sein Auto aus Dummheit oder Überheblichkeit so abgestellt hatte, dass der Jaguar zwei Parkplätze beanspruchte, machte Miguel Duarte sich auf den Weg ins Farol, in dem er verabredet war. Und er wusste die Antwort auf die Frage der drei oder vier Gestalten, die da vor den armseligen Hütten bereits am Morgen Bier tranken – unrettbare Alkoholiker vermutlich –: *Weitsicht*. Er parkte seinen Augapfel aus Weitsicht so.

Weil sich bei Portugiesen beim Ein- und Ausparken ein anderes Auto erst dann in deren Wahrnehmung schob, wenn sie es *spürten*. Oder das Geräusch von Metall auf Metall an ihr Ohr drang.

Wenn er das Cabrio so parkte wie jetzt, war es gefeit vor dem Aufschlagen anderer Autotüren. Gewiss, er belegte damit zwei Parkplätze gleichzeitig, aber er war Sub-Inspetor der Polícia Judiciária der Kripo, er durfte das.

Miguel, gebürtiger Sevillano, hatte eine alte Geschichte hierher verschlagen. In die Ödnis der Ostalgarve. Seitdem versah er hier mit einer Mischung aus Widerwillen und Resignation seinen Dienst – und hoffte auf eine Stelle in Lissabon oder Porto, die einzigen Städte dieses Landes, in denen ein Hauch von Weltläufigkeit, Kultur und Stil spürbar war. Von Zivilisation. Nun ja, ansatzweise zumindest.

Fuseta dagegen war von alledem selbstredend bis heute verschont geblieben, ein 2.000-Seelen-Ort, der sich in einem Dornröschenschlaf befand.

Seine beiden Kollegen, mit denen er zum Frühstück verabredet war, Graciana Rosado und Carlos Esteves, stammten, das sprach nicht *gegen* sie, beide von hier, und sie hatten, das sprach nicht *für* sie, Fuseta praktisch noch nie verlassen.

Duarte steckte in einem Maßanzug, aber er trug ihn lässig. Er zog sich mit dem Kamm seinen Scheitel nach und entdeckte dann Carlos Esteves, der an einem Tisch vor diesem Laden saß und eine typische Bewegung ausführte: nämlich mit der Hand zu seinem Mund. Natürlich mit etwas Essbarem darin, in diesem Fall einer *Bifana*. Während eine schier erdrückende Anzahl Portugiesen morgens in einem Café oder einer Padaria ein süßes, rundes Blätterteigtörtchen mit einer – ja – verführerisch guten Creme verdrückte, das Nationalheiligtum *Pastel de Nata*, verspeiste Esteves bereits ein Schnitzel, das zwischen zwei Weißbrotscheiben steckte.

Alternativ zu dem süßen Pastel wurde zum Frühstück auch gern eine Torrada gegessen, ein geröstetes Bauernbrot, auf dessen Oberfläche Salzbutter gestrichen wurde, die sich sofort verflüssigte.

Carlos Esteves war eine eindrückliche Gestalt: fast 1,90 m groß und halblanges, gelocktes Haar, das ihm bis in den Nacken fiel. Jemand, der den kleinen Dingen des Lebens etwas abgewinnen konnte – zum Beispiel einer *Bifana* am Morgen.

Ihm gegenüber saß Graciana. Im Gegensatz zu Carlos Esteves war sie ihm innerhalb der Kripo vorgesetzt, also weisungsbefugt. Eine kleine, schmale Person, die eine Jeans trug und Schuhe mit kurzen Absätzen und eine beigefarbene Bluse. Sie war Mitte dreißig. Die schulterlangen Haare trug sie offen. Hübsch.

Gracianas freundliche, direkte Art und ihre angenehme Erscheinung (in Miguels Augen lauter Belege für einen spanischen Einfluss in den Verästelungen ihres Stammbaums) luden zum Unterschätzen ein.

Miguel Duarte hatte die Erfahrung gemacht, dass man sich urplötzlich auf einem dornigen Weg wiederfand, wenn man dieser Einladung zu viel Glauben schenkte.

Eine Frau, die selbst im Sitzen eine unaufdringliche Dynamik ausstrahlte.

Miguel hatte die letzten Jahre auf ihren Posten geschielt. Einerseits, weil Graciana ihn selbst bei wohlwollender Betrachtung nicht auszufüllen vermochte, andererseits, weil die Übernahme ihres Postens für ihn wie ein Sprungbrett nach Lissabon fungieren konnte. Konnte, würde und, ja, müsste.

Nach einem Korruptionsfall letztes Jahr, in den mehrere Beamte im Alentejo in Zentralportugal – aus Miguels Sicht quasi das Herz der Ödnis Portugals – verwickelt waren, hatte das

Innenministerium für dieses Jahr die Initiative *Policial do Ano*, Polizist des Jahres, ins Leben gerufen.

Jeder Polizeibeamte konnte sich um diesen Titel bewerben oder von Kollegen dafür vorgeschlagen werden. Eine Jury aus pensionierten Polizisten kürte dann drei Kandidaten zu Siegern. Wer den Wettbewerb gewann, dem winkten symbolische 2.000 Euro. Dem Zweitplatzierten 1.000 und der Nummer drei schließlich 500 Euro. Aber es würde in einem Dokumentarfilm über sie berichtet werden – und natürlich in den Zeitungen. *Social Media*.

Duarte hatte bei dem Gedanken an diese Initiative gar nicht das Geld im Sinn. Ihm ging es um Sichtbarkeit. Die Kripo in Lissabon (Porto war auch gut im Kommen, das wäre eine Alternative) würde die drei Sieger ganz sicher unter die Lupe nehmen. Eine Planstelle für einen von ihnen räumen oder gar schaffen.

Aber Duarte machte sich keinerlei Illusionen, dass er hier an der Ostalgarve eine zu untergeordnete Rolle innerhalb der Kripo spielte, um sich für eine Kandidatur zum Polizisten des Jahres in Position bringen zu können.

Jemand, der einen Fall aufklärte und eine Abteilung leitete, wäre der ideale Kandidat für so eine Auszeichnung. Die Position, die Graciana gerade bekleidete, etwa: stellvertretende Chefin der Polícia Judiciária, solange die tatsächliche Leiterin Cristina Sobral sich noch auf der Fortbildung befand. Nur war Graciana wie die meisten Einwohner dieses Landes noch nie mit Begriffen wie Ambition oder Anspruch in Berührung gekommen.

Er schlenderte auf das Farol zu.

Natürlich war die PJ Faro eine Gurkentruppe, aber eine mit Herz, das musste man ihr lassen. In ihrem letzten Fall hatte Duarte eine Kugel am Kopf getroffen und die Verletzung ihm sein Gedächtnis geraubt.

Er hatte sich in der Zeit davor einige Spitzen gegen die Kollegen erlaubt und wäre nicht überrascht gewesen, wenn sie seinen Totalausfall genutzt hätten, um seinen Posten mit einem neuen Kollegen zu besetzen. Ganz im Gegenteil hatten sie sich bemüht, ihn behutsam in sein altes Leben zurückzuführen. Und im Zuge dieser Rekonvaleszenz hatte Duarte feststellen müssen, was für ein unangenehmer Zeitgenosse er den anderen gegenüber bisweilen gewesen sein musste.

Graciana und Carlos waren vielleicht einfache Gemüter, aber sie hatten ihm in der Stunde der Not die Hand gereicht. Und Lost und Soraia hatten ihn in ihrem Gästehaus aufgenommen, bis seine Erinnerungen mit ihrer Hilfe nach und nach wieder zurückkehrten. Seine Identität. All die Leute, über die er früher gespottet hatte – das rechnete er ihnen hoch an. Sehr hoch.

Lost und Soraia – morgen würden die beiden heiraten. Und deshalb war er hier. Für das gemeinschaftliche Geschenk. Und Miguel nahm sich vor, Graciana und Carlos von Herzen zu mögen, ganz gleich, was passierte.

»Olá«, rief ihm Esteves mit vollem Mund entgegen.

Aber es würde Kraft kosten.

»Bom dia«, sagte er und setzte sich übereck zu ihnen an den Tisch, nachdem er unauffällig mit zwei Handbewegungen den Großteil des Staubs von der Sitzfläche gewischt hatte.

»Bom dia, Miguel«, kam es zweifach und gelassen zurück.

»Ihr seht entspannt aus«, sagte er, um etwas Nettes zu sagen.

»Obrigada«, gab Graciana Rosado zurück, die dann mithilfe eines Strohhalms einen Schluck frisch gepressten Orangensaft trank.

»Was hältst du von der Krawatte?«, fragte Carlos und zauberte aus der Tasche seines zerknitterten – tja, was eigentlich, Jacketts? – einen hellblauen Schlips hervor. Fast Azur, wie der Himmel.

»Kommt auf den Anzug an«, erwiderte Miguel.

»Hm?«, gab Graciana in Richtung Carlos von sich, als hätten die beiden schon unter vier Augen über das Thema gesprochen und als hätte sie Duartes Antwort vorhergesagt.

»Hm«, brummte Carlos.

Sie kannten einander schon von Kindesbeinen an und wussten jedes *Hm* des anderen treffsicher zu deuten. Das *Hm* hatte viele Gesichter.

»Na«, gab Carlos zurück und deutete mit der freien Hand auf seinen Oberkörper, »den hier.«

»Du willst das … morgen anziehen?«

»Ja.«

»Zur … Hochzeit«, vergewisserte Miguel sich.

»Ganz recht.«

Miguel Duarte stöhnte kaum hörbar auf – der Anzug war natürlich eine mittlere Katastrophe.

Und auch wenn Graciana Rosado sich modischer kleidete, war sie doch weit davon entfernt, sich wie eine spanische Frau zu bewegen, bei der bereits im Teenageralter alle Körperteile in einem magischen Fluss auf faszinierende Weise miteinander verschmolzen, zu Anmut nämlich und Grazie.

In Sevilla wäre schon an ihrer Art zu gehen, zu schauen, eine *Bica* zu bestellen und an unzähligen anderen Details für jeden Sevillano sofort ablesbar gewesen, dass sie aus der portugiesischen Provinz stammte. Wobei Portugal ja in Miguels Augen ohnehin eine einzige große Provinz darstellte. Ein bis auf Lissabon und Porto landesweites Dorf sozusagen.

Das sich – das musste man ihnen hier lassen – von Spanien trotz mehrerer Versuche nicht hatte unterwerfen lassen.

»Ich seh schon«, unterbrach Carlos Esteves seine Gedankengänge, »die Krawatte passt wohl nicht.«

Gran Dios.

Nichts passte.

Der weite Schnitt des Anzugs hatte mindestens zehn Jahre hinter sich. Sein Alter sah man ihm auch an den Abnutzungserscheinungen am Kragen und an den Ärmeln an. Das Jackett passte an den Schultern perfekt und spannte am Bauch. Schlecht.

Carlos Esteves war ein großer Mann, der trotz all dem, was er sich über den Tag verteilt an Toasts, Schnitzeln, Süßspeisen und mehr einverleibte, das eine oder andere Sagres nicht zu vergessen, nicht zunahm.

Kaum jedenfalls. Vielleicht hatte irgendeine Fügung des Schicksals ihn mit einem gütigen Gendefekt bedacht. Wie auch immer: »Hör zu: dieser Anzug, ähm, sitzt nicht.«

»Ich finde, das geht.«

Duarte zählte bis zehn. Er kam bis fünf.

»Für ein Bierchen hier in dieser ... Kneipe ja, für eine Hochzeit nein.«

Carlos war ehrlich überrascht. Schließlich würde die Zeremonie an der Ria Formosa stattfinden und nicht in der Kirche. Drüben, auf der vorgelagerten Insel.

»Soraia und Senhor Lost lassen sich nicht kirchlich trauen.«

»Der Ort der Trauung hat nichts mit der Etikette zu tun. Eine Hochzeit ist eine Hochzeit.«

Carlos nickte: »Fein. Also?«

Er schenkte Duarte dieses offene, jungenhafte Grinsen, das am Rande jener Unsterblichkeit wandelte, die sie in der Jugend beseelt und ihnen Flügel verliehen hatte. So klar und unverfälscht, frei von Berechnung, ganz dem Augenblick gewidmet und damit abseits jedes Glaubens heilig.

Graciana beneidete ihren Kollegen und ewigen Jugendfreund darum – all das abstreifen und den Moment auskosten zu können.

Das war Carlos Esteves. Es gab niemanden sonst, der in der Lage war, das Kostbarste, über das ein Mensch verfügte, in diesem Maß in Genuss umzusetzen: seine Lebenszeit.

Sein jungenhaftes, unverfälschtes Lächeln hatte mehr Frauen verzaubert als Graciana Rosado Finger (und Zehen) hatte. Die pure Lebensfreude, der niemand etwas entgegenzusetzen hatte.

»Ich kleide dich ein«, sagte Duarte und fragte sich, wer da gerade sprach. »Ich kenne eine Schneiderin in Faro.«

Hatte er das gerade wirklich gesagt?

»Was ziehst du denn morgen an?«

»Einen grauen Kiton, Cesare Attolini.«

»Sagt mir nichts.«

Oh Wunder.

Duarte hatte große Lust, Carlos einfach da sitzen zu lassen. Unbehelligt von der Welt der Mode. Aber sie hatten auch gemeinsam mit Leander Lost in der Lagune der Ria Formosa gebadet, nachts, nackt und mit jenem Schuss Alkohol im Blut, der sie nicht die Contenance verlieren ließ, aber ihnen die Seelen öffnete. Dieser schmale, wunderbare Grat.

Von der sanften Strömung getragen waren sie rücklings im Wasser getrieben, über ihnen ein beeindruckend klarer Sternenhimmel. Eine seltsame Verbundenheit legte sich wie ganz selbstverständlich über sie, während sie in der Lagune trieben.

Oftmals begriff man besondere Augenblicke erst mit zeitlichem Abstand – in der Rückbetrachtung. In jener Nacht erfasste sie alle drei die Besonderheit bereits in dem Moment selbst.

Diese Nacht jedenfalls wirkte immer noch in ihm nach und stimmte ihn milde, wenn Carlos, Graciana oder Leander Lost Dinge taten, die seinen Puls in die Höhe trieben.

Wie jetzt.

Gracianas Handy meldete sich. Mit einem Blick auf das Display erkannte sie, dass es sich um Isadora Jordão handelte, die Kriminaltechnikerin.

»Olá, Isadora.«

»Olá.«

Die Tonlage des Olá war dienstlicher Natur.

»Es gibt einen Notruf aus Bico Alto. Da hat eine Senhora Matilda Vaz gerade einen Toten gefunden. Nach dem, was sie schildert, ist es kein natürlicher Todesfall.«

»Ist GNR vor Ort? Irgendjemand?«

»Ich habe die GNR von São Brás losgeschickt. Ansprechpartner ist Primeiro-Sargento José Fidalgo. Ich mache mich mit der Doutora auf den Weg.«

Isadora meinte Doutora Oliveira, die Rechtsmedizinerin, die die Leichenschau vornahm und bei Bedarf auch die Obduktion.

»Gut. Wir sind unterwegs«, sagte sie und stand auf. »Hast du Senhor Lost schon Bescheid gesagt?«

»Nein, ich …«, erwiderte Isadora und Graciana hörte ihr Zögern, »ich wollte es dir überlassen – wegen morgen.«

Graciana Rosado hatte eine gute Antenne für Zwischentöne. Für die feinen Schwingungen. Für jene Zone, in der Ratio und Logik auf verlorenem Posten standen. Wie Kompasse, deren Nadeln hilflos rotierten, weil es keinen Norden mehr gab.

Was sie verwoben zwischen den Silben hörte, erschien ihr wie eine leichte Form des Bedauerns. So was wie … *Wehmut. Saudade.*

Wegen morgen.

Isadora war ein eigenwilliges Gewächs. Hübsch und bemüht, das zu konterkarieren. Kurzhaarschnitt, Boots, Armeehose. Sie lebte mit Doc, ihrem Dobermann, auf einem Boot vor Olhão. Alle wussten, dass Isadora da den einen oder anderen Joint aus dem Material genoss, das sie immer mal wieder konfiszierten. Dass sie dabei die Füße auf die Reling legte und Doc den Nacken kraulte. Und beide zufrieden waren. Vielleicht sogar glücklich.

Andere Kommissariate hatten sich um sie bemüht, tief bis in den spanischen Teil der Iberischen Halbinsel, man hatte ihr das Doppelte geboten und auch mehr, aber Isadora hatte es vorgezogen, hierzubleiben.

Und dann war Leander Lost in ihrer aller Leben getreten und hatte alles in Bewegung gebracht. Keiner fand sich mit seinem Erscheinen unverändert. Auch Leander Lost selbst nicht. Dieser allgemeinen Veränderung wohnte nichts Magisches inne, das passierte zwangsläufig, wenn Menschen Spuren in anderen hinterließen.

Doch die Verbindung von Isadora und Lost war eine besondere. Ihre Schnittmenge erwies sich als relativ groß, wie Leander es einmal formuliert hatte.

Denn sie hatten schon vor ihrem ersten Aufeiandertreffen ähnliche Vorlieben und Interessen entwickelt. Amerikanische Revolverhelden etwa, Doc Holliday insbesondere (daher der Name ihres Dobermanns), Astronomie und den französischen Existenzialisten Albert Camus.

Und manchmal, die Kollegen bemerkten es vielleicht nicht, ruhten Isadoras Augen jenen entscheidenden Bruchteil eines Moments zu lange auf Leander.

Aber Graciana hatte es bemerkt.

Wegen morgen.

Die Wehmut war greifbar.

Morgen würde Leander ihre Schwester Soraia heiraten.

Graciana nickte intuitiv, obwohl ihr klar, war, dass Isadora sie nicht sehen konnte: »Ich sag ihm Bescheid.«

Leander stand am Rande des Pools und fischte mit dem Kescher im Wasser havarierte Insekten heraus, die er über dem Hibiskusstrauch ausschüttete. Die, die noch um ihr Leben gestrampelt hatten, begannen sich zu putzen und das Wasser abzuschütteln. Und die anderen, eine Libelle etwa, die bereits reglos im Salzwasser des Beckens getrieben hatte, regten sich bei einem Sonnenstrahl, der sie erfasste, erst langsam und erschöpft. Die Gliedmaßen zuckten, man meinte, ein Herz unter dem feinen Panzer zu sehen, das seine Arbeit wieder aufnahm.

Das ausdauernde und aussichtslose Strampeln in dem zehn mal fünf Meter großen »Ozean« des Hauses weckte Leanders tiefes Mitgefühl.

Es gab Menschen, Leander hatte es selbst beobachtet, denen dieses leidenschaftliche und verzweifelte Ringen um das Leben gleichgültig war. Mit dem Eintauchen eines Zeigefingers konnten sie dieses kleine Leben retten – und unterließen es oder saßen daneben, tranken einen Kaffee, unterhielten sich mit einem Freund und sahen dabei zu.

Bei einem ertrinkenden Hund oder einem ertrinkenden Reh wäre ihnen das nicht passiert.

Sie teilten Leben unbewusst in wertvolles und verzichtbares ein. Was, wenn man es nur ein Stück weiterdachte, eine fürchterliche Haltung war.

»Adriana sagt: *Eine Fliege summt auch dem König um die Nase.*«

Zara. Zara Pinto. 18 Jahre alt, im ersten Fall, an dem Lost beteiligt gewesen war, ein zorniges, misstrauisches Etwas irgendwo zwischen Punk und Grufti (das wusste sie vermutlich selbst nicht so genau), mit Piercing und Nieten-Halsband. Was weniger über ihre Umwelt verriet als über sie selbst: Sie ließ niemanden an sich heran. Aus Angst und Verunsicherung. Während der Mord an ihrer Mutter sie traumatisiert und innerlich verwüstet hatte, gab sie sich nach außen hin stark und selbstbewusst.

Erst als die Polícia Judiciária Soraias Rat befolgte und die Außenseiterin Zara im Besucherhaus des Außenseiters Lost unterbrachte, taute sie auf. Weil sie für Leander Luft war. Den Asperger-Autisten interessierte sie schlicht nicht. Sie hätte in seinen Augen ebenso gut eine Stechpalme sein können.

Langsam schöpfte sie Vertrauen und irgendwann durchlief sie auch in Losts Wahrnehmung eine Metamorphose von einer Statistin in seinem Leben zu einem festen Bestandteil, den er – obwohl ihm das nicht bewusst war – nicht mehr missen wollte. Zunächst schützte er sie in ihrer Funktion als Mordzeugin in seiner Funktion als Sub-Inspetor. Und nach Abschluss der Ermittlungen blieb sie einfach in der Casinha und sein Schutz weitete sich auf ihr Leben aus. Auf das, was sie war, werden wollte und einmal sein würde.

Seinetwegen holte sie die Schule nach, seinetwegen begriff sie, dass Bildung in einer patriarchalisch geprägten Welt der entscheidende Schlüssel für Mädchen zu Freiheit und Selbstbestimmung war.

Beim Abiball, als der DJ die Absolventen aufforderte, für den nächsten Tanz ihre Mutter oder ihren Vater auszuwählen, erfasste Zara das Bewusstsein ihrer Einsamkeit. Bis sie Soraia sah, deren Schwester Graciana und Carlos Esteves. Ihre kleine Ersatzfamilie. Und dann Leander Lost, und mit einem Mal fügte sich in ihrem Kopf zusammen, was ihr Bauch schon lange wusste, und sie tanzte diesen Tanz mit ihm.

Und nun Adriana. Adriana hier, Adriana da.

Adriana Ventura war eine Journalistin, die mit dem regionalen Schwerpunkt Algarve für die renommierte Tageszeitung *Público* arbeitete. Sie lebte in Estoi, nördlich und gar nicht weit von Faro entfernt gelegen und doch eine Oase der Einheimischen, in die sich nur selten ein Tourist verlief. Und wenn, dann wegen der Pousada im Palácio de Estoi, einem kleinen Rokoko-Palast, der aus dem 19. Jahrhundert stammte und der zu einem Luxushotel umfunktioniert worden war.

Ventura deckte Missstände in Niedriglohnsektoren auf – etwa die Ausbeutung von Migranten in der Landwirtschaft im Alentejo.

Ein Betriebsunfall im Baugewerbe in Albufeira, in dem sie ermittelte und sich unter falschem Namen anstellen ließ, sorgte landesweit für Furore und führte zu einer Verschärfung der gesetzlichen Sicherheitsbestimmungen und zu vermehrten Kontrollen auf Baustellen. Die Verantwortlichen für den Unfall wurden rechtskräftig verurteilt.

Sich auch mit persönlichem Risiko voll und ganz zu engagieren, brachte ihr nicht nur in Journalistenkreisen den respektvollen Beinamen *A Farejadora* ein.

Die Spürnase.

Und seit einer Woche durfte Zara ein Praktikum bei ihr absolvieren.

Mit leuchtenden Augen erzählte sie am Abend, was sie alles gelernt und erlebt hatte. Wie man die richtigen Fragen stellte, wie man neutral blieb, zumindest im Artikel, was es bedeutete, eine lange, komplexe Geschichte wiederzugeben, wenn der Redaktionsleiter einem dafür nur 2.800 Zeichen in der nächsten Ausgabe zur Verfügung stellte, und viele Details mehr.

Die Intensität ihrer Begeisterung, erkannte Soraia, war etwas, was Zara in diesem Job weit bringen würde. Dabei hatte sie nicht eine Karriere im Sinn, sondern berufliche Erfüllung.

Es war Soraia eine Freude, in Zaras strahlendes Gesicht zu blicken, wenn sie von ihrem Praktikum berichtete. Und natürlich von Senhora Adriana.

»Eine Fliege summt auch dem König um die Nase.«

»Das ist eine Bemerkung, die sich als Metapher klassifizieren lässt«, antwortete Leander, »oder als profan.«

Zara setzte spielerisch eine strenge Miene auf: »Adriana ist nicht profan, sie ist mega.«

»Sie ist eine griechische Vorsilbe?«

Zara verdrehte die Augen überdeutlich, damit Leander Gelegenheit hatte, die Mimik zu dechiffrieren: »*Mega* ist ein Synonym für großartig.«

»Sieh einer an.«

Dan B. Tucker, *Das Kompendium der sinnlosen Sätze,* S. 202.

In dem Moment vibrierte Losts Handy in seiner Brusttasche – es war Graciana.

5.

Der Volvo V70 T5 schoss mit Blaulicht, aber ohne Sirene durchs Hinterland. Carlos, der es sich auf dem Beifahrersitz bequem gemacht hatte – fast in halb liegender Position, weshalb Duartes Wahl auf der Rückbank auf den Sitz hinter Graciana gefallen war –, musterte Graciana unauffällig von der Seite. Deren konzentrierter Blick war auf die Straße gerichtet. Sie hatte diesen T5 erst vor einem halben Jahr in einer Tüftlerwerkstatt aufgetan. Es war Liebe auf den ersten Blick gewesen.

»Der ist 17 Jahre alt.«

»Da beginnt ein spannendes Alter«, ließ sie Carlos' Einwand mit einem verliebten Lächeln abprallen, das dem Wagen galt. Und an den Leiter der Werkstatt, einen alten Freund ihres Vaters, gerichtet: »Ist der Motor abgeregelt, Pedro?«

Pedro nickte und musste schmunzeln, weil er ihre Vorliebe für Wölfe im Schafspelz nur allzu gut kannte: »Ja, auf 250. Soll ich sie rausnehmen, die Sperre?«

»Ja. Und kannst du noch was aus dem Motor rauskitzeln?«

»Klar, aber dann müssen wir was am Fahrwerk machen.«

»Klingt gut.«

Sie blickte ihn auf diese Weise an, in der Carlos hin und wieder den Vater durchschimmern sah, und sie und Pedro schlossen stumm eine Abmachung. Sie kam in vielen Dingen nach ihm, dachte Carlos. Direkt, aber auch sanft, verständnisvoll, wenn es drauf ankam, und aus demselben Grund kompromisslos.

Ihre Mutter hatte ihr als Ausgleich die Intuition mitgegeben – und das Mitgefühl.

»Alles gut, Miguel?«, fragte Graciana, während sie den Volvo an der Grenze der bis jetzt bekannten Physik gerade um eine enge Kurve manövrierte, nein: auf jenem schmalen Grat vor dem Ausbrechen des Hecks *balancierte,* und Duartes Hand sich so intensiv an den Türknauf klammerte, dass seine Fingerknöchel sich weiß unter der Haut abzeichneten.

»Prima«, log er gepresst.

Carlos Esteves zündete sich eine selbst gedrehte Zigarette an, während sie sich auf der schmalen Straße recht schnell von der Küste entfernten.

Aus dicht besiedelten, kleinen Orten wurden Siedlungen mit Gehöften. Anstelle von Straßenhändlern, die Orangen, Tomaten und allerlei mehr in ausgedienten, klapprigen Holzkisten anboten, traten von der Augustsonne verdorrte Landstriche und Hügelketten, in denen Ziegen oder Esel im Schatten von Bäumen standen oder im Liegen neben Tränken dösten.

Sobald man die A 22, die Autobahn der Algarve, die in einem Abstand zwischen sechs und zwölf Kilometer zur Küste verlief, in nördlicher Richtung unterquerte, gelangte man in eine andere Zeit. Wo der Sekundenzeiger sich aus seinem monotonen Rhythmus löste, mal abstoppte, mal eine Pause einlegte und dann weitertrottete. Zeit existierte hier als etwas, das es im steten Überfluss gab. Wodurch sich erklärte, dass hier bis heute weder die Hektik der Industrialisierung noch die der Neuzeit Einzug gehalten hatte. Selbst das Wort Hektik hatte es noch nicht bis hierher geschafft. Im scheinbaren Widerspruch dazu das schnelle Internet mit Glasfaser aber schon. Die Portugiesen im Hinterland hatten zwar Zeit, aber sie waren nicht auf den Kopf gefallen – Benfica Lissabon gegen FC Porto in HD im Livestream. Glasfaser also mit einer zur Verfügung stehenden Schnelligkeit, die hier keiner an den Tag legte, denn wer in der Mittagshitze nicht schwitzen wollte, bewegte sich darin gar nicht erst oder zumindest langsam.

Die wenigen anderen, die beides dennoch taten, waren natürlich die Touristen. Wenn diese sich hierher verliefen, dann, weil sie das Land auf eigene Faust erkundeten oder eben, wie das Verb schon nahelegte, sie sich verlaufen hatten.

Graciana musste hier also weniger Menschen oder Kurven im Blick haben als vielmehr freilaufende Schafe, Hunde, Ziegen und Hühner oder langsam fahrende Trecker oder Eselkarren.

Kurz vor São Brás de Alportel, das die Bewohner der Algarve als São Brás oder sogar Brás abkürzten, blitzte etwas hinter ihr auf, das sie im Innenspiegel sah. Eine gelb-silberne Retromaschine, eine Ducati Scrambler. Mit einer Gestalt in einem schwarzen Anzug darauf, deren Jackett und deren schmale schwarze Krawatte im Fahrtwind flatterten. Dazu schwarze Espadrilles und ein weißes Hemd, dem im Olymp des Bügelns ein Platz gewiss gewesen wäre.

Die Scrambler schloss in der nächsten Kurve zu ihnen auf.

»Lost ist da«, sagte Graciana und Carlos entging nicht die Fröhlichkeit in ihrer Stimme.

Bico Alto war ein Vorort von São Brás de Alportel, nordöstlich davon gelegen. Die Häuser und Gehöfte dort befanden sich überwiegend links und rechts der Straße, als wären diese hier die Hauptattraktion, um die es sich zu scharen galt. Und gewissermaßen waren sie das auch.

Es existierten auch noch ein paar andere verstreute lose Ansammlungen, weiter draußen, über Feldwege erreichbar. Und natürlich die im Land allgegenwärtigen verfallenen Ruinen.

»Dass hier Menschen leben«, sagte Miguel Duarte leise und nachdenklich, während Graciana sie durch Bico Alto fuhr. Carlos sah sich über die Schulter. Aber Miguels Miene war frei von Borniertheit und spiegelte echtes Erstaunen wider.

Ihr Weg führte weiter hinauf, wo die Straße sich in eine Hügelkette zu winden begann. Und urplötzlich stand dort ein Jeep der GNR, ein Nissan Patrol, dunkelgrün mit einem fest montierten Blaulicht auf dem weiß lackierten Dach. Das Fahrzeug befand sich an einer Einmündung zu einem Feldweg. Und daneben eine junge Beamtin in schwarzen Stiefeln, dunkelblauer Hose und hellblauem Shirt mit Kragen. Auf dem Kopf das dunkelgrüne Barrett. Auf dem Namensschild in Brusthöhe stand *Matos*. Ihr Dienstrang wies sie als eine Guarda Principal aus, eine Obergefreite.

Sie war zierlich und leichenblass, wie sie sehen konnten, als Graciana den Volvo neben ihr stoppte und die Seitenscheibe hinabgleiten ließ: »Bom dia. Sub-Inspetora Rosado von der PJ. Wir suchen einen José Fidalgo – Ihr Kollege?«

»Ja, mein Kollege«, gab sie zurück und schluckte gegen etwas an, »wenn Sie dem Feldweg hier folgen – das Haus des Opfers befindet sich gleich hinter der nächsten Biegung. Da ist auch Primeiro-Sargento Fidalgo.«

»Obrigada. Alles in Ordnung mit Ihrem Kreislauf?«

Die junge Frau straffte sich unwillkürlich.

»Das geht, danke.«

Graciana nickte zwar, bemerkte aber, dass der Beamtin die Finger zitterten.

»Ihr erster Toter?«

Matos nickte.

»Setzen Sie sich in den Wagen«, sagte Carlos, der sich zu ihr hinüberbeugte. »Einfach hinsetzen. Rauchen Sie?«

»Ja.«

»Dann rauchen Sie eine.«

»Im Dienstwagen ist das verboten.«

»Heute ist es bei geöffnetem Fenster erlaubt«, schloss Graciana.

Die Obergefreite Matos musste lächeln, was von Graciana erwidert wurde, bevor sie in den Feldweg einbog, in den Leander ihr auf der Scrambler folgte.

Der Regen der letzten Tage hatte den Boden stark aufgeweicht, dessen tiefe Spurrillen von den Autos zeugten, die sich hier bewegt hatten.

Nach der ersten Kurve endete der Feldweg an einem weißen Tor, das den Weg zur Auffahrt eines alten, kleinen Hauses versperrte. Davor hatten eine rundliche Frau um die 50 und ein kleiner, drahtiger Kerl in GNR-Uniform Platz genommen. Die Frau redete und gestikulierte mit müden Bewegungen, der Polizist hörte mit wachem und konzentriertem Blick zu.

Rechts vor der Zufahrt parkte ein kleiner Tesla.

»Doutora Oliveira ist schon da«, stellte Graciana bei dessen Anblick fest.

»Isadora auch«, ergänzte Carlos und deutete hinüber zu einer mächtigen Pinie weiter oben auf dem Grundstück, in deren Schatten ein uralter R4 abgestellt worden war, dem die Algarvesonne das Rot des Lacks über die Jahre gründlich ausgebrannt hatte.

Daneben saß Doc, der Dobermann.

Und nun, als die Frau und der GNR-Mann an der Einfahrt die Köpfe hoben und ihnen entgegenblickten, musste Graciana abstoppen – denn mitten auf dem Weg hatte jemand vier Zweige in die weiche Erde gebohrt und sie mit gelbschwarzem Plastikband miteinander zu einem Quadrat verbunden. Das Innere des Quadrats war schneeweiß.

Als sie ausstiegen, stand der GNR-Mann von der Bank auf und kam ihnen entgegen.

»Bom dia, Senhor Lost«, sagte Duarte beim Aussteigen und bemühte sich, dabei die Espadrilles auszublenden, die der Alemão trug.

»Bom dia«, gab Leander zurück, der von der Scrambler gestiegen war und den Helm abstreifte, um sich zur Begrüßung, wie es bei neurotypischen Menschen gang und gäbe war, eine informationsfreie Bemerkung an den Kopf zu werfen: »Das ist aber auch ein Wetter, nicht wahr?«

Aus: Dan B. Tucker, *Das Kompendium der sinnlosen Sätze,* Kapitel 17: *Ein Pleonasmus: Floskeln ohne Info-Kalorien.*

»Ja, noch nicht so heiß am Morgen«, gab Duarte zurück, der sich nun doch außerstande fand, die Espadrilles zu übersehen.

Leander retournierte mit einem Doppel-Tucker, zunächst einem Satz aus dem identischen Kapitel: »Da sagen Sie was«, gefolgt von einem aus dem Appendix II über das verbale Echo: »Noch nicht so heiß am Morgen.«

Was Duarte erwartungsgemäß ein freundliches Lächeln entlockte. Bestätigung wertete das Gegenüber auf, es verlieh ihm Selbstsicherheit und das Gefühl von Anerkennung, wie Tucker ausgeführt hatte.

In dem Dschungel zwischenmenschlicher Kommunikation entging Leander wegen seiner Entwicklungsstörung immerzu der Subtext. Ironie, Humor, Gefühl. Er nahm das, was man ihm sagte, für bare Münze und da er selbst nicht lügen konnte, erschien ihm das auch als konsistent.

Doch im Waisenheim hatte er gelernt, dass Kinder und Erwachsene andere Dinge sagten, als sie meinten. Ihre Gespräche waren für ihn ein Urwald, in dem seine Kompassnadel rotierte, statt nach Norden zu zeigen.

Bis er auf *Das Kompendium der sinnlosen Sätze* des besagten Dan B. Tucker stieß.

»Soso«, sagte Leander.

Soso war ein kleiner Tucker-Joker. Nie unpassend.

Den hatte Leander immer im Ärmel.

Und bevor die beiden sich weiter verzetteln konnten, hatte der GNR-Mann sie erreicht und wandte sich an Graciana Rosado: »Bom dia, Sub-Inspetora Rosado?«

»Genau – guten Tag«, antwortete sie und reichte ihm ihre Hand, die er schüttelte.

»José Fidalgo«, stellte er sich vor, »GNR São Brás de Alportel.«

Lost speicherte vier spezifische Eigenarten von Fidalgos Gesicht ab: feiner Schnurrbart, angewachsene Ohrläppchen (Carlos Esteves hatte auch welche), drei Leberflecken am Hals, die nach dem Satz des Pythagoras ein Dreieck bildeten, in dem die Katheten einen Innenwinkel von 53° aufwiesen – und schließlich eine Tätowierung am rechten Ringfinger, die den Finger in einer Art Geflecht umschloss.

Graciana stellte ihm die Kollegen vor, sie schüttelten einander die Hand. Eine Gepflogenheit, die Leander Lost wegen des unvermeidlichen Körperkontakts unangenehm war.

»Die Frau dort an der Einfahrt ist Matilda Vaz, die Haushälterin, die dem Todesopfer zur Hand gegangen ist. Sie hat ihn gefunden und ihre Aussage bei mir gemacht. Sie hat niemanden sonst bemerkt, weder Person noch Fahrzeug«, erklärte Fidalgo ihnen. »Ich kann Sie jetzt ins Haus führen.«

»Was ist das hier, bitte?«, fragte Carlos, der sich noch schnell eine Zigarette anzündete und auf das Quadrat mit dem Absperrband deutete, das ihnen den Weg versperrt hatte.

»Ich habe den Bereich gesichert, um Fahrzeugspuren zu sichern – und Ihre Kriminaltechnikerin hat sofort einen Gipsabdruck vorgenommen. Der trocknet jetzt noch.«

Graciana musterte den schmalen Mann kurz: Spuren gesichert, die Zeugin vernommen.

Sie hatte andere GNR-Polizisten erlebt, die solche Spuren auf dem Weg zum Tatort zertrampelten. Der Kollege aus São Brás schien auf Zack zu sein.

»Ich würde gern Senhora Matilda zuerst befragen, bevor wir ins Haus gehen«, sagte Graciana Rosado.

»Ich habe ihre Aussage bereits aufgenommen«, wiederholte Fidalgo freundlich, falls diese Information bei der Begrüßung untergegangen sein sollte.

War sie aber nicht.

»Tun Sie mir den Gefallen«, bat sie.

Duarte wollte dazwischenfunken, schluckte seine Worte

dann aber hinunter. Er an ihrer Stelle hätte darum nicht gebeten, sondern es angeordnet. Sie war weisungsbefugt.

»Natürlich«, fügte José Fidalgo sich mit einem Stirnrunzeln.

Graciana blickte zu Carlos und Miguel: »Ihr könnt schon reingehen, Senhor Lost, Sie begleiten mich bitte zur Befragung von Senhora Matilda Vaz.«

Und so wurde José Fidalgo Zeuge davon, wie die Kriminalbeamtin aus Faro Matilda Vaz befragte – und deren Kollege in dem schwarzen Anzug dabei unentwegt auf die Haushälterin starrte, dabei kaum blinzelte und wie eingefroren dastand.

Vaz schilderte erneut, wie sie den Toten gefunden hatte. Die Ameisenstraße. Die offene Tür. Das Rührei. In ihren Worten schwang ihre ganze Erschütterung mit.

Dass ihr sonst niemand aufgefallen war. Und André Bento schon lange kannte. Weil sie nämlich seit acht Jahren für ihn Ordnung hielt.

»War er ein Messie?«, fragte Leander.

Vaz schüttelte den Kopf und sagte an Graciana gerichtet: »Nein, ein alleinstehender Mann.«

»Verstehe«, gab die zurück.

Fidalgo und Lost tauschten einen irritierten Blick, während Graciana das Gespräch fortsetzte, an dessen Ende sie sich an Lost wandte: »Haben Sie noch eine Frage an die Zeugin?«

»Ja.«

»Bitte.«

»Senhora Matilda, Sie haben das Haus um 8:05 Uhr betreten?«

»Ja.«

»Ist die Uhrzeit belastbar?«

Matilda Vaz schien verunsichert, sie wandte sich an Graciana: »Belastbar?«

»Ob sie stimmt«, dolmetschte Fidalgo.

»Ach so«, sagte Vaz und sah den hageren Mann an: »Ja. Als

ich den Wagen auf dem Hof abgestellt habe, waren die Nachrichten gerade vorbei. Dann kam das Wetter.«

»Welches Wetter?«, fragte Leander.

»Die Wettervorhersage«, übersetzte Graciana.

Leander nickte etwas übertrieben zum Zeichen dafür, dass er die Information jetzt einordnen konnte.

»Wie lange«, richtete er das Wort erneut an sie, »hat es vom Ende der Nachrichten gedauert, bis Sie die Leiche von Senhor Bento entdeckt haben?«

»Na ja, so …«

Sie blies die Wangen auf und schloss die Augen, um in ihrer Erinnerung noch einmal den Weg abzuschreiten, den sie vorhin gegangen war.

»Zwei Minuten. Nicht mehr.«

Leander wandte sich an Fidalgo: »Wann ist der Notruf von Senhora Matilda eingegangen?«

Der zog sein Smartphone zurate: »Um 8:08 Uhr.«

»Obrigado«, bedankte Leander sich. »Senhora Matilda, das Rührei. Wie viel war davon noch übrig?«

»Wie bitte?«

»Die Ameisen, haben Sie ausgesagt, haben das Rührei, das Senhor Bento gegessen hat, nach draußen transportiert.«

Matilda Vaz schloss kurz die Augen, um das Bild aus ihrem Kopf zu verbannen, aber dadurch brannte es sich nur noch tiefer ein, weswegen sie lieber schnell die Augen wieder aufschlug.

»Ja.«

»Das Rührei befand sich auf einer Scheibe Brot?«

»Genau.«

»Was war davon noch übrig – gemessen am Umfang und Durchmesser der Brotscheibe?«

»Ich … praktisch nichts. Als ich Senhor André gefunden habe, der Herr schütze ihn, war hauptsächlich noch etwas in seinem Mund«, als Katholikin schien es ihr angemessen, hier das Kreuz vor ihrer Brust zu schlagen.

Leander hatte gelernt, diesbezüglich keine Fragen zu stellen. Etwa, warum sie einer Organisation angehörte – und sie durch ihre Mitgliedschaft unterstützte –, die sie als Mensch zweiter Klasse disqualifizierte. Die freiwillige Eingliederung – und damit Unterwerfung – in eine religiös gefärbte Apartheid blieb Leander ein Rätsel. Beides. Religion *und* freiwillige Unterwerfung.

»Wie viel?«

»Hm?«

»Wie viel war noch in seinem Mund?«

»Meus Deus, ich … ein paar Krümel.«

»Was bedeutet *paar*? Zehn, 100?«

»Ein paar Krümel eben.«

»*Paar Krümel* ist keine exakte Angabe.«

Graciana Rosado nickte. Früher wäre sie genervt gewesen, aber jetzt kannte sie die Umstände – Lost konnte nicht anders.

»Warum interessiert Sie das?«, schaltete José Fidalgo sich ein. Seine Stimme war frei von Groll, in seinen Worten schwang ehrliches Interesse mit.

»Mich interessieren Zeitabläufe einer Tat«, antwortete Leander. »Zeitabläufe reflektieren Verhalten.«

»Wie meinen Sie das?«

»Warum Zeitabläufe Verhalten reflektieren?«

»Ja.«

»Weil ein Täter, um die Wahrscheinlichkeit seiner Festnahme zu minimieren, den Tatort stets so schnell verlassen wird wie irgend möglich. Im Umkehrschluss bedeutet dies: Die Zeit, die er darüber hinaus ohne Notwendigkeit an einem Tatort verbringt, spiegelt sein wirkliches Bedürfnis und gibt uns Aufschluss über seinen Charakter.«

»Ich komme nicht mit«, bekannte Matilda Vaz.

»Wohin?«, fragte Lost.

»Das ist ein Ausdruck für den Umstand, dass jemand im Augenblick Ihrem Gedankengang nicht folgen kann.«

Matilda Vaz nickte erschöpft: »Der arme Mann. Senhor André hat keiner Fliege was zuleide getan. Wieso?«

»Wir sind hier, um das rauszufinden«, sagte José Fidalgo freundlich und berührte sie dabei ganz leicht am Unterarm, um diese Absicht zu unterstreichen.

Matilda Vaz zog ihren Arm nicht zurück und wandte sich an Graciana: »Kann ich jetzt gehen?«

»Natürlich – vielen Dank«, antwortete diese. »Aber eine Frage habe ich noch: Wie steht es mit Angehörigen?«

»Er war verwitwet. Seine Tochter und sein Schwiegersohn haben den Gemüseladen in der Rua Gago.«

»Wissen Sie, wo das ist?«, wandte sie sich an den GNR-Mann.

Fidalgo nickte: »Soll ich ihnen die Nachricht überbringen?«

Graciana zögerte. Sie wollte den Angehörigen nicht den Anblick Bentos zumuten, obwohl sie ihn selbst noch nicht in Augenschein genommen hatte. Aber es war stets besser, die Ärzte im Institut in Faro hatten die Möglichkeit, die Verstorbenen noch etwas herzurichten.

In dem Augenblick fuhr ein Rettungswagen vor und stoppte hinter dem Volvo.

»Ja«, sagte sie deshalb zu Fidalgo, »das wäre sehr freundlich von Ihnen. Wir müssen sie ohnehin befragen. Aber lassen Sie ihnen bitte die Wahl, wo. Hier, in ihrem Geschäft, bei ihnen zu Hause oder bei uns auf dem Revier.«

»Gut.«

»Senhora Matilda?«

»Hm?«

»Seien Sie so gut und bewahren Sie Stillschweigen über alles, was Sie hier gesehen haben.«

»Ich darf das niemandem erzählen?«

Ihre Enttäuschung war unübersehbar.

»Nein. Nicht heute, jedenfalls. Ich lasse Sie wissen, ab wann Sie das dürfen.«

Sie nickte und Fidalgo trat neben sie.

»Ich begleite Sie zu Ihrem Wagen«, bot er an.

»Sehr nett, nicht nötig«, gab Vaz zurück, schenkte ihnen allen ein Nicken und machte sich auf den Weg zu ihrem Auto, während José Fidalgo auf den GNR-Wagen zusteuerte.

»Hat sie bei irgendeiner der Aussagen gelogen?«, fragte Graciana Rosado.

»Nein«, sagte Leander.

6.

Zwei Tage vorher

Michael Learner war um 19:45 mit der Maschine der portugiesischen Fluggesellschaft TAP vom John F. Kennedy Airport in New York gestartet. Den kleinen Aktenkoffer, den er als Handgepäck mit sich führte, deponierte er während der Atlantiküberquerung auf seinem Schoß. Selbst dann, wenn er zwischendurch einnickte, lagen seine Hände auf dem Lederkoffer.

Beim Essen in der Businessclass – er wählte Hähnchenfilet in Currysoße mit Brokkoli, Karotten und Pak-Choi – deponierte er ihn zwischen seinen Waden. Die ganze Zeit über stand er mit dem Koffer in Kontakt. Als sie Island überflogen, nahm er ihn mit zur Toilette.

»Oberst Learner.«

Seine Ansprechpartnerin hatte ihn acht Stunden zuvor abgefangen, als er die Sporthalle in Middle River in Baltimore verließ.

Learner war ein sportlicher Endfünfziger, der gern joggte und Badminton spielte. Er war gut in Form. Verheiratet, zwei Kinder.

Die Frau, die ihn ansprach, trug schulterlanges Haar, und er schätzte sie auf Anfang 40. Sie zeigte ihm ihren Dienstausweis. Wenn die Daten darauf zutrafen, war Victoria Coen 41 Jahre alt. Sie stand dort in Jeans und Blazer, die blonden Haare lang, die

Lippen voll, den Blick klar. Er war glücklich verheiratet, aber das hinderte ihn nicht daran, Victoria Coen als sehr attraktiv einzustufen.

»Ja, das bin ich.«

»Ich weiß. Das war keine Frage, sondern eine Feststellung. Haben Sie zwei Minuten für mich?«

Er zögerte kurz, nickte dann aber: »Sicher.«

»Fein. Gehen wir ans Wasser.«

Sie gingen auf Wilson Point spazieren, eine kleine Landzunge Baltimores im Atlantik, bevölkert von Einfamilienhäusern.

Junge Familien, Radfahrer und Jogger waren hier unterwegs. Sie fielen also nicht weiter auf.

»Wir haben Ihnen die TAP 202 gebucht. Das ist ein Direktflug vom JFK Airport nach Lissabon. Da steigen Sie auf eine Inlandsmaschine nach Faro um.«

»Faro? Auch in Portugal?«

»Ja. Faro liegt im Süden. An der Algarve. Und am Atlantik. Da ist es gerade angenehm warm«, fügte sie mit einem Lächeln hinzu, um ihm den Abstecher etwas schmackhafter zu machen.

»Und da?«

»Es wird keinen Fahrdienst geben. Sie bewegen sich in Portugal wie ein Tourist oder ein amerikanischer Geschäftsmann. Ab der Landung sind Sie David Learner, Mitarbeiter bei Boing.«

Mit diesen Worten reichte sie ihm die Papiere, die das belegten.

»Ihre neue ID.«

Learner inspizierte seinen neuen Ausweis: »David Learner?«

»Ja, dann müssen Sie beim Nachnamen nicht umschalten«, erklärte Coen.

Er verstand.

»Waren Sie schon mal in Europa?«

»Als junger Mann in Westberlin. Ich war beim Mauerfall dabei.«

»Am Ende des Kalten Krieges.«

»Ja.«

»Es steht zu befürchten, dass wir bald einen heißen haben werden.«

Er stoppte sofort ab und sah sie bestürzt an.

»Nicht hier«, kam Victoria Coen seiner Frage zuvor.

Der Herbst hatte in Baltimore bereits Einzug gehalten. Das Blätterwerk der Bäume erstrahlte farbenprächtig und eine frische Meeresbrise brachte sie zum Tanzen.

»Sie sollen für uns einen Koffer nach Faro bringen. Und Sie müssen ihn behüten wie Ihr eigenes Kind. Fünf Tage lang.«

Learner nickte: »Und weiter?«

»Sind Sie dazu bereit?«

»Natürlich.«

»Noch können Sie aussteigen. Wir buchen das Ticket um. Es wird für Sie keinerlei Nachteile haben, wenn Sie ablehnen.«

Kurz blickte er an ihr vorbei hinaus aufs Wasser. Sie hatten ein kleines Boot mit einem eigenen Anlegesteg – wie alle Häuser hier an der Küste. Seine Töchter waren aus dem Gröbsten raus und nahmen immer weniger an den Wochenendausflügen mit den Eltern teil. Sie brachten jetzt Jungs mit nach Hause, die behaupteten, nach Westpoint gehen zu wollen, um bei ihm zu punkten.

Seine Frau war versorgt, falls ihm was zustieß. Aber er würde trotzdem gern sehen, was aus seinen Töchtern wurde, und mit seiner Frau die Welt bereisen.

»Ist es riskant?«

»Nach meiner Einschätzung nicht. Die Mission läuft unter dem Radar. Wenn Sie den Koffer verlieren oder Ihnen den jemand abnimmt, ist das kein Problem. Vor allem keines, bei dem Sie sich bemühen müssten, Ihr Leben aufs Spiel zu setzen.«

»Das klingt gut – wer sollte ihn mir abnehmen wollen?«

Coen lächelte jetzt das erste Mal wieder und in ihrem Blick

lag Wertschätzung: »Niemand, wenn ich meine Arbeit richtig gemacht habe. Wie gesagt: Sie laufen unter dem Radar. Sie bleiben fünf Tage in einem Hotel in Olhão, danach hole ich den Koffer höchstpersönlich wieder ab.«

Er musterte sie.

»Warum gehen Sie nicht selbst?«

»Ich bin nicht unter dem Radar.«

Learner verstand.

»Ich benötige keine Bewaffnung?«

»Nein. Sie transportieren einen Koffer.«

»Werde ich danach wieder hier benötigt?«

»Nicht von uns, Oberst Learner.«

»Ist der Koffer gesichert?«

»Nur mit einem Zahlenschloss. Er soll jedem professionellen Check widerstehen und ist deshalb komplett frei von Elektronik. Kein Mikro, kein GPS-Tracker, nichts dergleichen. Der Code ist 249.«

Learner verfügte über ein hervorragendes Gedächtnis. Als semiprofessioneller Schachspieler war er bestens geschult, um sich Züge zu merken oder vorauszudenken. 249. *Nirvana.* Er hatte eine Menge Konzerte der Band besucht und dort seine Frau kennengelernt.

Das Album *Nevermind* von Nirvana war am 24. September 1991 in den USA erschienen. 249.

»Und … kann ich meine Familie später nachkommen lassen?«

»Sicher. Was schwebt Ihnen vor? Familienurlaub?«

»Es gibt nicht mehr viel, womit ich meine Töchter hinter dem Ofen hervorlocken kann. Drei Wochen Europa könnten da helfen.«

»Wir kümmern uns darum.«

»Also gut. Sie können auf mich zählen.«

»Das freut uns«, sagte sie und reichte ihm einen geschlossenen Umschlag. »Das sind Ihre Flugtickets und die Hotelbuchungen.

Sobald Sie Ihr Hotel in Olhão bezogen haben, wird sich eine Senhora Vera Mendes bei Ihnen melden. Am besten, Sie gehen nach Hause und packen. Ihr Flug nach New York geht in drei Stunden.«

Learner nickte und musterte sie noch einmal.

»Heißen Sie wirklich Coen?«

Sie schenkte ihm ein belustigtes Lächeln.

Um sich die Flugzeit über den Atlantik zu verkürzen, ging Learner im Detail die Partie *Teymur Radjabov gegen Visvanthan Anand* von 2003 in Dortmund noch einmal durch. Seine Elo-Zahl als fortgeschrittener Amateur betrug immerhin 2287.

Gegen halb neun am Morgen landete Learner in Lissabon und hatte zweieinhalb Stunden Aufenthalt. Er mietete sich eine junge Taxifahrerin, die Linguistik studierte und die ihn zu ein paar Sehenswürdigkeiten chauffierte. Inklusive der von Touristen überlaufenen Alfama mit ihren Straßenbahnen.

»O Senhor?«

Learner schreckte auf dem Rücksitz hoch: »Hm?«

Er war kurz eingenickt. Sein erster Blick galt dem Koffer auf seinem Schoß. Die Zahlenkombination hatte er auf 236 verstellt, den Geburtstag seiner Frau. Sie war unverändert.

»Entschuldigung.«

»Kein Problem.«

Beim Einchecken für den Flug von Lissabon nach Faro wurde – anders als in den USA – sein Handgepäck noch einmal überprüft.

Die Frau hinter ihm, eine Portugiesin namens Senhora Vanessa mit sehr guten Englischkenntnissen, mit der er ins Gespräch gekommen war, versicherte ihm, die Kontrolle sei gang und gäbe. Und da ihr Handgepäck und dasjenige anderer Reisender ebenfalls einer kurzen Inspektion unterworfen wurde, empfand er es selbst als nicht weiter ungewöhnlich.

Beim Einstieg in die Maschine verloren sie sich irgendwie wieder aus den Augen.

Vanessa Novo verließ danach das Flughafengelände und rief über ein Prepaidhandy eine Nummer in Paris an. Die Nummer von Thierry Roux.

»*Mon amour, comment ça va?*«

»*Bien.* Der Koffer wiegt exakt 7,54 Kilo. Es ist ein Corf Offermann, das Modell heißt *Rex.*«

»*Tu es merveilleuse, merci.*«

»Wann sehen wir uns wieder?«

Sie mochte seine feinen Lachfältchen um die Augen herum. Und auch die Narbe auf der linken Seite, die diese Lachfältchen durchtrennte.

»Ich bin in einer Woche geschäftlich in Lissabon.«

Sein französischer Akzent war so liebenswert.

»Ich koche uns was – oder möchtest du essen gehen?«

»Egal. Ich will bei dir sein«, antwortete er geradeheraus.

Als die kleine Maschine aus Lissabon in Faro landete, war Michael Learner nicht müde, sondern bereits in dem Stadium, das sich dieser Phase anschloss: aufgekratzt und hellwach.

Wie alle anderen wartete er am Förderband, auf das die Gepäckstücke mit der Vorhersehbarkeit einer Lotterie plumpsten, auf seinen Koffer.

Faro, die Hauptstadt der Algarve, lag direkt am Meer. Tatsächlich flog die Maschine von Lissabon aus über die Küste hinaus auf den Atlantik und schwenkte dann nach Westen ein.

Im Sinkflug hoben sich anschließend immer deutlicher erst Frachtschiffe und dann Jachten und Segelboote unter ihnen ab. Sie überflogen sogar zwei Thunfischfarmen, die sich ein paar Kilometer vor der Ria Formosa im Meer befanden.

Als Passagier beschlich einen das beunruhigende Gefühl, die Maschine würde jeden Augenblick wassern, denn erst kurz vor dem Aufsetzen wich das Meer unter ihnen dem festen Grund.

Als Learner aus der vorderen Tür in die Wärme trat, konnte er das Meer riechen. Anders als in Baltimore. Frischer und salziger.

Nur zehn Minuten später machte er sich mit seinem Reisekoffer auf den Weg zum Ausgang, indem er einfach den anderen Passagieren zu einem Durchgang folgte, über dem *Saída* stand.

Dahinter folgte nicht etwa die Ankunfts- und Abflughalle des Flughafens, sondern ein breiter Gang, der links und rechts von zwei kleinen, offenen Räumen flankiert wurde.

»O Senhor.«

Learner blickte nach rechts. Eine Zollbeamtin winkte ihn zu sich, wo ein anderer Flugpassagier gerade damit kämpfte, seinen übervollen Reisekoffer wieder zu verschließen.

Aber nun trat ein Zöllner aus dem linken Raum hinaus auf den Gang und an ihn heran.

»Mister?«

»Ja?«, fragte Learner, der stehen geblieben war.

»Kommen Sie bitte mit Ihrem Gepäck hier an den Tisch«, fuhr der Mann fort und deutete mit der offenen Hand in den linken Raum.

»Was soll das?«, wandte sich die Zöllnerin in einer Mischung aus Irritation und Ärger an ihren Kollegen. Der sah sie überrascht an: »Wolltest du ihn haben?«

Sie nickte.

»Hab ich nicht mitbekommen, *desculpe*«, entschuldigte er sich.

»Schon gut«, erwiderte die Beamtin und winkte stattdessen ein Pärchen zu sich.

Der Zöllner trat hinter den Tisch und stellte nacheinander den Reise- und den Aktenkoffer auf eine Waage.

»Bitte legen Sie beide Koffer auf den Tisch und öffnen Sie zuerst den großen Koffer«, sagte er anschließend.

Während Learner der Aufforderung ruhig nachkam, befragte ihn der Mann nach seiner Heimat, ob er einen guten Flug gehabt habe, was ihn nach Portugal führe, Urlaub oder der Job, ob er im Land bleibe oder weiterreise und so fort. Das Übliche, dachte Learner.

Der Zöllner streifte sich Einweghandschuhe über und durchsuchte dann gezielt einen Schuhbeutel und die Kulturtasche im Reisekoffer. Er öffnete sogar den elektrischen Rasierapparat und schaute hinein.

»Und jetzt bitte Ihr Handgepäck auch noch.«

Michael Learner drehte die Ziffern in die Position 249 und ließ das Schloss aufschnappen. Er hob den Deckel. Innen befand sich ein metallisches Gehäuse mit mehreren Anschlussarten für Stecker oder andere Verbindungen. Es hatte die Ausmaße einer Stange Zigaretten und war in luftgepolsterte, aber transparente Folie eingepackt. Daneben lag die *New York Times* von gestern.

»Was ist das, bitte?«, fragte der Portugiese und deutete mit einer Kopfbewegung auf das Metallstück, das den Eindruck eines Maschinenteils erweckte.

Statt einer Antwort zog Learner ein Formular aus der Innentasche seines Jacketts und reichte es dem Mann. Der entfaltete es und warf einen Blick auf den Frachtbrief, um den es sich handelte. Er war mit einem Begleitschreiben von Boeing versehen und die Ausfuhr mit gestrigem Datum vom US-amerikanischen Zoll freigegeben worden.

»In-er-ti-al-mess-systemmodul?«, fragte der Zöllner, dem die Bezeichnung sichtlich kein Begriff war und der die ihm unbekannten Worte Silbe für Silbe ablas.

»Genau«, bestätigte Learner, »Inertialmesssystemmodul. Das ist eine notwendige Systemkomponente für die Navigation bei Boeings Passagiermaschinen.«

Er hatte diesen Satz an die hundert Mal stumm während des Fluges vor sich hin gesagt, damit er ihm flüssig über die Lippen kam. Denn er wusste ebenso wenig wie der Zöllner gegenüber, was ein Inertialmesssystemmodul war und wozu es diente.

»Ich verstehe«, antwortete der Zöllner und reichte ihm den Brief zurück. »Ich wünsche Ihnen einen schönen Aufenthalt in Portugal.«

»Danke«, erwiderte Learner, der nach dem Aktenkoffer auch den Reisekoffer wieder verschloss und noch einen Blick auf das Namensschild warf, das oberhalb der linken Hemdtasche aufgenäht war: *A. Bento.*

7.

Im Haus in Alto Bico war es kühl. Es war ziemlich alt. Wie früher üblich, trotzte man der Hitze mit 60 Zentimeter dicken Wänden und winzigen Fenstern. Dadurch wurden selbst die heißesten Tage im Inneren erträglich, allerdings zum Preis eines steten Halbdunkels. Und in diesem lag unverändert André Bento – mittlerweile aber unter einer Plane.

Isadora Jordão entnahm der angrenzenden Küchenzeile alle Messer und legte jedes einzelne in transparente Plastiktütchen, die sie versiegelte und in ihre *mala mágica* steckte, ihre magische Tasche, die an einen klobigen Arztkoffer erinnerte. Abgetragen und mit Abnutzungsspuren an den Ecken und am Griff. Es war dem Team ein Rätsel, wie viele Dinge in Isadoras Tasche passten. Als hätte die *mala mágica* ein geheimes, unsichtbares Untergeschoss.

Neben der Leiche saß die Doutora Oliveira am Tisch, irgendwo in jenem undefinierbaren Alter zwischen 40 und 50, vielleicht eher in Richtung 50, und machte sich ein paar handschriftliche Notizen. Ihre Haut war von einem feinen, braunen Teint, wie man sich ihn hier nur unter einem Sonnenschirm zuzog. Zusammen mit ihren grauen, zu einem Pferdeschwanz gebändigten Haaren, der beigefarbenen Hose, der Bluse in Kaki und der aufrechten Haltung gab sie eine vornehme Erscheinung ab.

»Bom dia, Doutora«, begrüßte Graciana sie, die mit Leander jetzt die Küche betrat.

»Bom dia.«

Im Hintergrund inspizierte Carlos Esteves den Inhalt des Kühlschranks und Duarte durchstöberte zwei Aktenordner.

»Olá Leander«, ließ Isadora sich vernehmen, die Haare stoppelkurz, die Augen groß, die Haut bleich. In ihrer Armeehose und der weiten Jacke wirkte sie kompakt und kräftig, aber sie war eine schmale, filigrane Person. Mit einer Vorliebe für Dobermänner und Exoten. Weil Exoten Exoten erkannten und ihr die Abweichung der Norm mehr Heimat bot als die Norm.

Er hatte ein Faible für Grübchen – und sie für ihn.

Leander hatte im Zuge ihres ersten Falles etwas gesagt: *That's funny*.

Da er recht gut Portugiesisch sprach – er hatte es innerhalb von drei Wochen gelernt! –, war der Ausflug ins Englische logischerweise ein Zitat.

That's funny.

»Das waren die letzten überlieferten Worte von John Henry Holliday.«

Leander hatte sie überrascht angesehen. Es war nämlich selten, dass jemand seine speziellen Interessen wie die Kolonialisierung des Mars oder amerikanische Revolverhelden mit der Intensität teilte, die er ihnen widmete. Ein Holliday-Zitat als solches zu erkennen, setzte die Beschäftigung mit der Biografie dieses Mannes und der Tragik seines Lebens voraus.

»Ich interessiere mich für Revolverhelden«, schob Isadora damals nach, weil Losts Blick stumm auf ihr ruhte.

»Ich auch.«

Und mit diesen Worten war es besiegelt.

Sie standen sich viel näher als sie dachten.

Oliveira hob den Kopf und wandte sich an sie, weil die Polizeibeamten jetzt vollzählig waren.

»Senhor André Bento hat eine tiefe Stichverletzung am Herzen erlitten sowie vier Schnitte.«

Duarte und Carlos unterbrachen ihre Arbeit und gesellten sich dazu.

Die Doutora hockte sich neben den Toten, streifte sich Einweghandschuhe über und schob erst die Plane und dann dessen T-Shirt mit einer Sanftheit, die Graciana für sie einnahm, hinauf. Die Verletzungen waren zwar wegen der Schlitze, die die Messerklinge im Shirt hinterlassen hatte, zuvor zu erahnen gewesen, aber nun konnten sie die Wunden direkt in Augenschein nehmen.

»Die sind nicht tief, oder?«, fragte Carlos.

»Ganz recht.«

»Vielleicht, weil der Täter zu weit weg stand«, führte Carlos weiter aus.

»Das ist Ihr Terrain, Senhor Esteves«, sagte sie freundlich. Denn die Doutora spekulierte nicht, das war Sache der Kriminalisten. Sie hielt sich an die Fakten, diese hier sowie jene, die ihre Untersuchungen des Opfers zutage fördern würden.

Sie zog das Shirt gleichmäßig wieder hinunter und drehte Bentos linkes Handgelenk nach außen, sodass alle einen ungehinderten Blick auf ihn werfen konnten.

»Hier sind die beiden anderen Schnitte.«

»Tiefer«, stellte Duarte fest.

»Ja, das sind schon Fleischwunden. Es sind typische Abwehrverletzungen. Ich habe von jedem kleinen Blutspritzer im Raum Proben genommen«, führte sie aus, während sie wieder aus der Hocke hochkam und sich der Handschuhe entledigte. »Ein Opfer, das sich wehrt, verletzt dabei vielleicht auch den Täter. Ich schaue mir bei der Obduktion auch an, was ich unter seinen Fingernägeln finde. Kann ich ihn abtransportieren lassen?«

»Natürlich«, gab Graciana Rosado zurück, »der Kollege von der GNR benachrichtigt gerade die Tochter und den Schwiegersohn. Ich nehme an, die kommen umgehend her – mir ist es lieber, wenn Senhor Bento dann nicht mehr hier ist.«

Oliveira nickte: »Ich sage der Besatzung des Rettungswagens Bescheid.«

Als sie die Haustür erreichte, kreuzte sich ihr Weg mit dem einer Frau in Zivil, die die dunklen Haare kurz trug, in die eine Sonnenbrille zurückgeschoben war. Dazu eine hellblaue Bluse und eine weiße Hose. Ihre Füße steckten in bequemen Ballerinas.

Sie tauschten ein *Bom dia,* dann erblickte die Frau Graciana.

»Bom dia – Sub-Inspetora Graciana Rosado?«

»Ja?«

Die Frau machte Anstalten, auf Graciana zuzugehen, bemerkte dann aber erst die Leiche zu deren Füßen. Der gebrochene Blick, der aufgerissene Mund. Als brüllte er immer noch um Hilfe oder Mitleid oder einfach sein Entsetzen hinaus in die Welt.

Die Frau schloss intuitiv die Augen, um den Sichtkontakt zu unterbrechen. Graciana bückte sich und verdeckte den Toten wieder mit der Plane.

»Kann ich Sie kurz draußen«, sie schluckte zweimal hintereinander, »sprechen?«

Und wartete die Antwort gar nicht erst ab, sondern machte umgehend kehrt.

Graciana nickte ihren drei Kollegen mit dem Gesichtsausdruck *Ich-bin-gleich-zurück* zu, ging los, erreichte die Tür und wandte sich zu Leander Lost um: »Ich bin gleich zurück.«

Damit folgte sie der Frau, der der Anblick von André Bento auf den Magen geschlagen war.

Leander lächelte leicht, was Carlos Esteves wiederum bemerkte.

»Was amüsiert Sie?«, fragte er interessiert.

»Nichts«, antwortete Leander. »Ich habe nur gesehen, dass das Gesicht der Frau mit Sommersprossen bedeckt ist. Ihr Gesicht ist leicht zu merken.«

»Ich bin Gloria Santos aus dem Innenministerium, Senhora Rosado«, erklärte die Frau mit den Sommersprossen. Obwohl es noch früh am Vormittag war, hatten sie sich in den Schatten einer Palme gestellt, während hinter ihnen nun die Rettungssanitäter mit der Trage das Haus betraten.

Sie reichte Graciana ihre Visitenkarte.

»Ich bekleide in Lissabon das Amt der Direktorin für Verwaltungs- und Disziplinarangelegenheiten.«

Graciana merkte auf. Es war, als spürte sie jene Unterströmung im Meer, wenn man gerade erst bis über die Knie im Wasser stand und die Kraft des Atlantiks einem die Füße unter dem Boden wegspülte. Ja, *spülte*. Nicht wegriss. Da war nichts Lautes dabei, keine spritzende Gischt, kein Donnern von Wassermassen auf Felsen oder das Ufer, sondern einfach nur ein unscheinbar wirkender Sog, der gern unterschätzt wurde. Der ohne jedes Tamtam sein Werk verrichtete. Ohne Tamtam und unbarmherzig. Wie auch? Im Ozean schlug kein Herz.

Gloria Santos würde sie jetzt hinausziehen aufs Meer. Dieses Gefühl durchströmte Graciana.

»Letztes Jahr haben Sie in einer Überfallserie auf Werttransporter ermittelt, richtig?«

»Ja.«

Santos hatte nun ein Papier mit einem Ausdruck gezückt, von dem sie im Weiteren bei Bedarf ablas.

»Sie haben den Straftäter César Cruz am 29. September mit Ihrer Dienstwaffe tödlich verletzt.«

Graciana nickte. Sie hatte danach zu ihrer eigenen Überraschung nichts empfunden. Keinen Triumph, nicht mal Genugtuung. Da war nur Leere.

Es gab keinen einzigen Grund, weswegen es sich gut oder richtig anfühlen konnte, einem anderen Menschen das Leben zu nehmen, ganz gleich, was er getan hatte. Es mochte sich notwendig anfühlen, ja.

»Sie und die Sub-Inspetoren Leander Lost und Carlos Esteves haben damals zu Protokoll gegeben, dass Sie in Notwehr gehandelt haben. César und sein Bruder Ulisses Cruz hatten das Feuer auf Sie drei eröffnet.«

»Ja, das stimmt.«

»Hm.«

Gloria Santos musterte sie kurz, als wolle sie sich in wenigen Augenblicken einen Eindruck von Graciana verschaffen. Einen, der ihr dabei behilflich war, Gracianas Aussagen als wahr oder falsch einzustufen. Aber natürlich war das auf die Schnelle nicht möglich. Nicht gänzlich jedenfalls – aber immerhin als eine Art Indikator.

»Also, um es kurz zu machen: Ein ehemaliger Mithäftling hat letzte Woche die Aussage gemacht, dass es sich bei den unbekannten Tätern, die am 23. Juni 2011 den Überfall auf den Geldtransporter bei der Luz de Tavira unternommen und Ihren Vater António Rosado schwer verletzt und Ihren Bruder Elias Rosado ermordet haben, dass es sich bei denen um die Brüder Ulisses und César Cruz gehandelt hat. Die Aussage wird von uns als valide eingestuft, weil sie in mehreren Punkten unzweifelhaft Täterwissen wiedergibt. Und das«, sie blickte kurz zur Seite, als Bentos Leiche auf der Trage an ihnen vorbei zum Rettungswagen transportiert wurde, »und das führt mich zu Ihnen. Waren Sie der Überzeugung, dass es sich bei den Tätern, gegen die Sie ermittelt haben, um dieselben von 2011 gehandelt hat?«

»Nein.«

»Also nein?«

»Genau.«

Gloria Santos machte sich eine Notiz.

»Und … haben Sie in Betracht gezogen, dass es sich um die identischen Täter gehandelt haben könne?«

Graciana senkte den Blick und betrachtete für einen Moment den Kies unter ihren Schuhen – um dann unvermittelt den Kopf zu heben, Santos in die Augen zu blicken und zu nicken: »Ja, habe ich.«

Die Frau aus dem Innenministerium schien von der Offenheit überrascht – und machte sich eine weitere Notiz.

»Soso … verstehe … hm … und …«, sie löste den Blick von ihren Notizen, während der Rettungswagen mit André Bentos Leichnam zurücksetzte, »aber Sie haben es nicht gewusst und in Ihrem Bericht verschwiegen.«

»Nein. Es gab Parallelen. Als Kriminalbeamtin habe ich die natürlich in unsere Überlegungen miteinbeziehen müssen, um die Raubserie zu beenden. Aber die waren nicht zwingend. Ich habe das Feuer auf César Cruz nicht eröffnet, sondern es *erwidert*. Ich habe ihn verletzt, nachdem er meinen Kollegen Carlos Esteves angeschossen hatte. Ganz gleich, ob César Cruz der Mörder meines Bruders gewesen ist oder nicht, hätte ich in diesem Augenblick so oder so auf ihn geschossen, weil es meine Pflicht war, den Kollegen Esteves und mich vor Beschuss zu schützen.«

Santos war ihr Dilemma anzusehen, wie sie diese Äußerung zu bewerten hatte. War es schlicht die Wahrheit oder eine raffinierte Lüge? Und wenn Letzteres zutraf, wie sollte man das der jungen Kriminalbeamtin nachweisen? Inspetora Graciana Rosado hatte eine hohe Aufklärungsquote vorzuweisen und einen – der Begriff erschien ihr zwar veraltet, aber zutreffend – ausgezeichneten Leumund.

»Die Dienststelle, die ich leite, ist verpflichtet, Ihre Angaben zu überprüfen. Falls eine Befangenheit vorlag, die Sie nicht gemeldet haben, wird das rechtliche und disziplinarische Maßnahmen zur Folge haben. Falls keine Befangenheit vorlag, wie Sie hier zu Protokoll geben, wird sich für Sie nichts ändern.«

Graciana nickte und wich dem Blick der Direktorin dabei nicht aus.

»Der Ausschuss hat sich für die Dauer der Untersuchung für einen Mittelweg entschieden. Wir stellen Sie nicht vom Dienst frei, aber wir übertragen die Leitung der Abteilung vorübergehend an die Person, die Ihnen im Dienstrang folgt und am dienstältesten ist: Sub-Inspetor Miguel Duarte.«

Graciana musste unwillkürlich schlucken.

»Ich habe Sie nach draußen gebeten, um Ihnen das unter vier Augen mitzuteilen.«

»Sehr umsichtig von Ihnen. Sie können das gern den Kollegen mitteilen.«

Also bat Gloria Santos die drei Männer hinaus und erklärte ihnen die Maßnahme des Ausschusses.

»Sie war nicht befangen«, sagte Carlos umgehend, während Miguel Duarte etwas schier Übermenschliches vollbrachte: Er versagte sich ein Lächeln. In Hollywood wäre ihm dafür ein Oscar gewiss gewesen.

»Wir haben alle Aussagen von Ihnen zu diesem Fall und zu diesem Tag«, ließ Santos Carlos Esteves wissen.

»Ich muss noch 186 Überstunden abbummeln«, sagte Graciana. »Ich habe die letzten Monate auf einen guten Zeitpunkt dafür gewartet – ich glaube, der hier passt hervorragend. Wir sehen uns dann in drei Wochen wieder.«

Was für ein Tag, dachte Miguel.

Wenn er diesen Fall löste, wenn er den Mörder von Bento fand, dann konnte das das ersehnte Sprungbrett sein. Endlich. Aber – obwohl er es gewohnt war, groß von sich zu denken – dafür brauchte es ein Team.

Ganz vorn Leander Lost mit seinen eidetischen Fähigkeiten. Man musste das nicht überbewerten, doch bei genauem Hinsehen war klar, dass der – mittlerweile gar nicht mehr ganz so blasse Deutsche mitsamt seiner bizarren Spleens – erheblich zur Aufklärung der letzten Fälle beigetragen hatte. Nun ja, ein wenig zumindest.

Mehr als Carlos jedenfalls, dessen Beitrag allerdings auch für einen Schimpansen keine allzu große Hürde darstellte und … Innerlich schüttelte er den Kopf. Diese Leute hier hatten ihm ohne zu zögern geholfen. Die Hand gereicht. So ein Vergleich in Bezug auf Carlos war nicht fair. Nicht angemessen. Er durfte, sagte er sich, nicht in alte Muster zurückfallen

Er brauchte dieses Team. Carlos und Graciana waren hier bestens vernetzt, die kannten Gott und die Welt oder kannten jemanden, der jemanden kannte, der wiederum jemanden kannte – wie das eben so war. In diesem gottverlassenen Landstrich, in dem die Menschen den Behörden immer noch mit tiefer und bisweilen störrischer Skepsis gegenüberstanden, konnte das vielleicht bei der Aufklärung des Falles den entscheidenden Ausschlag geben.

Und deswegen setzte er Graciana nach: »Warte, bitte.«

Sie wandte sich ihm zu.

»Ja?«

»Pass auf, wir tun so, als ob wir der Weisung Folge leisten, und intern behältst du einfach die Führung.«

Graciana musterte ihn eindringlich, weil sie nicht sicher war, ob sie gehört hatte, was sie gehört hatte.

»Das ist sehr nett, aber ich mache so was nicht. Du wolltest das Team immer führen, Miguel«, stellte sie fest und fügte ohne jede Bitterkeit hinzu: »Jetzt hast du die Gelegenheit, dich weiterzuempfehlen. Nutze sie.«

Nichts anderes hatte er vor, dachte Duarte. Aber dazu wollte er sich alle Möglichkeiten sichern. Also sandte er ein trojanisches Pferd an seine Vorgesetzte: »Ich brauche dich, um diesen Fall zu lösen.«

An der Art, wie sie ausatmete, den Blickkontakt unterbrach und zu Boden sah, erkannte Miguel Duarte, dass er den richtigen Knopf gedrückt hatte. Dass sie innerlich wankte, seinen Vorschlag abwog.

In dem Augenblick schoss der Wagen der GNR hoch und stoppte haarscharf hinter dem Volvo.

Die Türen flogen auf und José Fidalgo stieg mit einer Frau und einem Mann aus. Beide trugen dunkelgrüne Schürzen. Und beide überholten Fidalgo und liefen auf das Haus zu und sahen sich dabei gehetzt um.

Die Frau erreichte Graciana und Duarte zuerst, weil die am nächsten zu ihr standen.

»Ich bin … Clara Bento«, stieß sie außer Atem hervor.

Leander stellte erfreut fest, dass sie Grübchen hatte, die nicht erst bei einem Lächeln entstanden, denn sie lächelte nicht. Die vollen, strähnig wirkenden Haare waren schwarz und kaum schulterlang. Sie trug ein einfaches, gelbes Kleid mit kurzen Ärmeln und darüber die Schürze. Ihr Körper wirkte robust, als wäre er körperliche Arbeit gewohnt.

»Das ist Sub-Inspetor Miguel Duarte«, sagte Graciana und deutete mit der offenen Hand auf Miguel, »er leitet die Ermittlungen.«

Damit schob sie sich an der jungen Frau und ihrem Mann vorbei, der hinter ihr die Gegend mit den Augen absuchte, um ihren Wagen zu erreichen.

»Ich«, begann Duarte, doch dann war der Mann im Nu an ihn herangetreten: »Ich bin Gabriel Bento. Ist unsere Tochter im Haus?«

»Was?«, fragte Duarte.

Graciana stoppte ab und sah sich über die Schulter.

Carlos trat zu Duarte.

»Wie?«, fragte er behutsam. »Ihre Tochter?«

»Unsere Tochter Maria«, fügte der Mann gehetzt hinzu.

»Da drinnen ist kein Kind«, antwortete Carlos, aber der Zweifel im Gesicht des Mannes war für alle unübersehbar.

Gabriel Bento ging mit steifen Schritten an ihm vorbei, aufs Haus zu. Er wirkte auf Carlos wie ein Roboter, der schnurstracks seinem einmal eingeschlagenen Kurs folgte.

Und dann erfasste Carlos, dass er da eben keinen Zweifel in der Miene von Gabriel Bento gesehen hatte, sondern blindwütigen Trotz. Es war der Blick eines Vaters, der instinktiv wusste, dass Carlos' Aussage stimmte, dem die Verzweiflung darüber aber gleichzeitig nicht erlaubte, die Hoffnung auf einen Irrtum auszuschließen.

Duarte schaute Hilfe suchend zu Graciana. Die schüttelte stumm den Kopf.

»Lass ihn«, sagte Duarte zu Carlos. »Ich denke, wir …«

Aber Carlos stand schon gar nicht mehr neben ihm, sondern folgte Gabriel Bento ins Haus. Er erfasste als Erster – vielleicht gleichzeitig mit Graciana –, dass der Mord an André Bento jetzt eine Wendung nahm, die Eltern als dunkelster Albtraum heimsuchte.

»Ist … ist mein Vater tot, ja?«, fragte Clara Bento.

»Ja«, bestätigte Duarte, »wir …«

Und der Oberkörper von Clara Bento, die sehr klar wirkte und robust, krümmte sich nun unter der Last der Nachricht. Und gleichzeitig war die Mutter in ihr bemüht, all das beiseitezuschieben für ihre Tochter.

»Ich …«, sagte sie so leise, dass das Zirpen der Grillen sie zu übertönen drohte, »wir haben den Gemüseladen und einen Automaten. Wir schicken Maria jeden Morgen von São Brás hier hoch zu meinem Vater – mit den Einnahmen. Und dem Zettel darauf, was wieder aufgefüllt werden muss. Und mein Vater stellt das zusammen … eigentlich … und gibt es ihr in einem Korb mit.«

»Wo wohnen Sie?«, fragte Leander, »Sie und Ihr Mann?«

»Da – hinter dem Hügel«, antwortete sie ihm matt und aufgedreht zugleich und deutete hinter das Haus ihres Vaters und damit hinter den Hügel. »300 Meer entfernt. 400 vielleicht.«

»Um wie viel Uhr haben Sie Ihre Tochter hierhergeschickt?«, hakte Leander nach.

»Was?«

»Ich … ich weiß nicht. Vor einer Stunde? Vor 45 Minuten?«

»Da Sie Ihre Stimme am Satzende hochziehen, ist das vermutlich eine Frage. Aber ich kann Sie Ihnen nicht beantworten. Ich war nicht zugegen«, antwortete Lost.

Clara Bento blinzelte irritiert.

Duarte räusperte sich: »Nicht wichtig, Senhora. Ich bin mir sicher …«

Aber in dem Moment verlor das Gesicht von Clara Bento jegliche Spannung. Duarte folgte ihrem Blick: Im Eingang des Hauses stand mit versteinerter Miene ihr Mann. Er hielt in der einen Hand den Zettel, den sie ihrer Tochter mitgegeben hatten. Und in der anderen das kleine Kästchen mit dem Bargeld.

Er versuchte Haltung zu bewahren, aber seine Nasenflügel flatterten. Hinter ihm erschien Carlos Esteves in der Tür und fand Gracianas Blick. Kaum merklich und nur für sie schüttelte er den Kopf: keine Spur von Maria Bento.

Eine zerbrechliche Stille senkte sich zwischen sie alle.

Und in dieser erklang umso deutlicher Beethoven: die Ode an die Freude.

Freude schöner Götterfunken …

Irritiert zog Clara Bento ihr Handy aus der Schürze und nahm das Gespräch entgegen.

»Ja?«

»Mit wem spreche ich?«, fragte eine verzerrte Stimme.

Jede Kraft wich aus der Frau, sie musste sich gegen den Wagen lehnen.

»Sie … Sie sprechen mit Clara Bento.«

Noch bevor Duarte sich regen konnte, war Graciana zur Stelle und nahm der jungen Frau das Handy aus der Hand und betätigte die Lautsprecherfunktion. Miguel erwies sich als nicht weniger geistesgegenwärtig, indem er sein eigenes Smartphone zückte – natürlich das brandneue Modell – und eine Audioaufnahme startete.

Er spürte, wie ihn Gracianas anerkennender Blick streifte.

»Clara Bento, die Mutter von Maria Bento?«, versicherte sich die schnarrende Stimme am anderen Ende.

»Ja.«

Als wäre das Smartphone, aus dem die unwirkliche Stimme drang, ein Magnet, zog es alle kreisförmig wie an einem unsichtbaren Band zu sich, Carlos, Gabriel Bento, José Fidalgo und Gloria Santos.

Lediglich einer blieb an seiner Position: Lost. Der dafür sein DIN-A6-Notizbuch und Montblancs Kleines Meisterstück mit der breiten Feder – keine glitt besser – zückte und sofort mit einem Eintrag auf der leeren Seite begann, noch bevor der Anrufer sich näher geäußert hatte.

Seine Finger führten die Spitze des Füllfederhalters in exakt bemessenen Bahnen über das Papier. Zackig, klar, präzise.

»Auf dem Markt, auf dem ich tätig bin, bietet man für die Organe Ihrer Tochter insgesamt 200.000 Euro.«

Clara und ihr Mann atmeten aus, es hörte sich an wie ein Seufzen nach einem Boxhieb in den Magen.

Ihr Mund öffnete sich weit vor Entsetzen und ihr nicht minder entsetzter Blick richtete sich auf ihren Mann, der versuchte, ihretwegen Haltung zu bewahren – was Gabriel Bento nur halbwegs gelang.

Lost trat an Clara Bento heran und hielt ihr sein Notizbuch hin.

»Ich …«, sagte die daraufhin, »ich will mit meiner Tochter sprechen.«

»Gut.«

Es ertönten ein paar Geräusche. Und dann eine Kinderstimme: »Mãe?«

»Oh, Maria …«

»Mãe!«

»Sie haben Sie gehört«, meldete sich die verzerrte Stimme zurück.

»Bitte! Tun Sie ihr nichts! Bitte!«

»Meine Forderungen sind unter dem Drachen an der Einfahrt. Hinterlegen Sie keine 250.000 Euro, stirbt Ihre Tochter. Hinterlegen Sie das Geld nicht bis zwölf Uhr, stirbt sie. Schalten Sie die Polizei ein, stirbt sie auch.«

Klack.

8.

»Das ist ein Irrtum, das kann nicht sein. Es *kann* nicht sein«, sagte Clara Bento und schüttelte vehement den Kopf. »Das … das muss eine Verwechslung sein.«

Und als wäre das der Schlüssel für die Beendigung dieses Albtraums, der bei idyllischem Sonnenschein über sie hereinbrach, sah sie von einem Gesicht zum anderen. Doch die Mienen, in die sie blickte, waren starr oder betreten. Clara Bento hatte den Eindruck, die anderen hätten nicht begriffen, was hier vor sich gegangen sein musste. Und schob deshalb nach: »Wir haben nicht mal ein Zehntel des Geldes, das verlangt wird. Wir können das gar nicht zahlen. Es *muss* eine Verwechslung sein. Wir müssen ihnen nur sagen, dass es sich um eine Verwechslung handelt. Dass … dass sie sich geirrt haben.«

Aber die Gesichter der Umstehenden hellten sich nicht auf, sondern schienen betretener als zuvor.

»Selbst, wenn das zutrifft«, wandte sich Leander Lost an sie, »haben wir keine Möglichkeit, das dem Entführer oder den Entführern mitzuteilen.«

Clara Bentos Mund öffnete sich, doch sie brachte kein Wort heraus, und ihr Unterkiefer begann unkontrolliert zu zittern. Sofort war Graciana zur Stelle, nahm sie ebenso sanft wie beherzt am Arm und führte sie zu einer Holzbank unter der Palme.

»Setzen Sie sich«, sagte Graciana. Carlos entging das Mitgefühl in ihrer Stimme nicht.

»Ja«, schloss Miguel Duarte sich schnell an, »setzen Sie sich. Sitzen ist gut.«

Gabriel Bento ging nun auch zu der Bank und nahm neben seiner Frau Platz, die zu schluchzen begann. Er nahm sie in die Arme und als wäre er ein Rettungsring, klammerte sie sich an ihn und vergrub ihr Gesicht an seiner Schulter.

Graciana wischte sich kurz über die Augen und trat zu Duarte: »Ich bin wieder an Bord.«

Duarte musste keine Erleichterung spielen.

»Danke«, bekannte er.

Oh, gran Dios: Danke, danke, danke.

Es gab einen Gott, und der liebte ihn.

In der einen Minute übertrug man ihm die Leitung der Kripo von Faro und in der darauffolgenden fiel ihm ein Fall in den Schoß, wie man ihn sich nicht besser wünschen konnte. *Ein entführtes Kind.*

Organhändler.

Weinende Eltern, die das Lösegeld nicht aufbringen können.

Drama pur.

Die Medien würden sich nur so darauf stürzen. Social Media nicht zu vergessen! Die ganze Nation würde bangen.

Sie würde jedes Detail wissen wollen, dachte Duarte mit einer gewissen Abscheu vor den eifrigen Reportern, die aus der Sensationslust ihres Publikums Kapital schlugen. Aber es wäre eine Sensationslust, die ihn so sehr ins gleißende Rampenlicht rücken würde, dass er für niemanden in der Lissaboner Polizei mehr zu übersehen wäre.

Nein, ganz im Gegenteil, die Entscheidungsträger würden sich eher die Frage gefallen lassen müssen, wie es ihnen hatte unterlaufen können, diesen klugen – und auch attraktiven! – Kommissar nicht im Zentrum des Landes eingesetzt, sondern ihn stattdessen in der vertrockneten Provinz im Süden einer jahrelangen Unterforderung ausgesetzt zu haben.

Wenn es ihm heute gelang, das arme Mädchen, nein, *das*

arme Mädchen von einfachen Gemüsehändlern, das berührte noch mehr, wenn es ihm gelang, es unversehrt nach Hause zu bringen, würde man ihn feiern.

Hier nun war die Chance, auf die er seit Jahren gewartet hatte, serviert auf einem Silbertablett. Und nicht zu vergessen, das Sahnehäubchen: Die Dame vom Innenministerium war live dabei! Er lächelte.

»Was ist so komisch?«, fragte Carlos und riss ihn damit aus seinen Gedanken. Auch Senhora Santos sah ihn fragend an.

»Ich habe gelächelt, weil der Entführer sich sehr bald im Gefängnis wiederfindet.«

»Das verstehe ich«, sagte Santos, die zu dem Paar auf der Bank ging und sich an die beiden wandte: »Mein Name ist Gloria Santes, ich bin Regierungsbeamtin im Innenministerium. Ich leite sofort in die Wege, dass eine Bank im Ort die Summe zur Verfügung stellt. Die Regierung springt bei solchen Notfällen ein.«

Sie schenkte ihnen ein entschlossenes Nicken, zückte ihr Smartphone und ging ein paar Meter weg, um in Ruhe zu telefonieren.

»Ihre Tochter, hat sie ein Handy?«, fragte José Fidalgo, was Graciana und ihre Leute aufmerken ließ, weil er einen naheliegenden Gedanken noch vor ihnen aussprach.

»Sim«, sagte Gabriel Bento mit rauer Stimme und diktierte ihm die Nummer, die er wiederum in seinem Smartphone notierte und damit zu Graciana ging.

»Sub-Inspetora Rosado, ich würde vorschlagen, dass wir das Gerät sofort orten lassen.«

»Gute Idee, machen Sie das – oder, Miguel?«

»Bitte, ja.«

Als Fidalgo ging, um die Ortung über seine Dienststelle in die Wege zu leiten, nahm Miguel sie mithilfe einer diskreten Geste kurz beiseite. »Bitte, das sind so selbstverständliche Dinge. Ich kann nichts dafür, was das Innenministerium für Sachen veranstaltet. Offiziell habe ich jetzt den Hut auf. Ich möchte aber, dass wir alles tun, damit Maria Bento gesund zu ihren Eltern zurückkehren kann«, webte er seinen feinen Kokon weiter um sie herum,»triff bitte deine eigenen Entscheidungen, wie du es bis vorhin auch getan hast. Wir müssen unsere Kräfte jetzt bündeln.«

Sie musterte ihn erstaunt. Ja, durch seine Verwundung im Fall der Raubserie von Werttransportern war Miguel Duarte, dem der Dienst samt der Kollegen zu provinziell war und der sich in dem unerschütterlichen Glauben befand, für viel höhere Aufgaben bestimmt zu sein, nachdenklich geworden. Leise. Ja, beinahe umgänglich.

Diese Ansprache führte genau diese Linie fort. Sie hatten ihm die Hand gereicht und ihm über seine partielle Gedächtnisamnesie hinweggeholfen. Zu sich selbst, sozusagen.

Nun schien er sich dafür zu revanchieren.

Da Graciana aber in ihrem nächsten Leben als Seismograf wiedergeboren werden würde, spürte sie Schwingungen in seinen Worten, die sich mit seiner Aussage nicht zu einem Ganzen fügen wollten. Das zumindest sagte ihr ihr Bauch. Der sie schon als Teenager mit treffsicheren Einschätzungen und Gefühlen versorgt hatte. In bestimmten Situationen, aber jedes Mal im Zusammentreffen mit Menschen. In einem Lebensabschnitt, in dem man diesem Gefühl, das aus einer rationalen Perspektive in einer Art Blackbox entwickelt wurde, nicht so recht über den Weg traute. Oder zumindest nicht den Mut fand, alles komplett auf so eine Karte zu setzen. Graciana hatte später oft feststellen müssen, mit ihrer Intuition richtiggelegen zu haben. Mit dem Ergebnis, dass sie ihrem Bauch heute komplett vertraute.

Aber davon abgesehen hatte Miguel natürlich recht: Es galt jetzt, gemeinsam alles in die Waagschale zu werfen.

»Gut«, sagte sie daher zum Zeichen des Einverständnisses und deutete mit dem Kopf zu Carlos und Leander Lost, die zur Einfahrt gelaufen waren. Dort, wo eine kleine, aber schwere, steinerne Drachenskulptur auf einem Hochbeet stoisch über die Kräuter und einen Zitronenbaum wachte. Carlos hatte die Figur erreicht und hob den Sockel an, indem er sich einfach mit der Hand gegen sie stützte, wodurch der Drache in eine Schieflage geriet und den Blick auf einen Notizzettel freigab, den jemand dort deponiert hatte.

Leander Lost zückte ein paar Einweghandschuhe. Nicht nur, um die Spurensicherung um seine Fingerabdrücke zu entlasten, sondern auch, um wertvolle Spuren nicht zu vernichten. Davon abgesehen lauerte von Staphylococcus aureus bis zu Rhinoviren alles Mögliche auf Türgriffen, den Tasten und Touchscreens von Geldautomaten und Griffen von Supermarktwagen und vielerlei mehr. Zum Beispiel auf Salz- und Pfefferstreuern und Speisekarten in Restaurants.

Doch so oder so: Carlos Esteves war schneller und schnappte sich zwei abgefallene feine Zweige, die er wie asiatische Essstäbchen hielt und mit deren Hilfe er den Zettel unter dem Sockel des Drachen hervorzog und wendete, ohne ihn spurentechnisch zu verunreinigen. Graciana und Duarte hatten die Einfahrt und die Skulptur nun ebenfalls erreicht.

Was sie alle vier sahen, war eine Zahlenkombination.

»Das ist eine GPS-Position«, erkannte Lost.

»Da soll das Geld hinterlegt werden«, nahm Graciana an.

Leander bediente sich seines Handys, um die Koordinaten auf einer Karte einzutippen.

»Also, was war das hier?«, fragte Duarte. »Die haben ein neunjähriges Kind entführt. Und da kam ihr Großvater dazwischen, André Bento.«

Carlos biss von einer mit scharfer Paprika gewürzten Chorizo ab.

»Sag mal, ist die … ist die aus dem Kühlschrank?«

Carlos nickte.

»Das könnte ein Beweisstück sein. Du kannst nicht einfach ein Beweisstück essen«, sagte Miguel fassungslos

»Hör doch auf. Er wurde erstochen, nicht mit einer Chorizo erschlagen.«

»Carlos, vielleicht ist die Wurst vergiftet. Sie könnte vergiftet worden sein. André Bento hat es gemerkt und wollte abhauen.«

Carlos Esteves warf einen nachdenklichen Blick auf den Rest der Chorizo, den er in der Hand hielt.

»Dann ist es ja jetzt auch egal«, sagte er und biss wieder ab.

Miguel Duarte atmete einmal tief durch und blickte zu Graciana.

»Sag du was.«

»Später, Miguel.«

»Also«, nahm Carlos den Faden auf, »der will die Entführung verhindern, und die bringen ihn um. Vielleicht handelt es sich auch nur um *einen* Entführer und nicht um eine Gruppe.«

»Und vielleicht hat Bento ihn oder die gekannt«, fügte Graciana hinzu, »das wäre ein zusätzliches Mordmotiv.«

Duarte räusperte sich und senkte die Stimme: »Was ist, wenn das Mädchen schon nicht mehr am Leben ist?«

»Das wollen wir nicht hoffen«, antwortete Graciana.

»Das heißt?«

»Das heißt«, fuhr Graciana fort, »wir müssen unbedingt annehmen, dass das Mädchen noch lebt. Seine Unversehrtheit hat allergrößte Priorität. Eine mögliche Beschattung von unserer Seite darf Maria Bento nicht in Gefahr bringen. Lieber verlieren wir das Geld. Geld kann man ersetzen – Leben nicht.«

»Genau meine Haltung«, sagte Duarte eilfertig, »so machen wir das.«

»Das ist die Position«, sagte Leander und hielt ihnen den kleinen Kartenausschnitt auf seinem iPhone hin.

»Das ist ja an den Salinen in Fuseta«, sagte Duarte überrascht.

»Keine Chance, sich da zu verstecken«, stellte Carlos fest.

»Störe ich Sie oder kann ich dazukommen?«, fragte Fidalgo freundlich, der nur wenige Meter vor ihnen stehen geblieben war.

Duarte wollte schon verneinen, aber Graciana nickte bereits: »Natürlich, kommen Sie, was gibt's?«

»Die Ortung nach dem Handy von Maria Bento läuft und ist dauerhaft aktiv«, informierte sie der GNR-Mann.

»Gut.«

»Hat jemand die Uhrzeit des Anrufs?«

»Der war vor 7 Minuten und 34 Sekunden.«

»Danke, Senhor Lost – dann haben wir noch rund 50 Minuten.«

Prompt kehrte Gloria Santos von der Veranda, in deren Schatten sie telefoniert hatte, zu ihnen zurück.

»Die Filiale der *Crédito Agrícola* in der Rua 25 de Abril in São Brás zahlt die Summe aus. Zwei Kuriere sind unterwegs.«

»Und wann kommen die an?«

»Spätestens in 30 Minuten, hat man mir gesagt.«

Die Kommissare tauschten nervöse Blicke.

»Das wird eine knappe Nummer«, sprach Carlos ihre Gedanken aus.

»Ich würde sie als überlegte Täter klassifizieren«, meldete Leander sich zu Wort. »Ihre Vorgehensweise spricht dafür. Mit jeder Minute, die wir Erkenntnisse über sie ermitteln können, verlieren sie etwas von ihrem Vorteil. Sie zwingen uns im Augenblick in die Defensive: die Reaktion. Daher das enge Zeitfenster.«

»Ich kann an der Bank warten«, schlug José Fidalgo vor. »Vielleicht ist das Geld ja schon eher da.«

»Machen Sie das«, stimmte Duarte zu. Und als er aus den Augenwinkeln Santos' Blick auf sich bemerkte, schickte er dem GNR-Mann noch ein freundliches, aufmunterndes Nicken hinterher.

»Möglicherweise ist es angebracht, das Geld zu zweit abzuholen«, schaltete Leander sich ein und las in Duartes Mikroexpression Wut, die er nicht einordnen konnte, bevor sie von einem freundlichen Lächeln hinweggefegt wurde, als das Bewusstsein sich über das Unterbewusstsein schob.

Leander blieb aber auf seinen Gedanken fokussiert: »Die Täter hätten den größten Überraschungsmoment auf ihrer Seite, wenn sie nicht abwarten würden, bis das Geld an den Salinen hinterlegt wird.«

»Sondern?«, fragte Carlos.

»Sondern auf dem Weg dorthin.«

Carlos und Graciana wechselten einen Blick und waren sich stumm über das Schließen dieser offenen Flanke einig, die der Alemão gerade ausgesprochen hatte. Auch Gloria Santos blieb die Umsicht dieser Überlegung nicht verborgen. Überhaupt, dieser Kommissar in seinem Anzug, der gab eine gute Figur ab. Mit dem jungen, fast faltenfreien Gesicht.

»Ich könnte zum Schutz mitfahren«, bot Carlos Esteves an.

»Ja, mach das«, stimmte Duarte zu und zog sich den Scheitel nach.

»Sie könnten das Geld markieren lassen«, schlug Santos vor, während Carlos sich im Weggehen eine Zigarette anzündete und Fidalgo zu dessen Dienstwagen folgte. »Sollten die Täter das Geld später ausgeben, kommen Sie ihnen vielleicht auf die Spur.«

»Gute Idee«, lobte Duarte freundlich und ließ mit einer exakt dosierten Prise Beiläufigkeit seine jahrelange Erfahrung in solchen Dingen durchblitzen: »Das ist nur leider zeitlich nicht möglich.«

»Jemand muss das Geld an dem angegebenen GPS-Punkt in Fuseta ablegen«, sagte Graciana.

»Die Forderung lautete«, erklärte Miguel, »keine Polizisten. Da wir hier für einen potenziellen Täter gut zu sehen sind, fallen wir alle für so eine Aufgabe aus.«

»Es ist auch nicht auszuschließen«, fügte Lost hinzu, »dass die Täter wissen, wie die Eltern von Maria Bento aussehen.«

»Stimmt. Also muss es einer von ihnen sein.«

Alle Blicke wanderten hinüber zu dem Paar, das sich noch immer in einer Umarmung auf der Bank befand.

»Tjaaaa«, gab Duarte gedehnt von sich und kratzte sich im Nacken, obwohl es ihn gar nicht juckte.

»Schon gut«, sagte Graciana Rosado daraufhin und ging hinüber zu den Bentos.

Für Lost war dieser kurze Austausch und was daraus folgte – Gracianas Gang zu der Bank nämlich –, Terra incognita. Er konnte Duartes *Tja* nichts entnehmen. Hing es irgendwie mit dem Mückenstich in seinem Nacken zusammen?

»Gibt es hier ein Hotel? Oder vielleicht eines unten an der Küste?«, erkundigte Gloria Santos sich bei ihm.

Duarte schenkte ihr ein mitleidiges Lächeln: »Oh, São Brás de Alportel ist recht … einfach.«

»Sie meinen die Leute?«

»Auch. Die Leute, die Restaurants, die Umgangsformen, das kulturelle Angebot, ein Begriff übrigens, den dort sicher die wenigsten kennen, kurz gesagt: einfach alles.«

»Und unten an der Küste. In Fuseta?«

»Nein. Fuseta ist, wie soll ich sagen, man hält es nicht für möglich, dass es so was noch gibt. Es ist in jederlei Hinsicht abgehängt. Da gibt es kein Hotel. Es hätte ja keine Gäste. Ich kann Ihnen eins in Faro empfehlen.«

»Gut, dann werde ich Ihrem Rat folgen.«

»Sie müssen nicht zurück?«

Jetzt war es Santos, die verlegen lächelte: »Doch. Aber ich kann nicht. Nicht in dieser Situation.«

Clara und Gabriel Bento standen auf und bogen Hand in Hand in einen Trampelpfad ab, der sie hinter das Haus führte und sich von dort weiter den Hügel hinauf erstreckte.

Graciana kehrte zu ihnen zurück: »Sie wollen es gemeinsam machen. Die Bentos gehen zu ihrem Haus und nehmen ihren eigenen Wagen. Wir treffen uns auf dem Parkplatz vom Algar-Supermercado in Moncarapacho – bei Monterosa um die Ecke. Ich habe bloß kein gutes Gefühl dabei, wenn wir zu weit weg sind, um einzugreifen, falls etwas passiert.«

»Na ja, wir könnten …«

»Ich würde kein Risiko eingehen. Wir waren jetzt alle hier draußen. Wir hätten gesehen werden können.«

»Ich nicht«, sagte eine Frauenstimme hinter ihnen. Es war Isadora, die in der Tür stand.

»Ich bin fertig«, verkündete sie.

»Ja, Senhora Isadora ist die ganze Zeit über im Haus gewesen.«

Graciana zögerte sichtlich.

»Isadora ist keine ausgebildete Polizistin.«

»Ich kann eine 19er Glock bedienen. Für Notwehr reicht das. Und ich kann ja im Zweifelsfall die Kavallerie rufen – euch.«

»Von mir aus in Ordnung«, sagte Duarte leise zu Graciana.

Die nickte zögerlich.

»Du und Senhor Lost, ihr wartet hier, bis wir weg sind. Ihr nehmt – darf ich, Miguel?«, bat sie ihn, hier weiter das Wort übernehmen zu dürfen.

»Du hast die bessere Ortskenntnis in Fuseta«, sagte er und lächelte mit einer Spur Mitleid in Richtung Santos, »Sub-Inspetora Rosado ist da aufgewachsen.«

Was nun auf die Beamtin aus Lissabon wie ein Stigma wirken musste, das der Kollegin anhaftete und sie – abgesehen von den Ergebnissen des Ausschusses – auch dann für ihre Position als ungeeignet erscheinen ließ, sollte sie im Fall der Raubserie als unbefangen betrachtet werden.

Santos könnte mit dem Eindruck nach Lissabon heimkehren, dass die Polícia Judiciária in Faro besser mit einem weltgewandten Duarte bedient war als mit Graciana Rosado.

Die wandte sich an Lost und Isadora, der sie gleichzeitig ihre Dienstwaffe übergab.

»Ist das erlaubt?«, fragte Gloria Santos sicherheitshalber.

»Gefahr im Verzug«, ließ Graciana sie wissen, während sie das Magazin überprüfte und wieder im Knauf einrasten ließ.

Glorias Santos wandte sich an Leander Lost: »Sie hatten die Entführer vorhin als *überlegte Täter* bezeichnet, als es um den absichtlich engen Zeitrahmen ging.«

»Das ist korrekt.«

»Und welche weiteren Rückschlüsse können Sie daraus ziehen, bitte?«

»Dass wir es vermutlich nicht mit Menschen zu tun haben, die das erste Mal ein Kind entführen, die dazu genug Kaltblütigkeit an den Tag legen, um sich von dem ungeplanten Mord an Senhor Bento nicht aus dem Konzept bringen zu lassen, sondern ihren Plan ganz im Gegenteil weiterzuverfolgen.«

»Und gibt es sonst noch etwas, das Ihnen an den Tätern aufgefallen ist?«, fragte Graciana.

»Mich irritiert die Summe, die gefordert wird.«

Eine Bemerkung, die alle um ihn herum aufhorchen ließ.

»Warum?«

»Wenn die Aussage der Entführer korrekt ist, könnten die Täter für die Auslieferung von Maria Bento an Organhändler 200.000 Euro erhalten. Wir haben von den Tätern im Augenblick keinerlei Spur, die wir verwerten können. Wenn sie klug sind und sich möglicherweise bereits mit einer Chartermaschine oder einer Jacht abgesetzt haben, vielleicht mit Ziel Marokko, dann hätten sie mit einem relativ geringen Risiko 200.000 Euro eingestrichen. Das machen sie aber nicht. Sie nehmen stattdessen das Risiko auf sich, möglicherweise doch noch gefasst zu werden. Und anders als geplant, ginge es bei einem Prozess und dem Strafmaß dann nicht um eine Kindesentführung, sondern auch um einen Mord. Das ist ihnen sicherlich bewusst. Und das für eine – im Verhältnis zu den 200.000 Euro, die sie jetzt sicher hätten – verhältnismäßig geringe Summe, nämlich 20 Prozent.«

»Könnten Sie das, äh, Konvolut Ihrer Überlegungen zusammenfassen?«, bat Duarte.

»Sicher: Die Summe spiegelt das Risiko nicht wider.«

Losts Gedanke bestach durch seine Klarheit und die Einfachheit seines Resümees. Jetzt, als er sie darauf hinwies, stießen sie sich alle an der Diskrepanz.

Eine nachdenkliche Stille senkte sich über sie.

Miguel Duarte spürte förmlich, wie sie nun insbesondere auf ihm lastete. Er hatte hier die Weisungsbefugnis, er war *der Leitwolf*.

Die Bezeichnung gefiel ihm. Und nun wartete sein Rudel gewissermaßen auf eine Reaktion seinerseits. Und die gab er ihm, indem er sich an den Alemão wandte: »Ich bewundere ja Ihre analytischen Fähigkeiten seit Ihrem ersten Tag bei uns«, sagte Miguel gönnerhaft. Er tätschelte ihm freundlich die Schulter – der Leitwolf als Teamplayer *und* Vaterfigur, eine kleine Empfehlung an Senhora Santos. Lost verkrampfte augenblicklich bei der Berührung und entzog sich ihr durch eine unmerkliche Drehung seines Oberkörpers um wenige Grad.

»Aber sehen Sie es mal so«, fuhr Duarte fort. »Menschen handeln nicht immer rein logisch. 50.000 Euro sind für einige Leute hier an der Ostalgarve eine Menge Geld.«

»Ja. Aber eben nicht im Verhältnis«, gab Leander zurück.

Isadora verkniff sich ihr Lächeln nicht.

Ihre Logik ist unbarmherzig, hatte sie früher einmal mit einem charmanten Lächeln festgestellt und ihn dabei betrachtet.

Sie mochte seine langen Wimpern, sie verliehen dem bisweilen an Ausdruckslosigkeit grenzenden Gesicht etwas Feines, Zartes.

Es ist ihr Wesen, keine Rücksicht zu nehmen, hatte er geantwortet.

»Und haben Sie eine Idee«, fragte Graciana, »was das Risiko spiegeln würde?«

»Ja.«

Isadora musste schmunzeln, denn was zwischen neurotypischen Menschen intendiert war, nämlich nach einer Bejahung auch die Idee selbst zu benennen, entfiel hier. Leander war nur gefragt worden, ob er eine Idee habe.

In Anbetracht der Umstände konkretisierte sie aber schnell, was gemeint war: »Und welche Summe würde das spiegeln?«

»450.000 Euro«, kam es postwendend von ihm zurück.

»Wie kommen Sie auf diese Summe?«, wollte Gloria Santos von ihm wissen.

»Ich habe die geforderten 250.000 Euro mit den 200.000 addiert, die die Täter als Preis für die Organe von Maria Bento genannt haben. Sie erlangen 450.000 Euro, wenn sie beides tun. Oder das eine schon getan haben.«

9.

Die Flamingos kamen als Schwarm im Tiefflug von Westen über den kleinen Fischerort. In der Mittagssonne überflogen sie Dachterrassen, die im ersten, zweiten oder dritten Stock von Fuseta eine Art Parallelwelt schufen, eine zweite Ebene. Einzig unterbrochen durch Gassen und Straßen ergaben sie ein farblich unterschiedliches Muster auf den Quadraten und Rechtecken, die die Reihenhäuser bildeten. Sie waren unterschiedlich groß, einige beherbergten Topfpflanzen, viele aufgespannte Sonnenschirme und ausnahmslos einen Grill – aus Stein, beweglich oder improvisiert.

Obwohl Fuseta sonst ein wenig aus der Zeit gefallen schien, zog es diesbezüglich mit den anderen Ortschaften gleich – die Portugiesen grillten für ihr Leben gern. Und die, die keine Dachterrasse ihr Eigen nannten, verlagerten das kurzerhand auf den Balkon. Oder auf den Bürgersteig vor der Straße. Und niemand nahm das als ungewöhnlich wahr. Zumindest kein Einheimischer.

In den Straßenlokalen wurde schließlich auch gegrillt. An breiten, hoffnungslos verrußten Grills standen dort die Männer und legten das Fleisch auf, das zischte, und sie wendeten es mit dem schlafwandlerischen Timing eines Menschen, dem die innere Uhr dafür in Fleisch und Blut übergegangen war.

Selbst bei einem Dutzend Stücken verloren sie nie den Überblick, während ihnen der Schweiß den Nacken hinablief.

Die Flamingos überquerten den Kanal Fusetas, der sich von der seegleichen Lagune bis weit in den Ort erstreckte, wo er sich zwischen den Salinen zunächst in größere Arme und dann in immer kleinere zergliederte. Von oben betrachtet erinnerte das Ganze an menschliche Blutbahnen, die sich immer feiner verzweigten und sich schließlich über ein ganzes Gebiet erstreckten, dachte Carlos Esteves.

Er saß auf der Dachterrasse seiner Wohnung in der Rua Miguel Bombarda. Gleich neben der örtlichen Markthalle und nur einen halben Steinwurf vom Kanal entfernt.

Sie alle hatten sich wie verabredet vor nicht einmal 15 Minuten oben in Moncarapacho getroffen, den Bentos das Geld übergeben – wie gewünscht in einem schmalen Aktenkoffer – und Fidalgo dann zurück nach São Brás geschickt.

Gloria Santos sollte im Farol warten, wohin Miguel Duarte sie begleitete. Er hatte dort heute Morgen sein sportliches Cabrio abgestellt und konnte als motorisierte Reserve dienen, falls Clara Bento urplötzlich woanders hinbestellt oder sogar von einem Wagen abgeholt werden sollte.

Lost brachte Isadora mit seiner Scrambler zum Bahnhof Moncarapacho / Fuseta. Dort ging um 12:13 Uhr ein Zug über Fuseta A nach Olhão und weiter in den Westen der Algarve. Jemanden dort abzusetzen erschien höchst unauffällig, zumal auch andere Passagiere dort auf den Zug warteten.

Lost selbst bildete die zweite motorisierte Reserve. Er machte also der Absprache gemäß kehrt und fuhr zurück zur Nationalstraße N 125, die die gesamte Algarve miteinander verband.

Es gab dort ein Geschäft, Madeira & Madeira, in dem man buchstäblich alles kaufen konnte. Von einer Flasche Bier über eine Flex und Tierfutter sowie Süßigkeiten und Obst bis hin zu Feuerlöschern, Fahrradkettenöl und Absperrbändern. Es gab nichts, was es nicht gab.

Wenn Leander sich dort drinnen aufhielt, bis man ihn vielleicht benötigte, fiele das nicht weiter auf.

Der Kanal teilte Fuseta in das bebaute Gebiet und die Salinenbecken, die zusammengenommen die Fläche des Ortes überschritten.

Von seinem Dach aus hatte Carlos also einen guten Blick über jene Becken, in denen das Wasser des Atlantiks verdunstete und nach und nach sein Meersalz preisgab. Nach seinem Einsammeln wurde es zu länglichen, gut acht Meter hohen Hügeln angehäuft und trocknete in der Hitze der Sonne.

Ein ausgeklügeltes System an Schiebern, das vor Generationen entwickelt und später nur noch modifiziert worden war, ermöglichte die einzelne oder auch gruppenweise Flutung der Becken, deren matschiger Untergrund und deren Seitenränder aus dem Boden der Ria Formosa bestanden.

Das Füllen der Becken oder Ablassen von Wasser daraus wurde neben den Schiebern auch durch die Miteinbeziehung von Ebbe und Flut begünstigt.

In einem dieser Becken jedenfalls setzte der Flamingoschwarm nach einer letzten Kurve zur Landung an und die einzelnen Vögel im weiß-rosafarbenen Gefieder staksten anschließend im halbhohen Wasser umher. Sie vermieden dabei, sich zu weit von den anderen zu entfernen.

Sie tauchten ihre langen, gebogenen Schnäbel ins Salinenwasser und filterten damit organische Reste aus dem Sediment. Oder knackten die Panzer von Kleinkrebsen, die es hier zuhauf gab. Denn durch den hohen Salzgehalt, den kaum eine andere Art zu kompensieren imstande war, machte ihnen niemand die Ressourcen streitig. Und gab es auch weniger Feinde.

Bis auf die Möwen, die bei Ebbe zuschlugen.

Alles hing mit allem zusammen, dachte Graciana, die die Flamingos ebenfalls hatte landen sehen.

Sie befand sich mit einem in Moncarapacho ausgeliehenen Minicamper auf der östlichen Seite des Kanals, den früher nur Fischer genutzt hatten, um dort ihre Reusen und Bojen für die Netze zu stapeln und zu lagern. Aber in der Lagune vor Fuseta ging öfter ein starker Wind, der – hatte er das Land erreicht – plötzlich auszusetzen schien und sich lediglich über dem Wasser austobte.

Das hatte sich unter Kite-Surfern herumgesprochen, die hier in Wohnmobilen mit ihrer Ausrüstung eintrafen – so war der Minicamper, in dem Graciana und die Doutora sich befanden, nur einer von einem Dutzend, mit dem sie für den Betrachter eine homogene Gruppe bildeten.

»Da kommen sie«, sagte Graciana über das Funkgerät neben ihr auf dem Tisch.

»Ich sehe sie auch«, bestätigte Carlos.

Graciana hatte die Doutora hierher gebeten, falls es zu Verletzungen kommen sollte. Insbesondere, falls Maria Bento umgehend ärztliche Versorgung benötigte.

Oliveira und Graciana saßen sich an der Dinette auf einer kleinen Sitzbank und dem drehbaren Fahrersitz gegenüber, deren Fenster mit einer Privacy-Verglasung ausgestattet war, die sie vor Blicken von außen schützte.

Die Ärztin sah den Wagen der Bentos, der von einer schmalen Asphaltpiste in einen Feldweg in den Salinen abbog. Die Mittagshitze brachte die Luft zum Tanzen, wenn man den Wagen durch einen Feldstecher betrachtete.

Gabriel Bento saß am Steuer.

Das wiederum konnte Isadora Jordão mit bloßem Auge sehen.

Sie wartete auf dem Bahnsteig der Haltestelle, Fuseta/Moncarapacho, die sich vis-à-vis zu den Salinen befand. Lediglich die Hauptstraße des Ortes, die sich hier in Kurven vorbeiwand, trennte den Bahnhof von den Salzwasserbecken.

Zwei weiße Gebäude mit blauen Sprossenfenstern, zum Teil mit Azulejos verkleidet, bildeten den bald zehn Jahre alten Bahnhof. Isadora hatte auf einer dunkelbraunen Holzbank mit gewölbter Sitzfläche neben dem Bahnsteig Platz genommen. Durch einen stattlichen, vier Meter hohen Bogen hatte sie freie Sicht auf das Gebiet der Salinen.

Weiter hinten standen Arbeiter mit freiem Oberkörper in Gummistiefeln knietief in dem Hügel aus Meersalz und schaufelten welches davon in Säcke. Sie verrichteten die harte, körperliche Arbeit mit freiem Oberkörper und schützten ihre Köpfe mit Basecaps oder Strohhüten vor der Sonne.

Clara Bento verließ den Wagen mit dem Aktenkoffer.

»Sie ist da«, hörte sie Graciana über die kleinen Funkempfänger in den Ohren, die wie Airpods aussahen. Ihre Affinität zu Armeehosen und weiten Blusen oder Männerhemden, die sie offen über Shirts trug, kam ihr jetzt zugute, weil sie Gracianas Glock unauffällig in der geräumigen Beintasche der Hose mit sich trug.

Auch Miguel Duarte, der mit Gloria Santos an einem der hinteren Tische des Farols Platz genommen hatte, war mit einem Funkempfänger ausgestattet. Gerade hatte er von Lissabon geschwärmt (*Oh, wie ich den Nabel der Welt vermisse*), sein Bedauern über die Rückständigkeit der Algarvios zum Ausdruck gebracht (*Nette Menschen, aber leider völlig abgehängt*) und nebenbei auch noch ein Kompliment auf den Weg gebracht (*Es ist eine Freude, dass Sie ein wenig Weltläufigkeit hierherbringen*), als ihn die Nachricht erreichte.

Er fasste sich mit Zeige- und Mittelfinger der linken Hand ans betreffende Ohr – so taten es die FBI-Leute im Film immer – und setzte eine konzentrierte Miene auf (haargenau wie in jenem Film). Die Konzentration war allerdings echt. Santos beugte sich unwillkürlich vor, als könnte sie auf diese Weise auch etwas von der Nachricht erhaschen.

Dann löste Duarte die Hand von dem Empfänger und stand auf: »Es geht los. Ich muss mich bereithalten.«

»Passen Sie auf sich auf«, gab Santos ihm besorgt mit auf den Weg.

»Das Kind steht an erster Stelle«, ließ er sie mit einer Prise Todesverachtung wissen, bevor er sich auf den Weg zu seinem Jaguar machte, der immer noch zwei Parkplätze einnahm. Er sprach leise in das winzige Mikrofon an seinem Hemdkragen, das bis auf einen Meter Entfernung als Knopf durchging.

»Sie ist da – und jetzt?«

»Sie steht an der verabredeten Stelle und wartet«, kam es von Graciana zurück.

»Und ihr Mann, Gabriel Bento?«

»Wartet im Auto.«

Das war Carlos.

»Ich habe keinen Sichtkontakt, ich möchte von allen Beteiligten durchgehend über *jedes* Detail informiert werden«, wies Duarte die beiden an.

»Ich habe auch keinen Sichtkontakt, Senhor Duarte«, meldete sich Lost.

Duarte verdrehte die Augen: »Ich weiß. Ich *weiß* das.«

»Ich kann aber Sichtkontakt herstellen«, bot Leander an.

»Nein, das sollen Sie nicht, Lost. Sie sollen bei Madeira & Madeira warten und mit dem fortfahren, was Sie gerade tun.«

»Ich vergleiche gerade die Inhaltsstoffe von 14 Fischfuttersorten.«

»Das klingt sehr interessant.«

»Da sagen Sie was. Zwei von ihnen beinhalten Zink und Eisen, aber das eine verwendet zur Farbintensivierung Astaxanthin, das andere dagegen setzt auf Krustentieremeh...«

»Sie bewahren jetzt Funkstille, Lost. Es sei denn, einer von uns funkt Sie explizit an.«

»Verstanden und Ende.«

»Ich erinnere wirklich ungern daran«, fuhr Duarte nun an Carlos und Graciana gerichtet fort, »aber ich *leite* diese Abteilung und diese Aktion seit heute. Und ich will über jedes Detail informiert werden.«

Stille.

Er hatte den Wagen erreicht und schwang sich auf den Fahrersitz. Nur zehn Meter weiter spielten die alten Herren Boule und tranken eine Bica. Und an einem erhöhten Holzstand verkaufte eine junge Portugiesin Tagestickets an die Touristen, die davor in einer Schlange warteten und sich von der Barkasse ans Meer übersetzen lassen wollten. Bepackt mit Klappstühlen, Sonnenschirmen, Handtüchern und Plastikbällen.

Der Atlantik hatte um diese Zeit noch rund 24 °C Wassertemperatur.

Ein Räuspern, tief, männlich: Carlos.

»Was gibt's, Carlos?«

»Senhor Bento …«

»Ja? Was ist mit dem?«

»Der hat sich gerade am Kinn gekratzt.«

Irgendjemand in der Leitung gluckste.

Miguel Duarte schluckte leer vor aufkeimender Wut.

»Jetzt hat er sich am Ohr gezupft.«

»Hör sofort auf mit dem Scheiß, Carlos.«

»Sie geht gerade nach links«, meldete Graciana.

»Du auch«, wies Miguel sie zurück.

»Sie tut es wirklich«, antwortete Graciana ruhig.

Und genau das tat Clara Bento jetzt, denn unweit von ihr hatte ein Fischer seine Siebensachen gestapelt. Reusen, Eimer, ein paar Paddel. Und von dort aus ertönte eine Melodie, die ihr wie ein Stromschlag durch den Körper fuhr: *Good 4 U* von Olivia Rodrigo, der Nummer-1-Hit aus dem Frühjahr. Sie hatte ihrer Tochter den Anfang des Songs als Klingelton für ihr Handy einrichten müssen. Fast alle ihre Freundinnen hatten es bereits, und Maria wollte auf keinen Fall das Schlusslicht bilden.

Clara Bento packte den Griff des schmalen Aktenkoffers fester und sah sich um. Aber da war niemand. Nur die Arbeiter weiter hinten bei dem Hügel aus Meersalz.

Sonst befanden sich nur weiter vorn am Ufer der Lagune die Kite-Surfer mit ihren bunten Segeln, die hoch im Wind standen.

Und ansonsten: niemand. Sie war – Gabriel ausgenommen – mutterseelenallein auf sehr weiter Flur. Die Salinen bildeten eine Ebene, auf der man sich kaum verstecken konnte.

Wie ferngesteuert ging sie also auf die Reusen zu, von wo aus die Melodie erklang. Bei den Reusen lag das Handy nicht. Die Melodie klang etwas dumpf.

Sie hob einen grünen Wassereimer an und zuckte ein wenig zurück. Es befand sich am Boden in der pinken Hülle: Marias Handy. Als sie danach griff, zitterte ihre Hand. Auf dem Display stand *Número anônimo*. Der Anrufer hatte seine Nummer unterdrückt.

»Clara Bento, sie … sie hebt was auf«, berichtete Graciana aus dem Wohnmobil.

»Es ist ein Handy«, ergänzte Carlos von der Dachterrasse, der den Gegenstand von hier aus besser identifizieren konnte.

Clara Bento setzte den Koffer ab und nahm den Anruf entgegen.

»Sim?«

»Frau Bento, warum haben Sie die Polizei eingeschaltet?«

»Ich«, begann sie, um zu schildern, wie das alles gekommen war, wie die Polizei ohne ihr Zutun oder das ihres Mannes schon am Haus ihres Vaters gewartet hatte, und dann … bewahrte sie Nerven und zeigte Geistesgegenwart: »Ich habe keine Polizei eingeschaltet.«

Stille. Nur das Atmen, das durch den Verzerrer klang, als hole am andere Ende der Leitung ein Monster Luft.

Sie hatte keinerlei Zweifel, wessen Atem sie hörte, unangenehm nah, ja, fast intim: den des Mörders ihres Vaters. Warum sagte er nichts? Wusste er es besser? Hatte er sie der Lüge überführt?

»Wenn Sie die Verbindung unterbrechen, sehen Sie Ihre Tochter nicht wieder.«

Das Bedrohlichste an den Worten des Mannes war der Umstand, dass seine Stimme nicht bedrohlich klang, sondern sachlich.

»Ich tue, was Sie sagen.«

»Gut. Sie gehen jetzt los: zur Bahnstation Fuseta Moncarapacho.«

»Ja.«

»Sie nehmen den 12:13-Uhr-Zug in Richtung Faro. Gehen Sie, sonst verpassen Sie ihn. Eine zweite Chance gibt es nicht.«

»Ich laufe los.«

Für einen Moment hatte Clara Bento Angst, ihr könnten gerade jetzt die Beine den Dienst versagen. Aber stattdessen bedeutete sie Gabriel mit der ausgestreckten, offenen Hand, im Auto zu bleiben. Begleitet von seinem sorgenvollen Blick hob sie den Koffer auf und ging zügig auf die Bahnstation zu.

»Sie geht zur Hauptstraße«, gab Graciana weiter.

»Und sie hält das Handy ans Ohr«, fügte Carlos hinzu, »vermutlich gibt der Entführer ihr Anweisungen.«

»Welche Züge fahren in den nächsten Minuten, weiß das jemand?«

Lost wusste es: der 12:13 nach Westen. Der in Richtung Spanien erst eine halbe Stunde später.

»Okay«, schaltete Duarte sich ein, »Senhor Lost, gehen Sie schon mal raus zu Ihrem Motorrad und warten Sie dort. Wenn Senhora Bento in den 12:13er steigt, bin ich mit dem Auto nicht so schnell wie Sie. Falls sie also einsteigt, fahren Sie zum Bahnhof von Olhão.«

»Ich habe verstanden«, kam es mit unbeteiligt wirkender Stimme zurück.

Ewa Zorin sah sie kommen. Mit dem Aktenkoffer. Und den weit aufgerissenen Augen, mit denen sie konzentriert an der Stimme aus ihrem Handy hing. Koljas Stimme.

Ewa stand auf dem Bahnsteig und hatte über einen großzügigen Torbogen freie Sicht auf die karge Landschaft und auf die Mutter des Kindes.

Ewa war Mitte, Ende 30. Sie trug Turnschuhe, dazu eine enge, hellblaue Jeans, eine dunkelblaue Bluse und eine weiße Sommerjacke. Das blonde Haar als Straight Bob. Der leicht vorgeschobene Unterkiefer mit dem spitzen Kinn verlieh dem ansonsten mädchenhaft wirkenden Gesicht eine unterschwellige Strenge und vermittelte dem Beobachter Entschlusskraft oder Durchsetzungsvermögen oder beides. Insgesamt machte sie, die mit ihren 1,75 Metern Körpergröße die meisten portugiesischen Frauen überragte, einen sportlichen Eindruck. Eine Sonnenbrille verdeckte ihre hellgrauen Augen.

Der Zug nach Faro lief ein und kam langsam zum Stehen. Die Linie bestand aus Zügen, die vor Jahrzehnten in Lissabon ausgemustert worden waren und hier im Süden als *Linha do Algarve* ihre weitere Verwendung fanden.

Die Bewohner hier im Süden wollten die alten Triebwagen und Waggons mit den Oberflächen aus horizontalen Metallleisten und den hellblauen Dächern aber nach einer Weile nicht mehr missen, sodass sie bis heute auf der Ost-West-Verbindung ihren Dienst verrichten. Sie wirkten wie ein Relikt aus jener Epoche, die in jedem Land *die gute alte Zeit* genannt wurde und seit einer Generation vergangen war. Und die, hatte man sie selbst erlebt, gar nicht so gut gewesen war, wie später gern behauptet wurde.

Die silberfarbenen Türen schwenkten auf, die Passagiere stiegen aus und Clara Bento erreichte kurzatmig direkt den Waggon hinter der Lok, denn der war der nächste. Ewa, die ahnte, welchen Einstieg die Frau wählen würde, betrat ihn vor ihr und ging bis zur letzten Reihe, um sich dort hinzusetzen, weil sie von hier aus den gesamten Eisenbahnwagen überblicken konnte.

Clara Bento wählte eine Sitzreihe in der Mitte, weshalb Ewa Zorin nur ihren Hinterkopf sah, der über die Lehne hinausschaute.

Als die Türen sich schlossen und der Zug mit einem Rucken anfuhr, das nach wenigen Metern in ein Gleiten überging, betrat noch ein Fahrgast von hinten den Waggon und nahm auf der Sitzbank Platz, die sich gegenüber jener der von Ewa Zorin befand.

Die schob die Sonnenbrille hoch ins Haar und warf einen kurzen Blick hinüber. Eine junge Frau in einer Armeehose und einer Lederjacke, in ihr Handy vertieft und mit ihren Airpods in einer Parallelwelt versunken.

Sie steigt ein.

Diese drei Worte, die Isadora per SMS an Graciana versandt hatte, reichten aus, damit Duarte Leander auf die Reise schickte.

»Es ist ein Kind in Gefahr. Sie sind an keine Verkehrsregel gebunden, Senhor Lost.«

Die Entbindung von jeglicher Vorschrift der Straßenverkehrsordnung, insbesondere von Tempolimits oder roten Ampeln, hätte jedem Polizisten ein Lächeln ins Gesicht gezaubert, breit bis klammheimlich. Graciana etwa entfuhr bei Duartes Anweisung ein bedauerndes Seufzen. Lost hingegen war klar, dass die Retromaschine mit den knapp 200 Kilo Gewicht und einer Höchstgeschwindigkeit von über 190 Stundenkilometern ein gefährliches Geschoss darstellte. Die Bahn legte die Strecke von Fuseta nach Olhão in acht Minuten zurück. Mit dem Auto benötigte man dagegen mindestens 14 Minuten. Er musste jetzt nach Möglichkeit die sechs Minuten wettmachen. Andererseits war dem entführten Mädchen auch nicht damit geholfen, wenn er verunglückte.

Lost beschleunigte die Ducati in knapp fünf Sekunden auf 100 und drehte den dritten Gang weit hoch. Er schoss mit flatternder Krawatte und Jackett auf der Leitlinie zwischen den beiden Spuren der N 125 entlang. 120. Zwischen zwei schweren Lkws hindurch – *Wuuuusch!* –, deren Fahrtwind kurz für Instabilität sorgte, die er routiniert und präzise abfing und weiter beschleunigte. 140. Jemand bremste, um links abzubiegen. Leander wechselte auf die Standspur und zog mit der gleichen Geschwindigkeit an den Autos und Transportern vorbei. In Quatrim schoss er mit wenig vermindertem Tempo bei Tiefrot über eine jener Ampeln, die auf Rot umsprangen, sobald sich jemand in den Autos, die sich ihr näherten, nicht an die Höchstgeschwindigkeit hielt.

Eine erzieherische Ampel, wie man sie in Portugal häufig vorfand, aber noch nie von einem Fußgänger gehört hatte, der sie zur Überquerung der Straße genutzt hätte. Auch nicht, wenn man Hundertjährige befragte, aber damals gab es die Ampeln natürlich noch gar nicht.

Carlos Esteves war schon die Treppe hinuntergerannt, als Clara Bento sich noch auf dem Weg zum Bahnhof befand.

Er stürzte zu Nélson, dem Kellner des kleinen Restaurants um die Ecke, und lieh sich dessen Elektroroller. Der eigentlich nicht schneller als 25 Stundenkilometer fahren durfte, den Nélson aber auf 65 frisiert hatte.

Carlos bekam hier jeden Abend einen Tisch und Nélson bei kleineren Vergehen keine Strafzettel. Und außerdem musste er manchmal seinen Roller an Carlos abgeben, so wie jetzt.

Der jagte darauf durch die kleinen Gassen von Fuseta, entgegen der Einbahnstraße am Platz der Republik vorbei, links hinauf, und dann weiter, vorbei am Kindergarten, der Schule, Richtung Bahnstation Fuseta A. Denn kurioserweise verfügte das 2.000-Seelen-Fischerdorf über zwei Haltestellen, während all die anderen kleineren und größeren Städte entlang der Linha do Algarve jeweils nur einen ihr Eigen nennen konnten.

Graciana hatte selbst vorgeschlagen, mit der Doutora in dem Wohnmobil vor Ort zu bleiben, sofern Gabriel Bento ebenfalls in den Salinen blieb.

Es war jedenfalls nicht auszuschließen, dass die Entführer nicht noch zusätzlich Kontakt zu ihm aufnahmen. Denn aus deren Sicht wäre die Kripo allein auf die Mutter fokussiert. Auf das Lösegeld.

Aber vielleicht hatten sie noch einen ganz anderen Plan in der Hinterhand.

Also machte Duarte sich mit seinem Sportwagen ebenfalls auf den Weg nach Olhão. Er würde dort nicht zeitgleich mit dem Zug eintreffen, aber vielleicht stieg Senhora Bento dort aus. Und dann wäre Leander Lost an der Bahnstation nicht auf sich allein gestellt.

Da er sich hütete, das Blaulicht einzusetzen, blieb ihm nur, wie ein Henker zu fahren. Oder wie man hier sagte: *wie ein Spanier*.

Der Zug verlangsamte bei Fuseta A, der Haltestelle, die neben einer Schule und einem Platz lag, auf dem ein paar Jungs mit einem Plastikball bolzten. Eine Handvoll Passagiere stand dort auf dem Bahnsteig.

»Steig aus«, befahl die verzerrte Stimme.

Unwillkürlich musterte Clara Bento die Menschen, die dort warteten. Auf sie? War einer der Männer derjenige, dessen Atmen sie die ganze Zeit über ausgesetzt war?

Aber von den vier Männern, die in ihrem Sichtfeld standen, telefonierte niemand mit einem Handy.

Isadora bemerkte, wie Clara Bento aufstand und mit dem Koffer zur Tür ging.

Sie steigt aus.

Die Kriminaltechnikerin war sich nicht ganz sicher, ob sich mit Clara Bento und ihr die einzigen Personen in dem Waggon befanden, die in den Entführungsfall verwickelt waren. Oder ob Clara Bento von einem der Entführer persönlich überwacht wurde. Der auch hier drinnen saß. Vielleicht nicht einmal zwei Sitzreihen entfernt. Deshalb rührte sie sich nicht, sondern beobachtete aus den Augenwinkeln, wie Senhora Bento ausstieg und auf dem Bahnsteig stehen blieb.

Das hier war ein beliebter Trick, wie Isadora Jordão wusste: die überwachte Person stieg aus, woraufhin der Bewacher ebenfalls den Zug verließ. Und der Überwachte im letzten Augenblick wieder in den Waggon einstieg.

Ein Bewacher, der daraufhin ebenfalls wieder in den Zug zurückkehrte, enttarnte sich für die Gegenseite von selbst.

Aus diesem Grund blieb Isadora eisern im Waggon sitzen.

Carlos ist gleich da, erschien auf dem Display ihres Smartphones.

Der letzte Passagier verließ den Zug. Clara Bento, das Handy unverwandt am Ohr, marschierte los. Und von Carlos Esteves immer noch keine Spur.

Der Weg zurück zum Zug war für Marias Mutter jetzt zu weit, schätzte Isadora.

Wenn es sich allerdings nicht um eine Finte handelte und sie Clara Bento jetzt aus den Augen verlor …

Das Signal für die Weiterfahrt ertönte.

Gerade wollte Isadora aufstehen, als Carla Bento sich plötzlich wieder zur Haltestelle drehte und mit dem Aktenkoffer zurück zum Zug rannte. Die Tür zum Waggon schloss sich zwar automatisch, aber eine blonde Frau von gegenüber war so freundlich und öffnete sie wieder.

»Obrigada«, keuchte Clara Bento atemlos.

»De nada.«

Sie zählte im Vorbeigehen offenbar die Anzahl der Sitzreihen ab und wählte die neunte. Isadora Jordão konnte sich keinen Reim darauf machen, während der Zug nun weiterfuhr – nächster Halt: Olhão.

Im Wegfahren bemerkte Isadora Carlos, der auf einem Roller angebraust kam und stoppte.

»Lost, wo sind Sie?«, wollte Duarte wissen, der gerade an Carlos Esteves vorbeijagte und eine betagte Dame zu einem Hopser vom Zebrastreifen nötigte, um nicht überfahren zu werden.

Miguel Duarte manövrierte durch jene kleinen Nebenstraßen im Westen Fusetas, die durch das ehemalige Viertel der Fischer mit den niedrigen Häusern führte. Leicht erkennbar an den zwei Treppen, die sich in der Mitte des Hauses über beiden Eingängen trafen und jeweils auf die Dachterrasse führten. Die Treppen bildeten ein Dreieck, dessen obere Spitze auf Höhe der Mauer gekappt war.

Aber die wenigsten, die hier wohnen, arbeiteten noch als Fischer. Früher konnten sie von der Straße oder ihrem Dach den Blick auf die Ria Formosa genießen und mit den Kollegen und deren Familien über das Wetter fachsimpeln – während nebenbei natürlich gegrillt wurde, meist fangfrische, saftige Sardinen.

Irgendwann hatten Investoren ihnen mit hohen Metallzäunen gesicherte Wohnblöcke vor die Nase gesetzt. Kaum einer der ausländischen Käufer wohnte dort, sondern nutzte die Immobilie als Renditeobjekt und vermietete sie.

Der erste Wohnblock wurde maßgeblich von irischen Investoren aufgekauft – im Straßenjargon Fusetas hieß er auch *der irische Bunker*.

»Ich bin gleich am Ortseingang, jetzt auf Höhe der Galp-Tankstelle«, antwortete Leander, der sich mit 110 Sachen dem ersten Kreisverkehr in Olhão näherte und sich so stark in die Kurve legte, dass die linke Fußraste aufsetzte und für einen kurzen Funkenregen sorgte, bis Leander den Gashebel bis zum Anschlag drehte, die Scrambler sich aufrichtete und einen beherzten Satz machte, um nun in Windeseile die Überführung über die Bahnlinie zu nehmen. Auf dem Scheitelpunkt der Überführung blickte Lost kurz nach links, wo die Schienen der *Linha* nach Osten verliefen. Noch konnte er den Zug nicht sehen.

Aber dann war der Sekundenbruchteil auch schon wieder vorbei.

»Geschätzte Ankunftszeit«, sagte er, »circa zwei Minuten.«

Duarte hatte eine schmale Straße erreicht, die sich weiter nach Westen erstreckte, er folgte dem Zug mit Abstand.

»Was soll ich nach meiner Ankunft tun?«

»Sie sollen dort warten und sich unauffällig verhalten. Und vor allem berichten, ob Senhora Bento den Zug dort verlässt oder ihre Fahrt fortsetzt. Aber nicht, indem sie dorthin starren, verstehen Sie?«

»Ja.«

Graciana ahnte, wozu das führte: Leander Lost wäre so sehr damit beschäftigt, mit Präzision Beiläufigkeit und konzentrierte Lockerheit herzustellen, dass er so auffiele wie ein bunter Hund.

»Senhor Lost, Graciana hier. Hören Sie mich?«

»Ja.«

»Haben Sie Ihre Sonnenbrille dabei?«

»Ja.«

»Setzen Sie sie auf.«

»Ja.«

Die würde seinen klaren Blick, den manche als Starren empfanden, verdecken.

Es gab ein Rascheln und Rauschen. Dann begriff Graciana ihren Fauxpas: »Nachdem Sie angekommen sind!«

»Ja.«

Das Rascheln in der Leitung endete.

»Und zählen Sie Ecken, wenn Sie angekommen sind. Aber nur, bis der Zug zum Stehen kommt.«

»Ja.«

»Was soll der Unsinn?«, schaltete Duarte sich ein.

»Vertrau mir, Miguel«, antwortet Graciana aus dem Wohnmobil, das nach wie vor in den Salinen stand.

Ja, rief Duarte sich ins Gedächtnis, gewiss waren sie und Carlos viel besser mit den Marotten und Spleens des Alemão vertraut. Gracianas Schwester Soraia fand sie offenbar so charmant, dass sie sich in ihn verliebt hatte. Und auch der alte Rosado, der Vater der beiden, hatte wohl eine Schwäche für ihn entwickelt, wie man hörte. Immerhin ein früherer GNR-Chef mit großen Händen und breitem Kreuz, der normalerweise nicht für Fisimatenten zu haben war und für *Senhor Léxico*, wie sie ihn wegen seines fotografischen Gedächtnisses heimlich nannten, offenbar eine Ausnahme machte.

Vielleicht zählte António Rosado auch schon Ecken, wer weiß?

Andererseits war Losts, nun ja, *spezieller* Blick auf Dinge in einigen Fällen hilfreich gewesen und hatte zu Abkürzungen in den Ermittlungsschritten geführt. Wenn ihm das nur möglich war, indem er Ecken zählte oder nachts splitternackt im stockdunklen Pool abtauchte (auch das erzählte man sich), dann war das in Duartes Augen gestört. Aber das wollte er ja nun nicht mehr sagen, im Bemühen um ein besseres Verhältnis zu der Truppe.

Du musst, Miguel-cariño, hatte seine Mutter ihm verraten, *einem Nachteil nur ein positives oder zumindest erratisches Adjektiv verleihen, schon fühlt es sich anders an.*

Leander Lost war dann eben nicht mehr gestört, sondern *ungewöhnlich.* Ein *ambivalenter* Charakter.

Ein Dussel, Miguel-Schatz, ist ein Rohdiamant. *Denn das beherbergt für ihn die Hoffnung auf sein Erstrahlen im geschliffenen Zustand. Aber ein Trottel wird immer ein Rohdiamant bleiben – bis zu seinem Lebensende.*

Die Landschaft, die draußen vorbeizog, empfand Ewa Zorin als eintönig. Sand, Gestrüpp, ein paar Vögel. Als es darum ging, sich für die Sache hier vorzubereiten, hatten Kolja und sie sich über die Gegend schlaugemacht.

Das da draußen war ein Weltkulturerbe der UNESCO. Aber bei Licht betrachtet, handelte es sich um eine unansehnliche Marschlandschaft, in der sich das Auge an nichts rieb.

Merkwürdig, was Menschen als schützenswert empfanden, dachte sie. Schützenswert für wen? Die Nachwelt? Die Natur?

Ewa hatte nicht den Eindruck, dass der Menschheit beim Anstieg des Meeresspiegels und der Überflutung der Ria Formosa etwas Wichtiges verloren ginge.

Aber an das Klima hier unten konnte sie sich gewöhnen. Sie war ein Sonnenkind. Schon als Baby, so erzählte es ihre Mutter, krabbelte sie sofort an jede Stelle, an der das Licht der Sonne sich den Weg auf den Boden ihrer Wohnung im kalten Plattenbau bahnte.

Ewa liebte hier an der Algarve das Gefühl der Sonne auf der Haut. Es war nicht nur wie zu Hause die Illusion von Wärme, sondern sie legte sich auf die Haut wie eine Berührung. Unaufdringlich, selbstverständlich und sanft. Wie eine dahingeflüsterte Umarmung.

Mitten in der Fahrt durch dieses landschaftliche Trauerspiel erhob Clara Bento sich jetzt und zog das Lüftungsfenster von kaum zehn Zentimetern Höhe oberhalb des statischen, fest verbauten Fensters nach unten, was dem Waggon eine angenehm frische Brise bescherte. Sie nahm aber nicht wieder Platz, sondern hielt immer noch das Handy am linken Ohr und hörte jemandem konzentriert zu. Dann hob sie mit einem Mal den Aktenkoffer an und schob ihn unter den verwunderten Blicken der anderen Fahrgäste durch den Schlitz nach draußen.

Kurz erhaschte sie dabei den Blick auf eine Gestalt in einer schwarzen Ledermontur, die trotz der Mittagshitze eine Sturmhaube trug. Und dann war der Eindruck auch schon wieder vorbei.

Isadora setzte auf der Karte in ihrem Smartphone so schnell es ging einen PIN – eine Stecknadel mit rotem Kopf, die ihre jetzige Position markierte – und sandte sie in die Gruppe. Versehen mit dem Zusatz *Circa 200 bis 400 Meter östlich von hier. Sie hat den Aktenkoffer aus dem Fenster geworfen.*

Sie haben uns ausgetrickst, dachte Isadora und war mit diesem Gedanken nicht allein.

Duarte bremste scharf ab. Er befand sich neben einem offenen Müllcontainer und fühlte sich beobachtet – von zwölf Katzen, die sich im Schatten rekelten oder Essensreste aus den Abfalltüten stibitzten.

Er sah an ihnen vorbei: zum letzten Waggon des Zuges, der sich weiter von ihm entfernte.

Hier irgendwo in der Nähe hatte Clara Bento das Lösegeld aus dem Zug geworfen. Unten. An der Ria. Vor wenigen Augenblicken.

Und irgendjemand sammelte es dort jetzt gleich ein.

»Senhor Lost?«

»Ja. Ich bin bei 451 Ecken.«

»Gleich kommt der Zug. Wenn Clara Bento aussteigt und nicht mehr telefoniert, sprechen Sie sie darauf an, ob sie einen Hinweis auf den Aufenthaltsort ihrer Tochter hat. Falls sie immer noch telefoniert, zählen Sie weiter Ecken und vermeiden Sie jeglichen Kontakt.«

»Verstanden.«

Duarte blies die Wangen auf. Er versuchte, sich zu konzentrieren. Die Gedanken umtanzten einander in einem wilden Reigen. Und der einzige, der klar hervortrat, packte ihn dort, wo es einen Mann für gewöhnlich ganz besonders schmerzte: an seinem Ego. Und er lautete: *Vielleicht bin ich ja der Rohdiamant, der nie erstrahlt.*

Vielleicht war es das, was sie mir – dezent – mitgeben wollte, dachte er und schob auch das beiseite. Was war nun zu tun? Dazu brauchte es die Analyse eines klaren Kopfes, welche Szenarien überhaupt eintreten konnten. Derer gab es vier.

Best case: Maria Bento kehrte unbeschadet nach Hause zurück, und er brachte die Täter zur Strecke.

Good case: Maria Bento kehrte unbeschadet nach Hause zurück und die Entführer kamen ungestraft davon.

Bad case: Lost hatte mit dem auffälligen Missverhältnis von Risiko und Geld recht, und die Täter würden Maria Bento an die Organmafia ausliefern *und* unerkannt verschwinden.

Worst case: Die Täter hatten vor, Maria gegen das Lösegeld gehen zu lassen, aber durch den dilettantischen Eingriff von Sub-Inspetor Duarte hatten sie sich umentschieden und das Kind an die Organmafia ausgeliefert.

Das würde ihm auf ewig anhaften. Dienstlich, gesellschaftlich, moralisch. Er würde sich für gute zehn bis 20 Jahre nicht mehr im zivilisierten Teil der Welt blicken lassen können. Er wäre ein Paria.

Sofern Leander Lost mit seiner Einschätzung allerdings richtiglag und Maria Bento sowieso nie zurückgebracht werden sollte, durfte er das nicht zulassen. Zumal es in den Medien besser ankam, wenn er beides tat: das Kind retten *und* die Verbrecher verhaften.

Er legte den Schalter der Automatik auf D, bog auf einen Sandweg zur Ria Formosa ein und gab Vollgas. Irgendwo dort sammelte gerade nämlich jemand den Aktenkoffer mit dem Geld ein.

Kolja hasste es nicht, in einer Motorradmontur samt Helm schwitzend in der Mittagssonne durch das Kulturerbe zu laufen.

Für seinen Geschmack sagten die Leute heutzutage ohnehin viel zu leichtfertig, dass sie etwas *hassten*. So wurde Hass Teil der Alltagssprache, es wurde salonfähig, etwas zu hassen.

Ich hasse diese Musik, dieses Essen, diese Straßenecke, diesen Wasserhahn – all diese Leute hatten in seinen Augen ein Luxusproblem und wussten nicht, was echter Hass war.

Sie hatten es verlernt. Es ging ihnen zu gut. Wohlstandsverwahrlosung. Signifikantes Indiz westlicher Demokratien im Sinkflug.

Der Koffer lag keine 50 Meter entfernt am Fuß eines Strauchs, der ihn nach dem Abwurf aus dem fahrenden Zug gestoppt hatte.

Als er ihn erreichte, öffnete er ihn sofort und sah die von Banderolen umschlossenen Bündel von 200-Euro-Scheinen. Von einer Farbbombe war nichts zu sehen und Kolja hatte auch nicht damit gerechnet, dass die Polizei diesen Fehler begehen würde.

Denn die war natürlich involviert, ganz gleich, wie viel Mühe sie sich gab, unsichtbar zu bleiben. Er schloss den Koffer wieder und machte sich im Laufschritt auf den Weg zurück zu seinem Motorrad, das er dort abgestellt hatte, wo ein Feldweg von der Verbindungsstraße aus dem zersiedelten Gebiet kurz vor Olhão bis hinab zur Ria Formosa führte.

Der Schweiß lief ihm übers Gesicht und brannte in den Augen.

Natürlich hatten sie André Bento vor der Entführung bis auf die Knochen durchleuchten lassen. Lebenslauf, Hobbys, Suchverlauf auf Google, Bankdaten, finanzielle Situation, Spuren im Netz, Patientenakte und vor allem: Gewohnheiten. Sein Faible für die Astrofotografie etwa.

Menschen durchliefen täglich, wöchentlich, jährlich immer wieder bestimmte Routinen, die sie selten modifizierten. Kannte man ihre Routinen, konnte man Verhalten vorhersagen. Reaktionen oder was sie zu einer bestimmten Uhrzeit taten. Wo man sie an einem bestimmten Tag antreffen konnte. Über wen oder was sie unter Druck zu setzen waren.

Entsprechend waren Ewa und er an diesem Vormittag vorbereitet gewesen. Bento kam von einer Nachtschicht. Er war müde. Seine Gegenwehr – wenn überhaupt – würde weder kräftig noch schnell ausfallen. Aber eigentlich hatten sie mit gar keiner gerechnet. Da hatte der alte Mann sie doch überrascht.

Seine Tochter und sein Schwiegersohn waren immer noch dabei, ihren Kredit für das Haus bei der Bank abzuzahlen. Das Darlehen lief noch über 28 Jahre. Sie arbeiteten hart und viel, aber am Ende des Monats blieb ihnen kaum etwas. Weil die Bank alles abschöpfte.

In Koljas Augen verschwendeten sie ihre Lebenszeit.

Aber das war ihm einerlei. Ewa und ihm war lediglich klar, dass das Ehepaar selbst mit der Hilfe von André Bento niemals ein Lösegeld von 250.000 Euro würde aufbringen können.

Dementsprechend würde das Innenministerium diese Summe zur Verfügung stellen. Was wiederum mit sich brachte, dass natürlich die Polizei involviert war. Darüber hatte Ewa nur geschmunzelt. *Hier gibt es nur ein paar Polizisten vom Land,* hatte sie gesagt.

Ja, sie waren vom Land, aber Kolja nahm das nicht auf die leichte Schulter. Er war schon welchen begegnet, die trotzdem einen gefährlichen Ehrgeiz entwickelten, den man nicht unterschätzen durfte.

Kaum am Ende dieses Gedankens angekommen, schoss ein weißes Cabrio in hohem Tempo den Sandweg hinab. Hinter dem Steuer ein Mann im Anzug mit Sonnenbrille und perfektem Scheitel. Als hätte ein Landvermesser ihn eintätowiert.

Der Mann bemerkte ihn und legte eine Vollbremsung hin. Die Staubfahne, die er beim Herfahren aufgewirbelt hatte, holte ihn nun ein. Er sprang aus dem Auto und zog eine Pistole, mit der er auf ihn zielte.

»Polícia Judiciária«, rief er. »Koffer abstellen und Hände hinter den Kopf!«

Dieser ganze Schlamassel nahm einfach kein Ende, dachte Kolja ruhig, als stünde er neben sich und betrachtete das alles nur, während er weiter auf den Mann zuging.

Er hob die gewölbte linke Hand zum Ohr, das unter dem Helm steckte, und rief zurück: »Wie bitte?«

»Ich habe gesagt, Sie sollen sofor…«

Kolja warf ihm ansatzlos und unvermittelt den Aktenkoffer in seiner Breite auf Brusthöhe entgegen. Selbst, wenn der Mann abdrücken sollte, würde er zunächst den Koffer treffen – auf jeden Fall aber nicht ihn, Kolja.

Wie erwartet stieß der Mann den Koffer mit der freien Hand von sich und vollzog einen Stützschritt nach hinten. Genau das reichte Kolja, der immer noch auf ihn zuging, seine Backup-Waffe aus dem Schulterholster zu ziehen, die nur 580 Gramm schwere Glock 43, die sich unter keiner Jacke abzeichnete. Das Abstoppen und Anvisieren war eine einzige, Tausende Male erprobte Bewegung, die er jederzeit abrufen konnte.

Er drückte zur Sicherheit doppelt ab und traf wie gewünscht den Schussarm des Mannes. Das erste Projektil durchschlug den Unterarm, worauf ihm die Dienstwaffe entglitt, das zweite erwischte ihn im Zurückstolpern am Bizeps und riss ihn zu Boden, auf den er hart aufschlug und eine Staubwolke aufwirbelte.

Kolja hob seine Pistole auf und trat an ihn heran, er zielte auf seinen Kopf. Spannte den Abzugshahn.

Das dunkle Visier des Motorradhelms war für Miguels Augen undurchdringbar. Aber von der Statur und der Stimme her hatte er es eindeutig mit einem Mann zu tun. Mit seiner eigenen Pistole erschossen zu werden, war ohne Zweifel eine besondere Demütigung.

Jetzt lag er da, in der Ria Formosa, in tiefster Provinz, und dieses war der Augenblick seines Todes, vor dem er sich insgeheim immer gefürchtet hatte. Aber Miguel stellte überrascht fest, dass er sich nicht fürchtete, sondern dass es gut so war, wie es endete.

Wie er ihretwegen hierhergekommen war, in dieses Land. Ihretwegen blieb. Und den Spott aus Sevilla an sich abperlen ließ, die Wut seines Vaters ertrug. Auch dann noch, als sie aus seinem Leben schied.

Vielleicht war es ein Irrweg gewesen. Aber dann wenigstens ein glücklicher.

Und deshalb empfand er keine Furcht, alles Schwere wich von ihm, er schenkte dem Mann über sich ein Lächeln.

»Até já.«

Bis bald.

Tatsächlich zögerte Kolja. Wägte kurz ab. Der Mann war keine Gefahr.

»Dein Handy.«

»Was?«

»Mach schon.«

Duarte zog irritiert sein Handy aus der Jackettasche und reichte es dem Entführer. Der warf es zu Boden und schoss einmal hindurch.

Anschließend nahm er den Koffer an sich, ging weg und schoss im Vorbeigehen in den linken Hinter- und Vorderreifen des Jaguars.

An seinem Motorrad angekommen, klappte er die Satteltasche auf und entleerte die Euroscheine darin. Den Koffer warf er in Richtung des Anzugmannes, der jetzt mit entsetzter Miene seinen Arm betrachtete.

»Gran Dios, ich verblute.«

Kolja schwang sich auf seine Ducati Multistrada V4, startete sie und jagte den Feldweg hinauf.

Als er nach zwei Biegungen bei dem Mülleimer mit den Katzen stoppte, die ihn aufmerksam beobachteten, holte er das mit dem Sprachverzerrer präparierte Handy aus seiner Brusttasche.

»Clara Bento?«

Es dauerte einen Augenblick, dann hörte er ihre ängstliche Stimme: »Ja?«

»Erinnern Sie sich, wo Sie in den Salinen gewartet haben?«

»Ja.«

»Da sind zwei Bauwagen. Ihre Tochter ist in dem roten. Die Tür ist mit einem Vorhängeschloss versehen. Der Schlüssel hängt an einem Nagel am Fensterrahmen auf der anderen Seite.«

Dann unterbrach Kolja die Verbindung, tauschte mit wenigen geübten Handgriffen das Nummernschild und brauste davon.

Clara Bento schluchzte auf dem Bahnsteig von Olhão los und Isadora Jordão traf der Anblick ins Mark. Bento ging auf sie zu, die Tränen rannen ihr übers Gesicht: »Sie ist im roten Bauwagen.«

Er hatte nicht gelogen.

Graciana war mit dem Wohnmobil sofort zu der Stelle in den Salinen gefahren, an der Gabriel Bento noch immer zum Abwarten verdammt in seinem Wagen saß. Und mit großen Augen auf das Fahrzeug starrte, das Staub hinter sich aufwirbelnd in halsbrecherischem Tempo auf einem schmalen Pfad zwischen zwei Wasserbecken hindurchraste. Auf ihn zu.

Die Sub-Inspetora sprang heraus, gefolgt von der Doutora samt ihrem Arztkoffer, und während sie zum roten Bauwagen liefen, winkte Graciana Rosado ihn zu sich.

Den Schlüssel fand sie an der angegebenen Stelle und er passte auch ins Schloss, das sie öffnete. Dann zog sie ihre Ersatz-Glock.

»Zur Seite, bitte.«

Bento presste sich neben der Tür an den Wagen. Dann riss Graciana die Tür auf und zielte hinein.

Drinnen herrschte trotz der sonnigen Umgebung ein warmes Halbdunkel, denn alle Vorhänge waren zugezogen.

Auf einer Pritsche lag ein Mädchen. Graciana erkannte sofort Maria Bento von den Fotos wieder, die die Eltern ihr oben in Bico Alto gezeigt hatten.

Aber das Mädchen regte sich nicht. Es hatte die Augen geschlossen und das Gesicht war wächsern.

Graciana schluckte leer.

Bitte nicht, dachte sie. Bitte nicht so. Nicht ein Kind.

»Maria!«

Ihr Vater drängelte sich an ihr vorbei, Oliveira folgte. Gabriel Bento schüttelte sein Kind leicht, worauf nur der Kopf einmal hin und her wackelte.

»Maria …«

Oliveira berührte sanft die Halsschlagader.

»Bom«, sagte sie leise. »Puls ist da. Sie ist da. Sie ist nur betäubt. Alles gut.«

Bento presste seine Tochter mit einer Intensität an sich, als wollte er sie in diesem Leben nie mehr loslassen. Die Anspannung der letzten Stunden, die Sorge, die jeden ihrer Gedanken bestimmt hatte, die Frage, wer von ihnen beiden sie zum Großvater geschickt hatte, welches Elternteil sie möglicherweise in den Tod entsandt hatte, all das brach sich jetzt in Form eines tiefen Schluchzens Bahn. Als die Doutora sich umdrehte, sah sie, wie sich Graciana mit zusammengepressten Lippen das Weinen verkniff.

Die Ärztin wandte sich an Gabriel Bento: »Ich nehme jetzt eine Blutprobe, damit wir wissen, was man ihr verabreicht hat. Halten Sie Ihr Kind einfach weiter in den Armen.«

Graciana bewunderte, wie sie es nur durch ihr Lächeln und die richtige Tonlage fertigbrachte, sich dafür das Einverständnis des Vaters einzuholen, ohne ihn danach zu fragen.

Oliveira fand die Vene des Kindes in der Armbeuge auf Anhieb und ließ eine Ampulle volllaufen, die sie gerade verschloss, als ihr Handy vibrierte. Auf dem Display erschien der Name von Carlos Esteves.

Schnell zog sie die Nadel aus der Vene und tupfte die Einstichstelle ab.

»Pressen Sie ein bisschen darauf, bitte, Senhor. Aber nicht zu stark.«

Dann nahm sie den Anruf entgegen.

»Sim?«

»Esteves hier.«

»Ich weiß.«

»Ich brauche Sie hier an der Ria, ich schicke Ihnen meine Position. Der Kollege Duarte ist angeschossen worden. Eine Fleischwunde am Arm.«

»Der Knochen ist vielleicht gebrochen«, hörte sie eine empörte Stimme aus dem Hintergrund, »es blutet ohne Ende!«

»Verliert er viel Blut?«

»Er denkt, er stirbt gleich.«

»Das habe ich nicht gesagt!«, rief Duarte von weiter weg.

»Denken Sie das auch, Senhor Esteves?«

»Keineswegs.«

»Haben Sie ihm den Arm abgebunden?«

»Mit meinem Gürtel, ja. Und Schmerztabletten gegeben.«

»Ich komme und mache ihm sicherheitshalber einen Druckverband und spritze ihm etwas Morphin gegen die Schmerzen. Rufen Sie trotzdem einen Rettungswagen, Senhor Esteves, das muss geröntgt werden. Und noch was: Wir haben das Kind. Und es ist wohlauf.«

»Gut«, sagte Carlos und es war mehr ein erleichtertes Ausatmen, »gut.«

Carlos beendete die Verbindung und wandte sich Duarte zu, der sich in den recht kargen Schatten seines Jaguars gesetzt hatte.

»Das soll geröntgt werden, hat die Doutora angeordnet«, sagte Carlos und deutete mit einer laxen Bewegung auf Miguels Unterarm. »Sie kommt gleich. Und ich rufe jetzt einen Rettungswagen.«

»Ja, bitte. Ich verliere immer noch Blut, mir ist schlecht.«

»Und sie haben Maria Bento. Es geht ihr gut.«

Miguel Duarte stöhnte erleichtert auf: »Das ist eine gute Nachricht … das ist … *gut.*«

»Ja.«

»Nicht auszudenken, wenn …«

»Ja«, bestätigte Carlos. Nicht auszudenken, wenn.

Nicht auszudenken, wenn sie Maria Bento nur tot hätten bergen können oder sie für immer verschwunden wäre. Sie waren Polizisten, sie hatten in finstere Abgründe geblickt und miterlebt, was Trauer, Schmerz und Leid mit Angehörigen anrichten konnten.

All das waren Dinge, die man zum Schichtende nicht einfach am Schreibtisch hinter sich zurückließ. Man nahm immer etwas mit nach Hause. Und selbst, wenn man glaubte, es mit einer Willensanstrengung aus dem Bewusstsein geschoben zu haben, tauchte es wieder auf, wenn sie dagegen wehrlos waren: in ihren Träumen.

All das gehörte dazu und wurde auch aufgewogen durch all die guten Momente, in denen sie helfen konnten.

Eine tote Maria Bento hätte etwas in ihnen irreparabel zerbrochen. Sie wären als andere zum Dienst zurückgekehrt. Und dieses Wissen darum lag nun im Blick zwischen Miguel Duarte und Carlos Esteves. An diese Sekunden jetzt, an diese Augenblicke würden sie sich ihr Leben lang erinnern. Für diesen Moment waren sie Brüder.

Gerade wollte Carlos die 112 wählen, als sein Handy klingelte. Auf dem Display erschien das Konterfei von Mr. Spock mit seinen spitzen Ohren. Er ging ran: »Ja, Senhor Lost?«

»Sub-Inspetora Graciana hat Senhora Isadora und mich soeben nach Fuseta zurückbeordert. Maria Bento ist gefunden worden.«

»Ich weiß.«

»Wohlauf.«

»Ich weiß.«

»Sie wissen ja ebenfalls, dass Zara bei der *Público* ein Praktikum absolviert.«

»Ja.«

»Wir haben sie zufällig am Bahnhof in Olhão getroffen – mit ihrer Vorgesetzten. Senhora Adriana Ventura. Sie hat mich ihr vorgestellt und gefragt, woran ich gerade arbeite.«

Und da Leander Lost nicht lügen konnte, dachte Carlos, hatte er der Frau vermutlich alles von dem Tod André Bentos bis zur Entführung seiner Enkelin brühwarm erzählt.

Was zum jetzigen Zeitpunkt allerdings irrelevant war, da es das Kind nicht mehr gefährden konnte.

»Und weiter?«

»Sie möchte die Ermittlungen begleiten, um nach ihrem Abschluss in Absprache mit dem Verantwortlichen in der *Público* darüber zu berichten.«

»Hm.«

Carlos blickte zu Duarte, der gerade mit dem Smartphone ein Foto seiner Wunde schoss.

»Das muss Senhor Duarte entscheiden. Er leitet den Fall.«

Miguel merkte auf: »Was denn?«

»Die Presse fragt an, ob sie die Ermittlungen begleiten darf. *Público*.«

Wundergenesen und mit freudigem Lächeln erhob Duarte sich: »Die *Presse*?«

TAG ZWEI

10.

Die Praia da Barra Nova präsentierte sich im Zusammenspiel mit dem Atlantik an diesem Vormittag von seiner besten Seite. Eine sanfte Dünung warf gemächlich Wellen gegen die Küste, die lang und harmlos ausliefen.

Die Sandbank vor Fusetas Lagune wurde von den einen *Ilha da Armona* und den anderen *Ilha da Fuseta* genannt. Jedenfalls stimmten beide Lager darin überein, dass es sich um eine vorgelagerte Insel handelte.

Vor den Salinen, in denen sich ein Teil der gestrigen Entführung abgespielt hatte, befand sich die nächste Insel, die *Ilha de Tavira,* denn sie reichte nach Osten ohne Unterbrechung bis ins 14 Kilometer entfernte Tavira.

Der einzige Durchlass zwischen zwei vorgelagerten Inseln, zwischen Tavira im Osten und Olhão im Westen, lag direkt vor Fuseta. Der Durchlass durch die Barriere, die *Barra*.

Hier drängte der Atlantik insbesondere bei Flut auf einer Breite von gut 200 Metern in die Lagune. Bei Ebbe konnte man von der *Ilha da Fuseta* zur *Ilha de Tavira* durchs hüfthohe Wasser laufen – wenn einen die Strömung nicht mitriss.

Da die Barkasse, die vom Kanal in Fuseta ablegte, lediglich die Route zur *Ilha da Fuseta* befuhr, war der äußerste Zipfel der *Ilha de Tavira* menschenleer. Wer hier anlanden wollte, musste das kostspieligere Wassertaxi nehmen.

Oder hatte jemanden an der Hand.

António Rosado und Carlos Esteves hatten welche an der Hand.

Das erste Boot setzte vor dem Höchststand der Flut über. Leander, wie immer im schwarzen Anzug, doch heute trug er statt der bequemen Espadrilles schwarze Oxford-Schuhe. Deren Ledergeruch es ihm angetan hatte. Während der Überfahrt zog er den linken aus und schnupperte noch einmal am Leder.

»Möchten Sie auch mal riechen, Senhor Esteves?«

»Gerade nicht, obrigado.«

»Sie, Senhora?«, fragte er die Standesbeamtin Aurelia Carmo, eine Schulfreundin von Graciana, die auf dem örtlichen Standesamt arbeitete.

Aurelia lächelte verlegen und etwas überfordert und deshalb sprang António Rosado in seinem Rollstuhl ein: »Zeigen Sie mal, Senhor Lost.«

Leander reichte ihm den Schuh und Gracianas und Soraias Vater schnupperte an dem Leder.

»Das riecht wirklich fein. Eine gute Wahl.«

»Senhor Duarte hat sie mir empfohlen.«

»Mir meine auch«, sagte Carlos und deutete auf sein hellbraunes Paar Wholecuts. Dazu trug er einen himmelblauen Anzug mit schmal geschnittenen Hosen und ein weißes Hemd mit dunkelblauer Weste und bordeauxroter Krawatte. Er war nicht wiederzuerkennen, grinste breit und zündete sich eine Zigarette an. Noch gestern Abend hatte Miguel ihn bei der Schneiderin seines Vertrauens abgesetzt – bei Belinda in Faro, geborene Sevillana, versteht sich. Sie verkaufte ihm einen Anzug, den ein anderer Kunde mit nahezu identischen Maßen seit drei Wochen nicht abholt hatte. Bei einem Glas Wein steckte sie alles säuberlich ab und schickte ihn zu einem Freund, der ihm bei der Schuhauswahl half. Zurück in ihrem Atelier briet Carlos ihnen ein frisch erstandenes Thunfischsteak, das er mit fein geschnittener Paprika und Chilischotenringen bedeckte. Dazu frisches Weißbrot und einen gemischten Salat, den er mit Olivenöl und Zitrone angemacht hatte und mit schwarzen Sesamkernen servierte.

Dazu jungen Weißwein, eisgekühlt. Sie warfen sich gegenseitig beim Essen lange Blicke zu, und ihnen gefiel, was sie sahen. Was sich mit jedem Bissen und jedem Blick steigerte. Auch die Vorfreude in ihren Augen, und weil sie der Anziehung des jeweils anderen mit einer Offensichtlichkeit erlegen waren, die abzustreiten ihnen albern erschien, nahm Belinda ihn an die eine und den Weißwein in die andere Hand und führte ihn nach nebenan.

Und heute, am Morgen danach und zurück in Fuseta, hatten sich tatsächlich ein paar Frauen auf dem Weg zu ihrer privaten Fähre nach ihm umgeschaut. Nun war Carlos ein großer Kerl mit breitem Kreuz und lockigem Haar, das ihm bis in den Nacken fiel. Und er hatte ein Lächeln, das sich zwischen seinem Mund und seinen Augen abspielte und dem schwer zu widerstehen war.

Doch heute, in diesem »Outfit«, wie Belinda es nach dem Duschen und dem Frühstück genannt hatte, waren ihm noch mehr Blicke zugeflogen. Und nun stand er an Bord des Bootes und fühlte sich unsagbar wohl, er grinste breit vor guter Laune. Er fühlte sich bis in die Fingerspitzen und Zehen pudelwohl in seiner Haut. Das Leben konnte großartig sein.

Zara stand in einem schwarzen Partykleid, das kurz und eng geschnitten war, neben ihm. Es war schulterfrei und hinten mehrfach geschnürt und ausgeschnitten bis zur Hüfte.

Die Haare hatte sie hochgesteckt und sie genoss den sanften Fahrtwind.

»Du siehst übrigens richtig gut aus in dem Anzug, Carlos.«

Esteves war zu verblüfft, um sofort zu antworten. Ja, Zara war umgänglicher geworden, eine junge, kluge und mitfühlende Frau, die aber mit Nettigkeiten äußerst sparsam umging. Und ein Kompliment hatte er von ihr überhaupt noch nie gehört.

»Danke«, antwortete er mit einer gewissen Vorsicht, »das kann ich nur zurückgeben. Wenn ich noch mal 20 wäre …«

»Das bist du aber nicht. Zum Glück. Ich stehe eher auf Männer in deinem Alter.«

Sie klimperte mit den Augen, um ihn in Verlegenheit zu bringen.

Aber er grinste nur.

João, der Besitzer des Wassertaxis, setzte mit dem Kiel so geschickt am Ufer auf, dass sie alle trockenen Fußes von Bord gehen konnten. Zusammen mit ihm und Leander hob Carlos den Rollstuhl samt António von Deck und auf einen Holzsteg, den ein paar Väter jener Kinder, die Soraia als Kindergärtnerin betreute, schon gestern Abend hier für ihn verlegt hatten.

Auf ihm rollte António selbstständig über die Praia da Barra Nova bis zu einer Stelle am Ufer, wo er endete und zwei weiß gedeckte und mit Blumen geschmückte Klapptische mit ein paar Leckereien und Getränken in Kühlboxen aufwarteten.

Und sonst nichts.

António blinzelte gegen die Sonne an, als er Lost betrachtete: »Sind Sie aufgeregt?«

»Nein. Sie?«

»Nein. Nur etwas wehmütig.«

António Rosado war auch im Rollstuhl immer noch ein kräftiger Mann mit großen, zupackenden Händen und einer bemerkenswerten Präsenz. Rollte er in einen Raum, beherrschte er ihn auch. Mehrfach hatte man ihm nach seiner Verletzung das Amt des Bürgermeisters angetragen. Und jedes Mal hatte er abgelehnt.

António Rosado war in Fuseta und darüber hinaus geachtet. Jemand, dessen Rat man suchte, jemand, der vermitteln konnte, aber auch als GNR-Mann unmissverständlich durchgegriffen hatte.

Die Leute spürten, dass er einer von ihnen war, aus ihrer Mitte stammte und immer für ihre Belange einstehen würde.

Unvergessen hier und weit über die Algarve hinaus, wie er fünf bis an die Zähne bewaffneten Schwerverbrechern oben auf der N 125 nach einem Überfall und allein auf weiter Flur erklärte, dass sie nicht über dem Gesetz stünden und hiermit verhaftet seien. Und das Feuergefecht mit ihnen einging, weil das, was er sagte, keine Haltung war, sondern eine Überzeugung, die ihn in den Rollstuhl katapultierte.

»Was veranlasst Sie zu dieser traurigen Grundstimmung?«

»Dass Soraia nun endgültig aus dem Haus geht.«

»Sie geht nur in ein neues.«

»Ich weiß, Leander. Ich würde meinen Schwiegersohn gern mit seinem Vornamen ansprechen dürfen. Würde Sie das stören?«

»Nein, ob Senhor Lost oder Leander – ich weiß ja in beiden Fällen, dass ich gemeint bin.«

Carlos war sich nicht ganz sicher, aber wurden die Augen des alten Rosado da etwa glasig?

Jedenfalls räusperte er sich.

Carlos stimmte das friedfertig, und es machte ihm das Herz weit. Ganz weit. Er hatte sich zur Feier des Tages etwas Cannabis in den Tabak gemischt, vielleicht lag es auch daran.

»Kann ich mal ziehen?«

Er reichte Zara eine eigene, gab ihr mit der gewölbten Linken Windschutz und mit der Rechten Feuer.

»Da sind sie«, sagte Aurelia Carmo und deutete mit dem Kopf auf die hinter ihnen liegende Erhebung der Insel.

Tatsächlich hatte das zweite Boot die Braut samt Trauzeugin und Mutter in ihrem Rücken auf der dem Festland zugewandten Seite abgesetzt. Damit, nach altem Brauch, der Bräutigam die Braut nicht vor der Trauung sah.

Die drei überquerten die Insel barfuß, die Schuhe baumelten in ihren Händen. Sie lächelten vergnügt. Raquel, in einem weiten, mit Rüschen verzierten auberginefarbenen Kleid, hielt ihre Tochter Soraia untergehakt.

Sie war es, die Soraia zum »Altar« führte. Graciana trug ein schulterfreies, helles Kleid, das in Hüfthöhe auf einer Seite geknotet war und die Taille betonte. Es war bodenlang und links bis zum Oberschenkel geschlitzt. Da Weiß der Braut vorbehalten war, hatte sie einen beigen Farbton gewählt.

Soraia, die sich sonst zweckmäßig und lässig kleidete, hatte sich für einen schlichten Schnitt und gegen ein Dekolleté entschieden. Der Stoff schmiegte sich zwar an ihre Haut, aber überließ der Fantasie des Betrachters Spielraum. Das Kleid schloss am Hals, den eine dünne Kette mit einem tiefgrünen Smaragd verzierte, und ließ die Schultern frei.

Leander nahm vor allem ihre Grübchen wahr, die entstanden, wenn sie lächelte, was sie jetzt tat. Ihre Augen ruhten in seinen. Sein Herzschlag legte einen Takt zu.

Graciana ließ sich ein wenig zurückfallen, damit ihre Mutter mit Soraia voranging. Und als sie die anderen erreichten, nahm sie Soraias linke Hand und legte sie in die von Leander, um dann beide loszulassen.

Für einen Augenblick standen Soraia und Leander voreinander. Nur das Spiel der Wellen, das leichte Säuseln des Winds.

»Möchtest du mich immer noch heiraten?«, vergewisserte Leander sich.

Sie spürte, dass er diese Sicherheit jetzt benötigte: »Ja, deshalb bin ich hier, Leander.«

Ihr Blick war klar, belustigt, keck und warm.

»Dann wollen wir anfangen«, richtete Aurelia das Wort an sie und blickte auf ihre Unterlagen mit den Auszügen aus dem Register.

Üblicherweise forderte sie im Standesamt die Anwesenden zum Aufstehen auf – was hier, am Wasser überflüssig war. Und gegenüber António Rosado auch wie ein Affront anmutete.

Aurelia Carmo erzählte von der Ehe, dem Zusammenfügen zweier Teile, erwähnte die guten Zeiten, die schlechten, diesen Tag hier, diese Momente jetzt an der Barra in den schlechten nicht zu vergessen und in den guten die Demut nicht und so weiter.

Für Soraia verschwammen die Worte mit dem Sand und dem Himmel. Das hellblaue, dann türkisfarbene, schließlich dunkelblaue Meer erstreckte sich weit und verschmolz dort mit dem Horizont zu etwas Ganzem, Mächtigem. Zu einer schlummernden Urgewalt, die der Zeremonie beizuwohnen schien.

Sie sah Leander von der Seite an, der Aurelia haargenau zuhörte und kaum blinzelte. Sie spürte trotz der erfrischenden Meeresbrise eine warme Welle durch ihren Körper gleiten.

Selten in ihrem Leben war sie sich einer Sache so sicher gewesen wie jetzt – für die Jahre, die für sie beide vorgesehen waren, an seiner Seite sein zu wollen.

»… und komme damit zum offiziellen Teil. Ich frage dich, Leander Lost, ist es dein freier Wille, mit der hier anwesenden Soraia Rosado den heiligen Bund der Ehe einzugehen und sie zu schätzen, zu lieben und zu achten, bis dass der Tod euch scheidet, so antworte mit *Ja.*«

»Ja«, kam es ruhig und klar von Leander, dessen Herz schnell pochte. 91 Schläge pro Minute, um genau zu sein.

Zara schluckte und Graciana blickte zu Carlos, um festzustellen, dass er sie ebenfalls anschaute. Als sie vor wenigen Jahren den blassen Alemão am Flughafen in Portugal in Empfang genommen hatten – und bald darauf froh waren, ihn spätestens nach einem Jahr wieder los zu sein –, hätten sie sich eine Menge vorstellen können. Aber diese Heirat hier ganz gewiss nicht.

Ihr Erstaunen darüber lag in ihren Blicken. Und auch, dass sich da gerade die beiden Menschen verbanden, die zusammen etwas ganz Seltenes bildeten: ein lückenloses Ganzes.

Graciana bemerkte, wie ihr Vater sich eine Mücke aus dem Auge wischte, die es hier draußen gar nicht gab.

»Und ich frage dich, Soraia Rosado, ist es dein freier Wille, mit dem hier anwesenden Leander Lost den heiligen Bund der Ehe einzugehen und ihn zu schätzen, zu lieben und zu achten, bis dass der Tod euch scheidet, so antworte mit *Ja.*«

Soraia hatte sich auf diesen Augenblick gefreut, ihre Grübchen zeichneten sich deutlich ab, als sie sich nicht an Aurelia, sondern an Leander wandte: »Ja. Ja, ich will.«

Leanders Herz begann noch schneller zu schlagen. Er wusste nun nach einigen Konsultationen bei drei Kardiologen, dass hier weder eine Insuffizienz noch ein Vorhofflimmern zugrunde lag, sondern … ein Gefühl.

Er empfand anders als früher keine Sorge mehr wegen seines aufgeregten Herzens, sondern genoss es. Bei exakt 102 Schlägen.

Es tanzt vor Vergnügen, Senhor Lost, hatte einer der Ärzte gesagt.

Also ließ er es tanzen.

»Hiermit erkläre ich Sie, Soraia Rosado und Leander Lost, in Anwesenheit Ihrer Trauzeugen Graciana Rosado und Carlos Esteves zu Mann und Frau. Und ich möchte euch beiden etwas mit auf den Weg geben, den großen Søren Kierkegaard: *Die Ehe ist die wichtigste Entdeckungsreise, die der Mensch unternehmen kann.* Ihr beide habt sie soeben begonnen.«

Mit einem dezenten Räuspern trat Carlos an die beiden mit der geöffneten Schatulle heran, in der sich die feinen, schmalen Eheringe befanden.

Leander hob die Hand, aber Soraia war schneller und bedachte ihn mit einem entschuldigenden Lächeln.

»Ich habe mir auch ein Zitat ausgesucht, die Worte eines großen Mannes aus deiner Heimat, Hermann Hesse: *Glück ist Liebe, nichts anderes. Wer lieben kann, ist glücklich.* Und ich bin mit dir glücklich, Le-an-der.«

Wieder sprach sie seinen Namen aus wie eine kurze Melodie, so wie sie es von Anfang an getan hatte. Und dann streifte sie ihm den Ring über den Finger. 105 Schläge.

Raquel und Graciana schnäuzten in ein Taschentuch.

Leander nahm den verbliebenen, kleineren Ring in die Hand. Soraia bemerkte, wie seine Finger leicht zitterten.

»Ich denke nicht mehr in der 1. Person Singular, sondern in der 1. Person Plural – so wollte ich beginnen und einen Exkurs über die Grammatik der Ehe halten. Aber ich habe es mir anders überlegt.«

Erleichtertes Seufzen hier und da.

»Ich sehe die Welt in Teilen anders als du. Und das bringt dich manchmal zum Lachen, aber es kann auch eine Bürde sein. Ich weiß das aus dem Erleben mit anderen Menschen. Aber nie, nicht mal im Ansatz, hast du je erkennen lassen, dass ich das für dich bin.«

Hier stockte er und blickte zu Boden. Soraia ergriff seine Hand.

»Du bist eine Bereicherung, Leander.«

Auf diese Weise ermutigt, hob er den Blick wieder: »Ich hatte Sorge, es könnte unpassend sein, mich hier und jetzt über meine Gefühle zu äußern. Andererseits ist die Wahrheit nie fehl am Platz. Deswegen: Es ist für mich unerklärlich. Es lässt sich rational nicht erschließen, auch mathematisch nicht, es weicht dem Ergründen stets aus, bleibt unfassbar und ist doch immer da, wenn du bei mir bist oder wenn du durch meine Gedanken schweifst. Ich weiß nicht warum, aber mit dir ist jeder Augenblick schöner, wärmer und heller.« 108 Schläge.

Sein Herz brachte ihn zum Lächeln, denn es tanzte, tanzte vor Vergnügen. »All das lässt nur eine Hypothese zu: du bist mein ganz persönliches Wunder, Soraia.«

Damit streifte er ihr den kleineren Ring über den Finger und jemand schniefte.

»Sie dürfen die Braut jetzt küssen.«

Das tat Leander und die Umstehenden applaudierten. 111 Schläge. Carlos zog den 2017er Berbereta Brut Natural Frizzante aus dem mit Eiswürfeln gefüllten Kübel und ließ den Korken knallen.

Nach Gratulationen und Umarmungen und einem Glas Champagner verließen Soraia und Leander die *Ilha de Tavira* als Eheleute.

11.

Ein Tag vorher

Oberhalb von Bico Alto führte die Straße in die Berge. Und gleich hinter dem Stausee für die Wasserversorgung der Gegend gabelte sie sich in zwei mit Schlaglöchern übersäte Feldwege auf. Nur 50 Meter hinter André Bentos Haus verzweigte sie sich wie ein Dreizack – natürlich ohne Hinweisschilder. Deshalb nannten seine Nachbarn und er diese Stelle auch so: *O tridente,* der Dreizack.

Wer hier vorbeikam, wusste, wohin er wollte und wie er dorthin kam.

Nur manchmal verirrten sich Touristen hierher. Entweder Globetrotter, die prinzipiell Feldwege benutzten, um der Natur nahe zu sein, oder junge Leute, die oben in Pero do Amigos, wo die Straße im Nichts endete und ein paar ungenutzte Ruinen im Kreis standen, in Ruhe feiern wollten.

Dann und wann kamen auch Hobbyastronomen, die abseits der Lichtverschmutzung in der bergigen Landschaft ihre Teleskope aufstellten und den Nachthimmel betrachteten.

André Bento war selbst einer. Er besaß ein Takahashi mit 800 Millimetern Brennweite und eine Canon R5, mit der er Fotos von Planeten und Galaxien und Sternhaufen schoss.

Ein Hobby, das gleichermaßen Präzision wie Geduld erforderte. Denn es nahm mitunter Stunden in Anspruch, um auf brauchbare Ergebnisse zu kommen, da die Himmelskörper erst durch lange Belichtungen der Dunkelheit entrissen werden konnten.

Deshalb waren Wohnmobile bei Hobbyastronomen sehr verbreitet. So hatten sie stets einen Kühlschrank, eine Toilette und ein Bett dabei. Bento selbst genügte der alte Pick-up.

In warmen Nächten machte er es sich auf einer Matratze, die er vor der Abfahrt auf die Ladefläche warf, bequem. Und wenn es kälter wurde, schlüpfte er in einen Schlafsack.

Manchmal kreiste eine Thermoskanne mit Kaffee unter den Gleichgesinnten da oben oder auch mal ein Bier oder in kälteren Nachtphasen ein Tee mit einem Schuss Rum. Die meisten Betrachter des Nachthimmels, denen er dort in den Bergen begegnete, redeten nicht viel. So, wie er selbst. Angenehme Leute.

Nach einigen Stunden kehrte er mit dem Pick-up zu seinem Haus zurück und schlief dort.

Das Wohnmobil, das heute nach dem Dauerregen der letzten Nacht den matschigen Grund zu seinem Haus hinauffuhr und nicht weit vor der Haustür stoppte, hatte er gar nicht vorbeifahren sehen. Vermutlich, weil er in Gedanken bei seiner Reise war.

Die Reise, die mit dem letzten Besuch von Raphael Romão zusammenhing.

Romão war ein mittelgroßer Kerl mit grauen Augen, grauen Schläfen und Geheimratsecken. Bento schätzte ihn auf Mitte 50. Irgendeine Verletzung hatte eine kleine Narbe auf der linken Gesichtshälfte hinterlassen, die seine Lachfältchen durchtrennte.

Er hatte Sportschuhe an, dazu eine graue, lässige Sommerhose und ein kakifarbenes Oberhemd.

Romão betrieb eine Im- und Exportfirma oben in Beja, im tiefsten Alentejo. Er handelte mit Holzmöbeln. Schöne Stücke: Schreibtische, Schränke, Sessel. Aufs Feinste verarbeitet.

Dabei war Romão ganz offensichtlich nicht auf das große Geld aus. Oft befand er sich auf Reisen, um interessante Möbel aufzustöbern und zu erwerben, und ließ es sich nicht nehmen, sie mit einem Lieferwagen abzuholen oder persönlich an gute Kunden auszuliefern.

Ein anderer hätte mehrere Mitarbeiter eingestellt, hätte sich vergrößert, hätte eine Lagerhalle angemietet und vielleicht in Lissabon oder im reichen Vilamoura an der Algarve eine Filiale eröffnet. Aber Raphael Romão war offensichtlich ein genügsamer Mensch, dem seine Lebenszeit wichtiger war als ein höherer Kontostand.

Romão spielte gern Roulette, im Spielcasino vor bald zehn Jahren waren sie sich dort begegnet. André Bento hatte verloren und Romão gewonnen. Der Gewinner lud den anderen ein, um ihn aufzumuntern, sie pilgerten durch Portimãos Nacht und der Möbelhändler aus Beja war ein geduldiger, guter Zuhörer.

Als sie sich nach nur sechs Wochen erneut im Casino trafen, beschlossen sie, dass das kein Zufall war, sondern eine Art höhere Macht. Bestimmung vielleicht.

Und in einem schwachen Moment – der Brandy tat sein Übriges – vertraute Bento sich ihm an. Dass er wegen seiner Spielsucht sein Haus verlieren würde. Seine Bleibe. Seiner Tochter vermutlich nichts vererben würde. Und wenn, dann Schulden.

Raphael griff ihm, dem lang gedienten Zollbeamten, unter die Arme. Er zahlte die Bank aus und übernahm die Hypothek. Die Hälfte der Schulden strich Romão ihm. Für die andere Hälfte gab er ihm eine Laufzeit von 40 Jahren, was auf eine monatliche Belastung von rund 100 Euro hinauslief.

»Es beschämt mich«, hatte Bento bekannt.

»Das muss es nicht. Jeder macht Fehler. Du bist ein anständiger, aufrechter Mann. Du hast es verdient, dass man dir die Hand reicht.«

»Ich kann das nicht zurückzahlen.«

»Das weiß ich.«

»Aber ich möchte es wiedergutmachen.«

»Hm«, hatte Romão gesagt und eine nachdenkliche Miene aufgesetzt. »Tja, ich weiß nicht. Es gibt da etwas, bei dem ich die Hilfe eines Zollbeamten gebrauchen könnte. Aber das ist vermutlich riskant – ich will dich nicht um deine Anstellung bringen.«

Und André Bento hatte sich vertraulich zu ihm vorgebeugt: »Was müsste ich tun?«

»Tja, manchmal verkaufe ich Möbel, die aus geschütztem Holz bestehen. Tropenholz. Oder Dinge in Embargogebiete.«

»Embargos gegen Möbel?«

»Nein, Kunden nutzen sie, um darin was zu schmuggeln.«

»Drogen oder Waffen?«

»Nein, nein«, winkte Romão ab, »nichts dergleichen. Zum Beispiel Halbleiter. Oder Schmuck. Oder sensible Elektronik. So was.«

»Ich verstehe. Ich könnte sie durchwinken.«

»Ich hätte das nicht zu fragen gewagt.«

»Das ist kein Problem. Wird es oft sein?«

»Vielleicht nie«, hatte Romão geantwortet. »Vielleicht nie. Aber vielleicht werde ich dich einmal bitten, gleich drei Möbelstücken in einer Woche grünes Licht zu geben.«

»Du kannst dich auf mich verlassen«, hatte Bento gesagt und ihm die Hand entgegengestreckt, die Raphael Romão aus Beja daraufhin kraftvoll schüttelte.

Über die Jahre war Raphael Romão immer mal wieder nach Bico Alto gekommen. Oft mit einer kleinen Aufmerksamkeit, einer Flasche Medronho, spanischem *jamón ibérico* oder einem besonderen Olivenöl aus dem Norden. Nur einmal, vor vielleicht vier oder fünf Jahren, hatte er ihn gebeten, den Frachtbrief blind abzustempeln und einen antiken Sekretär in den Jemen fliegen zu lassen.

Aber das war das einzige Vorkommnis, mehr hatte er nie verlangt. Vielmehr gingen sie ein- oder zweimal pro Jahr gemeinsam essen, wenn seine Geschäfte Raphael in diese Gegend verschlugen. Sie sprachen über Gott und die Welt, und da sie einen ähnlichen Humor pflegten, hatten sie eine gute Zeit zusammen.

Vor genau zehn Tagen hat er ihn nicht vorher angerufen, wie sonst üblich, sondern war unangemeldet vor seinem Haus erschienen. Mit einer Baseballkappe, die er tief ins Gesicht gezogen hatte, und einer Sonnenbrille. Sneakers, Shorts und trotz der Hitze ein Hoodie.

Da realisierte André Bento, dass er Raphael noch nie in derselben Aufmachung gesehen hatte. Stets erschien er als ein anderer – mal lässig, mal streng, mal fein.

Und obwohl er lächelte, meinte André dieses Mal zu sehen, dass etwas auf ihm lastete.

»Olá«, hatte André gut gelaunt gesagt. »Heute bist du mein Gast. In São Brás hat ein neues Lokal eröffnet.«

Doch Raphael Romão deutete eine verzeihende Geste an, während er mit etwas auf ihn zukam, das in Zeitungspapier gewickelt war, um schließlich vor ihm stehen zu bleiben und die Sonnenbrille abzunehmen. Die Augen waren klar und wach, aber der ganze Mann wirkte abgekämpft.

»Ich würde die Einladung gern annehmen, André, aber heute ist meine Zeit begrenzt. Darf ich zehn Minuten von deiner beanspruchen?« Ausgesprochen höflich, wie immer.

Sie setzten sich hinter das Haus auf zwei wacklige Holzstühle, abgeschirmt von fremden Blicken. Eine Bougainvillea mit satten violetten Blüten spendete ihnen Schatten. Bienen umsummten sie eifrig, sodass jene angenehme Geschäftigkeit in der Luft lag, an der man sich nicht selbst beteiligen musste. Ein paar Grillen bemühten sich außerdem mit dem Aneinanderreiben ihrer Flügel um eine Gefährtin, die ihr Werben erhörte. Und mehr noch: sie aufsuchte.

Raphael zog aus dem Zeitungspapier einen Luis Filipe Brandy Gran Reserva. André liebte Brandys und kannte sich aus. Diese Flasche, die Romão öffnete, kostete über 100 Euro. Er zauberte aus dem Hoodie zwei kleine Gläser, in die er ihnen eingoss. Eines reichte er André, das andere hob er selbst an.

»À nossa«, sagte er.

»Ja, auf uns«, pflichtete André ihm bei und sie nippten an dem Luis Felipe, der – kaum anders zu erwarten – ein zunächst milder und im Abgang kraftvoller Genuss war.

Bento hielt sein Glas gegen die Sonne, die den Brandy darin goldbraun aufleuchten ließ. Er musste lächeln wegen der Schönheit, mit der das Licht sich in dem Brandy brach.

»Wir werden uns lange Zeit nicht sehen, ich … bin länger im Ausland unterwegs.«

Bento senkte das Glas und Raphael goss großzügig nach.

»Am 20. September wird jemand mit dem Linienflug TAP 0911 von Lissabon in Faro landen. Der Name in seinem Pass wird *David Learner* lauten. Könntest du dir das bitte merken?«

Bento nickte und zog den Kugelschreiber aus seiner Brusttasche.

Raphael Romão schüttelte den Kopf: »Keine Notizen.«

Bento war kurz irritiert, dann steckte er den Stift zurück.

»TAP 0911, David Learner«, wiederholte er dann.

»Genau. Er wird ein Handgepäckstück dabeihaben, einen Aktenkoffer, und einen Reisekoffer. Ich möchte, dass du sein Gepäck kontrollierst. Der Reisekoffer interessiert mich nicht. Mich interessiert das Gewicht des Aktenkoffers. Das *exakte* Gewicht.«

»TAP 0911, David Learner, das exakte Gewicht«, sagte Bento leise.

»Und der Inhalt. Vermutlich wird er so etwas darin transportieren.«

Woraufhin er ihm die Fotografie eines grauen Gegenstands zeigte, aus Metall. Ein rechteckiger Kasten von der Größe einer Stange Zigaretten.

»Was ist das?«

»Elektronik.«

Bento merkte auf und nahm den Blick von der Fotografie und richtete ihn auf Raphael, der dem nicht auswich und auch nicht blinzelte: »Ich weiß, das ist kein Möbelstück.«

»Nein.«

»Für mich ist das trotzdem sehr wichtig, André. Aber es ist nicht Teil unserer Abmachung. Wenn für dich hier eine Grenze überschritten ist, dann verstehe ich das. Dann werde ich einen anderen Weg finden, und wir gehen jetzt einfach essen.«

Bento sah ihm lange in die Augen, dann nickte er: »TAP 0911, David Learner.« Und nahm bei Raphael Romão eine Spur Erleichterung wahr.

»Ja. David Learner, TAP 0911. Ich brauche das Gewicht und was sich sonst noch in dem Koffer befindet.«

»Außer dem Metallteil.«

»Außer dem Metallteil«, bestätigte Romão und hob das Glas. Sie stießen an, nippten am zweiten Glas und setzten es auf dem Beistelltisch aus Olivenbaumholz ab.

»Ich verstehe.«

»Gut. Und dann kommt der schwierigste Teil: der Aktenkoffer wird ein Schloss mit einer Zahlenkombination haben.«

»Du brauchst die Kombination.«

»Ja. Ohne sie ist alles andere nichts. Sie ist das Wichtigste.«

»Ich weiß nicht, ob ich das garantieren kann.«

»Ich werde es dir nie zum Vorwurf machen, wenn nicht. À nossa.«

Raphael hatte das Glas erhoben.

»Sim – à nossa.«

Sie stießen an und tranken. André Bento fühlte, wie der Brandy ein angenehm warmes Gefühl in seinem Brustkorb hinterließ.

»Es gibt da noch was, nein, *zwei* Dinge. Eines ist: Danach ist deine Hypothek abbezahlt – das Haus gehört dir.«

André musterte seinen Gast überrascht, um herauszufinden, ob es sich um einen Scherz handelte. Es war keiner.

Die Hypothek, von der er ihn erlöste, war noch gut 35.000 Euro wert.

Warum? Wieso?

Romãos Miene ließ keinen Zweifel zu, sie drückte Entschlossenheit aus und spiegelte eine gefallene Entscheidung, die nicht zurückgenommen werden wollte.

»Das kann ich nicht annehmen«, sagte André.

Romão nickte, als hätte er mit dieser Reaktion gerechnet.

»Wir werden uns vielleicht länger nicht sehen, André. Ich möchte bitte, dass du drei Tage später, am 23. September, eine Reise antrittst.«

»Wohin?«

Statt einer Antwort reichte er ihm ein offenes Kuvert, in dem Bento ein Flugticket entdeckte, das auf seinen Namen ausgestellt war. Von Faro nach Lissabon und im Anschluss mit der ägäischen Fluglinie über Athen nach Zypern.

Er blickte erstaunt auf: »Zypern?«

»Ja. Ist sehr schön da.«

Unwillkürlich sah er sich zu einem Nicken veranlasst.

»Und für wie lange?«

Romão deutete mit einer Kopfbewegung auf das Kuvert, woraufhin Bento noch einmal hineinblickte und eine Buchungsbestätigung hervorzog, die er flinken Auges überflog.

»Mindestens für 14 Tage.«

Bento warf ihm einen langen Blick zu, musterte die hellen Augen, die nicht ohne eine gewisse sentimentale Herzlichkeit auf ihn gerichtet waren.

»Was könnte passieren, wenn ich bleibe?«

»Ich weiß nicht. Vermutlich nichts. Nach 14 Tagen kommst du zurück, und dein Leben geht ganz normal weiter.«

Bento holte tief Luft

»Du fragst dich, wer ich bin«, kam Raphael Romão ihm zuvor und lächelte.

»Ja.«

Raphael nahm einen Schluck aus seinem Glas.

»Ich vernetze Dinge und Bedürfnisse. Ich habe einen sehr guten Bekannten drüben in Aljezur. Dem habe ich vor acht oder neun Jahren das Wochenendhaus möbliert. Er leitet die Entwicklungsabteilung eines internationalen Konzerns im … sagen wir *Elektronikbereich*. Er hat mich um Hilfe in dieser Angelegenheit gebeten. Ich habe ihn gefragt, ob ihm diese Hilfe 35.000 Euro wert ist, weil das zufällig die Summe sei, die einem Freund von mir an der Sandalgarve fehlt, um sein Haus aus den Klauen der Bank zu retten, und dieser Freund in dieser Angelegenheit von Vorteil sein könnte.«

André Bento entspannte sich und nickte und schenkte Raphael ein Lächeln, bevor er auch einen Schluck dieses hervorragenden Brandys nahm.

»Ich dachte schon, du arbeitest vielleicht für einen Geheimdienst.«

Romão grinste schief: »Ein Möbelhändler als portugiesischer James Bond.«

»Na ja, vielleicht nicht ganz. Aber im Kleinen.«

»Ganz ehrlich? Dazu hätte ich nicht die Nerven. Und noch viel wichtiger: Dazu müsste man sich gut verstellen, nehme ich an, und das beherrsche ich nicht.«

Auch Bento musste nun schmunzeln.

Und nun standen die Koffer fast fertig gepackt im Schlafzimmer. Natürlich hatte er auch sein Teleskop verstaut. Denn Zypern war für Sternenbegeisterte ein beliebtes Ziel: gutes Klima, klarer Himmel und der unangefochten beste Platz, Bento hatte sich haargenau informiert, befand sich auf dem Gipfel des Troodos-Gebirges. Dort oben war man vor Lichtverschmutzung sicher.

Gerade aß er ein mit reichlich Rührei belegtes Brot und legte nebenbei eine Liste mit lohnenden astronomischen Zielen, die ab übermorgen gut von seinem Reiseziel aus zu beobachten waren, als aus dem Wohnmobil ein Paar stieg und sich umsah. Nur zögerlich trat es durch die Einfahrt auf sein Grundstück.

Die Frau war blond und trug Hotpants aus Jeans und eine rote Baseballkappe. Sie war verhältnismäßig groß und schmal. Ihr Begleiter wirkte kräftig. Bento sah die durchtrainierten Arme, die aus dem weißen T-Shirt ragten. Darüber hatte er eine beigefarbene Weste mit allerlei Taschen gezogen und sich wie die Frau mit einer Baseballkappe, einer dunklen, gegen die Sonne geschützt.

Sie hatten nun offenbar die Eingangstür entdeckt und die Frau übernahm die Initiative und ging darauf zu, während der Mann folgte.

Als Bento sein Rührei nach einem Bissen auf dem Teller zurückließ und aufstand, hatte sie den Eingang bereits erreicht und klopfte mit den Fingerknöcheln gegen die hölzerne Tür: »Hallo, ist jemand zu Hause?«

»Ich bin hier hinten, ich komme«, rief Bento.

Er ging schnell von der Küche ins Wohnzimmer, und als er es erreichte, hatten die beiden es zu seiner Verwunderung bereits betreten.

»Entschuldigen Sie, dass wir einfach hereingekommen sind«, sagte die Blondine daraufhin, die seinen irritierten Gesichtsausdruck richtig deutete.

»Wir wollten nicht mit der Tür ins Haus fallen«, ergänzte der Mann, der die Sonnenbrille abnahm. Er hatte ein flaches, frisch rasiertes Gesicht und dunkle Augen und lächelte. Aber nur mit dem Mund.

»Aber wir haben uns wohl verfahren«, erklärte sie.

Bentos Blick verhedderte sich kurz in ihrem Dekolleté. Die Bluse war bis zum Solarplexus aufgeknöpft und wie er sah, trug sie nichts darunter.

Was zu den Hotpants passte. Bento musste sich zwingen, sie nicht anzustarren.

»Kein Problem«, sagte er, »das kommt hier öfter vor. Vermutlich wissen Sie nicht, welchen der drei Wege Sie oben an der Gabelung nehmen sollen.«

»Genau«, pflichtete Kolja Orlow ihm sofort bei, auf dessen Weisung Ewa sich aufreizend gekleidet hatte. Kolja wollte, dass die Aufmerksamkeit Bentos ihr galt und nicht ihm, damit er das Überraschungsmoment auf seiner Seite hatte.

Die geglückte Überraschung ist der halbe Sieg, wie sein Nahkampf-Lehrer zu sagen gepflegt hatte.

»Wir suchen einen Platz oben in den Bergen mit wenig Lichtverschmutzung«, sagte sie.

»Wir betreiben Astrofotografie«, fügte er hinzu.

Gut, sie sahen nicht aus wie typische Hobbyfotografen, dachte André Bento und schalt sich im gleichen Augenblick für diesen Gedanken: *Never judge a book by its cover*, wie seine Tochter zu sagen pflegte. Und: *Die meiste Nachsicht übt der, der die wenigste braucht.*

»Da teilen wir ein Hobby. Ich bin selbst oft in den Bergen.«

Die Blondine schenkte ihm ein zugewandtes Lächeln: »Im Ernst?«

»Ja.«

»Haben Sie vielleicht einen Tipp, wo wir unser Lager aufschlagen sollten?«, fragte der Mann.

»Sicher, ja, kommen Sie«, sagte Bento und gab ihnen mit einer Handbewegung zu verstehen, ihm zu folgen.

Auf dem Esstisch lag nämlich sein iPad, auf dem er ihnen den Stellplatz zeigen wollte, den er selbst immer benutzte. Neben seinem Rührei, das langsam kalt wurde.

»Was wollen Sie denn einfangen?«

»Den Jupiter«, antwortete der Mann.

Bento nickte – Jupiter war in dieser Woche ganz besonders hell. Mit einem Fernglas waren auch vier seiner Monde selbst für einen Laien leicht zu entdecken.

»Und die Magellansche Wolke«, schob der Mann nach.

Was Bento stutzen ließ.

Die Magellansche Wolke war nur für die Bewohner der Südhalbkugel sichtbar. Von Portugal aus betrachtet, befand sie sich unterhalb des Horizonts. Man konnte sie also weder sehen noch fotografieren.

Er nahm sein iPad in die Hand.

Mit einem Mal kam ihm der Besuch der beiden seltsam vor.

Waren sie überhaupt *vorbeigefahren*? Und am Tridente gewesen? Oder vielmehr gleich bei ihm aufgetaucht? Sie sah nicht aus wie eine Hobby-Astrofotografin, sondern billig. *Never judge a book by its cover* hin oder her.

Raphaels Besuch kam ihm in den Sinn: *Was könnte passieren, wenn ich bleibe? – Ich weiß nicht. Vermutlich nichts.*

Und wenn doch?

Er nahm das iPad in die Hand, um Zeit zu gewinnen. Er hielt das Display so zu sich gewandt, dass die beiden es nicht sehen konnten, öffnete die Telefon-App und tippte 1–1–2, ohne den Anruf auszulösen.

Und stellte die entscheidende Frage: »Und haben Sie die Magellansche Wolke schon fotografiert?«

»Ja«, sagte sie, »aber es ist nicht gut geworden.«

Kein Wunder, dachte Bento, denn das war unmöglich.

»Wir wollen uns eine zweite Chance geben«, fügte ihr Begleiter hinzu.

Das alles war eine Lüge.

Aber wozu? Weshalb waren sie hier? Was wollten sie?

»Ich zeige es Ihnen auf der Karte«, log Bento und drehte ihnen den Rücken zu, um eine Schublade zu öffnen. Deren Inhalt er gleichzeitig mit seinem Körper verdeckte.

In der Spiegelung seines Hängeschranks sah er, wie der Mann eine kleine Arzneiflasche aus der Brusttasche nahm und in ein Tuch in seiner linken Hand goss.

André Bento öffnete eine Schublade und entnahm ihr sein bestes Stück, das Nesmuk Slicer, ein extrem langes, schmales und scharfes Fischmesser, mit dem er sich zu der Frau und dem Mann umdrehte und es zu seinem Schutz zwischen sie und sich hielt.

Aus den Gesichtern der beiden wich jede Freundlichkeit.

»Verlassen Sie mein Haus, ich rufe die Polizei.«

Als Bento den Anruf auslösen wollte, sprang der Mann mit dem Tuch vor.

André Bento stach zu und erwischte ihn an der Schulter, aber dafür schlug der Unbekannte ihm mit links das iPad aus der Hand.

Mit der Rechten führte er einen mit dem Eindrehen der Hüfte in seiner Wucht unterstützten Schlag aus, der Bento den Kehlkopf zertrümmerte. Der stach noch einmal zu, doch Kolja tauchte geschickt unter der Stichbewegung weg und packte ihn an der Hand, um einen schmerzhaften Gelenkhebel auszuführen.

Bento schrie auf. Erwartungsgemäß lockerte er den Griff um den Messerknauf und ließ den Slicer fallen. Kolja schnappte sich das Messer noch im Fall und führte zwei Halbkreisangriffe aus, die Bento mit dem blanken Unterarm abwehrte. Und dann, ganz unvermittelt, warf Orlow das Messer in die andere Hand, was Bento kurz irritierte. Kurz genug, um ihm die Klinge bis fast zum Anschlag ins Herz zu treiben.

Bento blinzelte und sah ihn an. Kolja kannte die Phasen bereits: Überraschung, Aufbäumen, Erkenntnis … Einsicht.

Er zog ihm die Klinge aus der Brust, und als wäre sie es gewesen, die André Bento gestützt hatte, brach er neben dem Tisch zusammen und riss dabei einen der Stühle um. Aus seinem Mund drang noch ein Gurgeln, während mit jedem verebbenden Herzschlag Blut unter sein Hemd gepumpt wurde.

André Bento war nicht mehr bei Bewusstsein.

»Und jetzt?«, fragte Ewa.

Kolja wandte sich von dem Mann ab und wickelte das Messer in ein Küchentuch, das er ihr mit der unausgesprochenen Aufforderung reichte, es an sich zu nehmen, was sie auch tat.

Er ärgerte sich über seine Nachlässigkeit. Der alte Mann hatte ihn tatsächlich täuschen können!

Und jetzt hatten sie den Salat.

»Ich kann das Wohnmobil ganz nah an den Eingang fahren«, bot Ewa an. »Und wir stecken ihn in einen Müllsack.«

Sie dachte in Momentaufnahmen, darin war sie gut, keine Frage, dachte Kolja. Aber das hier folgte der Logik einer Schachpartie und keinem Schuss aus der Hüfte. Wenn sie das taten, wenn sie André Bento wie ursprünglich geplant mit dem Wohnmobil abtransportierten, würde das die Kriminalpolizei auf den Plan rufen. Man würde das Haus akribisch untersuchen.

Und das bedeutete, Ewa und er mussten zunächst alle Blut- und Gewebespuren beseitigen, sowohl Bentos als auch seine eigenen.

Ja, das war machbar, aber dafür brauchten sie Zeit, Präzision und Gründlichkeit. Eine von der Sorte, die selbst einer Untersuchung von Spuren unter dem Mikroskop standhielt.

Und das alles in weniger als zehn Minuten. Denn dann würde die Haushälterin hier aufkreuzen. Also schüttelte Kolja den Kopf.

»Wir brauchen einen neuen Plan«, sagte er, »und zwar schnell.«

»Sofort?«, fragte Ewa fassungslos.

»Natürlich sofort.«

Er spürte, wie sie ihn musterte, als wäre er ein anderer.

Es hatte sie gleichermaßen erregt und eingeschüchtert, wie präzise und kompromisslos er auf den Angriff des Mannes mit dem Messer reagiert hatte. Sie konnte sich nicht vorstellen, dass es etwas gab, wovor Kolja Orlow sich fürchtete.

»Matilda Vaz kommt in sieben oder acht Minuten«, erinnerte Ewa ihn.

Kolja nickte und sah zu Bento, dessen Blick nun gebrochen war.

»Ich brauche eine Idee«, sagte er. Aber er sagte es ruhig, als spreche er über eine Belanglosigkeit und als würde ihnen die ganze Sache nicht in wenigen Minuten um die Ohren fliegen.

»Avô!«, rief eine Kinderstimme von draußen.

Ewa stellte sich seitlich neben das Fenster. Auf diese Weise konnte sie zur Einfahrt blicken, ohne selbst von draußen gesehen zu werden.

Ein dunkelhaariges Mädchen mit offenen Haaren und einem knielangen Rock hatte gerade ihr Wohnmobil passiert und steuerte aufs Haus zu.

Avô – *Opa.*

Murphy's Law – Alles, was schiefgehen kann, wird schiefgehen. Jetzt tauchte auch noch seine Enkelin viel früher auf als an den anderen Tagen, dachte Kolja. So eine Herausforderung wie diese unter Zeitdruck war ein Nervenkitzel, der in ihm einen besonderen Grad der Wachheit hervorrief. Gleich würde Maria Bento das Haus betreten. Neun Jahre alt. Sie konnten verschwinden, dann würde das Kind die Leiche entdecken. Sie konnten das Mädchen umbringen, dann käme wenig später Matilda Vaz. Zu knapp, um hier aufzuräumen und beide Leichen mit dem Wohnmobil abzutransportieren.

»Avô!«

Das Mädchen hatte das Haus fast erreicht.

»Da ist sie, deine Idee«, sagte Ewa. Sie schnappte sich geistesgegenwärtig das durchtränkte Tuch, das Kolja auf der Küchenanrichte abgelegt hatte, und nahm neben der Tür Aufstellung.

»Pass auf, dass sie dich nicht sieht«, flüsterte sie. Und Kolja Orlow begriff jetzt ihren klugen und perfiden Zug. Sie dachte eben in Momentaufnahmen, und mit dem Auftauchen von Bentos Enkelin hatte sie einen Plan aus dem Nichts gezaubert.

»Avô?«, rief das Mädchen und trat ein.

Ewa packte es mit dem rechten Arm hart am Hinterkopf und presste Maria Bento mit dem linken das Tuch über Mund und Nase. Sie drückte den Kopf des Mädchens von sich weg, sodass Maria sich an niemanden würde erinnern können. Es dauerte nur einen Atemzug, dann gaben die Beine des Mädchens nach und es sackte bewusstlos zusammen.

Kolja entging nicht die Sanftheit, mit der Ewa Zorin den Körper des Kindes am Boden ablegte und auf den Kopf achtgab.

Sie würde es nicht übers Herz bringen, dieses Kind zu töten, wenn es darauf ankam.

Ewa blickte zu ihm auf. Die Situation war nicht frei von Ironie. Denn bevor sie Kolja Orlow persönlich vorgestellt worden war, kannte sie nur seinen Tarnnamen: der *Sandmann*, der die Leute in den tiefen Schlaf schickte.

Heute hatte sie zum ersten Mal einen Menschen in den Schlaf versetzt.

Bentos Enkelin. Und der setzte jetzt der Atem aus.

12.

Der alte Jorge, der seit Langem pensionierte Uhrmacher, kam als Erster, um sich den Platz zwischen den drei tönernen Weinkühlern und dem Grill zu sichern, den António Rosado angefeuert hatte. Ein paar fangfrische Sardinen lagen schon auf dem Rost daneben.

Üblicherweise stellten die Rosados nur den alten, rechteckigen Tisch vor die Tür, der eine Menge zu erzählen gehabt hätte. Die Rosados wohnten in der Virgílio Inglês, einer kleinen Sackgasse, die nur vom Kanal aus zu befahren war und in Fusetas Zentrum endete – am *Platz der Republik*, der sich trotz seines großen Namens auf lediglich 20 mal 20 Meter bemaß.

Und wenn es jemand zu Raquel und António Rosado verschlug, was fast täglich geschah, dann holten sie einfach Stühle von drinnen dazu.

Denn die Freunde und Bekannten und nicht zuletzt die Nachbarn kehrten hier gern ein. Einige kamen, um sich Rat von António Rosado zu holen. Sein Augenmaß und seine Bodenständigkeit wurden von den Bewohnern hoch geschätzt. Auch wenn jemand gar keinen Rat in einer persönlichen Sache suchte, sondern Hilfe mit dem Computer, dem Motorrad, dem Plattenspieler, der Waschmaschine, dem Finanzamt oder was auch immer: António Rosado kannte immer jemanden, der jemanden kannte, der helfen konnte. Oder wiederum jemanden kannte.

Die anderen hielten hier gern auf ein kurzes Schwätzchen inne, das meist ausuferte. Und zwar nicht zuletzt wegen Raquel Rosados raffinierten *petiscos,* den portugiesischen Tapas.

Denn spätestens nachdem man zehn Minuten lang Neuigkeiten ausgetauscht hatte, Schwangerschaften, das letzte Spiel von Benfica gegen Porto, wer sich als Nächster beim Pachten des Restaurants *Ti Anica* vorn an der Ecke eine blutige Nase holen würde und so weiter, spätestens dann stand unversehens ein Vinho verde auf dem Tisch oder ein Bier, Oliven, die unvergleichliche Thunfischcreme mit frischem Weißbrot oder eine andere Köstlichkeit in der roten Tonschale.

»Oh, Raquel, deswegen bin ich nicht vorbeigekommen.«

»Nur zu, Dona Maria.«

»Na schön, aber nur noch auf ein Gläschen, ein klitzekleines.«

Die Schnittmenge zwischen den Bekannten, die einen Rat suchten, und jenen, die es neben einem entspannten Plausch auf eine Kleinigkeit zu naschen abgesehen hatten, war relativ groß.

Heute hatten die Rosados mithilfe von Freunden gleich mehrere Tische und gut zwei Dutzend Stühle vor die Tür gestellt, sodass die Gasse für Fahrzeuge blockiert war.

Aber das kannte man hier. Und falls doch mal jemand daran Anstoß nahm, fand er sich aufs Beste versorgt an einem der Tische wieder und ging meist mit beschwingten Schritten als einer der Letzten.

Für Leander Lost, für den Regeln den verlässlichen Raum bildeten, in dem er sich auf gewohnten Pfaden bewegen konnte, war die portugiesische Lebensart eine Herausforderung.

Hätte jemand in Deutschland die Gasse von seinem Haus für ein privates Fest blockiert, wäre er vermutlich von einem Nachbarschaftsmob gelyncht worden. Auf jeden Fall hätte aber jemand spätestens nach zweieinhalb Minuten die Polizei gerufen.

Das war den Fusetensern absolut fremd.

Leander lernte recht bald, dass die Leute hier nicht wirklich ohne Regeln lebten. Nur eben nach gelasseneren. Die Öffnungszeit etwa, die an der Eingangstür eines Geschäfts zu finden war, stellte sich für ihn als grober Hinweis heraus. Vielleicht war zu der Zeit jemand da. Möglicherweise aber auch nicht. Dann aber später irgendwann. Vermutlich. Vielleicht.

Und während in Deutschland außer an der Ampel oder am Zebrastreifen kein Autofahrer hielt, um jemanden die Straße überqueren zu lassen, tat das jeder Portugiese – weil man ihnen anerzogen hatte, dass der schwächste Verkehrsteilnehmer Vorrang hat. Eine Regel, die man in portugiesischen Gesetzestexten vergeblich suchte. Und an die sich doch jeder hielt. Weil sie die Rücksicht des Stärkeren gegenüber dem Schwächeren einforderte, was jedem Kind sofort einleuchtete. Deshalb parkte hier auch niemand auf den Behindertenparkplätzen, der dort nicht hingehörte. Und deswegen genossen Schwangere, Gebrechliche und Behinderte in jedem Supermarkt, jeder Bank und jeder Behörde natürlich Vorrang.

Leander jedenfalls durchschaute mit der Zeit dieses Tohuwabohu aus ungeschriebenen Sitten und traditionellen Gewohnheiten. Das war für ihn überlebenswichtig. Und es führte zu einem entspannteren Alltag.

Ihn beschlich über die Jahre die Vermutung, dass sie hier unten am Meer das angenehmere Leben führten.

»Jorge, du hast einen neuen Gehstock – der sieht fein aus«, sagte Graciana, die ihrer Mutter zur Hand ging und *petiscos* auf den Tischen verteilte.

»Ja, schönes Holz«, fügte Carlos hinzu. Er hielt den Platz neben sich für sie frei und saß dem Brautpaar gegenüber.

»Das ist kein Gehstock«, wandte Jorge ein, »es ist ein Accessoire.«

»Manchmal stützt du dich ganz schön auf dein Accessoire«, grinste Carlos.

»Das täuscht, Carlos Esteves, es ist kein Gehstock«, widersprach Jorge und stützte sich auf sein Accessoire, um sein linkes Bein zu entlasten und sich vorzubeugen. »Herzlichen Glückwunsch und Gottes Segen, Soraia, möge es eine innige, friedliche und lange Ehe sein. Und kinderreich.«

Sie schüttelten einander die Hand.

»Und Ihnen, Senhor Lost, möchte ich auch gratulieren.«

»Vielen Dank«, sagte Leander automatisch und zog die Mundwinkel kurz auseinander, um das mimische Äquivalent eines Lächelns zu erzeugen.

Jorge, Anfang 80, eine große, hagere Gestalt, die ähnlich wie Lost selbst bei diesem warmen Wetter einen Anzug trug – schlicht und braun – und sein silbernes Haar stoppelkurz, zog ein ganz offensichtlich selbst eingepacktes Geschenk aus seiner Jackentasche, das er den beiden überreichte.

Wie sich später herausstellte, handelte es sich um eine flache, über 100 Jahre alte Wanduhr, die Jorge auf Vordermann gebracht hatte, wie es auf einem Begleitkärtchen stand.

Langsam trudelten auch andere Gratulanten ein.

Erst Dona Maria – ihre direkte Nachbarin – mit einem handlichen Holzfass voller selbst geernteter und eingelegter Oliven.

»Gottes Segen – ihr gebt so ein wundervolles Paar ab.«

Dann Chico, der Kette rauchte und Taxi fuhr, zu Wasser und zu Asphalt, und ihnen 20 Freifahrten schenkte.

»Aber unter 100 Kilometer«, wie er hinzufügte. »Jorge, hübscher Stock.«

»Das ist kein Stock.«

Und Fatima de Figo von gegenüber, die nicht nur wegen ihres Leberflecks eine gewisse Ähnlichkeit mit Cindy Crawford hatte und die sich schon viele unbeholfene Sätze oder schlecht gereimte und stammelnd vorgetragene Gedichte hatte anhören müssen.

Fatimas Verehrer der letzten fünf Jahre hätten gestapelt bis zur Rosados Dachterrasse gereicht, wie man munkelte.

Ihr Problem war nur: Wenn sie sich für *einen* entschied, war sie *für alle anderen* vergeben. Eine schreckliche Vorstellung.

Sie trug ein kleines Schwarzes und überreichte der Braut, die sie gut leiden konnte – immerhin waren sie praktisch Tür an Tür aufgewachsen –, einen riesigen Strauß Sonnenblumen, die Soraia liebte.

»Du siehst zum Niederknien aus, Soraia. Und Sie natürlich auch. Sie sind der faszinierendste Alemão, den ich kenne. Herzlichen Glückwunsch euch beiden.«

»Obrigada.«

»Das ist sehr nett von Ihnen«, kam es etwas monoton von Leander.

Selbst der, dachte Fatima, hatte so seinen Reiz. Er wurde ja heimlich Senhor Léxico genannt. Und nichts war so sexy wie Intelligenz. Leider hatte er einen sehr eigenwilligen Humor.

Aber die Art, wie Soraia ihn anschaute, ließ keine Fragen offen: Sie hatte den einen für sich gefunden.

»Jorge, was für ein hübscher Gehstock.«

»Das ist ein Accessoire, Fatima«, verriet Carlos ihr, den sie jetzt erst bemerkte. Sie hielt sich vor Überraschung die Hand vor den Mund.

»Carlos«, sagte sie mit gespieltem Erstaunen, »bist du es? Wo hast du die Flip-Flops gelassen?«

Der ließ die Anspielung auf seinen sonst üblichen lässigen Kleidungsstil an sich abperlen.

»Du siehst so schick aus.«

»Nur, um deine Aufmerksamkeit zu gewinnen.«

»Die hast du immer – selbst, wen du nichts tragen würdest. Oder besonders dann«, lachte sie.

Graciana, die gerade vier weitere Tonschalen abstellte, stieß Carlos' Bierflasche um, deren Inhalt in Fatimas Richtung schoss und sie nur deshalb um Haaresbreite verfehlte, weil sie schnell zur Seite sprang.

»Ah, Fatima, so sorry«, sagte Graciana und Leander, der in

ihr Gesicht blickte und ihre Mimik dechiffrierte, entdeckte darin gar kein Bedauern.

Aber dann war der Eindruck auch schon wieder wie weggewischt, denn sie war ins Haus zurückgekehrt, um weitere Köstlichkeiten hinauszutragen. Zara war ebenso behilflich und setzte zwei Holzbrettchen ab.

»Wo ist eigentlich Toninho?«, fragte Soraia.

»Ist krank«, sagte sie und deutete auf die Brettchen, »das hier ist *muxama.*«

Muxama sah auf den ersten Blick aus wie geräucherter Schinken – aber es war Thunfischfilet, das Raquel in sehr feine Scheiben geschnitten hatte. Das Filet kaufte sie luftgetrocknet. Und versah die Scheiben mit einer Marinade aus Olivenöl (beste Pressung von Dona Maria gegenüber), Zitronensaft, Honig, Knoblauch und Kapern. Dazu angemachten, frischen Rucola vom Markt in Olhão.

»Gestern war er noch nicht krank«, merkte Leander an.

»Jetzt ist er's«, antwortete Zara kurz angebunden und deutete aufs zweite Brettchen: *»Pão com chouriço.«*

Tatsächlich war es ein noch sehr warmer Brotlaib, den Raquel selbst gebacken und worin sie vier scharfe *chouriço* gelegt hatte.

Zara rauschte zurück ins Haus. Carlos hob eine Augenbraue.

Raquel erschien erneut, während António die Sardinen zu grillen begann und mit reichlich Olivenöl beträufelte. Auf der anderen Seite des Rosts platzierte er mit routinierten Handgriffen die zurechtgeschnittene Paprika in Rot, Gelb und Grün. Sie würden *pimentos assados* ergeben, dann nämlich, wenn die Hitze der Holzkohle die Haut so stark verbrannt hatte, dass die sich mühelos abziehen ließ.

Raquel stellte eine flache Schale auf den Tisch, in der sich dreieckige, nur fingernagelgroße Muscheln häuften.

»Conquilhas«, sagte sie.

Um sie zu finden, stapften junge Männer mit bloßem, muskelbepacktem Oberkörper durch das hüfthohe Meerwasser. Dabei zogen sie mit von Sonne, Wind und Belastung zerfransten Gurten eine Art metallischen Pflug durch den Meeresboden, in dem die kleinen Muscheln steckten.

»Raquel«, seufzte Dona Maria zwischen zwei Bissen, »das Chorizo-Brot ist nicht von dieser Welt.«

Raquel schenkte der betagten, aber agilen Nachbarin ein dankbares Lächeln, bevor sie wieder in der Küche verschwand.

Senhor Rossi, der Weinhändler, erschien mit einer Holzkiste seiner allerbesten Tropfen. Der Halbitaliener war wie immer wie aus dem Ei gepellt und die Bewohner Fusetas gewannen über die Jahre den Eindruck, dass die Zeit an dem Mann einfach abprallte, denn er schien nicht zu altern.

»Ich habe einen neuen *Medronho*«, ließ António ihn wissen, woraufhin Rossi – nachdem er dem Hochzeitspaar eilig gratuliert hatte – auf dem Stuhl neben Jorge Platz nahm.

»Ich soll ja eigentlich die Finger davon lassen«, sagte Jorge mit Blick auf das Schnapsglas, das António Rosado füllte, »aber an einer Hochzeit? An einer Hochzeit kann man das nicht ablehnen, nicht wahr?«

»Keineswegs«, stimmte Carlos zu, »wenn ich auch probieren dürfte?«

»Erbseneintopf«, sagte Graciana und stellte die dampfende Schale auf den Tisch. Sie nahm aus einer anderen die beiden rohen Eier, brach die Schale am Schüsselrand und ließ die Eier in den Topf fließen und pochierte sie auf diese Art. Zara kam mit einem großen Kochtopf an den Tisch, den sie mit beiden Händen tragen musste. António schob ihr rasch ein Holzbrett hin, auf das sie ihn abstellte und den Deckel lüftete.

Die Gäste beugten sich neugierig vor.

»*Estufado de borrego*«, beantworte sie die fragenden Blicke. Lammtopf.

Eines jener Gerichte, die Graciana und Soraia mit ihrer Kindheit verbanden.

Und da sie manchmal den Lausebengel aus der Rua Bombarda mit anschleppten, verband auch Carlos Esteves diesen Anblick mit vergangenen Tagen und schönen Erinnerungen. An die Eiskugeln vom Stand am Largo, die erste, heimliche Zigarette (Soraia war speiübel geworden), der magische Sommer von 1996, der einfach nicht enden wollte, stundenlang mit Graciana nachts am Strand zu sitzen, die Sterne zu bewundern und dann in Unterwäsche und gefühlt unsterblich ins Wasser zu springen – wer als Erster an der Boje war, und all diese Erinnerungsfetzen, die wie ein Kaleidoskop durch seinen Kopf sausten.

Als sich sein und Gracianas Blick trafen und er ihr wehmütiges Lächeln sah, wusste er, diese Momente blitzten jetzt auch in ihr auf.

Raquel legte das Lamm in eine Marinade aus winzig fein gehackten Knoblauchzehen, Meersalz, Weißwein, Pfeffer und Lorbeerblättern und ließ das Fleisch über Nacht ziehen. Das Geheimnis von Raquels Lammtopf bestand hauptsächlich in der großzügigen Menge an Oregano und der Beigabe der richtigen Tomaten. Nicht die aus den Supermercados, versteht sich. Die aus den Anpflanzungen der unabhängigen Bauern, die sie von Tavira bis Olhão auf den örtlichen Märkten anboten, aber die allerbesten bekam man oben in Foupana, auf dem Hof von Magdalena, einer noch gar nicht so alten störrischen und einsilbigen Frau, die einen störrischen und einsilbigen Mann geheiratet hatte, João, was ihn ganz besonders auswechselbar machte, denn João, kein Ruhmesblatt portugiesischer Eltern, hieß jeder zweite Mann in Portugal.

Sie bauten auf einem besonders nährstoffreichen Boden auf einer Anhöhe Ochsenherzen an. Magdalena gefiel nicht, wie Joao die Tomaten ausgeizte, und ihm missfiel, wie sie sie goss.

Also ließ er die Finger vom Ausgeizen und sie vom Gießen. Magdalena arbeitete sehr gewissenhaft und genau, und ihr Mann schien verwoben mit dem Grund, auf dem er stand, denn er bewässerte die Pflanzen feiner als jedes Bewässerungssystem.

Und kurz vor der Ernte entzog er ihnen das Wasser, was das Aroma steigerte und auch den Zuckergehalt. Zwei Tage später, in der Morgendämmerung, ernteten Magdalena und João die Ochsenherzen. Pflückte man sie in der prallen Sonne, büßten sie an Aroma ein.

Magdalena und João unterhielten keinen Stand an der Straße, sie tauchten auf keinem der Märkte auf, nicht einmal ein Schild am Straßenrand wies auf ihre Tomaten hin. Es sprach sich herum, das war alles.

Die beiden akzeptierten kein Bargeld, sondern nur Dinge im Tausch. Brot, Honig, Fisch, Wein, Oliven, Benzin und so weiter. Sie machten dabei nie viele Worte.

Leute, die mit ihnen zusammen die Grundschule in Moncarapacho besucht hatten, berichteten einhellig und unabhängig voneinander, wie skeptisch sie bereits als Kinder auf ihre Mitschüler und Lehrer gewirkt hatten. Nur auf den jeweils anderen nicht, denn in dessen Misstrauen gegen die Welt, das Leben, Eltern und die Menschen an sich erkannten sie ihr eigenes und hatten – endlich! – eine verwandte Seele gefunden – obwohl sie der Wahrscheinlichkeit dieses Funds natürlich skeptisch gegenübergestanden hatten.

Und sie hatten Leander in ihr Herz geschlossen, das sich nur alle Jubeljahre für jemanden öffnete, denn in ihm hatten sie den Meister in spartanischer Kommunikation gefunden.

Ihre Ochsenherzen jedenfalls gaben Raquels Lammtopf den entscheidenden Kick, die Vollmundigkeit nämlich, das, was an Geschmack im Mund überzusprudeln schien.

In dem Pulk der Gäste stand wie aus dem Nichts plötzlich eine junge Frau am Tisch, deren Gesichtsmerkmale Leander binnen einer halben Sekunde mit einer ihm bekannten Person verknüpfte: schiefer Eckzahn plus feine Spalte in der Nasenspitze plus »Bowie-Augen«, eines grün, das andere haselnussbraun, plus der Brilli im rechten Nasenflügel: Isadora Jordão.

»Isadora«, sagte Graciana überrascht.

Alles, was ihre Weiblichkeit sonst verbarg, die weiten Hosen, die Männerhemden, der Verzicht auf Schminke – all das hatte sie abgelegt und stand dort im kleinen Schwarzen. Mit flachen, dunklen Schuhen und Kajal um die Augen.

Carlos zwang seine Kinnlade wieder nach oben.

»Isadora – du siehst großartig aus«, befand Graciana.

»Danke«, gab die Kriminaltechnikerin verlegen zurück und wandte sich an Soraia und Leander: »Für euch habe ich Simone de Beauvoir mitgebracht, deren Worten ich mich anschließen möchte: *Wenn der Mensch verliebt ist, zeigt er sich so, wie er immer sein sollte.*«

Tränen schossen ihr jetzt in die Augen, die sie beherzt wegzulächeln versuchte. Sie reichte sowohl Soraia als auch Leander Lost ein Geschenk.

»Ich freue mich sehr, dass du gekommen bist«, sagte Leander und es blieb Graciana nicht verborgen, wie viel es Isadora bedeutete. Wie sie Leander ansah. Die Wehmut in ihrem Blick.

Und Leander Lost hatte das erste Mal einen freien Blick auf ihr Taille-Hüfte-Verhältnis, das er auf 0,7 oder 0,75 bemaß. Höchst attraktiv.

Isadora stand etwas verloren und hilflos da und in gewisser Weise war es Miguel Duarte, der die Situation unabsichtlich rettete. Er trug seinen verletzten rechten Arm in einer Schlaufe, die farblich exakt zu seiner Krawatte passte. Das Jackett hatte er locker über die Schultern gelegt und trat selbstbewusst mit einem überbordenden Blumenstrauß an den Tisch.

»Guten Tag und vielen Dank für die Einladung«, sagte er und reichte Soraia die Blumen, für die Raquel umgehend eine große Vase mit Wasser füllte. »Ich möchte dich, Soraia, und Sie, Senhor Lost, zu Ihrer Hochzeit beglückwünschen und ich …«, er blickte kurz an ihnen vorbei und seine Miene änderte sich, das Lächeln verschwand. Täuschte Carlos sich oder war die Wehmut gerade von Isadora Jordão auf Duarte übergesprungen?

»Verliert nie die Achtung voreinander. Man weiß oft erst dann etwas zu schätzen, wenn man es verloren hat.«

Was sich aus Miguels Mund ein wenig befremdlich anhörte, denn zumindest bis zu seiner Kopfverletzung hatte er seine portugiesischen Kollegen nicht sehr geschätzt. Eigentlich gar nicht.

Aber er sagte es mit jenem Brustton der Überzeugung, zu der nur fähig war, wer es selbst erlebt hatte.

Graciana hatte den Moment genutzt, um Isadora mit einem Lächeln zu begrüßen und ihr den Platz neben sich anzubieten: »Magst du ein Glas Champagner trinken?«

»Ja, gern. Sehr aufmerksam, danke.«

Der Tisch zwischen Leander und Soraia auf der einen und Duarte auf der anderen Seite verhinderte eine Umarmung, was Soraia gelegen kam. Ja, Miguel war nach seinem Gedächtnisverlust ein anderer geworden. Und ja, er bemühte sich um einen guten Umgang.

Aber sie registrierte auch, wie sich leise und kaum merklich alte Verhaltensweisen einschlichen.

Duarte schüttelte erst ihr und dann Leander die Hand.

Miguel absolvierte dieses selbstverständlich in perfekter Haltung und trat beiseite, um den Blick auf seine Begleitung freizugeben: Adriana Ventura, die ein schlichtes, hellbraunes Kleid trug, das ärmellos war und bis über die Knie reichte.

Carlos, Leander, und Graciana waren nur mäßig überrascht. Auch nicht über die druckfrische Ausgabe der *Público,* die Adriana in den Händen hielt.

Sie beglückwünschte die beiden ebenfalls und begründete ihre Anwesenheit durch ein Interview mit Duarte in einem Lokal um die Ecke, in dem er sie überredet hatte, hier kurz vorbeizuschauen.

»Was ich hiermit getan habe«, erklärte sie dem Brautpaar. »Feiern Sie noch schön mit Ihren Gästen!«

Sie nickte ihnen zu und wollte schon gehen.

»Nein, bleib doch noch!«, rief jemand hinter ihnen. Sie

wandten die Köpfe: Zara, die im gleichen Augenblick realisierte, damit etwas zu schnell vorgeprescht zu sein.

»Aber das ist natürlich nicht meine Feier«, schob sie deswegen schnell nach.

»Jede Begleitung ist hier herzlich willkommen«, schloss Soraia sich mit einem charmanten Lächeln an: »Bitte seien Sie unser Gast, das würde uns sehr freuen.«

Es schien Adriana Ventura ein wenig unangenehm zu sein, doch dem Wunsch einer Braut am Hochzeitstag nicht zu entsprechen, empfand sie als einen Affront. Also fügte sie sich und bereute ihren Entschluss nach einem selbst gebrannten *Medronho* und etwas Thunfischcreme und Lamm nicht, und nach den *Conquilhas* und dem zweiten *Medronho* beglückwünschte sie sich zu ihrer Entscheidung.

Sie überreichte dem Team die druckfrische Ausgabe der *Público*. Auf der Titelseite das große Foto von Miguel Duarte mit dem verbundenen Arm (und Blutspritzern auf dem Hemd) sowie Maria Bento auf dem anderen, die an der Kamera vorbei lächelte.

Das Mädchen und der Kommissar – das Opfer und sein Retter.

Untertitel: *Wenn es um Kinder geht, kenne ich kein Pardon.*

Als Clara Bento am Bahnhof von Olhão ausgestiegen war und die erlösende Nachricht von ihrer unversehrten Tochter erhalten hatte, waren Adriana Ventura und Zara Pinto gerade dabei, den Waggon der *Linha* zu besteigen, um für eine Recherche gemeinsam nach Almancil zu fahren.

»Leander, das ist meine Kollegin und Chefin Senhora Adriana Ventura, ich habe dir schon viel von ihr erzählt.«

»Ja, viel.«

»Guten Tag, Senhor Lost.«

»Ja, guten Tag.«

»Was machst du denn hier?«, fragte Zara nach, während Adriana auf die Waggontür zusteuerte, weil der Zug sich jeden Augenblick wieder in Bewegung setzen würde.

»Wir ermitteln in einem Entführungsfall – soeben ist das entführte Kind gefunden worden«, gab Lost preis, da er nicht lügen konnte.

Sofort nahm Adriana Ventura den Fuß von der Stufe des Waggons und kehrte um.

»Ein entführtes Kind?«

»Genau.«

Zara spürte regelrecht, wie *A Farejadora* in der Journalistin erwachte: die Spürhündin. Wie sie Leander ins Visier nahm und die Ohren spitzte und alle Sinne auf ihn ausrichtete.

»Und Sie leiten die Ermittlungen?«

»Nein, der Chef der PJ: Sub-Inspetor Miguel Duarte.«

»Wo finde ich den?«

»Das sind laufende Ermittlungen, Senhora«, schaltete Isadora Jordão sich ein. Ruhig, sachlich aber bestimmt.

»Natürlich, das respektiere ich. Mir geht es um …«

»Ja?«

»Um die Würdigung Ihrer aller Arbeit, die stets abseits der Öffentlichkeit stattfindet. Und eine Berichterstattung verdient hätte.«

»Und Sie profitieren von dem Exklusivbericht«, hielt Isadora fest.

»Aber natürlich. Ihr Chef bekommt jeden Artikel vor der Veröffentlichung. Ohne sein Segen geht nichts raus.«

Isadora sah zu Leander.

»Sag Ja, Leander«, bat Zara.

Aber der schüttelte den Kopf, denn zum Glück gab es ja Regeln.

»Die Entscheidungsbefugnis liegt bei Sub-Inspetor Duarte.«

Die *Linha* setzte sich in Bewegung.

»Der Zug«, sagte Zara zu Adriana. Aber die winkte ab und wandte sich wieder an Leander: »Wie erreiche ich ihn?«

Und so kam eines zum anderen. Über Duartes zerschossenes Handy erreichte sie niemanden, aber Carlos ging ran und gab seines an den verletzten Kollegen, der sofort hellwach war. *Público?* Landesweit? Mit Fotos?

Aber gern.

Der Rettungswagen kam zwar, aber Miguel ließ sich nur verbinden und ein Schmerzmittel spritzen.

»Ich habe ein sauberes Hemd in meinem Kofferraum«, sagte er zu Ventura.

»Nein, nein, das da ist ideal – das ist doch *Ihr* Blut?«

»Ja. Ich habe viel davon verloren.«

»Sie waren lebensgefährlich verletzt, wollen Sie das andeuten?«

»Das will ich nicht sagen, es würde so übertrieben klingen, aber …«

»Aber?«

»Aber … nun ja, doch: Es war ziemlich knapp.«

Und, jetzt, im nachträglichen Angesicht seines Todes, wurden Duarte in einem Anflug von Selbstmitleid die Augen feucht.

»Ich sehe, das lässt Sie nicht kalt«, legte Ventura ihm den Ball auf den Elfmeterpunkt.

Miguel Duarte nickte: »Wenn es um Kinder geht, kenne ich kein Pardon.«

Das hatte er von seinem Vater gelernt, einem in Spanien bis heute verehrten Torero, bekannt für seine formvollendete Todesverachtung und seine Bonmots. In dieser Kombination unerreicht.

Reporter sind ein aussterbender Beruf, hatte sein Vater ihm gesagt, sie recherchieren nicht mehr selbst, sondern kopieren nur das, was sie im Netz finden. Wenn du willst, dass sie das über dich schreiben, was zutrifft, musst du es ihnen in ihre Stifte diktieren. Mit kurzen, prägnanten Sätzen. Jeder halbwegs begabte Journalist kann sie sich merken und jeder Leser, selbst der, der gar nicht lesen kann, versteht sie.

Daher: *Wenn es um Kinder geht, kenne ich kein Pardon.*

Hundertprozentig würde er so zitiert werden. Der Satz schrie ja geradezu nach einer Schlagzeile.

Und genau so kam es. Unter dem Foto von ihm und dem Mädchen: Wenn es um Kinder geht, kenne ich kein Pardon.

Erst exklusiv in der *Público* und ab morgen in allen anderen Zeitungen.

Duarte war darüber so glücklich, dass er zunächst nicht wusste, was er tun sollte, und deshalb zog er sich erst mal den Scheitel nach.

Graciana und Carlos waren von der Einbindung der Presse nicht angetan – natürlich, dachte er. Sie standen ja auch nicht im Mittelpunkt. Was sie so nicht sagten, sondern: Wir sind noch mitten in den Ermittlungen.

Was vermutlich vorgeschoben war.

»Genau. Es wird Zeit, dass unsere Arbeit öffentlich wahrgenommen wird. Das Vertrauen in die Polizei hat hier und da gelitten.«

Die Ventura war zwar verheiratet, aber sie hatte ganz offensichtlich Interesse an ihm und wollte ihn begleiten, *den Kriminalisten und den Privatmann Duarte,* wie sie sagte, um ein Porträt über ihn zu schreiben. Für die Samstagsausgabe der *Público*. Deswegen hatten sie sich auf eine Bica und ein Wasser getroffen, bevor sie hierhergekommen waren – zur Hochzeitsfeier.

Und die wuchs an, Nachbarn mussten mit Tischen und Stühlen aushelfen und Senhor Rossi goss aus seinen erlesenen Weinen ein. Als die Sonne im Westen ihre letzten, warmen Strahlen in die Virgílio Inglês warf, tauchte Soraias Jugendfreundin Jacinta Costa mit ihrem Mikrofon auf. Ihr Vater trug die Akustikgitarre. Sie lachte Soraia an, und ihrer perplexen Miene entnahmen alle, dass die Überraschung gelungen war und alle, die von ihr wussten, dichtgehalten hatten.

Jacinta stimmte *Desfado* von Ana Moura an und mit einem Mal erstarben alle Gespräche, es wurde mucksmäuschenstill. Jacinta war noch kleiner als Soraia und es verwunderte die Zuhörer, zu welch enormer Stimmkraft dieser filigrane Körper in der Lage war.

In der Mitte des Liedes zückten ein paar ältere Nachbarinnen bereits ihre Taschentücher – auch Soraia erging es nicht anders.

Jacinta war in Fuseta keine Unbekannte. Manchmal setzte sie sich zusammen mit ihrem Vater auf einen meterhohen Meersalzhügel in den Salinen und übte. Ihre Stimme erscholl über der Ria Formosa bis zu den Kite-Surfern im Süden und der Gezeitenmühle im Westen. Und ja, wenn der Wind günstig stand, sogar bis zum Farol.

Carlos stand auf und ging zu Leander, während Jacinta die beiden anstrahlte.

»Wenn ich Ihnen einen Hinweis geben darf, Senhor Lost, sollten Sie vielleicht mit Soraia beim nächsten Lied die Feier mit einem Tanz eröffnen.«

»Das ist auch in Deutschland so üblich. Ich habe geübt«, antwortete Leander, der wegen der beharrlichen Reizüberflutung eifrig Ecken zählte, um sich zu beruhigen.

»Sehr gut.«

Leander nahm das auf sich, weil er um diesen besonderen Moment für Soraia wusste. Er tat es für sie.

Jacinta sang ein letztes Mal den Refrain und beendete *Desfado* dann.

Der Applaus hätte kaum lauter sein können. Alles klatschte begeistert, und wer aus Fuseta bisher noch nicht hierhergefunden hatte, machte sich spätestens jetzt eilig auf den Weg.

Desfado war eine kluge Wahl. Ana Moura hatte den Fado in die Moderne gebracht, diesen sentimentalen, traurigen Musikstil, der eine ganze Nation geprägt und konditioniert hatte und diesem Gefühl, das die Portugiesen für sich gepachtet hatten, der *Saudade*, eine Ausdrucksform verlieh.

Einer melancholischen Sehnsucht nämlich nach etwas Verlorenem.

Saudade galt als unübersetzbar.

Und mit diesem Stück bauten Jacinta und ihr Vater eine Brücke zwischen der älteren und der jüngeren Generation, die sich hier versammelt hatten.

Jacinta hob das Mikrofon wieder an die Lippen: »*What would I do without your smart mouth? ... Drawing me in, and you are kicking me out ...*«

Soraia erkannte es nach den ersten Worten. Es war ein Lied, das Jacinta und sie tief verband, weil sie sich beide bei diesem Lied auf einem Fest in jemanden verliebt hatten: *All of me* von John Legend.

Und nun schloss sich der Kreis, nun erhob sich der Mann, in den sie sich vor drei Jahren verliebt hatte, und reichte ihr zu diesem Lied die Hand.

»Wenn ich weine, sind es Freudentränen, Leander«, sagte sie, zog ihre Schuhe aus und stellte sie auf ihre Serviette, bevor sie von Leander in die Mitte der Virgílio geführt wurde und sie zu tanzen begannen.

Als Graciana Raquel vor Rührung weinen sah, nahm sie sie in die Arme und drückte auch den Arm ihres Vaters, der zufrieden lächelte und eifrig schluckte.

Leander blendete mit einer kraftraubenden Willensanstrengung das ganze Umfeld aus, den Lärm, denn sonst wäre die Welt in ihm zusammengestürzt, sie wäre in seiner Mitte geradezu implodiert.

Er hatte sich den Takt gemerkt und bewegte sich nach ihm. Er war nur fokussiert auf Soraia, auf ihr Gesicht, ihr Strahlen – die Grübchen! – und die Tränen, die ihr über die Wangen rannen.

Und dort, in dieser künstlich erzeugten Stille, in der er mit ihr tanzte, in diesem feinen Tunnel ihrer ineinander versunkenen Blicke, wollte er für immer bleiben.

Mit *Can't take my eyes of you* von Andy Williams legte Jacinda nach. Carlos reichte Graciana die Hand, aber sie deutete mit dem Kopf auf Zara: »Nach ihr.« Die feine Intuition Gracianas –

Carlos begriff und gesellte sich zu der jungen Frau, während immer mehr Paare auf die Straße gingen und zu tanzen begannen. Zara beobachtete Leander und Soraia und lächelte dabei.

»Darf ich um diesen Tanz bitten, Senhora?«

Kurz war sie aus ihren Gedanken gerissen und verblüfft, Carlos vor sich zu finden. Aber dann nickte sie erfreut und folgte ihm.

Als Leander und Soraia etwas außer Atem an den Tisch zurückkehrten, waren Dutzende Briefumschläge durchgereicht oder persönlich abgelegt worden. Erst in Soraias Schuhen, wie es der Brauch vorsah, aber als diese vor Kuverts überquollen, hatte Raquel zwei Bastkörbe danebengestellt, die eigentlich für das frisch geschnittene Brot vorgesehen waren.

Inzwischen führte Carlos Zara geschmeidig über den Asphalt.

Er war – ebenso wie Duarte – ein hervorragender Tänzer. Bei Duarte sah und spürte man die Präzision des spanischen Tangotänzers, während Carlos sich mit einer Lässigkeit und Hingabe an die Musik bewegte, als hätte er sein Leben lang nichts anderes gemacht. Duarte war die Präzision und Carlos die Lebenslust.

In einem Moment in der Mitte des Stückes zog er sie unvermittelt an sich.

»Was ist mit Toninho?«, fragte er sanft.

»Er hat eine andere geküsst.«

»Was für ein Trottel.«

»Und strohdoof ist sie auch.«

»Hab's mir gleich gedacht.«

Er wirbelte sie herum, drehte sie und fing sie auf. Eng beieinander umkreisten sie sich, ihre Gesichter nah. Zara hatte das Gefühl, als öffnete sich hier der Mann, sein fester Griff, dem sie sich anvertraute, sein verschmitztes Lächeln, das er dem Unbill des Lebens entgegenwarf. Ihr war, als gestattete er ihr in diesen Augenblicken, hier auf dem Pflaster, in dem die Zeit sich der Messbarkeit entzog, einen Blick auf den Kern seines Wesens:

der eigenen Sterblichkeit mit Unerschütterlichkeit zu begegnen. Und dem Dasein bis zum letzten Moment alle Lebensfreude abzutrotzen. Was sie so sehr rührte, dass sie feuchte Augen bekam und hoffte, er würde es nicht bemerken. Nach der nächsten Drehung nahm er das Tempo heraus und wiegte sie sanft von links nach rechts und zurück. Und nestelte ein Taschentuch hervor, das er ihr reichte. »Obrigada, sagte sie und wischte sich damit über die Augen. »Toninho?« »Was sonst?« Aber da bemerkte er etwas in ihrem Blick, mit dem sie ihn bedachte, in dem Toninho keine Rolle spielte.

Er schob sie galant an einem Tisch vorbei und der Tanz endete genau dort, wo Carlos sie zu ihm aufgefordert hatte.

Zara goss ihnen *Medronho* in zwei Gläser, reichte ihm eines und hob ihres an: »Auf das Leben.«

»Darauf muss man trinken«, sagte er. Sie stießen an und tranken – und Zara goss nach.

»Jetzt ich«, sagte Graciana, die hinter ihnen auftauchte.

Er sah sie an und feixte: »Ich habe mein Leben lang darauf gewartet.«

Und die, die es hörten, konnten nicht mit Sicherheit sagen, ob es ein Scherz war.

Er nahm sie an die Hand und führte sie auf die Vírgilio Inglês.

Die gesamte Gasse war jetzt ein einziges Tanzparkett – Fuseta feierte. Und Zara goß sich noch ein Gläschen ein.

13.

Zwei Tage vorher

Der Anruf, auf den er wartete, kam auf der Vier, auf dem portugiesischen Handy. Die Vier gehörte zu Raphael Romão. Aber er erkannte die Rufnummer, er verfügte über ein ausgezeichnetes Gedächtnis.

»Ja?«

»Sie hatten doch angefragt wegen der Wanderstrecke im Alentejo, ich habe mich erkundigt, sie ist exakt 7,54 Kilometer lang.«

Der Koffer von Michael Learner wog exakt 7,54 Kilogramm. Das Modell hieß Rex und war von Corf Offermann. Es lag direkt neben ihm auf dem Bett. Mascha hatte in dem schweren Ohrensessel Platz genommen und sah ihn konzentriert an. Sie trug ein Sommerkleid und die dunklen Haare schulterlang.

»Übrigens haben Sie die *New York Times* bei mir vergessen.«

Victor Fjodorow begriff den Wink, den er mit André Bento abgesprochen hatte. Aber welches Datum?

»Die ist ja vom Vortag«, sagte er und beließ die fünf Worte irgendwo in jenem Graubereich zwischen Frage und Vermutung.

»Ja, genau.«

»Ich hoffe, ich habe nicht noch mehr bei Ihnen liegen gelassen.«

»Nein.«

Also befand sich außer dem elektronischen Bauteil und der *New York Times* von gestern nichts weiter in dem Koffer. Er beendete die Verbindung mit Bento.

Und sah zu Mascha, die mitgehört hatte. Sie saß hier mit ihm und wartete, seit die Maschine aus Lissabon gelandet war, in der Michael Learner saß.

»Ich besorg sie«, sagte Mascha und stand auf. Sie trug flache Schuhe, falls eine Situation eintreten sollte, in der es schnell gehen musste.

Es war zwar eine Aussage, aber trotzdem wartete sie seine Reaktion ab. Victor nickte und stand ebenfalls auf: »Wir verlassen zusammen das Hotel – du bekommst die Tasche draußen.«

»Gut.«

»Raica?«

Mascha schüttelte den Kopf. Victor konnte Mimiken lesen. Er hatte Paul Ekman im Kopf – die Kombination von über 500 Gesichtsausdrücken und ihre Bedeutung. Das gleiche Buch, das Leander Lost fotografisch in seinem Gedächtnis abgespeichert hatte. Und mit dem Senhor Léxico die nonverbale Kommunikation dechiffrierte, um nicht durch unpassende Reaktionen oder Antworten aufzufallen.

Weil Leander Mikroexpressionen erkennen konnte, wusste er, ob jemand log. Aber so gut wie nie, wieso.

Victor Fjodorow konnte Mikroexpressionen nicht lesen, dafür waren sie zu kurz. Aber Ekman eignete sich trotzdem, um zu erfassen, ob sein Gegenüber log. Und Fjodorow hatte es in Dutzenden Befragungen benutzt. Mit einer Trefferquote, die innerhalb der Firma ihresgleichen suchte.

Mascha Karpenko log nicht. Aber er las die Antipathie, die der Name Raica bei ihr auslöste. Was ihn gleichzeitig amüsierte, aber auch ein wenig schmerzte.

Denn ja, er konnte die junge portugiesische Taschendiebin gut leiden, sehr gut. Aber eben nicht *so* gut. Nicht so wie Mascha. Aber es weckte auch sein Mitgefühl, weil er nie das für sie empfinden würde, was Mascha für ihn fühlte. Er hätte es sogar gern gewollt. Aber das Gefühl stellte sich nicht ein. Er konnte wunderbar mit ihr reden, sie war äußerst belesen. Einen lakonischen Humor, den er schätzte, ihre Manieren, ihre Finger auf dem Klavier oder auf seiner Haut, all das.

Victor schätzte sie zu sehr, um ihr etwas vorzuspielen. Und Mascha begnügte sich mit dem Status quo, und obwohl ihr Verstand sie dann und wann daran erinnerte, dass sie vergeblich auf ihn wartete, widerstrebte es ihr mit jeder Faser, sich von ihm abzuwenden.

Sie hatte sich zuerst in sein Lächeln verliebt, gleich beim ersten Mal, als sie ihm zugeteilt wurde. Und in die kleine Narbe, die auf der linken Seite seine Lachfältchen vertikal durchkreuzte.

Raica folgte dem Taxi, das der Mann genommen hatte, mit dem Motorrad. Eine Ducati Monster 937 in Knallrot. Sie benutzte es auch, wenn sie jemandem im Vorbeifahren etwas aus der Hand riss. Oder neben einem Cabrio hielt, um etwas von der Rückbank zu stibitzen. Die Monster war in 3,5 Sekunden auf 100 und sie im Nu außer Sicht.

Sie war auch ohne Motorrad unterwegs, um die Herren ab 40 aufwärts zu bezirzen, die schon verloren waren, wenn sie vorgab, amüsiert über ihren ersten Scherz zu lachen.

Denn Raicas Lachen war von einem Charme, dessen Zauber man sich nicht entziehen konnte. Die Leute aus der Clique nicht und die Touristen erst recht nicht.

Das Leben ist kurz, was kostet die Welt und nehmt den Reichen, so ließ Raica sich – neben vielerlei Zwischentönen – in drei Sätzen zusammenfassen.

Es gab nicht viele, die es bemerkten, wenn sie mit geschickten Fingern Brieftasche oder Kreditkartenhalter entwendete. Und wenn, gab sie Fersengeld. Oder landete vor Gericht. Ihr Anwalt schüttelte den Kopf: »Raica, das Leben ist kein Abenteuer.«

»Deines vielleicht nicht«, antwortete sie dann und wickelte ihn mit ihrem Lächeln ein.

Raphael Romão, den sie vorn in einem der Lokale an den Markthallen angesprochen hatte, den sie sogar trotz seines Alters attraktiv fand, vielleicht auch, weil er auf sich achtete und gepflegt und fit aussah, der sagte, als sie sich verabschiedet hatte und zum Gehen wand: »Sie haben was vergessen.«

Als sie sich umdrehte, hielt er ihre Brieftasche hoch. Raica stand die Verblüffung ins Gesicht geschrieben.

»Wir können ja tauschen«, bot er mit einem spitzbübischen Grinsen an, und sie mussten lachen und tauschten ihre Beutestücke aus. Daraus wurden ein paar Cocktails und ein Abend, den Raica lange in Erinnerung behielt. Sie amüsierte sich prächtig. Er war weltgewandt und klug, kaum ein Ort, den er nicht mit eigenen Augen gesehen hatte.

»Ich bin auch ein Dieb«, bekannte er später, als er ihr wie ein Gentleman sein Jackett über die bloßen Schultern legte und sie sich von der Uferpromenade auf den Weg in sein Hotel machten, um noch an der Bar einen Drink zu nehmen.

»Klaust du lieber Geld oder Schmuck?«

»Weder noch. Ich stehle Informationen.«

»Dann bist du ein Spion?«

Die Vorstellung, das könne zutreffen, versetzte sie in Aufregung. Aber sie erheiterte Raphael mit ihrer Vermutung so sehr, dass er schmunzeln musste.

»Nein«, verriet er ihr dann, »ich arbeite als Detektiv.«

»Ah, Seitensprünge und so?«

»Nein. Für Firmen. Versicherungsbetrug. Leute finden.«

»In Portugal?«

»Hauptsächlich, aber auch international.«

Daher also: weltgewandt.

Nach dem Drink an der Bar, zu dem er sie einlud, unternahm Romão keine Anstalten, ihr näherzukommen, und fragte auch nicht, ob sie vielleicht über Nacht bleiben wolle, sondern er bestellte und bezahlte ihr das Taxi nach Hause.

Raica war beeindruckt.

Manchmal musste Raphael Romão an Informationen kommen, bei deren Beschaffung er sich strafbar gemacht hätte. Wann immer er an der Algarve jemanden benötigte, der jemandem etwas stehlen sollte, kontaktierte er Raica.

Heute war sie unterwegs, um dem Mann im Taxi zu folgen – David Learner. Raphael Romão hatte sie mit zwei Fotos versorgt und sie erkannte den Mann, als der die Gepäckhalle verließ und draußen in ein Taxi stieg. Bis sein großes Reisegepäck im Kofferraum verstaut war und er mit dem Aktenkoffer auf die Rückbank stieg, hatte Raica schon ihre Maschine erreicht und setzte sich den Helm auf.

Sie kannte bereits Learners Ziel: das *Da Gama*, das neue Luxushotel in Olhãos Zentrum. Ihr Job bestand darin, ihn jetzt keine Sekunde aus den Augen zu lassen. Raphael wollte wissen, ob das Taxi unterwegs hielt und Learner vielleicht irgendwo noch eine Kleinigkeit kaufte.

Raica erfasste den Sinn dahinter nicht, aber sie erfasste durchaus, wie wichtig dieser Punkt für den Detektiv war.

Aber das Taxi hielt unterwegs nicht, sondern stoppte an der Zufahrtsschranke zum *Da Gama*. Ein Hotel, das sich äußerlich in die Umgebung einpasste – die Architekten hatten Olhãos Wahrnehmung als »Würfelstadt« berücksichtigt. Das Da Gama war ein aus sechs Kuben ineinander verschachtelter Bau, der in seinem Inneren ein großes Atrium mit parkähnlicher Landschaft samt Pool beherbergte, der aber zwischen den Kuben mit zwei Restaurants und zwei Bars aufwartete: eine im ersten Stock, diskret zum Atrium ausgerichtet, die andere von vorn nicht sichtbar, nämlich auf der Dachterrasse.

All das wie beiläufig eingefügt, sodass das Spielerische die

Strenge der Kuben auflockerte und konterkarierte. Freie Flächen zwischen den sich überlappenden Kuben waren mit heimischen Sträuchern, Kakteen und Palmen begrünt worden.

Und so standen auch vier große Palmen vor dem Eingang des Hotels Spalier für seine Besucher.

Raica parkte ihre Monster am Fahrbahnrand, deponierte den Helm auf der Sitzbank und schüttelte kurz die Haare.

Die Schranke klappte hoch und das Taxi fuhr vor.

Raica entledigte sich auch des Nierengurts. Sie wollte jetzt so leicht wie möglich unterwegs sein. Turnschuhe, Sport-Bra, olivefarbene Bluse und ein schwarzer, kurzer Rock für möglichst große Schrittlänge (hatte ihr auch schon gute Dienste beim Anbandeln mit Opfern geleistet).

Ihr nächstes bezahlte gerade den Taxifahrer.

Victor Fjodorow stand auf der Dachterrasse eines kleinen Ferienhauses, von der aus er den Eingang des *Da Gama* beobachten konnte. Er gab vor, hier oben eine Zigarette zu rauchen.

Mascha hatte das Haus nach seinen Vorgaben ausgesucht.

Airbnb. Kontaktlos. Anonym.

Eine Briefkastenfirma in Istanbul hatte es für eine Muttergesellschaft in Georgien angemietet.

Der Eingang befand sich in der Mitte der Fassade – aber über ihn gelangte man nicht auf die Straße, sondern lediglich in einen schmalen Gang, der zu der einen Straße nach rechts und zu der anderen nach links führte.

Es existierten also zwei offizielle Ausgänge, die über eine enge, private Flucht miteinander verbunden waren. Und wären die massiven Holztore zu beiden Seiten nicht gewesen, hätten Passanten diesen Durchlass als Abkürzung nutzen können. Aber er war privat.

Und da sich das Haus gegenüber dem Eingang fensterlos auf zwei Stockwerke erhob, konnte man den Durchlass auch aus der Nachbarschaft nicht einsehen.

Mascha kam die Stufen zu ihm hinauf und zündete sich auch eine Zigarette an.

Sie hatten das *Da Gama* gemeinsam mit einer zusammenfaltbaren Reisetasche verlassen, in der sich ein Koffer befand. Im Ferienhaus angekommen, hatten sie ihn geöffnet und die gestrige Ausgabe der *New York Times* darin hinterlegt. Neben jenem elektronischen Bauteil, das der Zöllner André Bento bei der Überprüfung von Learners Handgepäck entdeckt hatte.

»Jetzt«, sagte er leise.

Ihr Blick wanderte zu dem Eingangsbereich des *Da Gama*, das nach Portugals berühmtestem Seefahrer Vasco da Gama benannt worden war.

Tatsächlich lief Raica mit einem Mal mitten im Schlendern plötzlich los, riss einer älteren Touristin die Handtasche von der Schulter, deren Schreien Victor bis hierher hörte, und lief dann gegen Learner, der von der Wucht des Zusammenstoßes gegen das Taxi geworfen wurde.

Raica war sehr schnell, sie entriss ihm seinen Corf Offermann und sprintete leichtfüßig weiter.

Learner stecke den Rempler und die Verblüffung sofort weg und stieß sich von dem Auto ab, um die Verfolgung aufzunehmen. Da hatte Raica bereits einen Vorsprung von 20 Metern, den es nun einzuholen galt. Sie lief einfach quer durch den Verkehr und verschwand in einer Seitengasse für Fußgänger. Und sie war flink. Aber der Amerikaner war bestens in Form, wie Mascha und Victor sahen, und sprintete ebenso hinter der Diebin her wie der Sohn der Frau, deren Handtasche Raica ebenfalls hatte mitgehen lassen.

Die schlug gerade hinter den Ständern eines Souvenirladens mit Strohhüten, I-love-Portugal-Bechern und Flip-Flops einen abrupten Haken in die nächste Gasse links, aber Learner hatte den Sichtkontakt zu ihr bereits wieder hergestellt. Er ließ sich mit diesem Manöver nicht abschütteln.

Raicas Vorsprung verringerte sich nun zusehends, weil sie

mit dem Aktenkoffer eine hin und her schwingende Unwucht mit sich trug, die sie bremste.

Sie musste es bis zum Rendezvouspunkt mit Raphael Romão schaffen.

Victor Fjodorow lief die Innentreppe ins Haus hinab, während Mascha von der Dachterrasse aus das Geschehen beobachtete und wartete. Und aufpasste, ob sich nicht doch noch ein zufälliger Zeuge in den Durchgang unter ihr verirrte.

Victor nahm den Aktenkoffer vom Tisch und öffnete die Haustür, ohne hinauszutreten.

Von außen war er nicht zu sehen. Kurz schloss er die Augen. Sinne schärfen. Geräusche aufnehmen. Das sanfte Brummen des Verkehrs. Möwengeschrei. Gesprächsfetzen auf Englisch, die der Wind hierhertrug.

Er hatte das Gefühl, die Wärme *riechen* zu können. Es roch klar in Olhão, nach Algen, jemand grillte irgendwo in der Nähe Fleisch. Keine Holzkohle, mit Gas.

Und dann die Abgase eines Zweitakters. Die Ahnung, der Hauch eines Parfüms – Mascha.

Die Sinne schärfen.

Seine ganze Mission fokussierte sich auf drei Punkte. Drei, die in Folge gelingen mussten.

Wie ein genau berechneter Stoß beim Billard. Über Bande. Die kleinste Abweichung konnte alles zunichtemachen.

Er hörte Fußtritte, schnelles Atmen, Keuchen – Raica.

Dann öffnete Victor Fjodorow die Augen. Er war *wach*.

Raica kannte das Haus. Sie hatte es sich gemerkt. Die Holztür in der Wand. Da vorn rechts.

Im Laufen warf sie einen Blick über die Schulter.

Learner holte auf, sein Gesicht war eine entschlossene Maske. Sie riss die Tür mit einer Wucht auf, die sie um ein Haar stürzen ließ – und die Sache wäre vorbei gewesen.

Sie hastete den engen Schlauch zwischen den beiden Häusern weiter zum Eingang. Und kurz bevor sie ihn erreichte, schoss die Hand des Detektivs mit dem gleichen Koffermodell hinaus, das sie in der Hand hielt. Sie warf ihres einfach ins Haus hinein und schnappte sich das Duplikat im Vorbeilaufen mit der anderen Hand und sprintete weiter.

Victor Fjodorow schloss sofort die Haustür und schob den Riegel vor, um dann in Lautlosigkeit zu erstarren.

Durch die im maurischen Stil mit Holz verzierten Fenster, die ihn vor Blicken von außen schützten, sah er für einen kurzen Moment Michael Learner, der vorbeihastete und Boden gutgemacht hatte.

Direkt danach folgte ein junger, japsender Mann.

Victor ging barfuß über die angenehm kalten Bodenfliesen zum Tisch und legte den Koffer darauf. Für einen kurzen, andächtigen Moment betrachtete er ihn, dann betätigte er den Öffnungsmechanismus. Zu seiner Erleichterung hatte der Amerikaner vom Flughafen bis hierher den Code des Zahlenschlosses nicht geändert.

Victor klappte den Kofferdeckel auf. Als hätte er ein Déjà-vu, sah er das identische elektronische Bauteil und die zusammengefaltete *New York Times* vom Vortag.

Als hätte sich der Tausch gar nicht ereignet. Und genau das, war sein Kalkül, würde Michael Learner auch annehmen.

Gleicher Inhalt, gleiches Gewicht, gleiche Zahlenkombination.

Sie konnten zurück ins *Da Gama*.

Raica sprintete aus einer Gasse hinaus auf die Avenida da República, die Olhão von Nord nach Süd bis zur Uferpromenade und der Marina durchzog.

»Haltet sie!«, brüllte der junge Mann, der Raica und Learner bis hierhin gefolgt war. Einige Passanten blickten auf, eine Frau stellte sich Raica beherzt in den Weg und breitete die Arme aus, doch die Diebin tauchte drunter durch.

Ein Wagen der GNR hielt an. Zwei Beamte sprangen hinaus und liefen ihr entgegen. Die beiden kamen für Raica wie gerufen. Sie hatte das Tempo verlangsamt, damit Learner sie schnell einholte. Jetzt nutzte sie das Auftauchen der Polizisten für ein Zögern, das nicht gespielt wirkte.

Denn letztlich, *letztlich muss er dich kriegen,* hatte Romão ihr eingebläut: *Ohne das ist alles andere nichts.*

Sie stoppte ab und tat so, als sähe sie sich hektisch nach einem Fluchtweg um, als Michael Learner heran war und sie mit einem geübten routinierten Handgelenkhebel bäuchlings zu Boden zwang und sie die Aktentasche losließ, auf die er sofort sein Knie stützte, um sie auf dem Bürgersteig zu fixieren.

Dann hatte sie auch der junge Mann erreicht. Mit pfeifendem Atem griff er nach der entwendeten Handtasche, die neben der jungen Diebin auf dem gemusterten Pflaster lag.

Die beiden GNR-Beamten bahnten sich ihren Weg durch die Menschentraube, die sich bereits bildete.

»Was ist hier los?«, fragte der Ranghöhere.

Mascha und Victor Fjodorow konnten vom vorderen Balkon ihrer Suite im *Da Gama,* auf dem sie sich einen frisch gepressten Orangensaft gönnten, beobachten, wie wenig später ein Wagen der GNR vor dem *Da Gama* hielt und sowohl Learner als auch der junge Mann mit der Handtasche abgesetzt wurden.

Im Fond des Taxis saß Raica.

Ihre Blicke trafen sich.

Sie grinste.

Michael Learner checkte als David Learner im *Da Gama* ein, das über ein prächtiges Foyer mit einer hohen, gläsernen Decke verfügte. Er hatte hier im Innern den Eindruck, er stünde draußen. Pflanzen in großen, tönernen Amphoren standen auf hellgrauen, großen Fliesen. Eine Bar mit einer nach innen gewölbten Halbrundtheke schloss sich an der Ecke an, eine Lounge mit Ledersesseln und alten, restaurierten Beistelltischen auf der anderen Seite wirkte auch verlockend.

Auf einem Podest daneben erhob sich ein hölzerner Pavillon, in dem sich, von der mannshohen, hölzernen Umrandung eingerahmt, eine kleine Bibliothek mit einer eindrucksvoll gestalteten Bücherwand befand.

Der kleine Raum wirkte gemütlich und geschützt, weil er trotz des Foyers noch einmal in sich abgekapselt schien. Die Wände waren moosgrün gestaltet, von der Decke hingen gut zwei Dutzend unterschiedliche Lampen und verströmten warmes Licht. Zwei Seniorinnen saßen sich dort an einem Mosaiktisch bei einem Cocktail in feinen Kleidern gegenüber und unterhielten sich.

Ein junger Gast war in ein Buch versunken, neben sich einen Tomatensaft, auf den Michael Learner sofort Appetit bekam.

»Zimmer 106, 5. Etage am Ende des Flurs«, sagte die freundliche Rezeptionistin, während sie ihm seine Codekarte reichte, »es ist ein Upgrade von der Junior Suite auf eine echte: die Suite Canto.«

»Canto?«

»Ja.«

»Ist oder war das eine bekannte portugiesische Persönlichkeit?«, erkundigte Learner sich.

Die Rezeptionistin schien das zu erheitern, denn ihr Lächeln erfuhr ein Upgrade von einem geschäftsmäßigen zu einem echten: »Nein, *canto* heißt Ecke. Es ist die Ecksuite.«

Jetzt musste er auch schmunzeln. Sie deutete mit der Hand an der Lounge vorbei zu den Fahrstuhlen: »Dort finden Sie die Aufzüge, Mister Learner. Dürfen wir Ihnen mit Ihrem Gepäck helfen?«

Er schüttelte den Kopf und machte sich auf den Weg. Und da ihn der Weg an dem kleinen Bücher-Pavillon vorbeiführte, schaute er bei der Gelegenheit noch einmal hinein. Und hielt inne. Dort drinnen standen einige der schönsten Schachfiguren, die ihm bisher begegnet waren – und das waren einige –, auf einem Brett aus lackiertem Holz.

Und als dann auch noch ein Hotelgast mit Dalmatinerhündin mit in die Fahrstuhlkabine stieg, nachdem er Learner vorab gefragt hatte, ob er lieber allein fahren wollte, hatte das Da Gama einen weiteren Pluspunkt bei ihm gesammelt. Haustiere waren also erlaubt. Learner, in dessen Zuhause das fünfte Familienmitglied stets ein Hund war, nahm dieser Umstand für das Hotel ein.

Die Suite war weitläufig, hell mit einem Blick über die Dächer der Stadt hinaus aufs Meer und die vorgelagerten Inseln Armona und Culatra. Dazu die Segelschiffe, die erhaben durch die Lagune kreuzten und deren Kontrapunkt von den kleinen, wendigen Wassertaxis gebildet wurde, die das Meer an den Hecks verwirbelten und es als weiße Gischt emporspritzten.

Er riss sich von dem Anblick los und rief bei Victoria Coen in New York an. Die Kürze ihrer Nummer hatte Eindruck auf ihn gemacht: 001–2324.

Sie nahm ihn umgehend entgegen: »Coen. Augenblick«, dann folgte ein sattes Knacken, »so, jetzt. Ich habe uns in eine andere Leitung geschoben. Was kann ich für Sie tun?«

Learner schilderte ihr den Vorfall. Sie hörte aufmerksam zu und stellte nur eine Nachfrage: »Haben Sie den Koffer überprüft?«

»Ja.«

Coen hatte ihn mit einem Spezialgerät ausgestattet, das in der Hülle eines iPhones untergebracht war, aber diverse Detektoren beherbergte.

»Kein Mikrofon, kein GPS-Tracker, nichts«, sagte Learner.

»Ich checke das.«

»Danke.«

Es dauerte keine zehn Minuten – er hatte gerade mal den Reisekoffer ausgepackt –, da kam der Rückruf.

»Das geht in Ordnung«, ließ Coen ihn wissen, »die Frau heißt Raica Afonso. Sie ist eine polizeibekannte Taschendiebin und hat ein entsprechendes Vorstrafenregister. Sie ist nicht von der Gegenseite.«

Learner nickte erleichtert – er wollte bei dieser Operation nicht das schwächste Glied der Kette sein, das die Sache schon vermasselte, bevor sie überhaupt begann.

Das hätte seinem Selbstverständnis widersprochen. Auf ihn war Verlass. Darauf legte er Wert.

Und er brachte die Dinge zu einem guten Ende. Darauf auch.

Victor Fjodorow stand auf dem Balkon, hatte die Hand aufs Geländer gestützt und blickte hinunter auf das gemächliche, entspannte Treiben der Stadt. Eine Gelassenheit, die ihm gefiel, die zugleich nicht seine war, natürlich, er hätte sich aus eigenem Antrieb niemals so langsam bewegt. Außer, eine der Identitäten erforderte das: die von Raphael Romão zum Beispiel.

Plötzlich war Mascha hinter ihm, ohne ihn zu berühren. Er roch sie. Den latenten Geruch eines verflogenen Parfüms und den von leichtem Schweiß, auf der Stirn vielleicht. Und er spürte ihren Atem in seinem Nacken.

Sie beherrschte das. Diese intime Nähe, ohne einen einzigen Körperkontakt zu erzeugen. Manchmal gelang ihr das auch über Blicke.

»Gehen wir zusammen was essen?«, fragte sie und ihr Zeigefinger setzte auf seiner Wirbelsäule zwischen den Schulterblättern an und fuhr sie dann sanft hinab.

»Ja, gern«, sagte er und drehte sich zu ihr um. Sie war sehr nah, ihr Blick ruhte in seinem.

»Ich mache mich noch kurz frisch.«

»Mir gefallst du so.«

Das entsprach der Wahrheit. Ausgerechnet er, der von einer Sekunde auf die andere in die Haut eines anderen schlüpfen konnte, dabei die Tonlage wechselte, bei Bedarf die Sprache, die Motorik, die Art zu lächeln, den Kopf zu schütteln, den Blick zu halten, zu gehen, zu gähnen, seinen Wortschatz wahlweise beschränken oder erweitern konnte, ausgerechnet er hatte ein Faible für Authentizität.

Für das Wahre.

»Trotzdem«, sagte sie und verschwand durch die Verbindungstür zu ihrer Suite gleich nebenan.

Michael Learner, dachte Fjodorow.

Natürlich war er bis auf die Zehenspitzen durchleuchtet worden, seitdem Sienna White ihm bei ihrem Treffen im *Pappardella* in der Upper East codiert mitgeteilt hatte, wer ins *Da Gama* kommen würde. Und wann. Und für wie lange.

Ausbildung, Eltern, Schulabschluss, Sexualleben, politische Einstellung, Verdienst, Hobbys, ehrenamtliches Engagement, ob er seine Kinder schlug (nein), seiner Frau treu war (bis auf einmal vor 20 Jahren ja), soziales Umfeld, militärische Leistung und Befähigung und viele Faktoren mehr. Alles, was sich über ihn auftreiben ließ.

Verhaltensvorhersage fußte zwingend auf Verhaltensanalyse. Um vorauszusagen, wie Learner in bestimmten Situationen handeln würde, benötigte es zwingend alle validierten Erkenntnisse darüber, wann er sich wie wann wieso verhalten hatte.

Und so nahm Michael Learner nach und nach wie ein Gemälde aus unzähligen Mosaiksteinchen Kontur an. Mit jeder weiteren Information wurde diese Kontur schärfer und klarer. Und sein Verhalten vorhersagbarer.

Sie wussten beispielsweise, dass Learner, nachdem Raica ihm den Koffer geraubt hatte, niemals untätig vor dem Hotel verharren und lediglich die Polizei rufen, sondern Raica höchstpersönlich verfolgen würde.

Das war wichtig, denn das bildete die Voraussetzung dafür, ihn zu täuschen.

Ihn also in der Annahme zu bestärken, dass der Koffer nicht ausgetauscht wurde. In seiner Wahrnehmung musste er daher – bis auf den schmalen Durchlass vor dem Ferienhaus, das sie dafür angemietet hatten – stets Sichtkontakt zu dem Corf Offermann haben.

Ein anonymer Anruf von Mascha leitete die GNR exakt zu der Straße, die Fjodorow alias Raphael Romão zuvor mit Raica als Fluchtweg vereinbart hatte.

Manipulation steuerte das Verhalten von Menschen in die gewünschte Richtung.

Fjodorow hatte für diese Mission mit jemandem gerechnet, der mit allen nachrichtendienstlichen Wassern gewaschen war. Einem ausgebufften Routinier.

Stattdessen entsandten sie einen Oberst der Armee. Jemanden, der Befehle haargenau ausführte. Das kam Mascha und ihm entgegen, denn niemand war leichter zu manipulieren als ein Mensch, der ohne Widerspruch genau das tat, was man ihm befahl.

Die Canto-Suite beherbergte seit heute jedenfalls zwei Gäste: David alias Michael Learner und ein trojanisches Pferd.

TAG DREI

14.

Leander zog den Kescher am frühen Morgen durch den Pool und hob die Bienen, Spinnen und Libellen aus ihrem aussichtslosen Kampf gegen das Ertrinken zurück ins Leben.

Tiefer Nebel deckte die Algarve ein, man konnte keine drei Meter weit schauen.

Der Flug von Faro nach Zürich, von wo aus sie auf ihrer Reise nach Neuseeland zu einem Zwischenstopp in Singapur gelandet wären, fiel aus.

Das Reisebüro hatte sie automatisch auf den nächsten Flug in einer Woche umgebucht.

Nach Singapur waren es immerhin 13 Stunden. Leander hatte sich über das Multimedia-Angebot an Bord informiert und daraus bereits drei Filme für Soraia ausgesucht: *Brokeback Mountain, Jenseits von Afrika* und dann noch etwas mit Happy End, *Harry & Sally*.

Für sich hatte er die Dokumentation *Bottled Water* über die Machenschaften von Nestlé mit Trinkwasser gefunden, außerdem etwas über den Lebenszyklus von Mikroben auf Malta und zum Abschluss etwas Erbauliches: *das Aussterben des Semikolons*.

All das war mit dem Nebel nun hinfällig.

Leander hatte hier draußen den Tisch gedeckt und mit einem Blumenstrauß geschmückt – gegen seine Überzeugung, dass Blumen den Insekten dienen und nicht in einer Vase verenden sollten.

Er hatte Orangen frisch ausgepresst und Eier abgekocht, Soraias Lieblingsmarmelade besorgt (Stachelbeere von einem Bauernehepaar in Foupana, das sonst nur Ochsenherztomaten verkaufte und sich beim Gespräch aufs Nötigste beschränkte, was Leander sehr für die beiden einnahm) und *pastéis de nata. Pastel de nata* gab es in Portugal und an der Algarve zehntausendfach. Es war praktisch unmöglich, eine Bäckerei zu betreten, ohne diesen Puddingküchlein zu begegnen.

Leander hatte sich mal überlegt, dass ein Mensch mit einer *Pastel-de-nata*-Phobie niemals in Portugal Urlaub machen, geschweige denn dort ansässig werden könnte.

Zum Glück hatte er keine.

Er besorgte sie natürlich bei Marieta, die ihren Laden direkt an der N 125 hatte. Dort gab es die besten *pastéis.*

Soraia schlief zu dem Zeitpunkt noch tief und fest.

Nachdem Chico, der Taxifahrer, sie beide mitten in der Nacht mit zwei Bastkörben voller Kuverts an ihrem Haus, der Canto da Baleia, abgesetzt hatte, war ihnen nach einem Tomatensaft. In einer Spätsommernacht. Mit dem Firmament aus Sternen über ihnen. Wenn man lange genug nach oben blickte, konnte man sogar die Milchstraße sehen.

Leander bereitete den Tomatensaft zu – 4 Teelöffel Salz, drei Pfeffer, 6 Tropfen Tabasco –, während Soraia draußen ein paar Windlichter entzündete und rund um den Pool aufstellte.

Ihr Haus war ein flacher Bungalow mit Blick aufs Meer. Und einem großen und tiefen Pool, der mit ihrem Refugium über einen gewundenen Kiesweg verbunden war.

Südlich des Pools befanden sich zwei Gästehäuschen, die *casinhas,* die mit Küchenzeilen, Bädern sowie Schlaf- und Wohnzimmern ausgestattet waren. In dem westlichen davon wohnte Zara.

Der Pool war von den traditionellen, tonfarbenen Santa-Catalina-Fliesen umrahmt, was für einen rustikalen Charme sorgte.

Und der Tisch, an dem Soraia und Leander jetzt vom Tomatensaft nippten, stand unter dem schützenden Ast und den weit gefächerten Zweigen eines 200 Jahre alten Olivenbaums.

Soraia lächelte ihn gut gelaunt und unternehmungslustig an. Der Schalk blitzte in ihren Augen auf. Und da waren sie wieder – ihre hinreißenden Grübchen.

»Jetzt sind wir Mann und Frau, Le-an-der.«

»Das sind wir per Geburt.«

»Du Charmeur.«

»Findest du?«

»Unbedingt.«

Sie lachte und betrachtete ihn.

»Komm, wir gehen schwimmen.«

Leander liebte den Pool, das wusste sie. Manchmal, wenn er sich nach Geborgenheit sehnte, überließ er sich nachts der Dunkelheit des Wassers. Er krümmte sich dabei zusammen wie ein Embryo und ließ sich in die Stille sinken. Und wenn es nach ihm gegangen wäre, hätte er den Rest seines Lebens in diesem absoluten Frieden verbracht. Und hätte sich auch keinen schöneren Ort vorstellen können, um sein Leben hinter sich zu lassen.

Aber sein Leben richtete sich in diesem Punkt nicht nach ihm.

»Hilf mir mal, bitte.«

Soraia drehte ihm ihren Rücken zu und Leander öffnete dort langsam den Reißverschluss. Aus dem weißen Stoff schälte sich Soraias hellbrauner Rücken.

Irgendeine höhere Macht führte seinen Kopf nach vorn und seine Lippen in Soraias Nacken.

Und einmal dort angekommen, war es ihm eine Freude, ein Bedürfnis, eine Lust, sie dort zu küssen.

Worauf sie sich umdrehte und ihn küsste. Und ihm das Jackett abstreifte, das Hemd aufknöpfte, den Gürtel löste, bis er nackt vor ihr stand und sie ihr Kleid ebenfalls abstreifte.

Jetzt trugen sie nur noch ihre Eheringe.

»Komm.«

Sie sprangen kopfüber in den Pool und schwammen ein, zwei Bahnen, dann fanden sie sich wieder.

Sekunden vergingen, Minuten. Vielleicht eine halbe Stunde. Leander hätte es nicht genau benennen können. Es war, als hätte die Zeit ihnen eine kleine Insel geschenkt, in der sie selbst kein Maß mehr war und nichts galt.

Wenn sie in die Nähe des Beckenrands kamen, nutzte Soraia die Gelegenheit, von dem eisgekühlten Champagner zu trinken.

Nach dem dritten Glas glühte ihr Gesicht und sie stellte sich im vorderen Bereich des Pools, wo das Wasser ihnen bis über die Hüfte reichte, vor ihn hin.

Da Leander Schwierigkeiten mit der Dechiffrierung blumiger Umschreibungen hatte, machte Soraia es ihm leicht: »Ich möchte mit dir schlafen.«

Leander versagte sich ein *Da sagst du was* und sagte stattdessen: »Ich kann die ganze Zeit an nichts anderes denken.«

Soraia nahm ihn an der Hand und führte ihn schnurstracks ins dunkle Haus und auf ihr Bett und küsste ihm die Wassertropfen weg. Hier und dort und da.

Und dann fanden seine Lippen ihre. Ihre warme Haut auf seiner.

»Das hier wird die heißeste Nacht, die du je erlebt hast«, sagte sie und grinste ein wenig verschämt wegen ihrer Worte.

Sie klammerte sich an ihn und küsste Leanders Hals, ruhte sich für einen Moment an ihm aus.

Sie seufzte. Dann wurde ihr Atem gleichmäßiger und sie schlief ein.

Leander fand gar keinen rationalen Grund dafür – vermutlich existierte er gar nicht –, aber der Umstand, dass sie eben noch mit ihm hatte schlafen wollen und nun in seinen Armen schlief, führte zu einer viel größeren Nähe, als wenn sie miteinander geschlafen hätten.

Nie zuvor hatte er sich einem Menschen mehr verbunden gefühlt.

Und obwohl Leander an Dinge wie Bestimmung nicht glaubte, war dieses doch der einzige Begriff, der ihm in den Sinn kam, um diesen Zustand angemessen zu beschreiben.

Später löste er sich von seiner Frau, legte ihr sanft eine dünne Decke über und schirmte sie mit dem Moskitonetz vor den kleinen Plagegeistern ab, bevor er sich wieder anzog und sich mit seinen Wächtern an den Pool setzte, um noch ein eiskaltes Sagres zu trinken.

Herr Winterberg, der Leiter des Waisenheims, hatte ihm die sieben Figuren aus Speckstein überreicht. Sie waren in ein altes Ledertuch eingewickelt – das war alles an Persönlichem, was er noch nicht aus dem Nachlass seiner Mutter erhalten hatte.

In einer stürmischen Winternacht war sie im dichten Schneegestöber einem schweren Lastzug in die Quere gekommen. Sie war augenblicklich tot und Leander, vier Jahre alt, saß ohne eine einzige Schramme auf dem Rücksitz des Wagens, der in zwei Stücke gerissen worden war.

Bei den Figuren handelte es sich um einen Panther, einen Zwerg, eine Blume sowie eine Frau mit Regenschirm. Die verteilte er üblicherweise gern im Haus. Herr Winterberg hatte ihm mit auf den Weg gegeben, dass sie ihn schützen würden.

Die vier Figuren wurden von zweien ergänzt, die seinen Schlaf schützten: der Blitz und das Auge. Den Hauptwächter, einen Ring aus Speckstein, der im Gegensatz zu den anderen Figuren nicht faustgroß war, sondern die Ausmaße eines normalen Ringes besaß, trug er immer an einem Lederhalsband mit sich.

Tatsächlich konnte er seit dem Tag, an dem er sie von Winterberg erhalten hatte, nicht mehr ruhig schlafen, wenn sich der Blitz und das Auge nicht in der Nähe seines Bettes befanden.

Natürlich war das naturwissenschaftlich oder rational nicht zu erklären. Aber ohne die Skulpturen fühlte es sich für Leander so an, als würde mitten in der Nacht der Raum um ihn herum zusammengepresst wie in einer langsamen Implosion. In der alles von allen Seiten auf ihn einstürzte – als hätte eine riesige

Hand das Zimmer von außen ergriffen und zerdrückte es mit ihm in der Mitte.

Mit den Wächtern im Raum geschah das nicht. Leander vermutete eine Form von Autosuggestion dahinter. Auf jeden Fall taten sie ihre Wirkung: Sie wachten über ihn. Und solange sie ihn vor diesen Implosionen oder anderen Dingen schützten, benutzte er sie.

Er tränkte ein Tuch in Specksteinpolieröl und rieb es mit ruhigen, kreisenden Bewegungen über die Oberfläche des von Hand geschnitzten ersten Wächters.

Die Grillen spielten in dieser Spätsommernacht keine unabhängigen Soli, um ihre Herzensdamen zu beeindrucken, sondern es gab ein kleines, wohl abgestimmtes Konzert – so zumindest erschien es Leander. Was bei wissenschaftlicher Betrachtung natürlich wie ein Kartenhaus in sich zusammengestürzt wäre.

Aber das schob Leander jetzt beiseite und genoss die Illusion.

Ketamin.

Das hatte Isadora Jordão ihm gesagt.

Er hatte sich auf der Dachterrasse der Rosados eine Auszeit aus der Reizüberflutung genommen und in die benachbarte Gasse hinabgeschaut, die bis auf zwei Katzen, die einen Hund triezten, wie ausgestorben war. Ein erholsamer Anblick, wie er fand.

»Ketamin.«

Er schaute sich über die Schulter und entdeckte Isadora, die er wegen der Musik und der feiernden Gäste nicht hatte kommen hören.

Ketamin war Leander Lost bekannt. Und zwar als schnell wirkendes Narkosemittel, das für Tiere wie für Menschen verwendet wurde.

Aber obwohl er Graciana und Carlos manchmal wie eine wandelnde Enzyklopädie vorkam, konnte Leander trotzdem nur das aus seinem Gedächtnis abrufen, was er zuvor gelesen hatte. Und es existierte unendlich viel Wissen, dem er noch nicht begegnet war.

Sie trat an ihn heran und stellte sich neben ihn an die Dachmauer.

»Maria Bento ist mit Ketamin betäubt worden«, erklärte sie.

Das gerettete Mädchen, das bei seinem Erwachen eine erstaunlich gute und fröhliche Laune an den Tag gelegt hatte, konnte sich nur noch an zwei Dinge erinnern. An die kräftigen Hände, die sie am Hinterkopf gepackt und ihr von vorn ein bitter und metallisch riechendes Taschentuch ins Gesicht gedrückt hatten. Und als Zweites, das aber später, wie sie in der Luft schwebte und sich selbst unter sich liegen sah.

An dieser Stelle war Clara Bento erneut in Tränen ausgebrochen, weil sie es für eine Nahtoderfahrung hielt.

»Ich war mir unsicher«, fügte die Kriminaltechnikerin hinzu, »ob das hier und heute der richtige Zeitpunkt ist, Ihnen das mitzuteilen, Senhor Lost. Aber andererseits haben Sie immer Wert darauf gelegt, mit Ermittlungsergebnissen so schnell wie möglich versorgt zu werden.«

»Das ist korrekt«, stellte er fest und übersah wie üblich den Subtext. Weshalb Isadora Jordão ein wenig nachhalf: »Ist es Ihnen recht, wenn ich Sie noch mit weiteren Informationen versorge, oder möchten Sie lieber allein sein?«

»Ich bin überwiegend gern allein – aber trotzdem an den Informationen interessiert. Außerdem schätze ich Ihre Anwesenheit in den Phasen, in denen ich nicht gern allein bin. Zumal sich in unseren persönlichen Interessen verschiedene, bereichernde Schnittstellen befinden. Also«, hier lächelte er ein wenig, »fahren Sie bitte fort.«

Als Leander von einer Lehrerin des Waisenheims das erste Mal genau darum gebeten worden war, setzte er sich auf sein kleines Fahrrad und radelte davon. Heute konnte er über den Fehler lächeln – den der Lehrerin.

»Sie wissen sicherlich, was Ketamin ist.«

»Ein Betäubungsmittel, das in der Veterinär- und Humanmedizin Verwendung findet. Und dissoziative Nebeneffekte aufweisen kann. Aber mehr ist mir darüber nicht bekannt.«

»Ketamin ist relativ leicht zugänglich. Es wird in der EU auch als Antidepressivum eingesetzt. Allerdings ist es wegen seiner euphorischen Wirkung auch als Designerdroge sehr beliebt. Dort kursiert es unter den Synonymen *Special K* oder einfach *Kate*.«

Lost nickte lediglich – all das war ihm neu.

»Wie schnell wirkt es?«

»Sofort. Bis zur Bewusstlosigkeit hätte es bei André Bento rund eine Minute gedauert. Bei einem Kind mit dem Körpergewicht von Maria Bento maximal 30 Sekunden. Die Verabreichung von Ketamin kann zu Halluzinationen führen, senkt das Schmerzempfinden und steigert die Zufriedenheit bis hin – wie schon erwähnt – zu euphorischen Schüben. Sie erinnern sich bestimmt, wie Maria Bento nach dem Aufwachen praktisch sofort gekichert hat und mit allen Fangen spielen wollte.«

»Ja. Es wirkte der Situation unangemessen. Was ist mit der Nahtoderfahrung? Eine Halluzination?«

Isadora schüttelte den Kopf und sah auf seinen sinnlichen Mund, die langen Wimpern.

»Tja, das ist schwer zu sagen. Die halluzinogenen Schübe treten in bewusstem Zustand auf. Andererseits wissen wir nicht, ob Maria Bentos Schilderung ihrer außerkörperlichen Erfahrung als Traumbild ihres Unterbewusstseins oder als eine durch Ketamin verursachte Halluzination in ihrer tiefen Bewusstlosigkeit zu klassifizieren ist. Kurz gesagt: Wir wissen es nicht.«

»Können Sie eine Aussage über die Dosierung treffen?«

»Ja. 220 Milligramm. Aber das ist eine akute Überdosierung. Ketamin wird mit ein bis zwei Milligramm pro Kilogramm Körpergewicht verabreicht. Maria Bento wiegt rund 28 Kilogramm. Eine Dosis zwischen 28 und 56 Milligramm wäre also ausreichend gewesen.«

Die unkomplizierte Beschaffung von Ketamin und dessen falsche Dosierung ließen den Schluss auf Laien zu. Die Art und Weise, wie Miguel Duarte überwältigt worden war, dagegen nicht, dachte Leander Lost.

»Außerdem liegt jetzt das Ergebnis der DNA-Analyse der Blutproben vor, die die Doutora Oliveira am Tatort gesichert hat. Auf der einen Seite ist das Blut wenig überraschend André Bento zuzuordnen. Die DNA der anderen Blutprobe habe ich mit der Straftäter-Datenbank abgeglichen. Sowohl landes- als auch europaweit. Kein Treffer. Was die Analyse hergibt, ist Folgendes: Das Blut stammt von einem Mann zwischen 35 und 45 Jahren. Er ist offenbar gesund – jedenfalls sind in seinem Blut keine chronische Krankheit, keine Reste von Medikamenten und auch keine von Drogen nachgewiesen werden. Er war zum Zeitpunkt der Tat nüchtern und topfit.«

»Haben Sie auch eine Isotopenanalyse veranlasst?«

Isadora nickte: »So ist es. Hinsichtlich des Körperwassers, das immer auch auf das konsumierte Trinkwasser schließen lässt, kann ich mit Sicherheit sagen, dass das Blut von einer Person stammt, die in einer Region aufgewachsen ist, die mäßigem Niederschlag ausgesetzt ist und sich in Küstennähe befindet.

Die vorgefundenen Stickstoffisotope belegen den Konsum von tierischen Produkten, insbesondere Fisch.«

»Abermals Küstennähe«, konstatierte Lost.

Isadora nickte: »Das trifft sich mit der Analyse der Schwefelisotope. Sie kommen in hoher Konzentration vor. Das ist eine typische Folge vom Verzehr von Meeresfrüchten.«

»Wenn Sie auf eine Region tippen müssten, welche wäre das?«

»Der Ostseeraum. Da bin ich mir absolut sicher. Es kann keine andere Gegend sein. Ausgeschlossen.«

»Und spezifischer?«

»Sie meinen ein Land?«

»Ja.«

»Es gibt nur eine Region im Ostseeraum, die hinsichtlich ihrer Ernährung so stark auf regionale Produkte fokussiert – oder angewiesen – ist, weil sie wenige Lebensmittel aus dem Ausland importiert: Kaliningrad.«

Die russische Exklave.

Kurz schwiegen sie.

Pretty Woman schwappte aus der Virgílio Inglês zu ihnen hinauf.

»Es ist nur eine Vermutung«, fügte Isadora hinzu.

»Ich weiß, danke.«

»Das Tatmesser hat sich nicht unter den Messern befunden, die ich im Haus sichergestellt habe. Der Abdruck des Reifens auf dem Feldweg wird noch überprüft. Morgen rechne ich mit Ergebnissen.«

»Gut.«

Dann stellte sie sich auf ihre Zehenspitzen, stützte sich an der Mauer ab und legte ganz sanft ihre Lippen auf seine. Und schloss dabei die Augen.

Dann setzte sie ab und sah ihn unsicher an, in ihrem Blick lag Verletzlichkeit. Er war nicht zurückgezuckt – obwohl Leander nur mit wenigen Menschen den Köperkontakt als angenehm empfand.

»Ich … ich musste das tun.«

»Zwingt Sie jemand? Brauchen Sie Hilfe?«

Jetzt musste Isadora schmunzeln, ihr rasender Herzschlag erschien ihr lauter als die Musik aus der Virgílio.

»Nein, nein, ich … ich musste es für mich tun. Ich wollte wissen, wie es sich anfühlt.«

»Jetzt wissen Sie es. Ich freue mich, dass ich Ihnen behilflich sein konnte.«

»Ich hoffe, Sie nehmen mir das nicht übel.«

»Nein. Ich fand es sehr angenehm. Es hat sich zwar nicht angefühlt wie Kontrastmittel und Grübchen haben Sie auch nicht, aber es war sehr angenehm. Ein schönes Gefühl.«

Sie hatte ihm noch ein Lächeln geschenkt und war dann gegangen.

Ketamin, dachte Leander, während er eine grüne Libelle auf den Fliesen neben dem Außengrill ablegte. Vorsichtig, um ihre durchnässten, feinen Flügel nicht zu beschädigen.

220 Milligramm.

Eine Überdosierung.

Und 250.000 Euro – erpresst von einem Paar aus São Brás (er gewöhnte sich absichtlich diese legere Bezeichnung von São Brás de Alportel an), das nicht in der Lage war, diese Summe aufzubringen.

Etwas passte nicht. Taten fügten sich ein, waren »rund«, Motivation, Bedürfnis, Tatablauf. In der Rückschau, wenn alle Fakten auf dem Tisch lagen, war jeder Tatmoment klar. Alles folgte in gewisser Weise zwangsläufig einem Ablauf, der im Nachhinein vorhersagbar war. Alles passte sich ein. Alles hatte genau so ablaufen müssen.

Im Fall Maria Bento nicht – oder zumindest *noch* nicht.

Eine Überdosierung passte zu Laien.

Wir schicken Maria in den Ferien immer mit der Kasse vom Vortag zu ihrem Großvater, hatte Clara Bento erklärt.

Sein Handy klingelte: Isadora Jordão.

»Bom dia, Senhora Isadora.«

»Ihnen auch, Senhor Lost. Wir haben das Reifenprofil: ein BF Goodrich All-Terrain T/A KO2. Das ist ein Offroadreifen. Und im Augenblick wird es hier an der Algarve nur von einem Anbieter angeboten. Und es gibt auch nur ein Modell, das so bereift wird, das Grand Canyon S des Herstellers Hymer.«

»Ich benötige eine Liste aller Anbieter.«

»Ist schon in Arbeit.«

»Also kamen der oder die Täter mit einem Wohnmobil.«

»Ja. Und er oder sie haben vor der Einfahrt von André Bento geparkt.«

Stille.

»Sind Sie noch in der Leitung?«

»Ja. Können Sie mir bitte sagen, was die Überdosierung von 220 Milligramm Ketamin bei einem Kind mit 28 Kilogramm Körpergewicht auslösen kann?«

»Atemlähmung und Herzstillstand.«

Also doch Laien. Oder nicht?

»Und bei André Bento?«

»Unter Berücksichtigung seines Gewichts und seines Alters: ähnlich.«

Wieso hatten sie das Kind nicht von seinem Weg vom Gemüseladen zum Großvater abgefangen? Warum hatten sie einen Zeugen in Kauf genommen – André Bento?

Das war es, was nicht passte, dachte Leander.

»Wie schnell können Sie feststellen, ob Maria Bento mit Atropin versorgt worden ist?«

Er nahm die Stille auf der anderen Seite als ein Stutzen wahr.

»Relativ zügig. Atropin … Sie meinen als Gegengift?«

»Ja.«

»Ich melde mich gleich wieder«, antwortete Isadora.

»Bom dia, Leander.«

Lost drehte sich um – Toninho Santos, Zaras Freund. Der jenes verzagte Lächeln von Jungs zur Schau stellte, die etwas ausgefressen hatten. Er hielt einen kleinen Strauß in der einen und exakt 16 rote Rosen in der anderen Hand.

»Herzlichen Glückwunsch zur Hochzeit.«

»Obrigado, Toninho.«

»Ich durfte ja gestern nicht kommen.«

»Ich weiß. Zara hat es uns erzählt, und wir haben ihr die Wahl überlassen. Sie hat gesagt, du hast ein anderes Mädchen geküsst. Ein strohdoofes.«

»Sie ist nicht strohdoof«, sagte er und schielte an ihm vorbei zur Casinha, »na ja, sie schaltet vielleicht etwas langsam. Ist Soraia nicht da?«

»Doch. Sie schläft.«

»Kannst du ihr den später geben?«, fragte Toninho und reichte ihm den kleinen Strauß.

»Sicher.«

»Danke.«

In dem Augenblick trat Carlos Esteves mit zerknautschtem Anzug aus der Casinha und reckte sich und gähnte.

»Was für eine Suppe«, sagte er wegen des dichten Nebels, der sich seit Sonnenaufgang ein klein wenig lichtete, und zündete sich eine Zigarette an.

Toninho war zur Salzsäule erstarrt. Es war, als schaute er einem schrecklichen Unfall zu. Einem entsetzlichen. Und konnte dennoch die Augen nicht abwenden.

Denn nun kam Zara hinter Carlos aus dem Besucherhäuschen und bemerkte Toninho sofort.

Leander fand, ihr Teint erinnerte an eine dieser Untoten aus dem Zombiegenre.

Schrecklich bleich. Eine Steigerung schien kaum vorstellbar.

Sie trat neben Carlos und gab ihm zu dessen Verblüffung einen zärtlichen Kuss auf den Hals.

»Du warst wunderbar.«

Hätte es einen Weltrekord im Blasswerden gegeben, Toninho hätte es aufs Siegerpodest geschafft. Mit einem einzigen Schlag wich ihm alles Blut aus dem Gesicht, die Rosen purzelten zu Boden. Vor Fassungslosigkeit klappte ihm die Kinnlade nach unten.

Er drehte sich abrupt weg und stakste auf steifen Beinen zum Tor und verschwand.

Carlos Esteves begriff erst jetzt, was passiert war, und sah zu Zara: »Der war gemein.«

»Das war das Mindeste. Mir ist schlecht, ich gehe duschen.«

Damit verschwand sie in der Casinha und Carlos ging zu Leander und war ihm dabei behilflich, die roten Rosen aufzusammeln.

»Drama, Drama«, seufzte er dabei.

»Haben Sie hier übernachtet?«, fragte Lost.

»Ja.«

»In der Casinha?«

»So ist es?«

»Mit Zara?«

Carlos freute sich diebisch, sich revanchieren zu können: »Sie sagen es.«

Lost hielt mit dem Aufsammeln inne und musterte ihn und Carlos musste lächeln, weil es ein Sonnenstrahl durch den Nebel schaffte und ihm den Nacken wärmte.

Aber Losts rechter Daumen und rechter Zeigefinger begannen sich in schneller Folge zu berühren, als telegrafierten sie jemandem etwas. Carlos hatte gelernt, diese Reaktion seines Kollegen, dessen Trauzeuge er gestern gewesen war, zu deuten. Stress.

Also trieb er die Sache nicht auf die Spitze und erlöste ihn: »Zara hatte gestern in Feierlaune und im Ärger über Toninho etwa fünf bis neun *Medronhos* zu viel. In dem Zustand wollte ich sie nicht allein gehen lassen. Also habe ich Sie herbegleitet.«

»Zu Fuß?«

»Mit dem Auto.«

»Aber Sie hatten doch auch getrunken.«

»Ja, aber wer hätte mich denn kontrollieren sollen? Jedenfalls: Zara ist in der Casinha sofort eingeschlafen. Ich habe mich nur für eine Zigarette in den Korbsessel gesetzt – der Sternenhimmel war einfach verlockend. Nun ja, und dann bin ich selbst eingeschlafen. Jetzt habe ich das Muster der Sessellehne auf dem Rücken. Und das war die ganze Geschichte.«

»Aber sie hat Sie geküsst.«

»Das war nur, weil sie es Toninho heimzahlen wollte.«

»Also aus Rache?«

»Ja.«

»Aber Toninho muss annehmen, dass Sie und Zara jetzt ein Paar sind.«

»Ja, sicher. Darin besteht ja ihre Rache. Hatten Sie noch nie Rachegefühle?«

»Natürlich. Aber dann küsse ich niemanden.«

»Da sagen Sie was. Übrigens: Was ist mit Ihren Flitterwochen?«

»Verschoben. Faro Airport hat alle Flüge gestrichen.«

Losts Handy meldete sich.

»Olá, Senhora Isadora.«

»Sie hatten recht mit dem Atropin. Maria Bento ist eine Dosis verabreicht worden.«

»Ich aktiviere die Lautsprecheroption, Sub-Inspetor Esteves steht neben mir.«

»Olá, Carlos.«

»Olá, Isadora.«

»Also, Senhor Lost hatte mich gebeten, die Blutprobe von Maria Bento auf die Verabreichung von Atropin zu untersuchen. Atropin ist ein Gegengift.«

»Ich weiß«, sagte Carlos.

»Und es wurde ihr tatsächlich verabreicht«, sagte sie. »Senhor Lost, wie sind Sie darauf gekommen? Die Nahtoderfahrung? Die außerkörperliche Wahrnehmung, von der Maria berichtet hat?«

»Das war ein Indiz. Ich habe keine Erklärung dafür gefunden, warum der oder die Entführer das Kind auf einem Weg von immerhin 2,4 Kilometern Distanz zwischen dem elterlichen Gemüseladen und dem Haus ihres Großvaters nicht unterwegs abgefangen haben.

Wir wissen jetzt, dass sie vermutlich mit einem Wohnmobil unterwegs gewesen sind. Es wäre möglich gewesen – und aus der Sicht eines Entführers außerdem sinnvoll –, das Kind unter einem Vorwand irgendwo unterwegs abzupassen und ins Wohnmobil zu zerren. Warum hat man auf Maria Bento am Haus des Großvaters gewartet?

Der oder die Täter haben sich damit vorsätzlich einen Augenzeugen geschaffen. Ohne jede Not. Wieso?«

»Und was ist die Antwort darauf?«, wollte Carlos wissen.

»Die Antwort ist: Sie wollten das Kind nicht entführen. Die Dosis Ketamin war ursprünglich für André Bento vorgesehen. Sie waren dort, um *ihn* zu ermorden. Die Entführung des Kindes hat nur der Vertuschung gedient, um die ermittelnden Behörden in die Irre zu führen. Sie war aus der Not geboren.

André Bento ist nicht getötet worden, weil er die Entführung seiner Enkelin zu verhindern versucht hat, sondern weil er das Zielobjekt seines Mörders war. Finden wir das Motiv, finden wir vermutlich auch seinen Mörder.«

15.

Drei Tage vorher

Raica stellte ihre Ducati Monster in der Rua 18 de Junho ab. Direkt auf den freien Parkplatz zwischen dem Cabeleireiro Daniel, ihrem Friseur, und dem Tabakladen links davon, in dem es auch Eis gab. Raica hatte eine Schwäche für Eis. Sie wohnte im zweiten Stock eines Apartmenthauses, in dem sich auch diverse Airbnb-Wohnungen befanden. Die Fluktuation an Gästen war hoch, denn die Mieten hier, mitten im Gewusel der Altstadt, waren günstiger als Hotelzimmer und zogen Touristen an, die jeden Cent umdrehen mussten oder einen unwiderstehlichen Hang zur Sparsamkeit verspürten.

Als sie ihre Wohnung betrat, stattliche 3,5 Zimmer mit zwei Bädern, nahm sie einen fremden Geruch wahr.

Aber da praktisch alle Bewohner auf ihren Balkonen grillten und es an der Ecke neben dem Friseur noch ein kleines Café gab, wechselten die Gerüche praktisch täglich.

Ihr Vater hatte es für eine gute Idee gehalten, diese Wohnung zu kaufen. Zwei Monate, nachdem er sie bei der Bank abbezahlt hatte, war er seinem Herzleiden erlegen.

Raica ging in die Küche, schmal geschnitten, aber breit genug für einen kleinen Esstisch. Hinter dem Kühlschrank konnte man hinaus auf den Balkon. Manchmal saß sie dort mit Freunden bis tief in die Nacht. Die Nachbarin rechts von hier vermietete ihre Wohnung, und wenn Touristen sich wegen des Grills oder der Musik beschwerten, bekamen sie was von Raica zu hören. Links von ihr gab es keine Nachbarn, denn ihr Vater hatte die Eckwohnung erworben. Und unter ihr wohnte nur die alte Dona Fernanda, die schwerhörig war, was Raica sehr entgegenkam, denn manchmal musste sie ihre Lieblingslieder etwas aufdrehen und dazu abtanzen.

Jetzt aber kam sie frisch von der Polizeidienststelle von Olhão. Leider nicht mit den üblichen Verwarnungen. Für ihren Charme zeigten die GNR-Beamten sich unzugänglich. Ihr Anwalt hatte sie da zwar rausgeholt, aber dieses Mal würde es einen Gerichtstermin geben.

Raica Afonso hatte zwei Tage in U-Haft verbracht. Vielleicht war das auch angeordnet worden, um ihr einen Schuss vor den Bug zu geben. Zusätzlich verbunden mit der Auflage, dass sie Olhão innerhalb der nächsten 14 Tage nicht verlassen durfte beziehungsweise sich in so einem Fall vorher abzumelden hatte.

Jetzt jedenfalls hatte sie Hunger und brauchte ihre Medikamente.

Raica musste sich also mit dem Gedanken anfreunden, ihre Wohnung in Olhão ebenfalls über Airbnb zu vermieten (die Leute machten gutes Geld damit) und sich eine Weile an die Westalgarve zu begeben. Die Orte dort quollen fast das ganze Jahr nur so über vor Touristen.

Aber es gab dort auch mehr Konkurrenz.

Für die Aktion heute hatte Raphael, der Detektiv, ihr 10.000 Euro in bar gegeben. Das wog in ihren Augen den Gerichtstermin auf.

10.000 Euro. Sie hätte zu gern gewusst, was sich in dem Koffer befand, das so ein Honorar rechtfertigte.

Raica öffnete die Schublade neben dem Besteck, in der sich unter anderem ihre kleine Notfallapotheke befand. Blutstift, Pflaster, Jod. Und ihre Tabletten, Metoprolol. Die sie eigentlich Punkt zwölf Uhr mittags einnehmen musste, wie ihre Ärztin sie wieder und wieder ermahnt hatte. *Punkt zwölf, sonst ist der Wirkungspegel nicht gegeben. Und Sie sollten daran interessiert sein, Raica, dass das Medikament wirkt. Ich sage es ungern, aber Sie wissen selbst am besten, was Ihrem Vater passiert ist.*

Punkt zwölf mittags, hatte die Ärztin auf die Verpackung geschrieben, nein, gekritzelt, sie war eine gute Ärztin, aber ihre Handschrift war lausig.

Raica warf zwei der Tabletten ein und spülte sie mit einer kalten Cola herunter. Und stutzte, als ihr Blick auf den Balkon fiel.

Hatte sie heute Morgen nicht die Jalousien hochgezogen? Aber vielleicht war sie da in Gedanken schon bei ihrem Job gewesen und hatte es vergessen. Und da sie hier allein lebte, konnte es niemand anderes gewesen sein. Also zog sie die Jalousien wieder hinauf und das Sonnenlicht fiel ihr wie eine warme Berührung auf die Haut. Sie lächelte.

Eine dumpfe Welle schien in dem Augenblick von hinten durch ihren Kopf zu gleiten, ganz langsam. Sie erreichte ihre Stirn und wurde zurückgeworfen und sackte auf ihre Augen, die Lider wurden ihr schwer, Schwindel setzte ein.

Raica blinzelte.

Waren die Betablocker abgelaufen?

Und weil ihr nun schlecht wurde, überprüfte sie das anhand des Datums auf der Packung nicht, sondern ging schnurstracks auf wackligen Füßen zum Bad. Sie öffnete die Tür und ging gleichzeitig hinein, um noch rechtzeitig die Wanne oder das Waschbecken zu erreichen, falls sie sich übergeben musste.

Stattdessen erstarrte sie, weil sie in dem fensterlosen, halbdunklen Bad etwas ausmachte, was dort nicht hingehörte. Eine Gestalt.

Eine Frau, so viel konnte sie immerhin erkennen.

Raica schaltete das Licht ein. Es war eine blonde Frau, die gerade den Inhalt eines riesigen Wanderrucksacks in ihre Badewanne entleerte und nun zwar ein wenig überrascht aufblickte, aber weder irritiert oder gar ertappt wirkte.

Aus ihrem Rucksack ergoss sich ein riesiger Schwall an Eiswürfeln in die Wanne, die schon zur Hälfte mit welchen bedeckt war.

Raica empfand keine Angst, sondern versuchte, den Sinn hinter diesen Würfeln zu begreifen.

Wozu schüttete die fremde Frau Würfel in ihre Badewanne? Was wollte sie kühlen?

Auf dem kleinen Brettchen über dem Waschbecken, auf dem sie ihre Zahnbürste und Cremes und all das untergebracht hatte, stand ihr Gettoblaster. Die Frau startete die Wiedergabe.

Gimme some Lovin'. Blues Brothers.

Eine Überraschungsparty?

Die Frau drehte die Lautstärke hoch.

Ein Windhauch erfasste sie im Nacken, bevor eine kräftige behandschuhte Hand sich auf ihren Mund presste. Mit der anderen Hand hielt der Mann ihre beiden Arme an den Handgelenken fest.

Raica wusste, es würde gleich etwas Schlimmes passieren. Sie schrie, doch der Schrei erstickte im Handschuh. Sie wand sich nach Kräften, doch sein Griff war so fest wie eine metallische Zwinge. Außerdem wurde ihr sehr, sehr warm und der Schwindel nahm zu.

Die blonde Frau knöpfte ihr schnell und achtsam die Bluse auf und streifte sie ab, dann den BH, den Rock, den Slip, die Schuhe.

Darum ging es also, begriff Raica.

Doch zu ihrer Überraschung geschah nichts dergleichen, sondern die blonde Frau packte sie an den Waden und hob sie hoch. Die beiden trugen sie zur Wanne und legten sie mit einer Vorsicht, deren Sinn sich Raica nicht erschloss, in die Eiswürfel.

Die Kälte bohrte sich in ihren Körper, sie hustete gegen den Handschuh und die beiden pressten sie mit vereinten Kräften tief in die Würfel, die jetzt über ihre Knie kullerten, ihren Bauch und bis zum Hals.

Raica erschloss sich der Sinn des Ganzen nicht. Bis ihr Herzschlag aussetzte. Das nächste Pochen ausblieb. Selbst ihr letzter Seufzer an die Welt verhallte ungehört in Koljas Hand.

Die junge Frau in der Wanne erschlaffte unter seinem Griff.

Er löste sich und schaltete die Musik ab.

Eine Stille setzte so unvermittelt ein, dass Ewa sie dröhnend wahrnahm.

Die ersten Eiskristalle schmolzen bereits.

Gimme some Lovin' würde sie niemals wieder anhören können.

Für einen Moment lang standen er und Ewa in einer Gemütsverfassung da, die Ewa Zorin als andächtig empfand.

Sie sah ihn an und bemerkte in seiner Miene einen Anflug von Bedauern.

Dann nahm er kaum merkbar Haltung an, straffte sich.

»Such ihr Handy und steck es ein. Und leg die Originaltabletten zurück.«

»Ja.«

Während Ewa Zorin in die Küche ging, um beides zu erledigen, legte Kolja die Kleidung der Toten sorgfältig zusammen und deponierte sie so auf einem kleinen Hocker, wie sie es vielleicht selbst getan hätte.

Anschließend löschte er das Licht, trat hinaus in den Flur und an die Haustür, durch deren Spion er blickte – in ein leeres Treppenhaus.

Als Ewa mit dem Handy zurückkam und den eigens von der Firma für Raica Afonso präparierten Tabletten, die ein schnelles Fieber und Schwindel auslösten, legten sie beides in eine Tasche, der sie die Jacken entnahmen, mit denen sie hergekommen waren.

MEO prangte auf deren Rücken wie auch auf den Baseballcaps, die sie sich beide tief ins Gesicht zogen.

MEO war ein Telekommunikationsunternehmen, das unter anderem seine Teams zu Kunden nach Hause schickte, um dort einen Router zu installieren und dergleichen. Man traf sie auf der Straße an, an der Tankstelle, in einem Mietshaus.

Natürlich hatten die Aufklärer die junge Frau durchleuchtet.

Ledig. Trickdiebin. Möglicherweise promiskuitiv.

Aber am wichtigsten: genetische Herzinsuffizienz. Damit war ein plötzlicher Herzstillstand die wahrscheinlichste Todesursache.

In der MEO-Verkleidung verließen Ewa und Kolja den Apartmentblock wieder, ohne dass sie jemand wahrnahm, geschweige denn ansprach.

Mit dem Auto würden sie in knapp drei Stunden in Lissabon sein. Wenn sie die Tempolimits einhielten – was natürlich geboten war.

Außerdem lief Nummer drei ihnen nicht weg.

16.

»Wie? *Keine Entführung?*«, fragte Miguel Duarte verblüfft.

Er hatte gerade den Artikel über sich in der *Público* ausgeschnitten und hinter seinem Stuhl an die Pinnwand geheftet, als Graciana mit Leander das Büro betrat.

»Erklären Sie es ihm, bitte«, forderte Graciana Lost auf.

»Diverse Details deuten darauf hin, dass das Ziel des oder der Täter nicht die Entführung von Maria Bento war, sondern die Ermordung ihres Großvaters.«

»Und warum haben die das Kind entführt?«

»Um ihre Motivation zu vertuschen«, antwortete Leander.

»Dafür haben sie aber einen ziemlichen Aufwand betrieben«, erwiderte Miguel Duarte, der sich von seinem Konterfei an der Wand ab- und sich ihnen nun zuwandte, »und sich einem großen Risiko ausgesetzt.«

»Zwischen dem Aufwand einer Täuschung und ihrem Gelingen gibt es eine Korrelation«, sagte Leander.

»Was heißt das?«, fragte Duarte ungehalten. Eine senkrechte Sorgenfalte bildete sich auf seiner Stirn. Und die Ader darunter begann zu pochen.

»Je größer der Aufwand einer Finte ist, desto höher ist die Wahrscheinlichkeit, dass die Täuschung gelingt.«

»Soso, aha ... wenn die jetzt noch eine Atombombe gezündet hätten, wäre die Täuschung perfekt.«

»Ja, jetzt haben Sie die Systematik verstanden.«

Duarte blies die Wangen auf. Losts Immunität gegen Ironie konnte manchmal wirklich ein Kreuz sein. Dass Graciana Rosado sich ihr Grinsen nicht verkniff, ließ die Ader ins Violette wechseln.

»Bento ermorden? Wieso? Warum?«, fragte er und leitete seinen Ärger in Arme und Hände, mit denen er wild gestikulierte. »Ein armer Schlucker: Opa. Zöllner. Wieso sollte den jemand umbringen wollen? Und dann auch noch eine Entführung vortäuschen?«

»Genau das sollten wir herausfinden«, mischte Graciana sich ein, »Carlos ist schon vorgefahren.«

Duarte schien verblüfft und entrüstet zugleich.

»Schon *vorgefahren*? Wie?«

»Mit dem Auto«, gab Lost zur Antwort.

»Nach Bico Alto«, fügte Graciana schnell hinzu.

»Hatte ich das angeordnet?«, fragte Duarte. »Ich kann mich nicht erinnern.«

»Es muss ein Motiv für den Mord geben, der nichts mit der Entführung zu tun hat«, sekundierte Lost, »und der Grund dafür ist aus statistischer und empirischer Sicht beim Opfer zu suchen.«

»Ich komme nicht mit.«

»Nach Bico Alto?«

»Nein, ich kapiere nicht, was Sie sagen. Wie kommen Sie darauf?«

Und dann legte Lost es ihm dar. Das Ketamin, das eigentlich von der Dosierung her für einen erwachsenen Menschen bestimmt gewesen war. Das Atropin in dem Blut von Maria Bento, weil die Täter wussten, dass sie dem Kind eine tödliche Dosis verabreicht hatten. Aus keinem anderen Grund hätte man Maria sonst dieses Gegengift injiziert.

»Atro – was?«

»Atropin. Das Gift der Tollkirsche.«

An dieser Stelle warf Duarte kurz ein, von dem Atropin nichts gewusst zu haben. Mit dieser neuen Information sehe die Sache natürlich ein wenig anders aus.

»Wie anders?«, hakte Graciana nach.

»Na, anders eben.«

Leander machte außerdem darauf aufmerksam, man habe das Kind bei einer vorliegenden Entführungsabsicht auf dem Weg zum Großvater jederzeit in ein Wohnmobil verschleppen können. Man musste nicht zu dessen Großvater fahren, der einer Entführung vor seinem Haus schließlich nicht tatenlos zugesehen hätte. Oder zumindest ein unliebsamer Augenzeuge gewesen wäre.

»Das habe ich mich auch schon die ganze Zeit gefragt«, sagte Duarte nun schnell, um noch auf den letzten Waggon dieses abfahrenden Zuges aufzuspringen.

»Kommst du jetzt mit nach Bico Alto?«, wollte Graciana wissen.

»Das geht nicht, bedauerlicherweise. Ich bin in 15 Minuten mit Senhora Adriana verabredet. Vielleicht komme ich später nach – versorgt mich auf jeden Fall mit den Ergebnissen.«

Graciana nickte: »Eines haben wir bereits: Es gibt oben in Bico Alto eine Kamera zur Verkehrsüberwachung. Wenn der Täter Richtung São Brás gefahren ist, haben wir ihn vielleicht auf Video. Uns fehlt allerdings noch eine Uhrzeit.«

»Schaut einfach alle Autos an.«

»Danke, das ist ein toller Rat, Miguel! Außerdem gibt es drei Kameras am Flughafen in Faro. Eine zeichnet den Ausgang von der Gepäckausgabe in die Ankunftshalle auf. Die anderen beiden befinden sich jeweils in den offenen Räumen, in denen der Zoll seine Stichproben durchführt – das heißt, wir haben da die letzte Schicht von Senhor Bento drauf. Isadora Jordão sichtet sie im Augenblick.«

»Und was soll das bringen?«

»Die Kriminaltechnik hat im ersten Anlauf nichts auf seinem Handy gefunden, keinen Chat, keine Mail, die auf seinen Mörder verweisen könnte. Das ist bei Hunderten von Mails natürlich nicht wasserdicht, aber eine eingehende Prüfung wird sich ziehen. Wir sehen uns also sozusagen in den letzten Tagen seines Lebens um. Und sprechen mit seiner Tochter.«

»Hm. Na schön, macht das.«

Lost blickte an Duarte vorbei auf dessen Pinnwand.

Die Sorgenfalte auf Miguels Stirn verschwand und wich einem stolzen Lächeln.

»Tja, Titelseite *Público*. Ich stehe da natürlich stellvertretend für uns alle.«

»Natürlich«, sagte Graciana.

»Mein Interesse galt der Tabelle daneben«, sagte Leander.

»Ach die …«, antwortete Duarte und sein Lächeln büßte nicht an Stolz ein, »ja, also, da ich die Abteilung jetzt führe und die Arbeit optimieren möchte, habe ich mir was Kluges überlegt – einen Wettbewerb. Zur Mitarbeitermotivation. Wer zuerst 20 Punkte ansammelt, dem schenke ich einen Tagesausflug mit mir nach Sevilla.«

Graciana schluckte ihr *Wie schön* herunter.

»Und wofür erhält man einen Punkt?«, fragte Leander.

»Wenn man sich bei Ermittlungen besonders engagiert, was sich darin niederschlägt, dass er – oder sie – erheblich dazu beiträgt, den Täter zu fassen.«

»Was bedeutet erheblich?«, hakte Leander nach.

»Na ja, mehr als die anderen. Ich vergebe die Punkte. Sie, Senhor Lost, haben soeben den ersten erworben.«

Wir kriechen jetzt in ihn rein – das war Gracianas Devise, als sie und Leander erneut das Haus von André Bento in Bico Alto betraten, in dem Carlos sich bereits mit Clara Bento unterhielt.

»Hatte Ihr Vater Feinde gehabt? Schulden? Hat er Ihnen von Sorgen erzählt? Von Drohungen?«

»Nein, nichts dergleichen.«

»Gibt es jemanden im Freundes- und Bekanntenkreis Ihres Vaters, dem Sie so eine Tat zutrauen würden?«

»Nein«, antwortete Clara Bento vehement.

Sie schilderte ihren Vater als einen ruhigen, ausgeglichenen Mann. Der seinen Job beim Zoll weder liebte noch hasste. Es war eine Tätigkeit, mit der er sich seinen Lebensunterhalt verdiente. Aber keine, für die er brannte.

Er kannte die Kollegen, so hatte er es ihr zumindest erzählt, und die kannten ihn. Und sie kamen gut miteinander aus.

Er war ein Filmfan. Abends hat er gern in die neuesten Produktionen der Streamingdienste hineingeschaut. Oder war unterwegs, um durch sein Teleskop Fotos vom Nachthimmel zu machen.

Von Schulden wusste sie nichts.

Die Kontoauszüge, die Graciana anforderte, bestätigten das.

Zwischendurch kam sie vorbei und setzte sich zu den beiden auf die Terrasse hinter dem Haus. Sie wedelte mit einem Flugticket.

»Wussten Sie davon?«, fragte sie Clara Bento.

»Wovon?«

»Das sind Flugtickets für morgen von Faro nach Larnaka.«

»Nein. Larnaka? Wo ist das?«

»Zypern!«, rief Lost von drinnen.

Clara Bento hatte aufgemerkt und schüttelte nun verwundert den Kopf.

»Nein, davon hat er nichts erzählt. Mein Vater ist auch nicht gern verreist. Er hat immer gesagt, dass er hier alles hat, was er braucht. Wegen Maria ist er letztes Jahr für ein paar Tage mit uns an die Biskaya gefahren. Aber ansonsten – nein. Darf ich mal sehen?«

»Natürlich«, sagte Graciana und reichte ihr das Flugticket.

»Tatsächlich«, sagte Clara Bento jetzt leise, »nach Zypern.« Sie studierte das Ticket eingehend und richtete ihre Augen dann erneut auf die Sub-Inspetora: »Und … wann wäre der Rückflug gewesen?« »Es gab keinen«, meldete Carlos sich zu Wort, »Ihr Vater ist bei keiner Fluggesellschaft für einen Flug zurück gebucht. Vermutlich hat er sich den offen gehalten.«

»Er hat Ihnen gegenüber nichts davon gesagt?«, vergewisserte Graciana sich.

»Nein«, sagte Bentos Tochter nachdenklich und gab Graciana die Tickets zurück.

»Wissen Sie, warum er nach Zypern wollte?«

»Nein, ich bin ... überrascht.«

Sie sah ihnen mit einer Offenheit ins Gesicht, die ihre Enttäuschung darüber und den stummen Vorwurf an den Vater nicht verbarg.

Warum hatte er ihr nichts davon gesagt?

Clara Bento wirkte verletzt.

»Ist Ihr Vater schon mal auf Zypern gewesen?«

»Tja, ich würde sagen: nein. Ich bin mir sicher. Aber jetzt ...«, sie deutete mit einer Handbewegung auf das Flugticket, »bin ich das nicht mehr. Ich ... versteh das nicht. Ich kann für Sie rausfinden, wann er es gekauft hat.«

»Haben wir schon.«

Bentos Tochter sah sie überrascht an.

»Wir haben gestern im Zuge der Entführung bereits alle Konten durchleuchtet. Ihre und die Ihres Vaters. Oder besser gesagt: das. Er hatte ja nur eins bei der *Crédito Agrícola* seit 45 Jahren. Also: Entweder, er hat das Flugticket bar bezahlt oder jemand hat den Flug nach Zypern für ihn gebucht. Wenn es jemand gebucht hat, finden wir raus, wer es war.«

Unvermittelt stand Clara Bento auf: »Brauchen Sie mich noch?«

Graciana und Carlos wechselten stumm einen Blick und waren sich einig.

»Nein, vielen Dank.«

»Senhora Graciana?«

»Ja?«

Die Tränen stiegen der jungen Frau in die Augen.

»Mein Vater hat sein Leben für unsere Tochter gegeben«, sagte sie und ihr brach kurz die Stimme. Sie schluckte und sah ihr in die Augen: »Sie werden nicht aufhören, ihn zu suchen, und Sie werden ihn zur Strecke bringen, oder?«

Mit einem Mal wirkte die zerbrechliche, nah am Wasser gebaute Mutter von Maria Bento klar, hart und unmissverständlich. Ihre Augen ruhten in Gracianas, kein Wimpernschlag kam ihnen dazwischen.

»Das werde ich«, versprach Graciana.

Clara liefen die Tränen über die Wangen und sie drückte Graciana die Hand und ging.

Leander ließ die beiden Eier in der gusseisernen Pfanne auf dem Gasherd stocken. Mit einem Holzlöffel bewahrte er sie vor dem Anbrennen. Carlos Esteves – immer noch in seinem zerknautschten Anzug – und Graciana Rosado kamen in die Küche.

»Ah, lecker – Rührei?«, fragte Carlos.

»Genau.«

»Gute Idee – bei mir ist Platz für ein zweites Frühstück.«

»Erstens grenzt das bei Ihnen an einen Dauerzustand und zweitens ist das Rührei nicht für Sie. Könnten Sie bitte eine Scheibe Brot abschneiden?«

Er deutete auf den angeschnittenen Brotlaib auf einem Holzbrett, das auf der Anrichte lag.

Carlos nickte und schnitt ihm eine Scheibe ab.

»Auf den Teller, bitte.«

Carlos legte die Scheibe auf den Teller neben der Pfanne.

»Obrigado.«

Leander hob das Rührei mit dem Holzlöffel an und bugsierte es auf die Scheibe Brot. Und streute dann noch etwas Schnittlauch darüber.

»Sie wollen die Zeitspanne messen?«, fragte Graciana.

»Exakt«, bestätigte er und platzierte den Teller genau dort auf dem Tisch, wo derjenige von André Bento sich auch befunden hatte. Mit dem Smartphone startete Leander den Timer. 40 Sekunden lang passierte nichts.

Dann erschien ein dreiköpfiger Aufklärertrupp, von dem eine Ameise beim Rührei blieb und zwei Ameisen wieder vom Tisch herunterkrabbelten.

Und dann, Minute 1:20, erschienen kleine, schwarze Bänder. Eines aus einer Lücke im Stuck aus der Decke, ein anderes aus einem Spalt zwischen zwei hölzernen Bodendielen, das sich mit dem von draußen wie zwei Flussläufe zu einem vereinigte.

Hunderte, dann Tausende Ameisen folgten dem Ruf ihrer Aufklärer und liefen, krabbelten, strömten auf den Esstisch zu und wandten sich hinauf auf die Tischplatte, den Teller, das Rührei.

»Unfassbar«, raunte Carlos und zündete sich eine Zigarette an.

Und dann begann in Windeseile der Abtransport des Ganzen.

2:07.

Erst das Rührei.

Nur hin und wieder fand sich eine Ameise mit verwegenem Geschmack, die ein Stück Schnittlauch anknabberte oder wegtrug. Außenseiter oder Visionäre. Zwei Eigenschaften, die ohnehin oftmals in einer Person anzutreffen waren.

War eine Ameise eine Person, fragte Leander sich.

Mit individuellem Bewusstsein? Individuellen Charaktereigenschaften, den zwingenden Eckdaten von Persönlichkeit?

4:48.

Und wie viele Ameisen wurden wohl weltweit von Menschen achtlos zertreten – beim Wandern, Fußballspielen, aus kindlichem Sadismus? Abermillionen. Milliarden.

Sollten Stärkere nicht auf Schwächere Rücksicht nehmen?

6:55.

Das Rührei war weg.

Restlos abtransportiert. Der schwarze Strom der Ameisen dünnte sich etwa auf die Hälfte aus. Nun blieben und kamen noch die, die das Brot auseinandernahmen. Ein Krabbeln, Gewimmel, Gerenne – schliefen Ameisen eigentlich? Und wenn ja: träumten sie auch?

Das Brot war fester als das Rührei, der Abtransport stockte.

Aber wenn Ameisen etwas auszeichnete, dann war es ihre Unermüdlichkeit. Sie ließen einfach nicht locker.

Nach exakt neun Minuten und 24 Sekunden war das Brot nicht mehr da.

Leander stoppte den Timer auf dem Smartphone.

»Neun Minuten und 24 Sekunden. Senhora Matilda Vaz hat ausgesagt, dass sich nur noch einige Ameisen auf dem Teller befunden haben. Und die meisten im Mundraum von Senhor Bento – um das Rührei und das Brot von dort aus abzutransportieren.«

»Sie ist um 8:05 im Haus gewesen«, sekundierte Graciana.

»Runden wir auf zehn Minuten auf«, sagte Carlos, »dann haben die sich um fünf vor acht über das Rührei hergemacht – bleibt die Frage, wieviel Bento davon bereits gegessen hatte.«

»Etwa einen Bissen«, sagte Lost. »Ich habe mit Doutora Oliveira telefoniert. Mehr war bei der Obduktion im Magen nicht zu finden. Und ein paar Reste in der Mundhöhle, wobei die Ameisen sich zunächst am Teller bedient haben, erst danach in der Mundhöhle. Da befanden sie sich bei ihrem Eintreffen aber noch.«

»Woher wissen sie das mit der Reihenfolge?«, wollte Carlos wissen.

»Genau das hat mich auch interessiert. Doutora Oliveira hat die Konzentration von Ameisensäure auf dem Teller und in der Mundhöhle analysiert. Je länger die Aufenthaltsdauer einer Ameise, desto höher die Konzentration von Ameisensäure. In der Mundhöhle war weniger zu finden als auf dem Teller.«

»Und bei den Ameisen gibt es sicherlich«, Graciana deutete auf den Teller, auf dem sich noch ein paar wenige tummelten, »Nachzügler. Also war Bentos Mörder spätestens um 7:45 Uhr hier im Haus. In diesem Raum. Also interessieren uns alle Autos oder Motorräder, die ab dann hier oben in Bico unterwegs gewesen sind.«

»Vermutlich ein Wohnmobil«, sagte Lost und erntete die fragenden Blicke der beiden. Von seinem Trauzeugen und seiner

Schwägerin. Hier erfasste er den unausgesprochenen Subtext. Die fragenden Mimiken der beiden hatte er mit seinem Mehrwissen ausgelöst.

»Senhora Isadora hat mir von den Reifenabdrücken berichtet.«

»Heute?«

»Nein, gestern Nacht auf der Dachterrasse in der Virgílio Inglês.«

»Ah ja«, sagte Carlos und wechselte einen Blick mit Graciana.

»Ich habe wegen der akustischen Reizüberflutung eine kurze Pause benötigt. Auf der Dachterrasse war es sehr angenehm. Isadora Jordão ist dann dazugekommen, um sich zu verabschieden. Das Reifenprofil gehört eindeutig zu einem Wohnmobil, das auch abseits von Straßen benutzt werden kann. Einem Hymer Grand Canyon S.«

Graciana lächelte etwas. Sie begriff, warum Isadora mit den Informationen auf der Dachterrasse erschienen war. Inzwischen hatte Carlos Esteves den Modellnamen auf seinem Smartphone eingegeben und erhielt die ersten Ergebnisse für Bilder des Wohnmobils.

»Das heißt, wir suchen so einen hier«, sagte er und zeigte den beiden die Fotos.

Miguel Duarte saß zu diesem Zeitpunkt im *O Corete*, an der Marina von Faro gelegen, Adriana Ventura gegenüber. Die Sonne hatte sich mittlerweile gegen den Nebel durchgesetzt und brachte die Wasseroberfläche zum Glitzern. Die paar Wolken, die vor einer halben Stunde noch am Himmel gestanden hatten, waren von einem sanften Westwind Richtung Spanien bugsiert worden.

Sie saßen im überdachten Außenbereich und frühstückten. Miguel hatte sich für ein Omelette entschieden, Adriana für einen Caesar Salad. Dazu gab es Wasser und Orangensaft.

»Und da habe ich mir im Nachgang quasi in der Rückbetrachtung der Ereignisse die Frage gestellt, warum der oder die Entführer Maria Bento nicht auf ihrem Weg vom Gemüseladen der Eltern zu ihrem Großvater abgefangen haben. Ist das nicht merkwürdig?«, fragte er Adriana.

»Ja, jetzt, da Sie das sagen, fragt man sich das schon. Aber wir können gern allgemeiner über Ihre Arbeit sprechen, Senhor Duarte. Ich darf ja nicht Ihre Ermittlungsschritte in der *Público* veröffentlichen.«

»Ach«, sagte Duarte und winkte mit dem unverletzten Arm ab, »später dürfen Sie das durchaus. Und es geht ja darum, Sie auf diese Reise für das Porträt über mich mitzunehmen und Sie an meinen Gedankengängen teilhaben zu lassen.«

»Ich verstehe.«

»An meinen Entscheidungen.«

»Ja.«

Als Adriana Ventura in die Marina schaute, betrachtete Miguel ihr Profil. Die feine Biegung des Halses. Im Gegensatz etwa zu Graciana wäre sie in Sevilla durchaus als gebürtige Spanierin durchgegangen. Die Journalistin bewegte sich mit einer beiläufigen Grazie, die Miguel gegenüber den Portugiesinnen sehr milde stimmte.

Unvermittelt sah sie ihn an und schmunzelte: »Ehrlich gesagt wäre ich nie darauf gekommen. Sie denken über Bande, das gefällt mir.«

Eine erfrischende Brise schmiegte die Bluse an ihren Oberkörper, und er konnte den Blick nicht abwenden.

Mir gefällt auch, was ich gerade sehe, dachte Duarte und sagte: »Ich bin ein langjähriger Bewunderer Ihrer journalistischen Arbeit.«

»Oh, ich wusste gar nicht, dass mein Name Ihnen ein Begriff ist.«

»Aber ja, ich bitte sie«, log er und sandte ein gönnerhaftes Lächeln über die Tischplatte: »Und jetzt halten Sie sich fest: Es ging in Bico Alto nie um eine Entführung. Die ist nur zur Vertuschung unternommen worden. Zur Vertuschung des Mordes an André Bento. *Er* war das Ziel. Von Anfang an.«

»Tatsächlich?«, fragte sie mit echtem Erstaunen.

Und Duarte nickte, weil er Frauen ganz allgemein gern die Welt erklärte, und insbesondere Adriana Ventura diesen Fall.

»Ja. Ich habe die Ermittlungen jetzt von der Entführung abgekoppelt und neu fokussiert. Und wissen Sie, was mich zum Umdenken gebracht hat?«

»Verraten Sie es mir?«, fragte sie charmant.

»Eine Winzigkeit. Ein Staubkorn gleichermaßen: Atropin.«

»Atro – was?«

»Atropin. Das Gift der Tollkirsche. Noch nie gehört?«

Um 8:02 Uhr Ortszeit unterquerte ein Wohnmobil Hymer Grand Canyon S die Kamera der Verkehrsüberwachung, etwa einen Kilometer vom Haus von André Bento entfernt.

Graciana, Carlos und Leander verfolgten es in Schwarz-Weiß auf Gracianas Dienst-Laptop.

Als sie die Front des Fahrzeugs besonders gut und ohne Spiegelungen sehen konnten, stoppten sie das Video und das Bild des Wohnmobils fror auf dem Display ein.

Vorn befanden sich ein Mann und eine Frau. Die Frau saß hinter dem Lenkrad, der Mann auf dem Beifahrerplatz. Beide blickten vermutlich nach vorn, beide trugen auch Baseballcaps, weshalb ihre Gesichter – die Kamera war oberhalb einer Ampel angebracht – nicht zu erkennen waren.

»*Zwei* Täter«, flüsterte Carlos.

»Und beide nicht zu erkennen«, fügte Graciana etwas frustriert hinzu, als Isadora sich auf ihrem Handy meldete.

»Es gibt Neuigkeiten«, verkündete die Kriminaltechnikerin.

»Es sind *zwei* Täter – ich stelle dich laut, damit Carlos und Senhor Lost dich auch hören können.«

»Okay. Also die GNR von São Brás hat bei Porto Nobre um die Ecke auf einem Feldweg ein Wohnmobil gefunden, das vorgestern Vormittag als gestohlen gemeldet worden ist. Es hat ein deutsches Kennzeichen.«

»HH – RV – 1266«, sagte Carlos.

»Das stimmt. Woher weißt du das?«

Sie erklärten ihr, dass sie in dem von Lost errechneten Zeitfenster das Wohnmobil mithilfe der Überwachungskamera soeben gefunden hatten. Frau am Steuer, Mann daneben.

»Das Wohnmobil bringt uns nicht weiter«, sagte Isadora, »eine deutsche Familie hatte es bei Estoi am Morgen abgestellt und eine Wanderung unternommen. Als sie nach zwei Stunden zurückkamen, war es weg. Aber die Kollegen von der GNR sagen, die Täter haben den Innenraum des Fahrzeugs komplett mit Schaum aus einem oder zwei Feuerlöschern bedeckt. Eine Spurensuche ist damit obsolet. Wir werden da nichts finden. Ich habe aber etwas auf dem Überwachungsband des Zolls bemerkt.

Es gibt einen Passagier, der von einer Kollegin zu sich gewunken wird. Er geht schon in ihre Richtung, als Senhor Bento ihn zu sich ruft. Auf dem Band sieht es so aus, als hätten die Kollegin und Bento einen Disput darüber.«

Carlos seufzte: »Das ist …«

»Nicht viel?«

»Nun ja, ich will nicht unhöflich sein, Isadora.«

»Das bist du nicht, Carlos. Ich habe dem auch nicht viel Bedeutung beigemessen. Eine Kleinigkeit. Ein Zufall, vielleicht. Kann ja vorkommen.«

»Genau«, sagte Carlos.

»Aber?«, fragte Graciana.

Sie hörten, wie Isadora am anderen Ende tief Luft holte: »Europol hat sich auf meine Datenbankabfrage gemeldet. Die sichergestellte DNA des männlichen Täters ist bei zwei Morden ebenfalls sichergestellt worden. Der erste hat sich Januar dieses Jahres in Helsinki ereignet. Die 37-jährige Journalistin Aino Mäkinen ist auf einem Parkplatz stranguliert worden. Sie hat für das investigative Recherchenetzwerk Bellingcat gearbeitet.«

»Woran bitte?«, fragte Leander.

»Das ist nicht Teil der Nachricht von Europol, Senhor Lost – aber ich frage Bellingcat an.«

»Und der zweite Mord?«

»2017 auf Malta. Dort ist der serbische Waffenhändler Luka Ilić von dem Balkon seines Apartments im fünften Stock gestürzt. Im Apartment fanden sich zwei Haare, deren DNA mit der von uns gesicherten übereinstimmen. Anders formuliert: Der Mann, der Aino Mäkinen und Luka Ilić ermordet hat, ist auch der Mörder von André Bento.«

Carlos warf einen Blick zu Graciana, in deren Gesicht er wie in einem offenen Buch las. Und die schaute hinaus aus dem Fenster. In den Vorhof. An keinen bestimmten Punkt. Oder anders: an einen unwichtigen Punkt, an dem ihre Gedanken durch nichts abgelenkt wurden.

»Was denken Sie, Lost?«, erkundigte Carlos sich.

Das war der Moment! Leander richtete seine Gedanken auf die Heisenbergsche Unschärferelation.

»Ich denke an die Heisenbergsche Unschärferelation.«

In Esteves' Mimik stand für Leander überdeutlich zu lesen: *Das darf nicht wahr sein.*

Dann grinste Leander breit, seine Augen schienen vor diebischer Freude aufzublitzen: »Sie haben das geglaubt, richtig?«

»Äh … ja.«

»Ich habe Sie reingelegt.«

Sein Grinsen wurde breiter.

»Sie haben mir zugetraut, dass ich bei so einem ernsten Thema gedanklich mit etwas ganz anderem beschäftigt bin. Ich habe Sie hereingelegt.«

»Ja, das ist Ihnen gelungen. Aber zurück zum Thema.«

»Hereingelegt.«

»Ich weiß: zurück zu den Morden. Lösen die irgendeine Assoziation zum Täter bei Ihnen aus?«

»Ja. Er ist kein Laie«, antwortete Leander immer noch bestens gelaunt.

Was für ein Spaß es war, jemanden hereinzulegen!

»Sondern ein Profi«, pflichtete Graciana Rosado ihm nicht nur bei, sondern sprach damit auch ihre eigene Schlussfolgerung aus – die sich mit Losts deckte.

»Isadora?«

»Ja?«

»Ich glaube, wir schauen doch mal beim Zoll vorbei.«

Carlos Esteves nickte. Denn vielleicht hatte André Bento seinen Mörder zu sich gewunken.

»Ich schicke euch den Ausschnitt aufs Handy. Es ist der Flug TAP 0911 von Lissabon nach Faro.«

»Das war ein Zubringerflug, den der Passagier genommen hat«, stellte Carlos fest, als sie Bentos Haus verließen, um sich auf den Weg nach Faro zu machen.

»Wie kommen Sie darauf?«, fragte Leander.

»Weil die Strecke mit der Bahn zwei Stunden und 50 Minuten dauert. Das geht schneller, als ein Flugzeug zu nehmen. Die kleinen Maschinen transportieren nur Leute weiter, die mit einem längeren Flug in Lissabon angekommen sind.«

Leander Lost erreichte seine Scrambler und nahm den Helm in die Hand, als Clara Bento hinter dem Haus erschien: »Olá, mir ist noch was eingefallen!«

Sie kam zügig auf die drei zu.

»Aber vermutlich ist es nicht wichtig.«

»Sagen Sie ruhig, wir sind für jede Information dankbar«, ließ Graciana sie freundlich wissen.

Clara Bento nickte. Ihre Augenringe zeugten von den wenigen Stunden Schlaf und den vielen Tränen. Und den offenen Fragen, über die ihr Mann und sie sich die Köpfe zerbrochen hatten. Und all den Nie-Mehrs mit ihrem Vater.

»Sie haben ja schon gemerkt, mein Vater ist ein … war … ich bring das noch durcheinander.«

Carlos bewunderte, wie sanft und doch selbstverständlich

Graciana die Hand der Frau nahm, sie drückte und ihr ein aufmunterndes Lächeln schenkte.

»Er ist ja noch da. Irgendwo hier. Da bin ich sicher«, sagte sie und beschrieb mit der anderen Hand eine Geste, die die nähere Umgebung umfasste. Clara Bento schluckte gegen die Tränen an, die ihr in die Augen schossen.

Leander, der an Gracianas Mikroexpression erkannte, dass sie nicht log, sah sich um. Nach einem Anzeichen, das er vielleicht übersehen hatte und seine Vorgesetzte (und Schwägerin) nicht. Ob André Bento vielleicht noch hier war. Transzendent.

Dinge zwischen Himmel und Erde.

Es war der erste Disput mit Soraia gewesen. Zwei Tage vor ihrer Hochzeit.

Auf Leanders Wunsch hatten sie einer kirchlichen Trauung entsagt. Der örtliche Geistliche, Vater Anselmo, hatte Raquel auf deren Bitte ein Tuch gesegnet, das sie wiederum ihrer Tochter zur Hochzeit geschenkt hatte.

Vater Anselmo war kein betagter, ehrwürdiger Geistlicher, sondern für einen Mann, der der Kirche Fusetas vorstand, blutjung. Und schön. Nicht von der Physiognomie her, er strahlte von innen. Güte und charakterliche Feinheit vereinigten sich in ihm.

»Sein Name ist passend«, hatte Leander gesagt, »Anselmo. Vom Wortstamm her betrachtet bedeutet *Ans* Gott und *helm* Schutz. Entweder, er steht unter Gottes Schutz oder er gewährt ihn.«

Soraia warf sich das Tuch über die Schulter und kreuzte es vor ihrem Hals.

»Was unterscheidet ein Tuch von dem gesegneten, das du trägst?«

Sie wandte sich vom Spiegel im Haus ab und ihm zu. In seiner Frage verbarg sich keine List. Aber Kritik.

Leander war Atheist.

»Gesegnet bedeutet, die Menschen, die es tragen, stehen im christlichen Glauben unter Gottes Schutz.«

»Und glaubst du an diesen Schutz?«

»Darum geht es für mich nicht, Leander.«

»Sondern?«

»Um Achtung. Ich achte den Glauben von Anselmo und auch den meiner Mutter. Ich tue beiden einen Gefallen, indem ich dieses Tuch trage. Und ich erweise ihnen diesen Gefallen gern.«

»Und wenn man dich zwingen würde, es zu tragen?«

»Hätten sie mich zur Feindin. Ich würde die Selbstbestimmung eines jeden Menschen immer verteidigen, Leander, die von Anselmo, meiner Mutter, deiner. Und …«

Soraia brach ab und betrachtete ihn, ihren zukünftigen Mann.

»Weißt du, es gibt Dinge zwischen Himmel und Erde, die wir noch nicht erklären können oder begriffen haben. Oder mit unseren Sinnen nicht erfassen. Und die trotzdem da sind. Mitten zwischen uns.«

»Ja, ich verstehe. Mich interessiert, ob du an diesen Segen glaubst.«

Ja, sie hatte sich auch in seinen unerbittlichen Scharfsinn verliebt. Und wenn man ihn zum Mann nahm, dann kam natürlich auch jene Sorte Scharfsinn mit unters Dach, die einem nicht passte.

»Ja, auf gewisse Weise schon.«

»Aber es ist ein Stück Stoff.«

»Ja.«

»Und weil ein Pater diesen Stoff segnet, hat dieser Stoff eine Schutzfunktion?«

Er musterte sie sehr interessiert und genau, als wolle ihm keine ihrer Mikroexpressionen entgehen.

»Ja.«

»Das ist unlogisch und ergibt keinen Sinn.«

Soraia bedachte ihn mit einem entwaffnenden Lächeln, griff sich den Panther-Wächter und hielt ihm den unter die Nase.

»Und deine Wächter? Zeigen doch auch ihre Wirkung und es gibt dafür keine Erklärung, oder?«

»Nein.«

»Für dich funktionieren die.«

»Ja.«

»Und für mich funktioniert das Tuch, Leander. Gib mir einen Kuss.«

»Wohin?«

»Erst mal auf den Mund.«

Also, vielleicht war André Bento ja in eine andere Form des Seins übergegangen, vielleicht schwebte er als Fluidum irgendwo in der Luft. Für Leander war das selbstredend ausgeschlossen. Aber er hatte seine Lektion gelernt – vielleicht war er noch hier und es ging um die Bedürfnisse anderer und nicht um seine eigenen.

Bis zu seinem fünften Lebensjahr hatte Leander andere Menschen in seinem Umfeld nämlich als Statisten wahrgenommen. Die da waren, um seinen Alltag zu bevölkern. Wie Bäume oder Vögel.

Nicht als eigenständige Wesen mit individuellen Bedürfnissen.

Wie Clara Bento.

Und die sagte: »Er hat sich nicht mit vielen Leuten getroffen, mein Vater war lieber allein. Oder ist runter ins Dorf gegangen in die Cervejaria, um mit alten Bekannten was zu trinken und zusammen Fußball zu schauen. Aber letzte Woche war ein alter Freund da, Raphael Romão. Vielleicht hat er mit dem über sein Reise nach Zypern gesprochen.«

»Wo finden wir den?«

»Er lebt in Beja, wenn ich mich richtig erinnere. Jedenfalls hat er da ein Möbelgeschäft.«

»Raphael Romão, Beja, Möbelgeschäft«, fasste Carlos zusammen, »das kriegen wir raus.«

»Ja«, bestätigte Graciana Rosado, »vielen Dank.«

Nachdem Clara Bento wieder gegangen war, fanden sie Romãos Kontakt mithilfe ihrer Sekretärin Marisa in der PJ in Faro heraus: Avenida Miguel Fernandes No. 8 in Beja. Das lag keine anderthalb Stunden nördlich von Faro. Es nannte sich *RR International – Loja de Móveis*, also Möbelhaus. Und befand sich, so Marisa, die es sich auch gleich auf Google Maps angeschaut hatte, direkt neben einem Beerdigungsinstitut.

Es war dort vor 15 Jahren eröffnet worden. Und der Name des Inhabers von RR International lautete wenig überraschend Raphael Romão.

»Ruf bitte dort im Namen der Polícia Judiciária an und bestelle ihn für morgen früh auf das örtliche GNR-Büro. Und sag danach den Kollegen in Beja Bescheid, dass wir morgen Vormittag vorbeikommen, um bei ihnen mit Senhor Raphael zu sprechen.«

»Wird erledigt.«

»Obrigada, Marisa.«

Graciana trennte die Verbindung und wandte sich an Leander: »Wann geht Ihr Ersatzflug nach Neuseeland?«

»In sechs Tagen.«

»Gut. Ich möchte Sie morgen früh dabeihaben in Beja. Ich will wissen, ob Senhor Romão lügt oder nicht.«

Carlos lächelte in sich hinein – der Alemão war ihr persönlicher Lügendetektor. Einer aus Fleisch und Blut. Man musste in manchen Situationen natürlich selbst auf der Hut sein, denn der Detektor war rund um die Uhr aktiv. In alle Richtungen. Auch in ihre.

Aber wenn man sich beim Reden zum Beispiel seitlich zu ihm drehte (Graciana rieb sich beim Lügen auch gern die Augen, sodass Lost ihre Mikroexpression nicht dechiffrieren konnte), konnte man den Detektor austricksen.

Da meldete Marisa sich bei Graciana: »Senhor Romão ist geschäftlich unterwegs – und zwar heute und morgen in Olhão. Er bietet an, sich in 30 Minuten zu treffen oder ansonsten morgen.«

Graciana überlegte kurz.

Die Äußerungen von Zeugen über ein Ereignis, so ihre Erfahrung aus vielen Befragungen, verlor mit jedem Tag, der seitdem vergangen war, an Präzision. Am besten, man befragte Zeugen sofort. Sonst, das war oft zu beobachten, spielte denen die eigene Erinnerung in zunehmendem Maße Streiche.

Deshalb beschloss sie, Bentos Kollegen beim Zoll und den Möbelhändler aus Beja gleichzeitig zu befragen.

»Senhor Lost, können Sie Senhor Romão allein befragen?«

»Absolut.«

17.

Es lief wie am Schnürchen.

Michael Learner, der vor drei Tagen im *Da Gama* als David Learner eingecheckt hatte, trennte sich nicht mehr von seinem Koffer. Er nahm ihn mit an die Bar und ins Restaurant. Da sich die Canto-Suite, in der er untergebracht war, nur zehn Meter neben denen von Mascha und ihm, Victor, befand, bekamen sie auf dem Weg zum Fahrstuhl mit, dass der Amerikaner aus Baltimore seine Suite von innen sofort verriegelte, sobald er sie betreten hatte. Denn dann leuchtete ein kleines, dezentes Rotlicht unterhalb des Türknaufs auf, das dem Reinigungspersonal signalisierte, den Gast nicht zu stören.

Am Morgen darauf passte Mascha Karpenko ihn im Foyer ab, wo sie vorgab, etwas in ihrem Smartphone zu checken, um ihm dann zu folgen.

Victor Fjodorow und sie hatten bereits gemeinsam in ihrer Suite gefrühstückt. Er kam lieber in ihre, wenn sie sich liebten, dann konnte er gehen, wann immer er wollte. Heute wollte er nicht und blieb bis in die Morgenstunden. Er hatte auf den Konferenzraum *Magellan* getippt, den größten, den das Hotel zur Verfügung stellte.

An einer großen Tafel, traditionell aus schwarzem Schiefer, waren die einzelnen Tagungs- und Konferenzräume aufgelistet – und wer dort heute zu Gast war. Das *Da Gama* hatte dieses Prinzip bei den Räumen fortgeführt.

Die Firma Blackrock tagte heute im *Dom Henrique* im ersten Stock, benannt nach Heinrich dem Seefahrer, der nie zur See gefahren war. Im *Eanes* fand eine juristische Beratung für Notfallmediziner statt, was Mascha ganz passend erschien, denn Gil Eanes war als erster Seefahrer über das damalige Ende der Welt gesegelt und lebendig zurückgekehrt.

Und im *Magellan* trafen sich Hobbypiloten, um die Theorie für ihre Pilotenlizenz zu pauken.

Michael Learner hatte selbst bei der Air Force gedient und flog heute noch privat Hubschrauber.

Der opulente Frühstückraum befand sich in derselben Richtung, weswegen Mascha Karpenko Learner ohne aufzufallen folgen konnte.

Am Eingang des Frühstückraumes wartete ein junger Mann im schwarzen Anzug hinter einem Stehpult. Anhand einer Liste, auf der die Besucher vermerkt waren, die ein Frühstück gebucht hatten, erfragte er die jeweiligen Zimmernummern, bevor er die Gäste mit einem Nicken eintreten ließ.

Da vor Mascha noch zwei Paare warteten, hatte sie Gelegenheit zu sehen, wie Learner auf die blickdichte Doppeltür zuging, über der an der Wand der Name *Magellan* prangte. Und wie er von einer dunkelhaarigen Frau, die davor offenbar auf ihn gewartet hatte, mit Handschlag begrüßt wurde.

Die Art und Weise, wie die beiden miteinander sprachen, erweckte bei Mascha den Eindruck, dass sie bis heute nur voneinander gehört, aber sich noch nie persönlich begegnet waren. Sie tauschten ein paar Sätze, dann übergab Learner ihr den Koffer, über den er bis jetzt wie über seinen Augapfel gewacht hatte.

Die Frau bedankte sich und kaum hatte sie an die Tür hinter sich geklopft, wurde die geöffnet. Mascha konnte den Blick auf einen kräftigen Zwei-Meter-Mann erhaschen, der die kleine Frau einließ und die Tür hinter ihr wieder schloss. Learner kehrte um – aber Mascha nicht. Die gönnte sich ein zweites Frühstück.

Victor hängte sich an diesem Tag an Learner.

Der verließ nach der Übergabe des Koffers umgehend das Hotel und schlenderte zu der Promenade.

Wobei »schlendern« nicht ganz zutraf. Solange Soldaten im Dienst waren, fiel Victor auf, schlenderten sie nicht. Sie marschierten immer. Learner schlenderte also schnell. Zum Ufer und zu den rot geklinkerten Markthallen mit den kleinen, mit grüner Patina überzogenen Kupfertürmchen, die Gustave Eiffel entworfen hatte.

Der Amerikaner ging in der Sonne auf und ab und telefonierte. Nach wenigen Minuten wurde ihm zu warm und er warf sich sein Jackett über die Schulter.

Fjodorow sah die halbrunden Schweißflecken unter seinen Achseln.

In einem der kleinen Cafés vor den Markthallen trank er zwei Wasser und aß einen mit Käse und Schinken belegten Toast. *Tosta-mista*.

Und so ging es weiter.

Ziellos streifte er durch die Stadt.

Versorgte sich mit einer beigefarbenen Sommerhose und einem Strohhut, den er sofort aufsetzte. Aß ein Eis.

Victor hatte vergessen, welches Maß an Langeweile eine Observierung erreichen konnte.

So was hatte er in seinen Anfängen getan. Und später dann andere darin geschult und eingewiesen. Als Learner schließlich zum *Da Gama* zurückkehrte, konnte Fjodorow jeglichen Kontakt zwischen dem amerikanischen Oberst zu einer dritten Person ausschließen.

Das galt ebenso für die Bahnen im Pool des Hotelatriums, die der Mann aus Baltimore zügig absolvierte – als würde er selbst im Wasser noch marschieren. Learner

Er hatte keinen persönlichen Kontakt mit jemandem gehabt. Kein konspiratives Treffen, nicht mal eine Nachricht auf der Serviette.

Oberst Learner hatte sich einfach nur die Zeit vertrieben.

Und er hatte auch keinen toten Briefkasten benutzt. Die kleinen Plätze, über die Agenten noch vor 30 oder 40 Jahren miteinander kommunizierten, kamen gerade wieder in Mode.

In seiner eigenen Abteilung waren die manuellen Schreibmaschinen zurückgekehrt. Elektrisch immerhin und vor allem: immun gegen Cyberangriffe.

Bei einem Datenleck oder Hackerangriff waren in einer Minute Milliarden Datensätze weg. Informanten flogen auf, langjährige Agenten, die mit großer Sorgfalt und Umsicht in ihre Umgebung eingepflegt worden waren.

Für ihre Nachbarschaft waren sie hilfsbereite Leute in vorbildlichen Ehen mit langen Arbeitstagen. Und am Wochenende mähten sie den Rasen und im Winter schippten sie Schnee. Und luden zum Grillen ein.

Ein erfolgreicher Hackerangriff und ihre bürgerliche Fassade flog auf. Es drohten lange Haftstrafen, einige ließen sich umdrehen und lieferten reihenweise Kollegen ans Messer, andere sorgten für jahrelange diplomatische Verstimmungen.

Mascha Karpenko hatte sich an der Rezeption unter dem Vorwand, einen geeigneten Raum für ein Event zu finden, erkundigt, ob sie sich einmal das *Magellan* ansehen könne.

Gern, sagte man ihr, doch im Augenblick sei der Raum leider gebucht und es finde dort eine Tagung statt. Aber die Gäste dort wollten um 17 Uhr Feierabend machen. Im Anschluss daran könne sie sich den Raum anschauen.

Karpenko bedankte sich – um pünktlich um fünf Uhr nachmittags wieder in der Lounge zu sein. Victor Fjodorow nahm einen alkoholfreien Cocktail an der Bar. Über den Spiegel hinter dem Barkeeper, der die Anzahl der Flaschen verdoppelte, hatte er das Foyer gut im Blick.

Aber auch Learner tauchte auf und nahm den Koffer von der Frau wieder entgegen. Sie tauschten ein paar Worte auf dem

Weg zum Fahrstuhl. Die anderen Teilnehmer aus dem Raum – ein Drittel Frauen, zwei Drittel Männer, Mitte 30 und älter – peilten ebenfalls die Lifte an. Sie alle waren hier untergebracht.

Mascha Karpenko kreuzte ihren Weg und nahm die Treppe.

Sie lief und schwamm täglich und war gut in Form. Zwei Stufen auf einmal. Und wirkte dabei nicht mal gehetzt. Gleichmäßig.

Learners Suite befand sich ebenfalls im fünften Stock.

Währenddessen zählte Fjodorow die Teilnehmer durch. 24 Personen, die sich in Trauben oder Zweiergruppen miteinander unterhielten und nacheinander die Fahrstühle betraten, die im Foyer ankamen und sich mit einem unaufdringlichen Gong ankündigten.

Alle waren sehr sportlich.

Er hatte die Anzeige von Lift Nummer drei im Blick – demjenigen, mit dem die Frau und Learner nach oben gefahren waren.

Er stoppte auf Ebene vier.

Victor Fjodorow hielt den Blick auf der Ziffer. Sekundenlang.

Dann setzte er seine Fahrt fort und …

… erreichte hinter Mascha, die gerade die Tür zu ihrer Suite öffnete, das fünfte Stockwerk. Aus der Kabine trat lediglich Learner mit seinem Koffer hinaus auf den Flur.

Am nächsten Tag wiederholten sie die Prozedur und erwartungsgemäß stieg die Frau in der vierten Etage aus und verschwand im Hotelzimmer 402.

Mascha hatte sich seit ihrer Ankunft unterstützt durch einige Programme, die ihr die Cyberwar-Spezialisten mit auf den Weg gegeben hatten, in das Hotelnetz gehackt.

Man hatte sie einer schnellen, intensiven Schulung unterzogen, damit sie die Programme im Schlaf beherrschte und unvorhergesehene Dinge zügig zu kontern in der Lage war – etwa dem Einsatz neuer Virenscanner durch die IT des Hotels.

Es war die wichtigste Mission seit vier Jahren und den wenigen Eingeweihten in der Firma war bewusst, wie minimal die Erfolgschancen waren. Und was für ein Husarenstück es bedeutete, wenn es Fjodorow und ihr trotzdem gelänge.

Die Eingeweihten in der Firma waren dem Mann, der die Aktion durchführte, nicht begegnet. Niemand kannte ihn, niemand hatte ihn gesehen. Oder vielleicht schon sehr oft und sie hatten es nicht bemerkt. Es hieß, er wandle seine Gestalt. Der Auslandsgeheimdienst führte ihn unter dem Namen *Khameleon*.

Wie ein Überläufer ihnen berichtete, hatten die Amerikaner ihm die gleiche Bezeichnung verpasst, allerdings in ihrer Sprache: das *Chameleon*.

In der Firma hieß es, das Khameleon müsse alles auf eine Karte setzen, denn seine Tochter sitze seit einem halben Jahr in IK-14 in Mordovia, einer für seine harten Bedingungen berüchtigten Strafkolonie.

Wenn er die Mission erfolgreich beende, würde sie freikommen. Falls nicht, müsse sie die vollen 17 Jahre absitzen.

Stimmte das?

Hatte das Khameleon überhaupt eine Tochter? Oder war das nur ein Gerücht? Wie vielleicht alles über ihn Gerüchte waren? Existierte er oder war er ein clever konstruiertes Phantom?

Die Frau in der 402 hieß Vera Mendes, wie Mascha über das Hotelnetzwerk herausfand.

Den *Magellan*-Konferenzraum hatte eine Im- und Exportfirma aus Birmingham gebucht. Die Spezialisten zu Hause konnten die Buchung relativ mühelos zurückverfolgen. Zu einer Muttergesellschaft in Malta und von dort nach New York. Dort nahm sie noch mal einen Umweg über ein Onlineportal und dann versiegte die Spur dort irgendwo im Niemandsland.

Mendes war Kampfpilotin der portugiesischen Luftwaffe, 39, verheiratet, kinderlos, hatte eine beeindruckende Karriere hingelegt und war Oberstleutnant. Und viel wichtiger: Verbindungsoffizierin zur NRF, der NATO Response Force, der Schnellen Eingreiftruppe des Bündnisses.

Als Mascha ihm das mitteilte, atmete Victor Fjodorow einmal tief durch und gönnte sich einen Augenblick der Erleichterung. Mascha fühlte mit ihm mit und nahm ihn in die Arme. Sie standen still, reglos.

Es war anders als sonst, wie Victor bemerkte, es war frei von Verlangen, es speiste sich einzig aus ihrer Zuneigung zu ihm.

Und er erwiderte die Umarmung. Für ein paar Sekunden. Kurz gestattete er sich diese Schwäche. Kurz gestattete er sich, nicht die Kontrolle zu haben. Und dann, als der Druck seiner Finger nachzulassen begann, löste Mascha sich schnell, als hätte sie das auch gerade vorgehabt, und strahlte ihn an: »Learner und Mendes – es passt. Es stimmt alles. Wir sind hier goldrichtig.«

»Ja.«

Sein Handy meldete sich, es war die Weiterleitung von Rufnummer vier, also ein Raphael-Romão-der-Möbelhändler-Kontakt.

»Sim?«

»Bom dia – spreche ich mit Senhor Raphael Romão?«

Victor Fjodorow kannte die Stimme nicht. Es war eine Frau.

»Ja.«

»Mein Name ist Marisa Veiga. Ich rufe Sie im Auftrag der Polícia Judiciária an.«

Das war nichts, was ihn aus dem Takt bringen konnte.

»Aha – was kann ich für Sie tun?«, fragte er sie freundlich.

Der Mann, den die PJ für das Gespräch entsandte und der gerade von seiner Ducati Scrambler stieg, war ein Austauschpolizist. Leander Lost, 35 Jahre alt, gebürtiger Hamburger.

Die Firma hatte alle einem Check unterzogen, die im Zweifelsfall für sie zuständig waren: die Mitarbeiter der PJ in Faro. Alles, was über sie herauszufinden war.

Das diente zwei Zielen: der Offenlegung von Schwachstellen und der Vorhersage von Verhalten.

Victor Fjodorow merkte sich das Kennzeichen des Motorrads. Er tat das unbewusst, eine Gewohnheit, die eigenständig ablief. Wie eine Sonderabteilung in seinem Gehirn, die losgekoppelt von seinem Bewusstsein einen Trupp Synapsen befehligte.

Der Mann im schwarzen Anzug ging auf das Lokal zu.

Victor hatte sich das *O'Sardines* ausgesucht. Es war ein Lokal, in das sich keine Touristen verliefen, denn es befand sich direkt an einer Hauptverkehrsstraße genau dort, wo das Gewerbegebiet von Olhão begann.

Das Lokal war links und rechts von Rolltoren flankiert, in denen sich Lager befanden.

Der Name war über dem Eingang des Lokals in Rot auf dem schwarzen Logo einer Sardine platziert, die, wie Leander nun bemerkte, lächelte.

Was keinen Sinn ergab. Fische hatten keinen Humor, sie lachten und lächelten nicht und selbst, wenn sie sich über etwas hätten amüsieren können, dann sicherlich nicht über den Umstand, nach ihrem Erstickungstod gegrillt zu werden. Bei passender Gelegenheit würde er den Inhaber darauf hinweisen.

Vor dem Restaurant befand sich ein kleines rechteckiges Holzpodest, das direkt an die Straße angrenzte. Wenn man dort am äußersten Tisch saß und mit dem Finger hinter sich Richtung Hafen zeigte, konnte man ihn los sein.

Die Plastikstühle waren so hellblau wie die Tische aus Kunststoff und die Sonnenschirme.

Lediglich zwei der acht Außentische waren um diese Uhrzeit besetzt. Einer mit einer Kleinfamilie, der andere mit einem

Mann, den Leander auf Mitte 50 schätzte und der dort in heller Hose, weißem Hemd und beigefarbenem Leinenjackett eine Bica trank. Er war frisch rasiert und machte einen gepflegten Eindruck.

Lost blieb an seinem Tisch stehen, die Miene unbewegt.

»Desculpe, sind Sie Senhor Raphael Romão?«

»Der bin ich«, sagte Victor und erhob sich und bot dem Mann die Hand dar, der einen Moment zögerte, sie dann aber schüttelte. Kurz.

»Sub-Inspetor Lost von der Polícia Judiciária. Senhora Marisa hat mich angekündigt, wenn ich korrekt informiert bin.«

»Sind Sie und hat sie. Nehmen Sie doch Platz.«

»Danke.«

Leander nahm übereck zu ihm Platz und deponierte den Helm auf einem freien Stuhl neben sich.

Und setzte dann Romãos Gesicht für sich zusammen.

Helle Augen, aber in der linken Iris gab es ein winziges, dunkles, spitz zulaufendes Dreieck. Wie ein Splitter. Vielleicht die Folge einer Operation oder Verletzung. Die Ursache war für Leander im Augenblick auch nicht wichtig. Er fügte noch die Geheimratsecken hinzu sowie die leichte Krümmung in der Nasenspitze, die das rechte Nasenloch schmaler ausfallen ließ. Abschließend komplettiert durch die feine Narbe, die die Lachfältchen neben dem linken Auge fast vertikal kreuzte.

Raphael Romão.

»Sie leben in Beja, in der Avenida Miguel Fernandes No. 8?«

»Das ist korrekt.«

»Und Sie betreiben dort ein Möbelgeschäft – RR International.«

»Ja.«

»Sie sind geboren in Coimbra?«

»Genau.«

»Wie sind Sie ins Möbelgeschäft gekommen?«

»Mein Vater war Schreiner. Er hat Möbel hergestellt. Aber die Möbelhäuser, für die er gearbeitet hat, haben ihm meines Erachtens zu wenig gezahlt. Also habe ich einen kleinen Laden gemietet und mir bei Freunden Geld geliehen und ihn besser bezahlt. Und daraus wurde RR – Móveis. Aber schließlich lief es immer besser. Und dann habe ich angefangen, Möbelstücke zu sammeln. Spezielle Sachen teuer aufzukaufen und noch teurer weiterzuverkaufen. Oder günstiger auf Flohmärkten und sie dann mit einer noch größeren Gewinnspanne zu verkaufen.«

Hier grinste er etwas. Leander war seinen Ausführungen bis hierhin sehr genau gefolgt.

Die einzige Information, die stimmte, betraf den Beruf seines Vaters: Schreiner.

Alles andere war gelogen.

»Sie haben einen brasilianischen Akzent.«

»Gut erkannt. Ich war über sechs Jahre dort.«

»Kennen Sie Senhor André Bento?«

Die Frage kam so unvermittelt, dass sie Victor Fjodorow für eine geschlagene Sekunde auf dem linken Fuß erwischte, doch dann hatte er sich wieder im Griff.

Er würde später vielleicht selbst sein überraschtes Gesicht betrachten können, denn in dem Lieferwagen gegenüber, der zwischen Lastwagen, Taxis und anderen Lieferwagen stand, saß Mascha Karpenko in der brütenden Hitze, die da drinnen herrschen musste, und schoss durch die dunkle Privacy-Verglasung hindurch, die sie für Blicke von außen unsichtbar machte, Fotos.

»Ja. Sind Sie seinetwegen hier?«

»Seinetwegen und Ihretwegen. Er wollte eine Reise nach Zypern unternehmen.«

»Wissen Sie, wo Zypern liegt?«

»In etwa.«

Auch bei dieser Antwort handelte es sich um eine Lüge. Die Frage war bloß, ob er es überhaupt nicht wusste oder ganz im

Gegenteil ganz genau. Aber beides spielte in diesem Augenblick keine Rolle.

»Wollte er nicht heute fliegen?«

»Genau. Können Sie mir sagen, was ihn bewogen hat, diese Reise antreten zu wollen? Hat er mit Ihnen darüber gesprochen?«

»Er hat das kurz erwähnt.«

Auch das entsprach nicht der Wahrheit.

»Erzählen Sie mir bitte von Senhor Bento und sich. Beginnen Sie damit, wie Sie beide sich kennengelernt haben.«

»Entschuldigen Sie, Senhor Lost, warum fragen Sie das alles? Ist etwas passiert?«

»Irgendetwas passiert immer, Senhor Romão.«

In den Unterlagen stand, dass dieser Polizist deutscher Herkunft war. Die Alemães waren nicht von ungefähr weltweit bekannt für ihren merkwürdigen Humor.

»Ich meinte: mit Senhor Bento.«

»Ja. Seine Enkelin wurde entführt, er selbst wurde ermordet und die Entführer haben das Kind gegen Lösegeld auf freien Fuß gesetzt.«

»Er ist tot?«

»Wussten Sie das noch nicht?«

»Nein.«

Der Möbelhändler log nicht. Für ihn war die Nachricht neu. Womit er aus Leanders Sicht als Täter ausschied.

»Wann?«

»Warum möchten Sie das wissen?«

»Weil … weil wir uns neulich noch gesehen haben. Und, weil es das Erste ist, was mir eingefallen ist. Schrecklich.«

Alle drei Aussagen trafen zu.

»Erzählen Sie mir bitte etwas über das Verhältnis zwischen Senhor Bento und Ihnen. Wo und wie Sie sich kennengelernt haben, beginnen Sie bitte damit.«

Da der Möbelhändler rauchte, steckte Fjodorow sich eine Zigarette an.

»Ich kann Ihnen gar nicht genau sagen, wie lange es her ist, dass wir uns zum ersten Mal getroffen haben.«

Gelogen.

»Vielleicht so vor 15 Jahren.«

Wahr.

»Auf jeden Fall war es im Spielcasino in Portimão.«

Wahr.

»Ich hatte mit dem Verkauf einiger Möbel gerade ein paar gute Geschäfte gemacht und spiele gern Roulette.«

Doppelt gelogen.

»André hatte auch ein Faible für das Spiel. An dem Abend gewann die 17 dreimal hintereinander und er hatte zweimal alles auf diese Zahl platziert. Unfassbar. Sechs Wochen später sind wir uns in demselben Casino wieder über den Weg gelaufen.«

Wahr.

»Zufällig.«

Gelogen.

»Dieses Mal hat er verloren. Und ich habe ihm einen Drink ausgegeben. So haben wir uns kennengelernt. Er wohnte damals schon in einem Vorort von São Brás de Alportel. Nicht immer, aber oft, wenn ich in der Gegend beruflich unterwegs war, habe ich mich bei ihm gemeldet. Und wenn er nicht gerade eine Nachtschicht am Flughafen hatte, haben wir irgendwo gemeinsam was gegessen. So haben wir uns über die Jahre mal mehr und mal weniger gesehen.«

Das stimmte.

Victor Fjodorow hatte vor mehr als 15 Jahren das erste Mal portugiesischen Boden betreten.

Er hatte vorher in Südamerika gearbeitet, hauptsächlich aus Brasilien heraus.

Davor in Toronto, Salamanca, Aleppo und auf kurzen Missionen im pazifischen Raum.

Und ganz am Anfang 1988 in Afghanistan.

Vor 15 Jahren hatte man ihn damit betraut, das Iberische Netz aufzubauen.

Das seines Vorgängers war durch den britischen Geheimdienst aufgeflogen und die Leute saßen in Haft oder gingen Deals ein, die dazu führten, dass andere Leute in anderen Ländern ebenfalls ihre Tarnung verloren und man ihnen den Prozess machte.

Zwei Jahre lang ließ der SWR, *Sluschba wneschnei raswedki*, der Auslandsgeheimdienst Russlands, Gras über die Sache wachsen. Und dann kam er in dieses Land, in das er sich umgehend verliebte.

Er suchte sich Leute mit speziellen Fähigkeiten oder mit bestimmten Berufen.

Einer der ersten war André Bento, damals schon beim Zoll.

Unambitioniert, phlegmatisch.

Was die Wahrscheinlichkeit erhöhte, dass er bis zur Rente auf seinem Posten blieb.

Dazu noch spielsüchtig und verschuldet.

Perfekt.

Natürlich war das erste Treffen im Spielcasino in Portimão ebenso wenig vom Zufall herbeigeführt wie das andere, sechs Wochen später. Es war eine klassische Anbahnung.

So wob Fjodorow sein Netz behutsam weiter und erschien seinen Informanten in unterschiedlicher Gestalt.

Und jetzt war Bento tot.

Eine Entführung von dessen Enkelin? Sollte er das glauben? Ausgerechnet jetzt?

»Bitte?«

Der Kriminalbeamte hatte ihm eine Frage gestellt.

»Nur der Vollständigkeit halber: Wo waren Sie vorgestern zwischen sieben und acht Uhr?«

»Beim Frühstück.«

»Kann das jemand bezeugen?«

»Über den Daumen 30 Leute.«

»Und wo waren Sie da?«

»Im Frühstücksraum des *Da Gama*. Das ist ein Hotel in Olhão«

18.

Graciana Rosado mochte die Atmosphäre am Flughafen. Das Kommen und Gehen, die Begrüßungen, Umarmungen und Abschiede. Sie sah, wie eine Frau aus der Gepäckausgabe in die große Halle kam und schnell auf einen Mann zuging, dem sie zuwinkte und der einen mittelgroßen Hund an der Leine hielt. Aber nicht aufmerksam genug. Denn der Vierbeiner erkannte die Frau und sprintete los, sodass dem Besitzer die Leine entglitt.

Der Hund erreichte sie und sprang wedelnd an ihr hoch und begrüßte sie überschwänglich.

Und keine fünf Meter weiter stand ein junges Paar in enger Umarmung und beide weinten, bevor die Frau sich auf den Weg zu den Sicherheitskontrollen machte.

Carlos und sie hörten englische, französische, deutsche, arabische Gesprächsfetzen. Sie passierten Reisegruppen mit Wagen, auf denen sich Gepäckstücke gefährlich hoch stapelten, Familien und junge Rucksacktouristen.

Und einen Zeitungsladen. *El Monde, The Guardian, The New York Times, Die Süddeutsche* (mit den lustigen Punkten über dem »u«), *La Repubblica, El País, Jyllands-Posten* und so weiter.

Diese Weltläufigkeit, dieses Sich-Überschneiden von vielen Hundert internationalen Biografien am Tag faszinierte Graciana.

Carlos hatte seit einer Viertelstunde ein griesgrämiges Gesicht aufgesetzt.

Sie kannte diesen speziellen Gesichtsausdruck seit Kindertagen. Graciana legte bei Pizza Hut einen Zwischenstopp ein und besorgte eine Tonno mit viel Käse und reichte sie ihm. Seine Mundwinkel machten sich flugs auf in Richtung Ohren.

»Du kannst Gedanken lesen.«

»Vor allem, wenn sie häufig vorkommen.«

Die kleine Neckerei ließ er gern über sich ergehen, vor allem nach dem ersten Bissen. Er seufzte vor Wohlbehagen.

»Auch eine Ecke?«

Sie zögerte, weswegen er ihr das Stück vor den Mund hielt. Sie biss mit einem Grinsen ab.

»Wie früher, weißt du noch«, nuschelte sie.

»Ja, du hast zweimal abgebissen und ich den Rest. War schön, die Zeit. Deshalb hat's bei dir auch nur bis 1,64 m gereicht.«

Sie gab ihm einen spielerisch tadelnden Stoß mit dem Ellbogen in die Hüfte.

Carlos Esteves biss ein Stück ab, das zu groß für eine menschliche Mundhöhle war.

Eigentlich.

Paulita Mestre war erschüttert. Sie habe, sagte sie zur Begrüßung, es in der Zeitung gelesen. Wie die Kollegen auch. Sie sammelten gerade für einen Kranz.

»Zum Glück ist dem Kind nichts passiert – es ist doch wohlbehalten?«

Die Sorge, in die ihre Nachfrage gebettet war, war nicht gespielt, was die Zöllnerin für sie einnahm.

»Ja«, sagte Carlos, der das letzte Stück herunterschluckte. »Sie haben nicht zufällig ein Wasser?«

»Natürlich, kommen Sie bitte.«

Sie führte die beiden in ihr Büro, in dem sich zwei Kollegen gerade in der Pause eine Zusammenfassung des Spiels von gestern Abend auf dem Fernseher anschauten, die ihnen ein kurzes Nicken zuwarfen.

Es roch nach Putzmitteln, Schuhcreme und Kaffeebohnen.

Der Raum verfügte über keine Fenster, aber über Überwachungsmonitore. Hinter einem Durchgang befanden sich die Spinde, in denen die Zollbeamten ihre privaten Sachen deponierten. Und dahinter entdeckte Graciana eine kleine Küchenzeile mit einer obligatorischen Kaffeemaschine.

Paulita Mestre versorgte sie mit einem Wasser aus dem großen Spender, der neben einem Plakat stand, auf dem alle möglichen Gegenstände aufgeführt waren, die nicht im Handgepäck mitgeführt werden durften. Daneben hing eine Zusammenstellung von Porträtaufnahmen in Schwarz-Weiß von in ganz Europa zur Fahndung ausgeschriebenen Tatverdächtigen.

»Was kann ich für Sie tun?«

Carlos bemerkte, dass sie kleiner war als Graciana, die einen USB-Stick aus ihrer Jeans zog und ihn Paulita zeigte.

»Wir haben hier eine Aufnahme der Überwachungskamera im Zollbereich aus der letzten Schicht von André Bento. Wir wissen, dass Sie sich die Schicht mit ihm geteilt haben. Können wir uns den Ausschnitt kurz gemeinsam auf einem der Rechner hier ansehen?«

»Sicher.«

Sie schloss den Stick an, das Fenster des Players öffnete sich automatisch und spielte die Sequenz ab.

»Ah ja, der Passagier. Ich erinnere mich«, sagte Paulita Mestre bereits nach wenigen Sekunden und nickte sich selbst zu, »da, ich rufe den Herrn zu mir, und der ist schon in Bewegung und dann kommt André und winkt ihn zu sich.«

»Warum hat er das getan?«

»Ich weiß nicht, er hat gesagt, es war ein Versehen. Möglich.«

»Kommt das öfter vor?«

»Nein, oder sehr selten: Wir winken die Passagiere stichprobenartig abwechselnd raus. Erst er, dann ich, dann wieder er und so weiter. Auf der anderen Seite war André vielleicht übermüdet. Er hat zwei Nachtschichten gemacht und hätte im

Anschluss eigentlich zwei Tage freigehabt. Aber dann hat er die Vormittagsschicht auch noch übernommen.«

»Also hat er drei Schichten durchgemacht?«, hakte Graciana nach.

»Ja, genau. Er hatte drei Tage vorher bei mir angerufen, weil ich für die Vormittagsschicht auf dem Dienstplan stand. Er hat gefragt, ob wir tauschen können. Aber ich hatte einen wichtigen Arzttermin, auf den ich schon lange gewartet habe. Den hätte ich absagen müssen, um Andrés Schicht zu übernehmen. Also musste ich ihm leider absagen.

Als ich dann morgens herkam, war er schon da. Ein anderer Kollege hatte sich zum Tausch bereit erklärt.«

Carlos konnte förmlich sehen, wie Graciana sich an dieser Stelle eine kleine Notiz in ihrem Hinterkopf machte. Er deutete auf den Monitor, auf dem der Passagier im Standbild eingefroren war: »Senhora Paulita, uns interessiert, wer das ist. Sein Name. Kann man das noch herausfinden?«

»Mit etwas Glück, ja. Ich brauche nur die Uhrzeit.«

Sie beugte sich vor und notierte sich die 11:49:23, die unten im Mitschnitt eingeblendet war.

Dann schloss die kleine Zöllnerin den Mitschnitt und öffnete ein anderes Programm, auf dem über 30 schwarz-weiße Bildausschnitte, als Kacheln angeordnet, auf dem Bildschirm gleichzeitig zu sehen waren.

»Die Überwachungskamera ist in der Decke installiert. So können wir bei Bedarf auch später noch einen Blick in den Inhalt der Koffer werfen, falls nötig.«

Sie tippte die 11:49:23 ein und bestätigte die Eingabe. Prompt erschien eine einzelne Kachel, die den Beginn des Mitschnitts zeigte. Paulita Mestre startete ihn.

In der Mitte der Aufnahme war der große Tisch zu sehen. Hinter den trat nun, von oben zu sehen, André Bento in seiner Uniform als Zöllner. Danach erschien ihm gegenüber der Mann mit dem Rollkoffer und der Aktentasche. Kaum nahm der die

Hand vom Reisekoffer, stoppte Senhora Paulita die Wiedergabe und zoomte auf den Griff des Reisekoffers, an dem sich der Gepäckschein befand. Neben der Uhrzeit auf ihrem Zettel ergänzte sie jetzt die Buchstaben- und Ziffernfolge, die auf dem Monitor deutlich ablesbar war: TP171202FAO.

»Was bedeutet das?«, fragte Carlos und kam Graciana damit zuvor.

»TP bedeutet TAP für die Airline, die den Flug durchgeführt hat. FAO steht für das Ziel des Gepäckstücks: Faro. Und die 6-stellige Nummer wird an jeden von der jeweiligen Airline einmalig vergeben. Augenblick.«

Die Zollbeamtin rief ein anders Programm auf und tippte dort die Gepäcknummer in die Suchmaske. Prompt erschien auf dem Bildschirm ein glasklares Foto des Passagiers. Darunter sein Name – David Learner – und seine Flugroute: Baltimore – New York – Lissabon – Faro.

»Woher ist das Foto?«

»Von der Passkontrolle in Lissabon. Jeder Passagier, der nicht aus dem Schengen-Raum einreist, wird biometrisch erfasst und gespeichert. Und alle Informationen aus dem Chip seines Reisepasses werden ebenfalls ausgelesen.

Das hier ist David Learner bei seiner Ankunft aus New York.«

Graciana kam ein unerhörter, intuitiver Gedanke und sie setzte sich neben Senhora Paulita, die das zwar überraschte, aber nicht missfiel.

»Sagen Sie mal: Hatten Sie den Eindruck, André Bento und Senhor Learner kannten sich?«

Paulita Mestre horchte in sich hinein, schloss auch für einige Sekunden die Augen und rief ab, was in ihrer Erinnerung an diesen Moment noch in ihrem Gedächtnis haftete.

»Nein«, antwortete sie zögerlich.

»Was lässt Sie zögern?«

»Na ja … ich glaube irgendwie nicht, dass die sich kannten, ehrlich gesagt, aber …«

Paulita Mestre brach von selbst ab.

»Ja?«, hakte Graciana nach.

»Ich weiß auch nicht.«

Jetzt setzte Carlos sich auf den letzten freien Stuhl und blickte ihr in die Augen, hatte aber ein wohlmeinendes Lächeln aufgesetzt: »Hatten Sie vielleicht das Gefühl – ich spreche nur von einem Gefühl, nicht von mehr – also: Hatten Sie vielleicht das Gefühl, André Bento winkt den absichtlich zu sich?«

Sie wich seinem Blick aus und schaute sich ihre Schuhspitzen an, als hätte dort jemand eine passende Antwort hinterlassen. Sie sammelte sich und sah dann zwischen den beiden hin und her, während sie antwortete: »Ich will nichts über ihn sagen, was ihn vielleicht in komischem Licht erscheinen lässt. André kann sich nicht mehr wehren. Man soll nichts Schlechtes sagen über Tote.«

Graciana drückte ihr Verständnis darüber mit einem Nicken aus und Carlos mit einem Grummeln.

»Wir suchen seinen Mörder, Senhora Paulita«, entgegnete Graciana sanft. »Wir wollen den Mord nicht ungesühnt lassen. Senhor Learner ist für uns eine wichtige Spur.«

Wieder das Senken des Blicks, gefolgt von einem Seufzen: »Ja. Ja, ich hatte das Gefühl.«

Und nachdem sie ihr Gefühl preisgegeben hatte, wirkte sie erleichtert.

Carlos deutete auf den Monitor, auf dem das Bild nach wie vor eingefroren war: »Können wir uns das zu Ende ansehen, por favor?«

Paulita Mestre nickte und startete die Wiedergabe erneut.

Die Überwachungskamera zeichnete keinen Ton auf, weswegen die Überprüfung des Gepäcks durch André Bento wie ein Stummfilm aus dem letzten Jahrhundert wirkte. Nur ungleich schärfer.

»Haben Sie eine Ahnung, was das ist?«, fragte Carlos und meinte den metallischen Gegenstand in dem Aktenkoffer, der neben der zusammengefalteten Ausgabe der *New York Times* lag.

»Nein, keine Ahnung. Aber wie es aussieht, reicht der Passagier André ein Formular. Und da es sich nur um zwei Gegenstände in der Aktentasche handelt, wird es wohl den Gegenstand betreffen und nicht die Zeitung. “

»Haben Sie irgendeine Vermutung, was das für ein Formular sein könnte?«, bohrte Graciana nach.

Paulita Mestre stoppte die Wiedergabe und spulte etwas zurück, dann wieder etwas vor und stoppte, um ein besseres Standbild zu erwischen, das eine bessere Wiedergabe des Formulars bot.

»Ich würde auf eine Art Frachtbrief tippen. Das bedeutet, dieser Gegenstand ist gegenüber den Behörden deklariert worden und wird ganz offiziell mitgeführt und hat offenbar schon den US-amerikanischen Zoll erfolgreich durchlaufen.«

Graciana sah zu Carlos, der ein Schulterzucken andeutete – die heiße Spur, die sie im Koffer von Learner instinktiv aufgenommen zu haben glaubten, verpuffte.

»Gibt es bei der TAP eigentlich noch die Passenger Locator Form?«, wollte Graciana wissen.

»Ja.«

Gemeint war das Formular, das auch US-Bürger bei der Einreise nach Portugal ausgefüllt abzugeben hatten. Teil der Pflichtangaben war die Adresse der ersten Unterkunft, die ein Tourist aufsuchte.

»Können wir die sehen, bitte?«

»Kein Problem.«

Zwei Klicks weiter erschien der Scan des Formulars, das Learner ausgefüllt hatte.

Hotel Da Gama, Rua Pura Invenção No. 10, 8700 Olhão.

»*Da Gama*, sagt mir nichts«, bekannte Paulita.

»Das ist ein neues Luxushotel«, erklärte Graciana.

»Die haben eine gute Bar«, sagte Carlos und erntete einen überraschten Blick von Graciana. Die dann leicht den Kopf über ihr Erstaunen schüttelte. Carlos Esteves, ein Genießer durch und durch, hätte mühelos einen prallen Reiseführer durch alle Restaurants und Bars der Ostalgarve verfassen können. Er war ständig knapp bei Kasse, aber je knapper sie war, desto mehr schien das seine Laune zu heben. Vielleicht bildete dieser Umstand sogar die Voraussetzung dafür, die ihn in die Lage versetzte, die kleinen Augenblicke auszukosten.

Wenn Carlos jemals das Gesicht stehen bleiben sollte, dann würde es, dachte sie, mit sehr hoher Wahrscheinlichkeit die gelassen-fröhliche Miene eines Mannes zeigen, der tief in sich ruhte.

Und weil sie das wärmte, weil es ihr auf unerklärliche Weise ein Trost war, strich sie ihm sanft und unvermittelt über die Wange.

»Hm?«, fragte er.

»Pizza.«

»Ach so.«

Auf dem Weg zu ihrem Volvo gingen sie über den weiten Vorplatz in Richtung der Taxis und Reisebusse, für die die Flughafengesellschaft eine weitflächige Dachkonstruktion hatte erbauen lassen, um für Schatten zu sorgen.

Carlos hatte sich noch ein Pizzastück mit Salami und Sardellen einpacken lassen.

»Für heute Abend, kann man auch kalt essen«, ließ er sie wissen, weil ihm das kaum merkliche Kopfschütteln wegen seines kleines Proviants nicht verborgen geblieben war.

In dem Moment rief die Doutora sie an.

»Ja, Doutora Oliveira?«

»Ich bin gerade in einer Wohnung in der Rua 18 de Junho in Olhão. Eine Bewohnerin hat hier eine tote junge Frau entdeckt.«

»Was ist passiert?«

»Sie liegt mit einem Herzstillstand – den vermute ich mal, auch wegen der Medikamente, die ich hier vorgefunden habe – in der Badewanne.«

»Meus Deus … wie traurig.«

»Ja«, sagte die Rechtsmedizinerin am anderen Ende ruhig. Für einen Moment hing ihr beider Bedauern in der Leitung-

»Ist das bei Ihnen im Haus?«, fragte Graciana schließlich.

»Nein, ich war um die Ecke zu einem Notfall gerufen worden, aber das war nur ein Scherz von ein paar Briten auf einer Junggesellenfeier. Und dann hat die Bewohnerin von gegenüber um Hilfe geschrien. Deshalb bin ich hier. Jedenfalls: Die Wanne hat einen feinen Haarriss. Die Bewohnerin, Dona Fernanda, hat mir erklärt, die junge Frau wusste darum und hat deshalb immer die Dusche am anderen Ende der Wohnung benutzt.«

»Vielleicht hat sie den Riss vergessen und eine Ausnahme gemacht?«

»Möglich, ja. Senhora Isadora hatte ich angerufen, weil es hier vielleicht wichtige Spuren gibt, die gesichert gehören. Sie hat im Holzboden unter einem Teppich einen kleinen Stauraum entdeckt. Mit Bargeld und Kreditkarten. Und mit einem Flugticket.«

Graciana hörte kurz, wie es am anderen Ende raschelte.

»Der Flug wäre heute gegangen. Von Faro nach Zypern. Mit der TP1906 nach Lissabon und dann über Athen mit der Aegean Airline, Flugnummer A3723, nach Larnaka.«

Graciana blieb so plötzlich stehen, dass Carlos Esteves noch zwei Meter weiter ging, bis er sich zu ihr umdrehte.

»Das ist genau der Flug, für den auch André Bento ein Flugticket hatte.«

»Ja. Ich dachte, diese Koinzidenz würde Sie vielleicht interessieren – wenn es eine ist.«

19.

Graciana, Leander und Carlos beugten sich in der Wohnung von Raica Afonso über das Flugticket, das Isadora bereits in einer transparenten Hülle gesichert hatte.

»Das ist der identische Flug«, stellte Lost fest, »wir sollten die Passagierliste anfordern.«

»Gute Idee«, sagte Graciana und blickte zu Isadora, die sofort nickte und sich ihr Handy schnappte und damit auf den Balkon verschwand, um den Anruf für eine Zigarette zu nutzen.

Sie trug wieder ein weites Shirt und eine Hose mit Beintaschen. Ihre Füße steckten in schweren Boots.

»Senhora Isadora?«

»Sim?«, fragte die und dreht sich zu Leander um. Ihr Mund verzog sich keinen Millimeter, aber in ihrem Blick blitzte ein Lächeln auf.

»Könnten Sie die Airline kontaktieren und die Kollegen dort bitten, sich unter einem Vorwand an die Passagiere dieses Fluges zu wenden? Der Flug ist wegen der Wettersituation am Vormittag ausgefallen. Die Zubringermaschine ist in Lissabon am Boden geblieben. Ich würde die Passagiere gern dazu animieren, sich bei der Airline zurückzumelden. Auf diese Weise können wir unter anderem weitere Opfer ausschließen.«

»Noch ist nicht sicher, ob Raica Afonso ein Opfer ist«, warf Graciana ein.

»Ja. Aber die Wahrscheinlichkeit, dass sie es nicht ist, dürfte sich im niedrigen, einstelligen Prozentbereich befinden«, antwortete Senhor Léxico.

»Und aus welchem Grund sollten die sich zurückmelden?«, wollte Carlos wissen.

»Geld«, sagte Lost. »Geld ist ein Motor bei vielen neurotypischen Menschen. Ein entgangenes Schnäppchen wird von vielen monetär oder materiell fixierten Menschen vergleichbar mit einem physischen Schmerz wahrgenommen. Daher«, fuhr er fort und wandte sich an Isadora Jordão, »kann ich mir vorstellen, dass TAP all jenen eine finanzielle Entschädigung für die Unannehmlichkeiten in Aussicht stellt, die den Flug gebucht hatten.

Um eine beschleunigte Rückmeldung zu bewirken, könnte die Behauptung helfen, es stehe nur eine gewisse Summe zur Verfügung, sodass die Entschädigung in der Reihenfolge der Rückmeldung ausgezahlt werde.«

»Ich bin erstaunt«, frotzelte Carlos mit wohlwollender Miene: »Sie können ja lügen.«

»Nein. Ich muss diesen Vorwand ja nicht gegenüber den Passagieren artikulieren, das könnte ich nicht – aber es bereitet eine, sagen wir schöpferische Freude, ihn zu konstruieren, das räume ich ein.«

Carlos Esteves musste schmunzeln: »Sie nehmen aber nicht an, dass wir hier einen Serienkiller suchen, der systematisch eine Passagierliste eines bestimmten Fluges abarbeitet, oder?«

Leander blickte dem Kollegen auf die Nasenwurzel, wodurch dieser den Eindruck haben musste, er schaue ihm direkt in die Augen. Etwas übertrieben bewegte Leander den Kopf einmal von links nach rechts und wieder zurück. Nonverbale Verneinung.

»Ich möchte nur Dinge ausschließen. Und falls wir keine Verbindung zwischen Senhor Bento und Senhora Raica finden, stoßen wir vielleicht auf eine dritte Person, die diese Verbindung darstellt.«

Isadora ging hinaus auf den Balkon und zückte dort ihr Smartphone.

»Derselbe Flug«, sagte Carlos jetzt halblaut. »Kannten die sich? Wollten sie zusammen fliegen?«, fragte Carlos.

»Wie alt war sie?«

»23, oder?«

»Ja«, bestätigte die Doutora, die zu ihnen trat.

»Etwas großer Altersunterschied«, konstatierte Graciana.

»Wo die Liebe hinfällt«, gab Carlos zurück. »Ist ja nur die Frage nach einer Verbindung zwischen den beiden. Vielleicht ist sie seine Tochter?«

»Das finden wir schnell heraus.«

»Ich würde sie jetzt gern mit in die Rechtsmedizin mitnehmen. Spricht was dagegen? Oder möchten Sie noch einen Blick auf sie werfen? "

»Ja«, sagte Leander.

Raicas Augenlider waren eingefallen, ihre Gesichtshaut bleich, die Lippen spröde, blutleer und brüchig.

Die Doutora hatte ihren Körper mit einer keimfreien Plastikfolie abgedeckt, die sie für solche Zwecke im Auto mitführte. Hier ging es nicht darum, jemandem den Blick post mortem auf eine junge, nackte Frau zu verwehren, sondern weil ihrer Überzeugung nach die Würde des Menschen mit seinem Tod nicht endete. Und da Raica nicht mehr in der Lage war, ihre Würde zu schützen, tat Doutora Oliveira das für sie.

Gewissermaßen waren sie und Leander sich in ihren Motivationen nicht unähnlich. Denn er war Polizist geworden, um diejenigen zu schützen, die dazu selbst oder allein nicht in der Lage waren.

»Der Tod ist gestern zwischen 11 und 13 Uhr eingetreten«, referierte sie. »Belastbare Spuren für eine Fremdeinwirkung habe ich bei der Totenschau nicht feststellen können.«

Sie schob die Folie ein wenig nach unten, sodass die drei Kriminalisten zwischen dem Ansatz der Brüste ein Hämatom entdecken konnten.

»Vielleicht hat sie sich vor ihrem Tod irgendwo gestoßen. Aber vielleicht ist das auch eine Fremdeinwirkung.«

»Ich kenne die von irgendwoher«, sagte Carlos leise und kniff die Augen zusammen in dem Versuch, eine Erinnerung an die Tote in seinem Gedächtnis abzurufen.

»Raica Afonso«, sagte Lost, »das ist ihr Name.«

»Ich weiß. Ich komme noch darauf.«

»Obrigada«, sagte Graciana. »Sie können sie jetzt abtransportieren lassen.«

»Gut.«

Doutora Oliveira ging aus dem Bad zurück in den Flur und Carlos und Graciana folgten ihr. Nur Lost war stehen geblieben und schaute auf die Wanne und Raica. Oliveira bemerkte das und stoppte am Türrahmen ab.

»Haben Sie noch eine Frage, Senhor Lost?«

»Ja. Aber an Senhora Isadora.«

»Bin da«, kam deren Stimme irgendwo aus dem Flur. Sie brachte den Geruch von einer gerade gerauchten Zigarette mit, der an ihr haftete. »Die TAP hat Ihren Vorschlag übernommen, die kontaktieren jetzt alle Passagiere für TP1906.« Sie blieb neben Oliveira stehen: »Wie kann ich Ihnen helfen?«

»Haben Sie etwas dabei, um zwei Sorten von Wasser zu unterscheiden?«

Isadora Jordão überlegte, nickte dann aber: »Ja, wieso?«

Er drehte sich zu ihr um, die hagere Gestalt mit dem jugendlichen, weil nahezu faltenfreien Gesicht, und deutete auf ein leeres Glas, das sich auf dem Ablagebrett über dem Waschbecken befand.

»Ist das Glas spurentechnisch schon abgewickelt?«

»Ja.«

Leander nahm es in die Hand, beugte sich über die Tote und füllte vorsichtig etwas Wasser aus dem Hahn über der Badewanne hinein und stellte es anschließend auf einer kleinen Kommode neben der Tür ab, an der die Kriminaltechnikerin lehnte.

»Überprüfen Sie für mich bitte, ob das Wasser im Glas mit dem Rest des Wassers in der Wanne identisch ist.«

Statt eine Frage zu stellen, nickte sie nur und ging in die Küche, wo ihre *mala mágica* stand, der schwarze, ramponierte Koffer, in dem alles Mögliche herumschwirrte.

Oliveira ließ ihren Blick zu Graciana gleiten und sah auf ihrem und Carlos' Gesicht die eigene Verwunderung gespiegelt.

»Wie, ähm … Sie halten für möglich, dass das Wasser in der Wanne nicht aus der Wasserleitung stammt?«

»Korrekt.«

Isadora schob sich mit einem Messgerät von der Größe einer Hand an ihnen vorbei.

»Was misst man damit?«, erkundigte Carlos sich.

»Die Leitfähigkeit von Wasser.«

Isadora stellte sich neben Leander, mit dem Unterarm berührte sie den Ärmel seines Anzugs. Sie nahm die Messsonde, die in einem Stift magnetisch mit dem Gerät verbunden war, in die Hand und führte die Spitze in das Glas mit der Wasserprobe, die Leander Lost soeben der Wasserleitung entnommen hatte.

Ein dezentes Piepen ertönte, dann erschien eine Zahl auf dem kleinen Monitor des Messgeräts: 681.

Carlos und Graciana, die der Kriminaltechnikerin neugierig ins Bad gefolgt waren, schauten ihr über die Schulter.

»Was ist das für eine Maßeinheit?«, erkundigte Graciana sich.

»Mikrosiemens pro Zentimeter«, antwortete Isadora, »in Olhão haben wir eher härteres Wasser. Ergebnisse zwischen 600 und 800 Mikrosiemens sind da erwartbar.«

Sie nahm aus ihrer Beintasche ein Mikrofasertuch, das schon diverse Ecken, Ritzen, Winkel und so weiter gesehen zu haben schien. Carlos hätte auf die Schnelle gar keine saubere Stelle gefunden, aber Isadora gelang das problemlos. Sorgfältig reinigte sie die Spitze der Sonde und beugte sich dann in die Wanne hinab, um sie in eine kleine Lache neben dem Oberschenkel der Toten zu halten.

Sie wartete den kleinen Signalton ab, dann erhob sie sich: 27 Mikrosiemens.

Isadora hob anerkennend eine Augenbraue und schenkte Leander, der sie knapp um eine Kopflänge überragte, ein Lächeln.

»Bingo.«

»Ja, Bingo«, gab Leander mechanisch zurück. Das verbale Echo.

Ihm war mittlerweile bewusst, dass dieses Wort umgangssprachlich als ein Synonym für *Treffer* oder *richtig* verwendet wurde. Es beruhte auf einem Versprecher einer Frau, die bei dem Spiel gewonnen hatte und statt *Beano* Bingo gerufen hatte.

»Ich verstehe das nicht«, meldete Carlos sich zu Wort, »das Wasser aus der Leitung und das in der Badewanne sind … unterschiedlich?«

»Doch, Sie verstehen genau richtig, Senhor Esteves, es verhält sich so, wie Sie sagen: Das Wasser in der Badewanne stammt nicht aus dem Leitungssystem dieser Wohnung.«

»Aber woher kommt es dann?«, fragte Graciana.

»Ich tendiere zu der Annahme, dass der Täter es mitgebracht hat.«

»Wozu soll er Wasser in Eimern oder Plastikwannen in den zweiten Stock geschleppt haben, wenn er es hier einfach aus der Leitung fließen lassen könnte? Ohne jede Anstrengung.«

»Das erschließt sich mir auch nicht«, flankierte die Doutora Carlos' Unverständnis.

»Es ist auf jeden Fall destilliertes Wasser gewesen, das der Täter – oder die – mitgebracht hätten«, erklärte Isadora.

Leander nickte deutlich: »Genau, destilliertes Wasser. Weist erstens einen neutralen Geschmack auf und schützt zweitens Maschinen, die daraus etwas herstellen, vor allem Kalk. Beides spricht f…«

»Eiswürfel!«, platzte es aus Isadora heraus. Und die kluge, manchmal in sich gekehrte Kriminaltechnikerin strahlte wegen ihres Einfalls.

»Ja. Eiswürfel«, bestätigte Leander, »das ist eine kolportierte Mordmethode des Mossad. Dem Opfer wird ein fiebersteigerndes Medikament zugeführt, zum Beispiel in Form eines Getränks oder auch durch eine Injektion. Drückt man das Opfer dann nackt in eine Badewanne voller Eiswürfel, provoziert man damit einen Herzstillstand. Insbesondere bei Menschen, die an einer Herzinsuffizienz leiden, kann fest mit einem letalen Ausgang gerechnet werden. Sofern meine Annahme zutrifft, stammt der Bluterguss des Opfers vermutlich von der Hand des Täters, mit der er Raica Afonso in die Eiswürfel gedrückt hat.

Der Vorteil dieser Methode für den Täter liegt auf der Hand: Beim Auffinden der Leiche sind die Eiswürfel geschmolzen und zurück bleibt eine Leiche, die in der Badewanne einen Herzstillstand erlitten hat. Eine Fremdeinwirkung drängt sich nicht auf.«

Kurz herrschte eine fast andächtige Stille. Sie alle ließen unabhängig voneinander Losts Gedankenkette Revue passieren. Sie war nicht nur plausibel, sondern jetzt, da sie es mit destilliertem Wasser zu tun hatten, geradezu zwingend.

»Wahnsinn«, sagte Oliveira leise schmunzelnd und brachte ihrer aller Gedanken damit auf den Punkt.

»Tut mir leid«, richtete Isadora sich an sie. »Ich muss den Raum hier noch mal haarklein untersuchen. Die Badewanne. Die Wand dahinter. Sie müssen Sie bitte noch hierlassen.«

»Kein Problem. Rufen Sie kurz durch, wenn Sie fertig sind. Ich lasse das arme Mädchen dann holen.«

»Senhora Isadora«, legte Lost nach, »hat sich Europol noch mal zu den Morden in Helsinki und auf Malta geäußert?«, fragte Leander.

»Nein. Ich hatte das Gefühl, dass es da noch mehr Informationen gibt, die man aber nicht mit uns teilen möchte.«

»An wen könnten wir uns noch wenden?«

»Ich wüsste jemanden«, ließ Graciana ihn wissen.

Bento.

Tot.

Victor Fjodorow war vom *O'Sardines* zu Fuß in Richtung Zentrum von Olhão gegangen, als Mascha ihn in einer Seitenstraße mit dem Transporter aufgabelte.

Die Fenster waren geschlossen, die Klimaanlage lief. Sie bog absichtlich in eine Einbahnstraße ab. Ein Lieferwagen hupte sie an, aber Mascha Karpenko beobachtete im Innenspiegel, was hinter ihr passierte – nichts, niemand folgte ihr. Und sollte dem bis hierher so gewesen sein, hatte sie ihn jetzt abgeschüttelt.

»André Bento ist tot.«

Sie sah ihn überrascht an, und als er den Blick erwiderte, schaute sie nach vorn, obwohl der Kreisverkehr noch gute 50 Meter entfernt war.

»Wie ist es passiert?«

Fjodorow gab wieder, was der Sub-Inspetor im schwarzen Anzug ihm erzählt hatte. Die Entführung, das Kind, dessen Rettung.

»Und was wollte er von dir?«

»Er wollte wissen, wie André Bento und Raphael Romão sich kennengelernt haben. Das Spielcasino in Portimão. So was. Und ob ich von einer Reise wusste.«

Er beobachtete sie sehr genau von der Seite.

»Reise?«

Nein, dachte Victor, davon wusste sie nichts.

»Ja«, sagte er und beließ es dabei.

Es gab Dinge, die er nicht preisgab, und die auch sie daher nicht wusste. Dass er alle Informanten, die er über die Jahre aufgebaut hatte und die ihm bei dieser Mission halfen, dass er die zu ihrer eigenen Sicherheit außer Landes schaffte, sobald sie ihm behilflich gewesen waren.

André Bento, Raica Afonso und Vanessa Novo.

Außer Reichweite – geschützt vor der Gegenseite, den eigenen Leuten, vor wem auch immer.

Und ebenso sicher gab es auch Dinge, die sie für sich behielt. Auch vor ihm, daran hatte er keinen Zweifel.

»Hast du mit der Firma gesprochen?«

Sie nickte.

»Ich habe erzählt, dass die Polícia Judiciária dich sprechen möchte. Sie erwarten einen Rapport.«

»Jetzt?«

»Ja. Ich mache das für dich, wenn du willst.«

»Ja, bitte.«

Er seufzte und blickte aus dem Fenster. Er sah die Leute, die in den Cafés saßen, die miteinander redeten, lachten, Einkäufe erledigten oder einfach im Sonnenschein über die feinen Muster der Gehwege flanierten. Die ein ganz normales Leben führten. Die nicht mehrere Personen zugleich waren.

Maschas Schweigen fiel ihm auf, bis er bemerkte, dass sie etwas ausgelassen hatte. Die Reaktion. Die Firma hatte immer eine Reaktion, denn sie hatte das letzte Wort.

»Was haben sie zu der PJ gesagt?«

Jetzt war es Mascha, die seufzte: »Sie schicken den Sandmann.«

Victor Fjodorow war schwer zu verblüffen – Mascha war es jetzt gelungen.

»Was? Hast du ihnen gesagt, dass es morgen um diese Zeit vorbei ist? In nicht mal 22 Stunden?«

»Natürlich.«

Victor schüttelte den Kopf. Sie legte ihm beruhigend die Hand auf den Oberschenkel.

»Die wissen selbst, dass das eine offene Herz-OP ist. Dass sie vorsichtig sein müssen, wenn sie was machen. Die haben das größte Interesse daran, wenn niemand Verdacht schöpft.«

»Ja«, sagte Victor Fjodorow und sie nahm durchaus die Mühe wahr, die ihn das kostete.

»Halt irgendwo an und lass mich raus.«

»Hier?«

»Ja, ich muss ein paar Meter gehen.«

Die TAP hatte prompt reagiert und war Leanders Vorschlag mit der finanziellen Entschädigung gefolgt. Die dortige Mitarbeiterin, mit der sie in telefonischem Kontakt standen, ließ sie wissen, sie könne sich vor Rückmeldungen kaum retten.

Inzwischen hatte Graciana bereits mit ihrem Vater telefoniert.

Denn wenn man hier etwas brauchte oder herausfinden wollte, dann war es, das wusste in Fuseta jedes Kind, ihr Vater António Rosado, der jemanden kannte, der wiederum jemanden kannte und so weiter.

Als ehemaliger Leiter der GNR in Moncarapacho, die auch für Fuseta zuständig war, hatte er viele Leute kennengelernt. Aus manchen Bekanntschaften wurden Freundschaften und es gab nicht wenige aus jener Zeit, bei denen António Rosado noch etwas guthatte.

Er hörte seiner Tochter sehr aufmerksam zu und schien sich dabei eine Meinung zu bilden, denn am Ende ihres Gesprächs sagte er: »Ich rufe Diogo an.«

Wenn man in Portugal irgendwo mit einem Mann zusammenstieß, war dessen Vorname zu 90% João. Die Diogos kamen vielleicht an 10. oder 12. Stelle. Irgendwo zwischen Rui und Paulo oder so. Aber auch sie gab es in Massen.

»Welcher Diogo?«, fragte sie ihren Vater daher.

»Diogo Lima«, antwortete der.

»Lima? Ist der nicht schon pensioniert?«

»Das bin ich auch.«

»So war das nicht gemeint, Pai.«

Es war still in der Leitung, aber sie wusste, er saß jetzt auf seiner Dachterrasse und lächelte.

»Er war beim SIS. All das, was du erzählst, Helsinki, Malta jetzt oben in São Brás oder die Sache mit den Eiswürfeln. Ich wette, das ist was Nachrichtendienstliches. Und wenn das stimmt, dann brauchen wir jemanden vom Nachrichtendienst. Ich rolle zu ihm rüber.«

»Gut.«

Diogo Lima wohnte nur eine Gasse weiter und war ein kleiner, feingliedriger Mann mit einer tiefen Stimme und einem Blick, der verriet, dass er genug an Schlechtigkeiten auf dieser Welt gesehen hatte, um Menschen nicht zu mögen.

Der jetzt damit zufrieden war, sein Geld beim Hütchenspieler zu setzen, obwohl er wusste, er würde verlieren. Aber so hatte er jemanden, der ihm beim Reden über menschliche Abgründe und den Niedergang der menschlichen Spezies zuhören musste.

Sie trennten sich oft nach 20 Minuten. Lima hatte dann Geld verloren und der Hütchenspieler seine gute Laune. Die sich – er saß wie immer auf einem mit einem Sitzkissen ausgestatteten Plastikstuhl vor seinem Reihenhaus und trank Wasser und Brandy und rauchte und schrieb – jetzt aufhellte, weil António ihn auf seinem Stuhl besuchte.

Der alte Lima grinste – ihm fehlte seit ein paar Wochen ein Zahn oben rechts, aber das war ihm gleichgültig – und griff unter den Tisch, um von dort ein zweites Brandyglas zu zaubern.

Er hatte in Lissabon gelebt und gearbeitet und hier unten eine Ferienwohnung besessen, in die er im Ruhestand gezogen war.

Lissabon war ihm zu quirlig geworden im Alter. Zu schnell.

Hier, in Fuseta, ging nichts schnell.

»Olá, Diogo.«

»Olá.«

António kam an dem Tisch zum Stehen. Diogo und er redeten nie vage um etwas herum, sie kannten sich zu gut, um sich mit den Floskeln aufzuhalten, und außerdem hatte er mit Senhor Lost – seinem frischgebackenen Schwiegersohn – gemein, dass er Floskeln und Small Talk als Lärm einstufte. Daher kam er gleich zur Sache: »Ich brauche einen Rat.«

Dazu zauberte er aus dem Tragenetz in seinem Rücken einen alten Brandy, den er auf den Tisch stellte. Diogo Lima nahm die Flasche mit Kennermiene in die Hand, setzte eine Brille mit einer riesigen Fassung auf, hinter der er beinahe verschwand, und studierte das Etikett. Anschließend musterte er António interessiert und setzte die Flasche ab.

»So wichtig?«

»Ja.«

Diogo Lima nahm die Brille ab. Er goss ihnen beiden ein, sie rochen an dem Branntwein, schwenkten ihn ohne Eile eine halbe Minute, nippten, genossen das Aroma, den Geschmack, das sanfte Brennen im Mundraum und dann noch mal nach dem genussvollen Schlucken beim Hinabgleiten in der Speiseröhre und dem Einreffen im Magen.

»Köstlich, António. Ich höre.«

»Helsinki 2020, Aino Mäkinen.«

Diogo Lima nickte, blickte in den Himmel, überlegte und referierte António Rosado dann.

»Sie hat für Bellingcat gearbeitet.«

»Ja.«

Victor trieb an der Ecke zur Hauptstraße tatsächlich einen Münzfernsprecher auf. Eine mannshohe Metallsäule mit einem Hörer in der Halterung und den Nummerntasten.

Kein Häuschen, keine Überdachung.

Aber das war nicht wichtig.

Kein Anruf, hatte er ihr eingeschärft. Du meldest dich nicht, du fliegst und machst Urlaub auf meine Kosten. Und wenn ich dich anrufe, dann stimmt was nicht. Dann darfst du nicht machen, was ich sage, weil man mich dazu zwingt.

Ja, Raphael, hatte Raica gesagt.

Er wählte ihre Nummer. Es dauerte nur einen Moment, dann hörte er die Stimme einer Frau: »Olá?«

Es war nicht Raica. Er legte auf.

Jemand hatte Zugang zu ihrem Handy. Warum ging sie nicht selbst ran?

In seinem Kopf arbeitete es auf Hochtouren.

Kurz entschlossen wählte er Vanessas Nummer. Sie musste sich in Lissabon aufhalten, ihr Flug startete von dort.

»Olá?«

Dieses Mal war es ein Mann.

»Olá, hier ist Raphael. Ich glaube, ich habe mich verwählt – ich wollte Vanessa sprechen?«

»Nein, da sind Sie richtig. Wie heißen Sie?«

»Wie heißen *Sie* denn?«

Pause.

»Ich bin von einer ... *Behörde,* Senhor.«

»Wie kommen Sie an das Handy von Vanessa?«

»Wie heißen Sie?«

Er hängte ein.

Beide nahmen den Anruf nicht persönlich entgegen. Aber andere. Eine Frau, dann ein Mann.

Wie heißen Sie?

Vielleicht war es Vanessas Freund, Liebhaber, Kollege?

Ich bin von einer ... Behörde.

Nein, beschloss Victor. So viel Zufall gab es nicht. Vielleicht waren sie aufgeflogen?

André Bento kam ihm in den Sinn.

Schon sein Anruf bei Raica hatte gegen die Regel der Kontaktaufnahme verstoßen, die er allen Beteiligten dieser Operation, inklusive sich selbst, auferlegt hatte. Nun sah er sich gezwungen, die nächste zu brechen.

Vanessa Novo.

Während die Doutora den Abtransport von Racia Afonso vorbereitete, erfuhren sie vom dritten Todesfall auf der Passagierliste für den Flug nach Zypern. Nicht nur, dass die Frau sich nicht bei der Airline zurückgemeldet hatte: Die Kollegen der Kripo in Lissabon hatten sich der Sache routinemäßig bereits angenommen. Denn Vanessa Novo, so der Name der 46-Jährigen, war von ihrem Balkon im fünften Stock eines Apartmenthauses zu Tode gestürzt. Im Schlafzimmer hatten die Beamten ihre gepackten Koffer für den Flug nach Zypern gefunden.

War sie unachtsam gewesen? Angetrunken? Hatte sich noch jemand in dem Apartment aufgehalten?

Ihre Wohnung jedenfalls, insbesondere die Fenster und die Haustür, zeigten keine Einbruchsspuren.

Graciana hörte heraus, dass die Kollegen eher dazu tendierten, die Sache als unglücklichen Sturz zu deklarieren.

»Innerhalb von 48 Stunden ist das jetzt der dritte Todesfall einer Passagierin mit dem heutigen Flug nach Zypern«, ließ Graciana den Inspetor aus der Hauptstadt wissen. »Können Sie das Handy von Senhora Vanessa für den 20. September rückwirkend für uns orten lassen?«

»Natürlich, kein Problem. Was hat es mit den anderen Toten auf sich?«

Graciana umriss kurz den Mord an Bento sowie den an Raica Afonso, mit dem sie gerade beschäftigt waren. Und am Ende des Telefonats schien sich der Kollege aus Lissabon mit dem Unfall aus dem fünften Stock nicht mehr ganz so sicher zu sein. Er dankte jedenfalls und versicherte ihr, die Todesumstände von Vanessa Novo genau unter die Lupe zu nehmen.

Victor Fjodorow bog zu Fuß in die Rua 18 de Junho ein, in der Raica in der Wohnung lebte, die ihr Vater ihr vermacht hatte.

Er benötigte nur wenige Schritte, um zu begreifen, was passiert war: Soeben wurde unter den Augen einiger Schaulustiger und der Besucher des Cafés an der Straßenecke ein Zinksarg von zwei Mitarbeitern eines Bestattungsinstituts aus dem Haus getragen und in einen Leichenwagen geschoben.

Gespräche wurden zu Getuschel und neugierige Blicke zu bedauernden.

Victor hatte sich schnell einem Schaufenster zugewandt und betrachtete nun scheinbar interessiert Kochtöpfe und Pfannen, die dort mit Preisschildern ausgelegt waren.

Tatsächlich aber nutzte er die günstige Spiegelung der Scheibe und betrachtete den seitenverkehrten Eingang des Wohnblocks, aus dem der Sarg getragen worden war.

Doutora Oliveira.

Er erkannte sie sofort wieder. Die Dame aus der Rechtsmedizin. Gefolgt von der kleinen Koryphäe in Kriminaltechnik, die er seit der ersten Durchsicht der Fotos, die Mascha und er sich haargenau ebenso einprägten, gemocht hatte. Weil sie so smart war und nichts darauf gab und es schien, als gäbe es auch sonst nichts auf der Welt, dem sie einen besonderen Wert beimaß.

Die Ärztin jedenfalls setzte sich wie erwartet in ihren Tesla und folgte dem Leichenwagen. Isadora Jordão fuhr in einem uralten R4 davon.

Als wäre es eine imaginäre Theaterbühne, fand sich in der Spiegelung der Nächste aus dem Team ein: Carlos Esteves, der Mann, der den schönen Dingen des Lebens zugewandt war. Victor gefiel seine hedonistische Seite.

Aber er war auch jemand ohne rechte Disziplin, der das Gesetz bei kleinen Vergehen gern mal nach Gemütslage auslegte. Niemand, mit dem Victor zusammengearbeitet hätte.

Aber wenn es darauf ankam, konnte der wohl sehr hartnäckig sein.

Esteves öffnete den schwarzen Volvo mit dem Kennzeichen, das seiner Chefin zugeordnet war: Graciana Rosado.

Er holte etwas, was in Servietten eingewickelt war, aus dem Auto, schob mit routinierter Bewegung etwas von dem Papier beiseite und biss von einem Stück Pizza ab. Der Sub-Inspetor lugte die Straße hinauf und hinunter, bevor er noch mal abbiss und wieder im Haus verschwand.

Hinter dem Volvo stand die Ducati Scrambler, deren Nummer Victor Fjodorow sich vorhin erst gemerkt hatte: sie gehörte zu Sub-Inspetor Leander Lost.

Er hatte genug gesehen und machte kehrt.

Victor ging hinüber zur Promenade an der Marina und nahm eine offene Gangway hinunter auf einen der Bootsstege, um ungestört zu sein. Von dort aus nahm er Smartphone Nr. 9: abhörsicher, da es sich nicht in einen Handymast einloggte.

Er rief eine Nummer in der Firma an, und es dauerte keine Sekunde, bis Dunja Kusmin den Anruf entgegennahm.

»Wie geht es Ihnen?«, fragte sie entgegenkommend und mit einer Freundlichkeit, die aufgesetzt war.

»Gut. In 21 Stunden sind wir aufgeflogen oder auf dem Rückweg.«

»Sie sind auf dem Rückweg«, sagte sie bestimmt, als läge der Ausgang dieser Angelegenheit in ihrer Hand und nicht in seiner. Victor verzichtete auf einen Widerspruch.

Kusmin war rund acht Jahre jünger als er, eine sehr fähige, kluge Frau, und genau hier gingen ihm auch schon die positiven Adjektive aus. Bei einem Einsatz vor 26 Jahren hatten sie einen Australier auf den Philippinen gemeinsam erfolgreich umgedreht.

Dunja Kusmin hatte sich ihm, Victor, angenähert und er sie abgewiesen. Seine Frau war damals mit Larissa schwanger, und er hatte nicht vor, sie zu hintergehen. Kusmin sollte ihm das nie verzeihen. Sie sprach seitdem nur das Nötigste mit Victor – rein dienstlich.

Sie wurde genau wie er an verschiedenen Orten im Ausland eingesetzt, wie er mitbekam, aber alsbald aus dem operativen Geschäft zurückgezogen, weil ihre Vorgesetzten erkannten, dass ihr größtes Talent darin bestand, Missionen zu planen und ein von ihr fein aufeinander abgestimmtes Personal dafür zu rekrutieren.

So wie für die Aktion in Portugal – Dunja Kusmin war es, die ihn für diesen Einsatz ausgewählt hatte. Ihr Plan war waghalsig. Sollte der Gegenseite nur der Hauch eines Verdachts kommen, der allerkleinste Zweifel, dann wäre eine große taktische Chance vertan. Im Kreml selbst war man von Kusmins Chuzpe sprachlos gewesen. Jetzt aber erwartete man nicht weniger als den vollen Erfolg.

»Es gibt hier ein Problem.«

»Karpenko hat mir schon wegen der örtlichen Kriminalpolizei berichtet. Es geht darum, dass sie euch bis morgen Mittag in Ruhe lassen.«

»Ja. Aber es gibt drei Tote.«

Die Schlagfertigkeit, für die Kusmin bekannt war, ließ sie kurz im Stich.

»Wen?«, fragte sie dann.

»Drei meiner Informanten. Alle drei waren an der Aktion beteiligt. Allen dreien ist was zugestoßen.«

Nur ihr Atmen am anderen Ende, fast 4.000 Kilometer von ihm entfernt.

»Sind die ersetzbar?«

Dunja Kusmin in Reinform.

»Jeder ist ersetzbar«, gab er mit einer Spur Verärgerung zurück. »Auch wenn das nicht jedem bewusst ist.«

Pause.

»Täter unbekannt, nehme ich an.«

»Nach meinem Kenntnisstand: ja. Hier schaltet jemand mein Netz aus. Wenn die Amerikaner oder Briten so nah an mir dran sind, dann ist der Abschluss morgen möglicherweise gefährdet. Noch können wir abbrechen und auf einen besseren Moment warten.«

»Es wird kein besserer kommen. Nicht mal ein zweiter. Das ist die einzige Gelegenheit, behaltet euch im Blick, bleibt unter dem Radar. Wenn was passiert, müsst ihr euch auf eigene Faust zu einem Rendezvouspunkt durchschlagen.«

»Ich weiß. Wie gesagt: noch können wir abbr…«

»Die Operation wird nicht abgebrochen«, unterbrach sie ihn ruhig und bestimmt, »unter keinen Umständen.«

Inzwischen war Miguel Duarte frisch gescheitelt mit Adriana Ventura in der Rua 18 de Junho eingetroffen.

»Boa tarde«, sagte Miguel zu Leander Lost, der die Wohnungstür auf Duartes Klingeln hin öffnete, und trat mit Adriana Ventura in die Wohnung.

»Das hier ist ein Tatort«, sagte Lost mit Blick auf die Journalistin.

»Das hat alles seine Ordnung, Senhora Adriana hat eine Verschwiegenheitserklärung unterzeichnet. Alle Publikationen gehen über meinen Schreibtisch und müssen von mir freigegeben werden. Wie ist die Frau denn umgekommen?«

»Vermutlich ist sie in eine Badewanne voller Eiswürfel gepresst worden«, antwortete Leander wahrheitsgemäß.

Ventura schloss die Tür hinter sich.

»Und wozu?«

»Um einen Herzstillstand auszulösen.«

Duarte sah den Alemão an, als wollte der ihn auf den Arm nehmen. Aber da er nicht log, war das natürlich ausgeschlossen.

»Von so einer Methode habe ich noch nie etwas gehört«, merkte Duarte an und sagte zu Ventura gewandt, »dabei nennen meine Freunde mich äußerst belesen.«

»Der Mossad soll sie erdacht haben«, erklärte Leander.

»Boa tarde«, sagte nun auch Graciana, die aus Raica Afonsos Küche dazustieß und Ventura bemerkte, die sie mit einem Nicken grüßte, das von der Journalistin erwidert wurde.

»Ich glaube nicht, dass das eine gute Idee ist, Miguel«, sagte Graciana und meinte Adrianas Anwesenheit.

»Sie hat eine Verschwiegenheitsverpflichtung unterschrieben.«

»Trotzdem.«

»Um das noch mal klarzustellen. Die Leitung hier, die …«

»Die hast du«, unterbrach sie ihn, »du allein hast die Leitung.«

Ihre Gesichtsmuskeln wurden starr.

Adriana hob in einer Art Abwehrgeste die Handinnenflächen: »Bitte. Machen Sie Ihre Arbeit. Ich habe mich Inspetor Duarte praktisch aufgedrängt. Das war unhöflich.«

Sie öffnete die Haustür.

»Moment, Augenblick«, sagte Duarte und sie blieb stehen: »Sie können wirklich bleiben.«

»Das weiß ich. Aber wir können auch später reden, ich glaube, ich bin jetzt wirklich fehl am Platz.«

Damit huschte sie in den Hausflur und zog die Tür hinter sich zu. Duarte widerstand dem Impuls, sie zurückzurufen, und wandte sich an Graciana, neben der sich nun auch Carlos Esteves eingefunden hatte, sein Smartphone in der Hand.

»Ich versuche, in der Öffentlichkeit ein breiteres Bewusstsein für unsere Arbeit zu schaffen.«

»Und ich versuche, zwei Morde aufzuklären«, gab Graciana schmallippig zurück.

Carlos kannte ihren verkniffenen Gesichtsausdruck nur zu genau.

Als sie elf war, hatte Tiago, ein Junge aus der Nachbarschaft, Soraia aus Spaß den Arm umgedreht, so schmerzhaft, dass sie weinte.

»Lass los«, sagte Graciana nur. Die Haare damals stoppelkurz, die großen, dunklen Augen aufgebracht.

»Sonst was, hm? Sonst wa…«

Das »s« konnte er nicht mehr aussprechen, weil ihm die Hälfte des linken Schneidezahns mit einem Mal fehlte und seine Zungenspitze bei dem Versuch, den Dentallaut zu bilden, ins Nichts stieß.

Es kam nur ein Genuschel dabei heraus.

Carlos, der gerade einen großen Cheeseburger verputzt hatte und sich auf der Parkbank in der Sonne von der Strapaze des Essens ausruhte, war beeindruckt von ihrer Schnelligkeit. Aber vor allem von ihrer Aura. Wie dieser kleine Giftzwerg aus der Virgílio Inglês dort stand, die kleinen Hände zu Fäusten geballt, ein vor entschlossener Angriffslust verhärtetes Gesicht.

Tiago suchte plärrend und sie verwünschend seinen halben Schneidezahn auf dem Boden, was bei dem Muster aus hellen und dunklen Steinen keine allzu leichte Aufgabe war.

Keine jedenfalls, um die Carlos ihn irgendwie beneidete, aber damals schon, ebenso alt wie Graciana, war er bereits der Überzeugung, dass es Unglück brachte, einem anderen die Arbeit zu missgönnen.

Graciana wollte mit Soraia nach Hause gehen, da kam Tiagos zwei Jahre älterer Bruder, Donnie, und versperrte ihr den Weg. Als sie sich vorbeiwinden wollte, packte er sie an den Haaren und wollte sie zu Boden ziehen.

»Lass los!«

Aber er zog nur kräftiger.

»Lass los!«

Soraia hieb ihm in den Bauch, aber er stieß sie mit der freien Hand einfach weg, sodass sie zu Boden fiel.

Carlos sah, wie sich Gracianas Augen mit Tränen füllte. Vor Wut, vor Schmerz, aber vor allem aus Ohnmacht.

Und irgendwie wäre dieser Tag für ihn nicht rund zu Ende gegangen, wenn er dieses Nachbarsmädchen hätte weinen sehen. Er wollte nicht dabei sein, wenn sie an Würde einbüßte. Und deshalb rollte er sich von der Parkbank und ging zu Donnie.

Und weil Carlos Argumentation damals schon nicht lag, klebte er ihm einfach eine.

Donnie ließ Graciana vor Verblüffung los.

»Du hast gerade echt einen Fehler gemacht, Carlos Esteves.«

Carlos nickte: »Ja, kann sein. Aber hat sich gut angefühlt.«

Und dann bezog Carlos eine Tracht Prügel.

Später saßen Soraia, Graciana und er bis zum Sonnenuntergang in den Salinen und Carlos fühlte sich in ihrer Mitte aufgehoben, weil sie sein blaues Auge so bewunderten. Er hätte ewig dort mit ihnen sitzen können.

Das war der Tag, an dem sie Freundschaft schlossen.

Miguel Duarte schien zu spüren, dass es besser war, die Nummer nicht zu weit zu treiben.

»Bringt mich mal auf den Stand.«

Das taten sie umgehend.

Bento und Learner.

Die Toten wollten alle nach Zypern.

Alle mit derselben Maschine.

»Wer hat die Tickets denn gebucht – sie selbst?«

Die sind bar bezahlt worden.

Unheimlich, fand Duarte.

Und so versorgten sie ihn mit allem, was sie herausgefunden hatten, während er mit Adriana an seinem Porträt gearbeitet hatte.

Bis hin zu den zwei Sorten Wasser in der Wanne.

Und der neuen Information aus Lissabon: Vanessa Novo war am 20. September zwischen acht und neun Uhr am Flughafen in Lissabon. Das bestätigten ihre Bewegungsdaten, die wegen der hohen Dichte der Handymasten am Flughafen besonders detailliert nachvollzogen werden konnten. Zum Teil bis auf den Meter genau.

Sie hat sich 20 Minuten exakt an jenem Schalter aufgehalten, an dem der TAP-Flug nach Faro ging. Jener Flug, den David Learner genommen hatte. Mehr noch: Sie war für diesen Flug gebucht – hat ihn aber nicht wahrgenommen.

»Wieso?«, wollte Duarte wissen.

»Wissen wir nicht – vielleicht um Learner zu beobachten. Ihn zu treffen. Zu schauen, ob er die Maschine nimmt oder nicht.«

»Und es gibt noch eine Kleinigkeit«, meldete Carlos sich am Ende zu Wort. »Mir ist Raica Afonso irgendwie bekannt vorgekommen, ich habe mit der örtlichen GNR gesprochen. Ja, sie ist eine mehrfach vorbestrafte Taschendiebin. Hat gern Touristen ausgenommen. Zuletzt ist sie von zwei Männern angezeigt worden, zwei Tage vor ihrem Tod. Einem Besucher aus Lagos wegen

Handtaschendiebstahls. Und einem Mann, dem sie den Aktenkoffer gestohlen hat: David Learner.«

Erneut Learner.

»Vielleicht sind Bento und Raica nicht in erster Linie über den gemeinsamen Flug verbunden, sondern über David Learner«, gab Carlos zu bedenken.

»Der Koffer«, fügte Graciana versonnen hinzu. »Bento hat Learner vermutlich absichtlich zu sich gewunken. Erst hat er alles versucht, um die Schicht zu übernehmen. Diejenige, in der Learners Flug in Faro ankam. Dann hat er seine Aktentasche gefilzt.«

»Und anschließend hat Raica Afonso diese Tasche gestohlen«, spann Carlos weiter. »Das ist doch eine Parallele. Es geht um den Koffer, oder?«

»Und den Flug nach Zypern, nicht zu vergessen«, sagte Graciana.

»Da Sie gerade Parallelen aufzählen«, meldete Leander sich zu Wort, »könnte ich eine beitragen: David Learner ist in demselben Hotel untergebracht wie Raphael Romão, der Möbelhändler: im *Da Gama* hier in Olhão.«

Miguel Duarte fand sich überfordert – er bekam die einzelnen Teile nicht zu einem Ganzen geordnet. Die Parallelen wollten einfach keine Deckung miteinander eingehen. Was verknüpfte alles miteinander? Was war der gemeinsame Nenner?

»Ich kapiere nicht, wie das alles miteinander zusammenhängt«, gestand Carlos.

Und legte damit den Ball für Duarte auf den Elfmeterpunkt.

Der bedachte ihn mit einem jovialen Lächeln und gab ihm einen Rat: »Man muss ein wenig um die Ecke denken.«

Um welche, wusste er selbst nicht.

»Und was resultiert daraus?«, fragte Leander interessiert.

»Erkenntnis, Senhor Lost. Erkenntnis.«

Allgemeinplätze waren so wunderbare Nebelkerzen, dachte Duarte.

»Und welche Erkenntnis res…«

Miguel unterbrach die schwarz gekleidete Nervensäge: »Ist ja logisch, was wir jetzt tun: Wir sprechen mit diesem Learner.«

»Da wäre keiner drauf gekommen, Miguel.«

»Aufpassen, Carlos. Punktabzug. Du stehst jetzt bei minus 1.«

»Du verstehst es, einem schlaflose Nächte zu bereiten.«

20.

Victor Fjodorow hielt die Augen offen.

Seine Informanten hatten sie schon aus dem Verkehr gezogen, möglicherweise waren Mascha oder er selbst die Nächsten. Er trug keine Waffe bei sich, um bei einer Kontrolle nicht unnötig aufzufallen. Die Pistole mit dem Schalldämpfer hatte er im Zimmersafe im Kleiderschrank deponiert.

Hinter ihm beschleunigte ein Motorrad stark. Instinktiv schaute er sich um. Aber auf der Maschine saß keine zweite Person hinter dem Fahrer, weshalb er die Situation als ungefährlich einstufte.

Trotzdem nahm er die nächstbeste Gasse, die durch die Metallpfeiler im Boden selbst Zweiräder abwies.

Er vergaß nicht, den Blick nach vorn zu richten. Links, rechts, oben.

Während das potenzielle Opfer sich dem Verfolger zu entziehen versuchte, in dem es den Angreifer vermutete, waren alle seine Sinne nach hinten gerichtet. Doch der Verfolger, so hatte er es auch Kolja Orlow beigebracht, war nicht der, der zuschlug. Er sollte bloß die komplette Aufmerksamkeit des Opfers auf sich ziehen. Und es in die Arme seines Mörders treiben, der mit einem Mal wie aus dem Nichts vor ihm auftauchen würde.

Der Sandmann, sein Tarnname aus dem Tschetschenienkrieg.

Ihre beiden Missionen würden sich hier in Portugal überschneiden, aber sie würden einander nicht begegnen. Victor konnte nur hoffen, dass Dunja Kusmin ihm zu verstehen gegeben hatte, möglichst leise zu operieren.

Raica. Vanessa. André. Wie nah war die andere Seite an ihm dran?

Er beschloss, seinen White Star anzurufen, so nannte der US-Geheimdienst eine Top-Quelle.

»Ja?«

»Kannst du sprechen?«

»Ja.«

»Wie ist Vanessa Novo ums Leben gekommen?«

»Sie ist aus dem fünften Stock ihrer Wohnung gestürzt. Die Kripo in Lissabon kann noch nichts Genaues sagen.«

»Und Raica Afonso?«

»Die ist tot in ihrer Badewanne gefunden worden. Aber Sub-Inspetor Lost hat die Theorie ins Spiel gebracht, dass man die Wanne mit Eiswürfeln gefüllt und sie anschließend dort hineingepresst hat. Wenn sie eine erhöhte Körpertemperatur hatte, würde das wohl wegen einer Vorerkrankung ziemlich sicher zu einem Herzstillstand geführt haben.«

Ihre Stimme klang ruhig, während sie das sagte.

Victor Fjodorow schluckte leer: Diese Methode hatte er Kolja Orlow gelehrt. Er selbst hatte sie von seinem Ausbilder und der von den Israelis.

»Danke, dann sehen wir uns morgen.«

»Ja.«

Die Tonlage senkte sich nicht bei ihrer Antwort, sondern blieb hinten merkwürdig indifferent. Als ob sie überlegen würde, noch etwas hinzuzufügen.

»Frag ruhig«, ermunterte er sie. Und glaubte, ihr Stutzen über seine Intuition durch die Leitung zu hören.

»Du arbeitest gar nicht als Detektiv, Raphael.«

Sie war zu klug. Irgendwann musste die Frage kommen.

»Das stimmt.«

»Bist du drin verwickelt?«

»Nicht aktiv.«

Wieder nur ihr Atmen.

»Wird das gefährlich für mich?«

»Nein. Ich garantiere es dir. Du musst morgen bloß abreisen. Ich habe dir einen Flug gebucht.«

»Wohin?«

»Morgen. Nimm nur leichtes Gepäck.«

Er meinte, ihren Unmut zu hören.

»Es wird für lange Zeit das letzte Mal sein, dass wir uns sehen. Deshalb, und weil ich weiß, dass du als investigative Journalistin deine Quellen schützt, deshalb für dich ein Hinweis: Ich bin direkt da Costa unterstellt.«

Sie wusste, wer das war: António Luís Santos da Costa – der portugiesische Premierminister. Und es existierte im Staat nur eine Behörde, die ihm allein und direkt unterstand: der *Serviço de Informações de Segurança*, kurz der SIS. Der portugiesische Geheimdienst.

Im *Da Gama* saß Mascha Karpenko an der Bartheke und trank einen alkoholfreien Cocktail. David Learner hatte wie immer den Koffer an Vera Mendes übergeben, die damit wie gewohnt im Konferenzraum *Magellan* verschwunden war.

»Boa tarde«, sagt eine vertraute Stimme in ihrem Rücken, »darf ich?«

Victor deutete auf den Barhocker neben ihr.

»Ausnahmsweise«, antwortete sie kokett.

»Obrigado.«

Er nahm neben ihr Platz und bestellte beim Barkeeper ein Glas Portwein.

Sie schwiegen beide einige wenige Augenblicke lang. Das gefiel ihm an Mascha. Im Schweigen waren sie sich oft näher als in einem Gespräch.

»Unser letzter Abend hier«, sagte sie schließlich.

Victor nickte: »Morgen müssen wir zügig abreisen. Deshalb würde ich dich gern heute zum Essen ausführen.«

Sie sah ihn überrascht an.

»In der Öffentlichkeit? Unter Zeugen? Ist das nicht etwas unvorsichtig?«

An ihrem Lächeln sah er, dass sie trotzdem Gefallen an dem Gedanken fand.

»Ich habe in einem kleinen Restaurant gebucht, drüben, auf Culatra.«

Das war die vorgelagerte Insel, die mit der Fähre in 20 und dem Wassertaxi in sechs Minuten zu erreichen war.

Mascha Karpenko zeigte ihm eine anerkennende Miene: »Kluge Idee.«

»Du solltest zugreifen, davon habe ich nicht allzu viele.«

»Angenommen«, sagte sie schnell und mit einem charmanten Lächeln.

»Und wenn wir zurück sind, würde ich mich auf eine Einladung in deine Suite und einen Drink freuen«, fügte Victor Fjodorow hinzu.

So kannte sie ihn gar nicht. Üblicherweise übernahm sie die Initiative in diesen Dingen. Aber es schmeichelte ihr, dass er mit seinem Begehren nicht hinter dem Berg hielt.

»Das wäre ein schöner Ausklang.«

»Ja«, sagte er und hob das Glas. Sie stießen an.

Die Information über die Art und Weise, wie Raica ums Leben gekommen war, hatte Victor die Augen geöffnet. Dunja Kusmin hatte Mascha belogen, als sie behauptete, sie werde wegen der Ermittlungen der Polícia Judiciária den Sandmann schicken – der war zu dem Zeitpunkt längst vor Ort.

Victor kannte Dunja.

Sie war bekannt für ihre penible Gründlichkeit. Sie spannte lieber drei Sicherheitsnetze als eines. Ein Kontrollfreak, wie seine Tochter über solche Menschen zu sagen pflegte. Die alles haarklein hinter jeder Operation aufräumte.

Victor Fjodorow hatte im Vorfeld aufgeräumt.

Jeder seiner Informanten, die er für diese Operation einspannte, kannte nur einen winzigen Teil des Ganzen. Keiner von ihnen war daher in der Lage, aus der Aufgabe, die ihm von Victor Fjodorow alias Raphael Romão übertragen worden war, auf das zu schließen, worum es hier in Wirklichkeit ging.

Selbst, wenn ein Geheimdienst sie stundenlang verhören sollte, würden sie nicht die Wahrheit sagen – weil Victor dafür gesorgt hatte, dass sie sie nicht kannten.

Aber in Dunja Kusmin schlummerte das zwanghafte Bedürfnis, es bis zur Perfektion zu treiben.

Und das bedeutete, keiner aus Victors Netzwerk durfte am Leben bleiben, weil Kusmin fürchtete, irgendein findiger Geist könne im Nachhinein aus der Aussage aller drei einen treffenden Rückschluss darauf ziehen, was für ein Coup hier an der Ostalgarve still und klammheimlich gerade über die Bühne ging.

Seit er vorhin Kenntnis von der Badewanne und den Eiswürfeln erhalten hatte, wusste Victor Fjodorow, dass Kolja Orlow von Dunja Kusmin als Cleaner entsandt worden war. Er war hier, um Victors über viele Jahre mühsam und mit viel Sorgfalt aufgebautes Netzwerk zu vernichten.

Die Intensität eines Schmerzes, den man wegen Verrat empfand, stand stets im Zusammenhang mit der Nähe zu der Person, die ihn zufügte – so hätte Dunja es vermutlich formuliert.

Der schmerzhafteste Verrat war immer der aus nächster Nähe, so hätte das aus seinem Mund geklungen.

Aber beides traf auf Mascha Karpenko zu.

Die einzige Person, der er die Identitäten der drei Informanten anvertraut hatte, war Mascha gewesen.

Wenn Orlow also André Bento, Vanessa Novo und Raica gezielt ausschaltete, musste ihm jemand erzählt haben, wie sie hießen und wo sie wohnten.

Mascha.

Das Restaurant auf Culatra gab es, aber natürlich hatte Victor dort keinen Tisch für sie reserviert. Denn sie würden dort nicht essen, sondern vorher am Südstrand am Atlantik entlangflanieren. Abends war es dort sehr einsam. Es gab Paare, die sich dort tagsüber nackt sonnten, weil manchmal stundenlang niemand vorbeikam.

Er würde mit Mascha baden gehen. Direkt nach Sonnenuntergang.

Und sie ertränken.

21.

Antónios Gäste waren seine Gäste.

Das war keine spezielle Ansicht von Diogo Lima, sondern unverrückbarer Bestandteil der portugiesischen Gastfreundschaft. Man tischte zu Ehren des Gastes das Beste auf – selbst, wenn man sich deswegen den Rest der Woche einschränken musste.

»Bevor ihr jemanden fragt, solltet ihr herkommen und euch mit Diogo unterhalten. Das kann mehr Sinn machen, als einen Berg von unten zu betrachten.«

António Rosado war in Fuseta für schräge Vergleiche bekannt, die – dachte man genau darüber nach – eigentlich keinen Sinn ergaben. Aber die Fusetaner dachten eben anders und für sie war so ein Vergleich glasklar.

Man musste es nur mal für eine halbe Minute auf sich wirken lassen: einen Berg von unten betrachten – es lag auf der Hand, was er damit meinte.

Diogo nickte versonnen.

Und nach einer kurzen Unterredung – sie waren schon auf dem Weg ins *Da Gama* – beschloss Graciana, David Learner erst zu befragen, nachdem sie mit Diogo Lima gesprochen hatten.

Als sie ankamen, mussten Carlos und Leander noch einen Tisch aus der angrenzenden Garage heraustragen und Duarte bat um einen Lappen, um ihn abzuwischen. Heimlich musterte er Lima.

Das sollte ein ehemaliger SIS-Agent sein?

Carlos hielt Lima seine geöffnete Zigarettenschachtel hin, und ihr Gastgeber bediente sich gern und stellte jetzt eine Blechwanne voller Eiswürfel auf den Boden, in dem sich ein paar Sagres und ein Vinho verde friedlich den kalten Platz teilten.

Graciana öffnete den Sonnenschirm, den sie ebenfalls in der Garage gefunden hatten, und beim Aufspannen lösten sich Staub und Spinnweben, die im Schein der Sonne durch die Luft tänzelten.

Leander hielt sich ein Taschentuch vor Nase und Mund.

»Das ist nur Staub, junger Mann«, sagte Lima belustigt, während Carlos ein paar Biere öffnete und die Flaschen herumreichte.

Graciana lehnte es mit einer Geste ab und goss Miguel und sich stattdessen von dem Wein ein, nachdem Duarte sein Glas heimlich unter der Tischkante mit dem Hemdzipfel gereinigt hatte.

»À nossa«, sagte António und hielt seine Flasche über die Mitte des Tisches.

»Ja, auf uns«, sagte Carlos und sie stießen alle zusammen an und tranken.

»Graciana, kannst du kurz helfen?«, fragte Lima und wartete ihre Antwort gar nicht ab, sondern verschwand im dunklen Inneren des Hauses.

So war das immer noch – die Frau half, die Männer durften sitzen bleiben.

Graciana folgte ihm trotzdem hinein.

Duarte nutzte die Gelegenheit und beugte sich konspirativ zu António Rosado vor: »Senhor Diogo hat für den SIS gearbeitet?«

António nickte.

»Und … als was denn? War er … Informant? So was?«

»Er hat europaweit gearbeitet. In der Spionageabwehr. Im Kalten Krieg hat er russische Agenten aufgespürt.«

Miguel stand seine Verblüffung darüber ins Gesicht geschrieben.

Es klapperte von drinnen, dann erschienen Graciana und Diogo Lima wieder mit halbhohen Suppenschalen und Löffeln, mit denen sie den Tisch deckten. Lima stellte abschließend eine Küchenrolle in die Mitte.

»Guardanapo.«

Lost begann vor sich hin zu kichern. Was António Rosado amüsierte. Der Blick, mit dem er Leander bedachte, berührte Graciana tief. Das war der Blick, mit dem er Soraia und sie als Kinder bedacht hatte. Als Teenager. Manchmal heute noch. Eine warme Bedingungslosigkeit, die sie rührte. Und als sie Carlos' Blick auf sich bemerkte, wusste sie, er las in ihr.

Diogo hatte den Alemão schon ein paarmal erlebt. Ihm gefielen grundsätzlich Leute, die einen kleinen Hau hatten. Wie er selbst. Denn, mal im Ernst, wer von der Schlechtigkeit dieser Welt keinen Hau bekam, hatte noch nie einen Berg von unten betrachtet.

»Was amüsiert Sie?«

»Guardanapo«, antwortete Lost mit jener hohen Stimme, die sich eigentlich das Lachen verkneifen wollte, aber schon im Ansatz um das Scheitern wusste, »es ist so lustig.«

Duarte schämte sich für den albernen Kollegen.

Leander brach in Lachen aus. Und weil es ihn so herzlich durchschüttelte und er Tränen lachte, fielen sie in sein Lachen ein. So befreit und dröhnend hatte Graciana ihren Vater lange nicht mehr lachen sehen.

»Lustig«, sagte Duarte und zwang sich zu einem Lächeln – was tat er hier bloß?

»Was ist so komisch?«, fragte eine Kinderstimme.

Amüsiert sahen sie in die Gasse, in der ein mürrischer Junge von etwa zwölf Jahren auf sie zustapfte. Er trug einen großen Kochtopf vor sich, zwei Stofftücher über die heißen Henkel gespannt.

Es war Ernesto. Und sein Name war Programm. Es gab keinen mürrischeren Jungen in ganz Fuseta. Diogo hatte ihn ins Herz geschlossen.

Manchmal bereiteten sie dem Hütchenspieler zu zweit einen schlechten Tag.

Ernesto setzte den Topf unsanft auf dem Tisch ab.

»Was ist so komisch?«

»Guardanapo«, ließ Diogo ihn wissen.

Ernesto sah den Alten konsterniert an. War es jetzt so weit? War Diogos Verstand unbekannt verzogen?

Er legte einen Zettel mit einer handgeschriebenen Zahl vor Lima auf den Tisch. Das, was man in Portugal gemeinhin unter einer Rechnung verstand. Diogo achtete auf sein Geld, aber er gab Ernesto trotzdem gutes Trinkgeld. Menschen, die mit Trinkgeld geizten, hatten seiner Meinung nach kalte Herzen.

Ernesto strich es ein, hauchte im Weggehen ein *obrigado* und ging seiner Wege.

Duarte sah ihm voller Mitgefühl hinterher – natürlich musste man in dieser Umgebung Schwermut entwickeln.

Lima ließ es sich nicht nehmen, ihnen persönlich mit einer Kelle, deren Zustand Duartes Argwohn weckte, die Suppenschalen zu füllen.

»Was ist das Dunkle in der Sauce, bitte?«, fragte Leander.

»Frisches Hühnerblut. Extra aufgefangen. Das ist das Besondere an *arroz de cabidela*. Ich nehme an, Sie haben es noch nicht gegessen?«

»Nein.«

»Es ist ein Gericht aus dem Norden.«

»Dann für mich bitte nicht. Ich habe zwölf Lebensmittelunverträglichkeiten. Eine davon ist Hämochromatose.«

»Das klingt interessant«, fand Lima.

»Es ist eine Eisenstoffwechselstörung.«

»Kann ich Ihnen etwas anderes anbieten, Senhor Lost?«

»Nein, danke.«

Ein Turm dunkler Wolken zog vom Meer herüber.

Nach den ersten paar Bissen – die *cabidela* schmeckte ausgezeichnet – stellte Diogo Lima einen kleinen Schuhkarton auf den Tisch und öffnete ihn. Drinnen führten einige Analogfotos ein wuseliges Dasein.

»Die DNA, die von unserer Kriminaltechnikerin sichergestellt worden ist, stimmt mit der aus Helsinki überein?«, vergewisserte er sich.

»Ja«, antwortete Graciana.

Lima nickte und zog die Augenbrauen hoch.

»Wir haben ihn nie gekriegt. Da nicht und auf Malta nicht. Auf Malta waren wir ihm dicht auf den Fersen. Da war er noch in seinen Anfängen. Hat Fehler gemacht. Wenn ihr mich fragt, sucht ihr den hier.«

Mit diesen Worten zog Lima ein Foto aus dem Karton und legte es auf den Tisch. Es zeigte eine Gruppe junger Männer in Tarnuniformen. Es war ein Gruppenbild. Um den Kopf eines Mannes hatte jemand mit einem roten Stift einen Kreis gezogen.

Alle am Tisch beugten sich über das Foto.

»Schon mal gesehen?«, fragte Lima.

»Nein«, sagte Carlos, »ihr?«

Die anderen schüttelten die Köpfe.

»Das ist Kolja Orlow. Geboren 1980 in Sankt Petersburg«, erklärte Lima und seine Stimme änderte sich, der Sprachduktus. Plötzlich schien es, als würde er ihnen einen Lagebericht präsentieren.

»Er ist das erste Mal in unser Blickfeld geraten, weil er im zweiten Tschetschenien-Krieg an einigen Geheimoperationen teilgenommen hat. Dann hat sich der Auslandsgeheimdienst für ihn interessiert und er hat beim SWR eine gesonderte Ausbildung bekommen.

Nach unseren damaligen Erkenntnissen hat man ihn in Nahost und Europa eingesetzt. Hauptsächlich als Auftragsmörder.«

Duarte musterte den Mann jetzt genauer.

»Und Sie waren damals auch in Helsinki?«

Diogo Lima nickte. »Er hat es knapp über die Grenze geschafft.«

Graciana war sehr nachdenklich geworden und hatte während der Ausführungen die ganze Zeit auf das Foto geblickt, von dem sie nun aufsah.

»Das bedeutet, dieser Kolja Orlow hat André Bento im Auftrag des russischen Auslandsgeheimdienstes umgebracht?«

Lima blickte ihr in die Augen: »Ja. Woran auch immer ihr gerade ermittelt, es hat mit einer nachrichtendienstlichen Operation zu tun.«

»Das Mordopfer war ein einfacher Zollbeamter«, schaltete Carlos sich ein, »und möglicherweise hat er auch eine Taschendiebin aus Olhão umgebracht. Sieht das nach einer nachrichtendienstlichen Aktion aus? Die Cabidela ist übrigens lecker.«

»Danke. Nachrichtendienstliche Aktivitäten sind immer Gleichungen voller Unbekannter. Eine Stelle als Beamter kann eine Tarnung sein. Eine ziemlich gute übrigens, denn niemand interessiert sich wirklich für einen Beamten.

Ebenso eine Diebin. Bei einer polizeibekannten Diebin verwundert es niemanden, wenn sie jemandem etwas klaut. Und wenn neben Bargeld oder Schmuck auch noch ein Dokument verschwindet oder ein USB-Stick, dann wird man immer annehmen, dieses Dokument sei eine Art Beifang gewesen, und nicht vermuten, dass der Diebstahl des Geldes oder der Schmuck nur der Verschleierung gedient hat und es von Anfang an ausschließlich um das Dokument gegangen ist.«

Es war jetzt still geworden am Tisch.

»Ihr solltet das dem SIS melden. Ihr macht hier seit Jahren eine hervorragende Arbeit, jeder schätzt das. Aber jemand wie Orlow, der mit Sicherheit auch noch Helfershelfer vor Ort hat, ist brandgefährlich. Macht nicht den Fehler, zu glauben, ihr könntet es mit dem aufnehmen.«

»Ihre Worte wecken durchaus meinen Ehrgeiz«, bekannte Miguel.

Diogo aß noch einen Löffel und sah ihn dann an, er lächelte sogar etwas, aber seine Augen waren leer und ausdruckslos: »Ja, das verstehe ich. Aber wer aus Ehrgeiz stirbt, ist trotzdem tot, Senhor Duarte.«

Graciana schaute zu ihrem Vater, der ihr kaum merklich zunickte.

»Wer hat Kolja Orlow denn ausgebildet?«, fragte Leander.

Diogo lächelte kurz.

»Gute Frage«, sagte er und wühlte sich durch die analogen Fotos im Karton, »jeder Fluss hat eine Quelle, nicht wahr?«

Damit legte er eine grobkörnige, sepiafarbene Aufnahme auf den Tisch.

Sie zeigte einen Mann von schräg oben. Einen Mann im Mantel und mit etwas um den Hals, vermutlich einem Schal. Auf einem Gehweg. Im Anschnitt waren die Füße, Beine, Arme anderer Menschen zu sehen. Vielleicht eine belebte Straße oder Fußgängerzone.

Ein Mann, der nach links über seine Schulter blickte und auf diese Weise etwas von seinem Profil offenbarte. Ein klassisches Observationsfoto.

»Wer ist das?«, erkundigte Duarte sich.

»Vermutlich die Quelle«, sagte António Rosado.

»So ist es«, pflichtete Lima ihm bei, »die Quelle. Westliche Nachrichtendienste versuchen seit über einem Jahrzehnt, ihn irgendwo festzunageln. Er passt sich an, er wechselt die Identitäten, das Aussehen. Wir haben praktisch nichts über ihn. Die Amerikaner haben ihn *das Chamäleon* getauft. Wir wissen von drei sicheren Quellen, dass der SWR ihn selbst so nennt. Es gibt etwa sechs Personen, die sich im engeren Kreis befinden. Zum Teil haben wir die Klarnamen. Aber sie alle tauchen um das Jahr 2000 herum ab. Verschwinden. Vielleicht sind einige von ihnen tot – wir wissen es nicht. Er soll von Kanada aus mitten in Washington D. C. ein Agentennetz aufgebaut haben.«

»Das ist ziemlich dreist«, befand Duarte.

»Ja«, antwortete Lima und musste husten.

Carlos Esteves verzog vor Schmerz das Gesicht und umschloss mit beiden Armen seinen Bauch. Graciana berührte ihn besorgt am Oberarm. »Was ist?«

In dem Augenblick zuckte ein Blitz durch einen Turm dunkler Wolken, die vom Meer übers Festland gezogen waren. Ein Donnergrollen.

Nur zwei Minuten später wanden sich alle unter Krämpfen auf den Stühlen – bis auf Lost. Der Schmerz trieb ihnen den Schweiß auf die Stirn. Sie japsten stoßweise wegen des Herzrasens.

Vier Minuten später war der Rettungswagen dort. Der versorgte alle fünf und lud Lima und António Rosado ein. Die anderen wurden in Gracianas Volvo verbracht. Den steuerte Lost mit Blaulicht und Sirene in Richtung Faro.

22 Minuten nach Carlos' erstem Krampf wurden sie in der Notaufnahme behandelt. Puls, Blutdruck, Betablocker, Aktivkohle. Zugänge wurden gelegt und Elektrolytlösungen verabreicht.

Leander war so geistesgegenwärtig gewesen, eine Probe der *cabidela* mitzunehmen, die ans klinikeigene Laboratorium zur Analyse weitergeleitet worden war.

Als Raquel und Soraia Rosado im Krankenhaus ankamen, konnte die Chefärztin sie und Leander beruhigen: Alle Betroffenen waren außer Lebensgefahr. Man ging von einer Lebensmittelvergiftung aus, die Symptome seien typisch dafür. Und alle seien zu ihrer Sicherheit auf einer Überwachungsstation. An eine Entlassung vor morgen Mittag war keinesfalls zu denken. Das wagten sie als Ärzte nicht zu verantworten. Aber es ging bergauf, sie konnten beruhigt sein.

Als die drei die Klinik daraufhin verließen, passierten sie draußen eine junge blonde Frau, die dort eine rauchte und, kaum waren sie um die Ecke, Kolja Orlow anrief.

»Und?«

»Ich war drinnen und habe gesagt, ich kenne Carlos Esteves.«

Was durchaus eine sinnfällige Erklärung war, denn Carlos mit seiner Schwäche für alles, was das Leben schöner machte, hatte früher einige flüchtige Bekanntschaften. Es hätte niemanden verwundert, wenn Ewa Zorin eine von ihnen gewesen wäre.

Und so konnte sie Kolja versichern, dass die Kripo Faro bis morgen Mittag ausgeschaltet war – bis auf den mit dem schwarzen Anzug, Leander Lost.

22.

Natürlich sprang ihr Wagen nicht an.

Immer, wenn es darauf ankam. Und Gracianas Volvo stand bei ihrer Mutter, wo sie die Scrambler abgeholt hatten.

»Ich fahre dich«, bot Leander an.

Mittlerweile war es Abend geworden und der starke Regen peitschte gegen die Scheibe und trommelte gegen die hölzernen Läden ihres Hauses, in das sie vor nicht allzu langer Zeit gezogen waren. Unter anderen Umständen wäre das eine sehr gemütliche Atmosphäre gewesen.

Aber nicht nach dem Anruf.

Es war die Brüchigkeit in der Stimme ihrer Mutter am Telefon, die Soraia hellwach werden ließ.

»Ich würde dich nie deswegen anrufen, So, aber … ich weiß nicht weiter. Ich habe alles durchsucht. Komm mal schnell her«, hatte Raquel Rosado gesagt.

»Was ist denn passiert, Mãe?«

Sie hörte, wie ihre Mutter tief Luft holte und sich beherrschte, um nicht loszuweinen.

»Mãe?«

Dann hörte Soraia sie leise schniefen und sich räuspern: »Sie sagen, sie brauchen Antónios Patientenverfügung.«

Dann ein Schluchzen. In Soraias Brust breitete sich kreisförmig Kälte aus, bis die ihre Fingerspitzen erreichte und sie klamm werden ließ. Die Kälte hinterließ ein unwirkliches Kribbeln auf ihrer Haut, wie eine Betäubung. Es war ein unglücklicher Moment und sie reagierte mechanisch: »Ich bin in fünf Minuten bei dir.«

Sie lehnte das Angebot Leanders, sie zu begleiten oder wenigstens in die Virgílio Inglês zu fahren, ab. Er wäre bei der Suche nach der Patientenverfügung keine Hilfe und es reichte, wenn sie bis auf die Knochen durchnässt wäre.

»Wir fahren direkt in die Klinik. Ich würde mich freuen, wenn du uns dann begleitest.«

»Natürlich.«

Als im Laufe eines Falles, in dem sie ermittelten, Zaras Freund Toninho verletzt wurde, hatte Leander gelernt, dass es für neurotypische Menschen wichtig war, in der Stunde der Not zusammen auszuharren.

Insbesondere galt das für Familienmitglieder und gute Freunde.

Selbst, wenn sie nichts ausrichten konnten. Ihre bloße Anwesenheit, ihre Bereitschaft, zusammen zu warten, spendete ihnen eine Form von Trost. Selbstverständlich half es seinem Schwiegervater António Rosado, der nach der Lebensmittelvergiftung möglicherweise im Sterben lag, nichts, wenn Leander stundenlang auf einem harten Stuhl in einem grell beleuchteten Klinikflur wartete.

Aber da es für Raquel, der er jedwede Gefälligkeit erwies (sofern diese vom Gesetz und Völkerrecht und seinem Gewissen gedeckt war), und Soraia wichtig war, würde er die beiden selbstverständlich begleiten.

Es würde ihm ein Leichtes sein. In der Klinik gab es beispielsweise jede Menge Ecken, die er zählen konnte.

Bei einbrechender Dunkelheit im Platzregen mit der Ducati Scrambler unterwegs zu sein, nötigte Soraia höchste Konzentration ab. Alle paar Sekunden wischte sie mit der linken Hand über das Visier von Leanders Helm, den sie sich ausgeliehen hatte, um die Straße vor ihr einigermaßen sehen zu können.

Die Angst um ihren Vater mutipliziert mit der Sorge, möglicherweise zu spät zu kommen, ließ sie trotzdem schnell fahren. Als der Lichtkegel eines Autos hinter ihr sie erfasste, machte sie dem Wagen Platz. Vielleicht wäre er mit seinen beiden Rücklichtern ein guter Orientierungspunkt vor ihr.

Der Wagen setzte zum Überholen an. Aber er ließ sich dabei Zeit. Und als er mit der Kühlerhaube auf ihrer Höhe war, zog er urplötzlich nach rechts rüber und rammte sie.

»Olá, Senhora Raquel«, sagte Leander, der sich gerade im Netz über die Riten portugiesischer Beerdigungen informierte, weil er die Nummer auf dem Display seines Handys erkannte.

»Leander, Soraia sollte bei mir vorbeikommen. Das war vor 15 Minuten. Und … sie ist noch nicht da.«

»Sie hat sich erst wetterfeste Kleidung angezogen und meinen Helm. Vielleicht ist es deswegen zu einer zeitlichen Verzögerung gekommen.«

»Ja … vielleicht. Ich könnte den Weg abfahren, um zu schauen, ob was passiert ist.«

»Ob was passiert ist?«

»Ein Unfall, oder … eine Panne.«

»Es ist besser, Sie bleiben in der Virgílio Inglês, falls Soraia bei Ihnen auftaucht. Ich fahre den Weg ab, den sie genommen hat.«

»Aber ihr Auto springt doch nicht an.«

»Ich versuche es. Wenn es nicht funktioniert, frage ich unseren neuen Nachbarn, ob er mir seinen Wagen leiht. Er hat letzte Woche einen neuen Porsche bekommen. Den verleiht er sicherlich gern.«

Da keine weitere Information auszutauschen war, beendete Leander die Verbindung.

Schleppend, mit einem lang gezogenen Seufzen hatte der Anlasser das letzte Quäntchen Elektrizität aus der Batterie gesaugt – und war der Motor doch noch angesprungen.

Soraia fuhr einen uralten Renault Clio, der mittlerweile aus mehr Ersatz- denn aus Originalteilen bestand. Mit dem fuhr Leander den Weg in Richtung Fuseta, eine schmale Asphaltstraße ohne bauliche Begrenzung an den Seiten. Es gab links und rechts nur Sträucher, Gartenmauern und Mülltonnen.

Einen Kilometer vor Fuseta stand auf der rechten Seite ein Original 2 CV mit eingeschaltetem Warnblinklicht. Leander kannte das Nummernschild – der Oldtimer gehörte Dona Maria, die gegenüber den Rosados wohnte.

Als er mit Soraias Wagen dort ankam, entdeckte er weiße und rote Glas- oder Kunststoffsplitter auf der Straße. Er hielt sofort an und sprang heraus. Der Regen peitschte ihm ins Gesicht, als er an Dona Marias Wagen vorbeilief und seine Scrambler entdeckte, die neben einem Laternenmast in einem schmalen Entwässerungsgraben lag und ihr stark verbogenes Vorderrad sowie den an der linken Seite abgerissenen Lenker, der sich in die Nacht zu recken schien.

Neben der Maschine lag eine Gestalt mit seinem Helm auf dem Kopf. Reglos. Und grotesk verrenkt.

Und daneben Dona Maria, die die Hände vors Gesicht schlug und ihn nun bemerkte und so fürchterlich erschrak, dass sie einen spitzen Schrei ausstieß.

»Meus Deus, Senhor Lost … ich dachte, *Sie* sind es neben dem Motorrad.

Lost ging neben dem reglosen Körper auf die Knie. Neben Soraia.

»Rufen Sie die 112. Sofort!«

»Natürlich, natürlich«, sagte die alte Dame und lief zurück zu ihrer Ente.

Vorsichtig wendete er Soraia, die schräg bäuchlings im Graben lag, auf den Rücken. Leander schob das Visier hinauf. Ihre Augen waren geschlossen, der Mund ein wenig geöffnet – offensichtlich war sie ohne Bewusstsein.

Leander packte den Helm an dessen Unterseite links und rechts und zog ihn ihr vorsichtig vom Kopf. Ihr Haar fiel zu beiden Seiten auf den durchnässten Boden und der Regen prasselte auf eine tiefe Schürfwunde an ihrem Hals. Ihr Gesicht war gräulich. Leander legte zwei Finger auf ihre Halsschlagader. Soraias Haut war kalt.

»Soraia!«, rief er. Aber es kam keine Reaktion. Der Puls war da – aber nur noch schwach. Es war ein Abebben. Ein Vergehen.

»Etwa 500 Meter vor der Avenida Barroso Soares«, hörte er die Stimme von Dona Maria hinter sich.

Und der Puls setzte aus.

Er streifte seine Armbanduhr ab und richtete sie neben sich im Schmutz aus, sodass er freien Blick auf ihr Ziffernblatt hatte.

Mit fliegenden Fingern riss er Soraia die Jacke auf. Zwei Knöpfe sprangen dabei ab und segelten durch die Luft. Herzstillstand.

Er legte die rechte Hand mit dem Ballen auf den Solarplexus und die linke obendrauf. Leander beugte sich über sie und stieß mit seinem ganzen Gewicht hinab. Fünf, sechs Zentimeter. Schnell.

»120, 120«, sagte er, wie Dona Maria hörte. Abwechsend blickte er dabei auf der Suche nach einem Lebenszeichen auf das Gesicht der Frau, die er gestern erst geheiratet hatte, und auf den Sekundenzeiger seiner Armbanduhr, der unbeirrt von der Welt der Menschen und der Dinge, die sich dort ereigneten, seine Runden zog. Nach exakt 30 Sekunden ließ Leander ab, hielt Soraia die Nase zu, presste seine Lippen auf ihre und versorgte sie mit zwei tiefen Atemstößen. Dann setzte er die Herzdruckmassage fort, aber durch die kräftigen Stöße brachte er sie offenbar nicht zurück. Nur ihr Kopf rollte hin und wieder von einer auf die andere Seite.

Und dann erfasste ihn so etwas wie eine riesige, eisige Hand, die ihm in den Hals hinab stieß und ihm das Herz zusammenpresste. Leander verspürte etwas, was ihm noch nie begegnet war: Panik.

»Nein«, keuchte er, »nicht so … bitte nicht so …«

Von fern waren Sirenen zu hören.

Etwas nahm von ihm Besitz, spürte Leander, von ihm und seiner Stimme, denn er brüllte sie an: »Komm zurück!«

Auf der regennassen Straße spiegelte sich Blaulicht, die Sirene kam näher, kam aus Fuseta die schmale Straße hinabgeschossen.

»Komm zurück«, flüsterte Leander erschöpft, als der Wagen stoppte und die Rettungsärztin aus dem Wagen sprang.

Der Chefarzt der Klinik in Faro, Doutor Vidal, nahm die Haube von seinem Kopf und streifte sich den Mundschutz ab, als er von dem OP-Raum in den Flur trat und aus dem Fenster aufs nächtliche Faro blickte. Es war ein Uhr morgens.

Der Regen klatschte immer noch gegen die Fenster.

Der Himmel weint, dachte er und stieß sich von dem Fensterbrett, auf das er sich gestützt hatte, ab. Durch die Scheibe in der Tür konnte er die Verwandten der Patientin sehen.

Was sich auch deswegen einfach gestaltete, weil die beiden die einzigen Besucher waren.

Die Mutter saß starr und blickte geradeaus gegen die Wand und auf alles dahinter, auf all die Erinnerungen, wie Vidal wusste, dem dieser Blick nicht fremd war.

Soraia Rosados Ehemann im schwarzen Anzug ging auf und ab. Seit über zwei Stunden. Unermüdlich und mechanisch wie eine dieser Figuren, für die ein Batteriehersteller im Fernsehen warb.

Er musste mittlerweile ein paar Kilometer zurückgelegt haben.

Es hatte wohl einen mysteriösen Anruf bei Raquel Rosado gegeben. Jemand hatte sich als Arzt ausgegeben und ihr mitgeteilt, ihr Mann liege im Sterben, man benötige eine Patientenverfügung.

Was barer Unsinn war – der Mann befand sich nach einer Lebensmittelvergiftung sediert auf der Beobachtungsstation und war physisch wohlauf.

Ein geschmackloser Scherz?

Er wusste es nicht. Und hatte ein wichtigeres Anliegen.

Kaum trat Vidal aus dem OP- in den Aufenthaltsbereich, schauten ihn beide an.

»Senhora Raquel Rosado?«

»Ja?«

Sie stand auf und Vidal trat näher an sie, während sein Blick zu Leander wanderte.

»Senhor Lost?«

»Ja, das bin ich.«

»Kommen Sie bitte.«

Als Leander seiner Aufforderung nachkam und zu ihnen aufschloss, deutete Vidal auf die beiden Stühle: »Setzen Sie sich, bitte.«

Auch das taten sie und Vidal zog sich einfach einen dritten Stuhl hinzu, auf dem er ihnen gegenüber Platz nahm und sich zu ihnen vorbeugte. Ruhig, mit ernster Miene.

»Ihre Frau und Ihre Tochter hat bei dem Unfall einige Prellungen und Schürfwunden erlitten – und eine Leberruptur, einen Leberriss. Die Leber … ist ein sehr stark durchblutetes Organ. Wir haben massive Blutungen im Bauchraum. Wir haben … gerade alles getan, um … sie zu retten, aber wir bekommen die Blutungen nicht gänzlich gestoppt.«

»Was ergibt sich schlussfolgernd daraus?«, fragte Leander, während Raquel es bereits erfasst hatte und seine Hand drückte und ihr Blick in weite Ferne schweifte.

»Es bedeutet, Senhor Lost, wir können die Blutungen nicht kontrollieren. Zum Teil hat die Gerinnung eingesetzt. Das ist gut. Aber wenn es zu neuerlichen Blutungen kommt, sind uns die Hände gebunden. Das Leben Ihrer Frau – und Ihrer Tochter, Senhora – ist jetzt in einer Zone, in der es … nun: sich selbst überlassen ist. Es tut mir sehr leid, dass ich nicht mit besseren Nachrichten zu Ihnen kommen kann.«

»Ich bin sicher, Sie haben alles getan, was Sie konnten«, sagte Raquel versöhnlich, fast tröstend, »Sie und Ihr Team. Danke.«

»Das tun wir immer.«

Sie nickte.

»Kann ich zu ihr?«

»In den Raum auf der Intensivstation nur kurz. Aber es gibt direkt daneben eine Kabine mit einem Fenster. Dort können Sie hin. Wann immer Sie möchten und solange Sie möchten.«

»Wird sie noch mal zu sich kommen?«

»Vermutlich nicht. Wir wollen sie über die Nacht bringen. Wir wollen der Gerinnung eine Chance geben.«

Raquel Rosado hatte hier in den letzten Stunden so viele Tränen vergossen, dass sie nun keine mehr hatte.

»Mein Mann ist auch in der Klinik – als Patient.«

»Ich weiß, Senhora, die Lebensmittelvergiftung. Die sind alle sediert und schlafen.«

»Falls …«

Sie suchte nach den richtigen Worten.

»Ja? Meinen Sie, wenn …«

»Ja.«

Leander fühlte sich wie in einem Lückentext.

»Sicher, ich kann sie wecken.«

»Ich bin sicher, sie würden das wollen.«

Während die beiden miteinander sprachen, spürte Leander, wie sein Gesicht immer nasser wurde, was unlogisch war. Denn in einem Klinikflur konnte es nicht regnen.

Aber, wie Soraia gesagt hatte, *es gab eben Dinge zwischen Himmel und Erde.*

TAG VIER

23.

»He!«

Graciana stand im Klinikflur und drehte sich um.

Carlos war aus der Tür geschlüpft. Er trug das gleiche Krankenhaushemdchen wie sie, das am Rücken zusammengebunden war, und schloss leise die Tür hinter sich.

Im Gang brannte nur die Nachtbeleuchtung, es war still.

»Was ist passiert?«

»Ich habe mit einer Schwester gesprochen, wir hatten eine Lebensmittelvergiftung. Nichts wirklich Gefährliches, aber …«

Statt weiterzureden, reichte sie ihm einen Zettel, den ihre Mutter geschrieben und ihr auf dem Nachttisch hinterlegt hatte für den Fall, dass sie aufwachte.

»Auf der Intensivstation?«, fragte Carlos bestürzt und las weiter.

»Soraia hatte einen schweren Unfall. Ich will zu ihr.«

Carlos senkte den Zettel mit der Nachricht.

»Ich komme mit.«

Graciana nickte.

»Wie spät ist es?«

»Halb fünf.«

Ein Mitarbeiter auf der Intensivstation, in der die Stille noch mal schwerer zu lasten schien als auf den anderen Stationen, öffnete ihnen die Tür zu dem kleinen Raum, über dessen Fenster man in ein Einzelzimmer schauen konnte. Drinnen saß Raquel auf einem Stuhl, auf dem sie eingeschlafen war. Ihr Kopf war nach vorn gesenkt und das Kinn ruhte auf ihrem Oberkörper.

Als sie die Kabine betreten hatten, schloss der Mann die Tür wieder leise hinter ihnen.

Graciana trat nah an die Scheibe. Der Anblick ihrer kleinen Schwester, totenbleich und mit wächserner Haut, die künstlich beatmet wurde, ließ sie unwillkürlich schlucken.

Zuerst fiel ihr das Tuch auf, das Vater Anselmo gesegnet hatte. Jemand hatte es unter ihren Kopf geschoben. Und dann machte sie eine kleine Skulptur aus Speckstein auf ihrem Nachttisch aus.

»Der Blitz«, raunte Carlos, der sie auch entdeckt und bereits wiedererkannt hatte. Auf der anderen Seite stand das Auge.

Blume, Panther, Zwerg, Frau mit Regenschirm.

»Losts Wächter.«

Leander Lost hatte sie im Raum rund um Soraia platziert.

Graciana registrierte aus den Augenwinkeln, wie Carlos die Lippen aufeinanderpresste.

»Da, an ihrem Hals«, wisperte er mit belegter Stimme, woraufhin Graciana die Augen zusammenkniff und genauer hinschaute. Ein dünnes Lederhalsband. Und daran ein Ring aus Speckstein.

»Sein Hauptwächter.«

Carlos nickte.

Wenn sie je in den letzten Tagen noch einen restlichen, klitzekleinen Zweifel darüber empfunden hatte, mit welchem Maß an Zuneigung Leander Lost sich Soraia verbunden fühlte, dann war er mit der Bedingungslosigkeit, die sie hier vor Augen geführt bekam, dahingefegt. Carlos, der bemerkte, wie ihr die Tränen über die Wangen liefen, legte einen Arm um sie.

»Senhor Romão?«

Victor durchquerte gerade in Jogginghose und Turnschuhen das Foyer, als ihn die Rezeptionistin ansprach.

»Ja?«

»Sie sind doch in Zimmer 109?«

»Genau«, antwortete er und zeigte ihr sicherheitshalber seine Codekarte.

»Ich wollte Sie gerade anrufen – jemand hat Ihnen eine Nachricht hinterlassen«, sagte sie und reichte ihm ein Kuvert, das Victor entgegennahm.

»Muito obrigado.«

»De nada.«

Er ging zum Ausgang und war hellwach. Eine Nachricht für ihn? Es gab nur wenige Personen, die seinen aktuellen Aufenthaltsort hier im *Da Gama* kannten. *Und* die Nummer seiner Suite.

Senhor Raphael Romão, stand auf dem Umschlag.

Er öffnete das Kuvert vorsichtig und entnahm ihm eine Postkarte, die einen Kreisverkehr mit einem riesigen Seepferdchen darauf zeigte.

Er erkannte es. Der Kreisverkehr war der letzte in Olhão auf der Straße an der Promenade nach Westen.

Victor wendete die Postkarte.

Neun Uhr.

Er schaute auf seine Armbanduhr. In 15 Minuten.

Fjodorow trat vor das Hotel. Keine Wolke am Himmel. Das Unwetter des gestrigen Abends war weiter Richtung Spanien gezogen. Ein sattes Azur spannte sich von Osten nach Westen über das Himmelsdach, die Sonne lag warm auf der Haut.

Er lief los. Zum Seepferdchen.

Als Soraia um 8:41 Uhr die Augen öffnete, war sie orientierungslos.

In ihrer Erinnerung sah sie einen Lichtkegel, der die Straße vor ihr erhellte.

Sie hörte das Geräusch eines Motors und hatte im Augenwinkel eine Kühlerhaube gesehen. Dann der Schmerz an ihrem

Unterschenkel, als das Auto sie rammte. Ihr aussichtsloser Versuch, zu bremsen, wie das Hinterrad ihr auf der regennassen Fahrbahn wegrutschte und ihr der Laternenmast entgegengeflogen kam und dann … Nichts.

Und jetzt lag sie offensichtlich in einem Krankenhaus. Mit einer Maschine neben sich, die ächzend atmete, damit sie atmete. Und einem Zugang an der Halsschlagader, der sie mit der Flüssigkeit im Tropf neben ihr verband.

Sie legte den Kopf ein wenig schief. Und dann sah sie den Blitz aus Speckstein. Gefolgt vom Auge.

Ihr war, als legte ein Riese die gewölbte Hand über sie und schützte sie vor der Außenwelt.

Le-an-der.

Er war hier gewesen.

Der Gedanke, sich in seiner Obhut zu wissen, war so tröstlich, dass ihre trockenen Lippen sich zu einem leichten Lächeln verzogen. Vorsichtig wandte sie den Kopf in die andere Richtung und bemerkte dabei den Panther und die Blume und schließlich eine Fensterscheibe, hinter der ihr Vater und ihre Mutter saßen und Graciana und Carlos. Ihnen allen war das Kinn auf die Brust gesackt und sie schliefen. Nur ein Blick erwiderte erleichtert ihren: Leander.

Er hatte seit zehn Minuten auf der Holzbank gegenüber dem Seepferdchen gesessen und gewartet und war drauf und dran, wieder zu gehen, als ein Auto in der Zufahrt zur Marina hielt und die Frau am Steuer die Fensterscheibe auf der Fahrerseite herunterfahren ließ.

Victor Fjodorow erkannte sie auf Anhieb: Ewa Zorin.

Sie versuchte ein Lächeln, das wegen ihrer Nervosität misslang. Victor sah sich kurz um. Wurde er beobachtet? War Kolja hier irgendwo? Getarnt? In einem anderen Auto? Als Tourist bei einer Bica im Café nebenan?

Die Sache mit David Learner war noch nicht über die Bühne.

Er kannte Kolja Orlows Auftrag nicht. Er wusste nur, dass er selbst bis zum Rücktausch des Koffers Immunität genoss. Er war für den SWR und Dunja Kusmin bis zu diesem Zeitpunkt unantastbar.

Weshalb er nun aufstand und an Ewas Wagen trat.

»Steigen Sie ein?«

Victor öffnete im Vorbeigehen die Hintertür – aber niemand hatte sich hinter den Vordersitzen versteckt. Also setzte er sich neben sie auf den Beifahrerplatz. Ewa Zorin fuhr los, ziellos durch die Stadt. Und um sicherzugehen, dass diese Ziellosigkeit nicht vorgespielt war, befahl er ihr nach zwei Minuten, links statt rechts abzubiegen, was sie ohne zu zögern tat.

»Woher wissen Sie, dass ich im *Da Gama* bin? Kolja?«

»Ja.«

»Was wollen Sie?«

»Wissen Sie, wer ich bin?«

»Ewa Zorin.«

Er sah, dass sie wegen seines Gedächtnisses beeindruckt war.

»Ich bin beeindruckt.«

»Was wollen Sie?«

Sie schwieg einen Moment. Offensichtlich überlegte sie, ob das, was sie sich überlegt hatte, wirklich eine gute Idee war. Aber dann rang sie sich durch: »Ich brauche Ihre Hilfe.«

Victor Fjodorow verbarg seine Überraschung. Dunja Kusmin hatte mal gesagt, falls er als Agent aufhören würde, stünde ihm eine Karriere als professioneller Pokerspieler offen. Aber er hielt sie für viel geeigneter.

»Ist das ein Kompliment?«, hatte sie gefragt.

»Ja«, hatte er gelogen.

Ewa Zorin räusperte sich: »Ich kann nicht zurück nach Russland. Aber Kolja wird nicht zulassen, dass ich woanders hingehe.«

»Warum wollen Sie nicht zurück?«

»Weil ich Angst habe. Wissen Sie von Ihren Informanten?«

Victor nickte.

Die letzten zwei Nächte hatten insbesondere Vanessa Novo und Raica Afonso ihre Träume bevölkert. Ihre entsetzten Blicke und wie sie sie um Hilfe angefleht hatten.

»Er hat den Auftrag, alle auszuschalten, die mit dem Tausch in Verbindung gebracht werden könnten.«

Ewa meinte, ihn grinsen zu sehen, und als sie hinüberschaute, stellte sie fest, dass sie sich nicht getäuscht hatte.

»Daran ist nichts komisch.«

»Doch. Der Umstand, dass Sie jetzt erst festgestellt haben, von dem Auftrag selbst betroffen zu sein.«

»Das gilt ebenso für Sie. Und auch für Mascha Karpenko«, konterte sie.

Mascha.

Das Unwetter hatte sie gerettet.

Bei dem Starkregen und den heftigen Böen des Vorabends hatte kein Wassertaxi nach Culatra übergesetzt. Die Idee, sie dort zu ertränken, fiel damit buchstäblich ins Wasser. Mascha schlug vor, sich einen gemütlichen Abend in ihrer Suite zu machen und sich das Essen aufs Zimmer kommen zu lassen.

Victor wusste, worin das münden würde.

Bei aller Kaltblütigkeit konnte er nicht die Nacht bei ihr verbringen in dem Wissen, sie heute tot in Portugal zurückzulassen. Und davon abgesehen hatte sie ein feines Gespür für Schwingungen. Sie hätte vielleicht nicht benennen können, was nicht stimmte. Aber sehr wohl die kaum merkliche Veränderung in seinem Verhalten. Wie ein fremdartiger Ton, der sich im Hintergrund in eine Melodie einwebte und dort nicht hingehörte.

Also aßen sie im hoteleigenen Restaurant und spielten wie gewohnt Mann und Frau. Beim Dessert erklärte er, er wolle für morgen fokussiert sein.

Er entschuldigte sich also mit seiner Professionalität, und da er genau dafür seit vielen Jahren bekannt war, schluckte sie die Absage.

Ihre Rückreise war als ein Verwirrspiel geplant, damit sich ihre Spuren für jene, die ihnen vielleicht auf den Fersen wären, irgendwo verloren. Ihr erster Flug von Faro würde sie nach Zürich führen. Dort würden sie neue Identitäten annehmen und mit diesen gemeinsam nach Budapest reisen.

Viktor Orbán war die Schuhspitze, mit der Moskau sich die Tür zur EU-Politik offen hielt. Auf den Fluren des SWR scherzte man gern, Orbán sei Putins bester Mann in Europa.

Und manchmal, wie Fjodorow wusste, war der Scherz die perfekte Tarnung für die Wahrheit. Aber natürlich glaubte er diesem Scherz nicht – Ungarn jedenfalls war zu dieser Zeit durch Orbán wieder eine Art Bruderstaat. Einmal in Budapest angekommen, waren sie praktisch in Sicherheit.

Trotzdem würden sie dort erneut ihre Identitäten wechseln, um ihre Fluchtroute vor westlichen Diensten zu verschleiern. Und spätestens in Budapest würde Mascha ein Unglück passieren.

Das war sein Plan. Bis er mit Ewa Zorin durch Olhão fuhr.

»Ich weiß jetzt, dass er mich auch umbringen wird. Ich muss mich absetzen. Und sobald Sie Ihre Mission beenden, sind Sie auch dran.«

»Woher wissen Sie das?«

»Weil er es mir gesagt hat. Weil es die Anordnung von Dunja Kusmin ist.«

Bei Victor Fjodorow stellte sich kaum Erstaunen ein. Nur die eine Frage: Warum sollte Orlow auch ihn selbst beseitigen? Was hatte Dunja Kusmin zu befürchten, wenn er nach abgeschlossener Mission erfolgreich nach Moskau zurückkehrte?

Victor Fjodorow erinnerte sich an die alte Frage seines Ausbilders: *Willst du Wolf sein oder Schaf?*

Deshalb drehte er sich zu Ewa: »Wo seid ihr?«

Sie schwieg einige Augenblicke.

»Und dann?«, fragte sie und stoppte jetzt auf einem Parkplatz, umgeben von gut über hundert anderen Autos. Sie schaltete den Motor aus.

»Es ist so«, antwortete er, »ich gebe Ihnen eine neue Identität und Sie reisen ab. Sie tauchen unter. Ich würde dasselbe tun, wenn ich könnte. Aber ich kann nicht. *Ich* muss zurück. Wir tauschen: Sie bekommen Papiere und Geld und ich bekomme Ihren Aufenthaltsort.«

Ewa Zorin musterte ihn einige Augenblicke.

»Sind Sie das Chamäleon?«

Fjodorow lächelte: »Ich brauche Ihren Aufenthaltsort.«

»Und dann? Werden Sie ihn töten?«

»Ich bin nicht wie er. Wir arbeiten unterschiedlich. Kolja ist ein Sandmann. Ich baue Netzwerke auf. Ich analysiere menschliches Verhalten, um es vorhersagen zu können. Um Menschen zu manipulieren, damit sie in dem Netzwerk funktionieren. Ich verteile Geld und Identitäten.

Jeder in einem Netzwerk ist wie ein kleines Rädchen in einer Armbanduhr. Alles muss in der richtigen Geschwindigkeit einwandfrei ineinandergreifen, damit das große Ganze funktioniert. Das ist, was ich tue. Das ist, worin ich gut bin. Und all das muss geschehen, als ob es von ganz allein geschehen würde. Ich muss dabei unsichtbar bleiben.«

Victor Fjodorow machte eine kurze Pause und zündete sich jetzt eine Zigarette an, als Victor und als Raphael. Er nahm einen Zug, dann wandte er sich wieder an Zorin: »Sie und ich sind nur vor ihm sicher, wenn er nicht mehr atmet. Ich habe wenig Übung in so was, aber ja, bevor er mich ausschaltet, werde ich versuchen, ihn auszuschalten. Also: Wollen Sie ein neues Leben?«

Ewa schluckte leer.

»Wir haben ein Ferienhaus gemietet. Nördlich von hier, es ist eine kleine Siedlung, Poço Longo.«

»Die Adresse.«

»Rua Santa Maria, No. 4.«

»Ist er jetzt da?«

Ewa blickte zur Uhr auf dem Armaturenbrett.

»Er wollte noch etwas erledigen, aber ja … ich nehme an, er ist zurück.«

Victor schaute nach vorn hinaus, zum Wasser.

»Sie gehen zurück und packen das Nötigste. Ich hole Sie dort ab. Kehren Sie um und lassen Sie mich an der Markthalle raus.«

Ewa Zorin wirkte, als beschleiche sie ein wenig die Angst vor der eigenen Courage. Sie wendete und fuhr die Straße an der Promenade zurück.

»Da ist noch etwas, das Sie vielleicht wissen sollten«, rückte sie mit der Sprache heraus, »das betrifft Mascha Karpenko.«

»Was ist mit ihr?«

»Sie haben sich sicher schon gefragt, woher Kolja die Namen und Adressen der Informanten hatte.«

»Ja. Aber ich habe auch schon eine Erklärung dafür gefunden.«

Kurz herrschte Schweigen im Wagen. Victor spürte, dass da noch etwas war, was der jungen Frau neben ihm auf der Seele lag.

»Dunja Kusmin hat sie vor die Wahl gestellt: Entweder die Informanten müssen gehen – oder Sie.«

Victor Fjodorow musterte sie intensiv von der Seite, aber Ewa Zorin hatte nicht gelogen.

Und er empfand Reue und Erleichterung gleichzeitig.

Erleichterung, sie nicht getötet zu haben, und Reue, Mascha niedere Beweggründe unterstellt zu haben.

24.

»Jessica McQueen? Geboren in Toronto?«

Sie sah ihn überrascht an.

»Ja, genau«, antwortete er und reichte ihr einen Reisepass und ein Flugticket. »Abflug um 12:15 Uhr ab Faro. Du musst dich beeilen. Lass deine Sachen hier. Ohne Ausnahme.«

Mascha schaltete schnell: *Ohne Ausnahme* bedeutete von der Zahnbürste bis zum Portemonnaie.

Seine Aufforderung kam überraschend, aber am meisten überraschte sie die Zuneigung in seinem Blick, mit dem er sie bedachte. So hatte sie ihn noch nie erlebt.

»Du fliegst weiter nach Dublin, von dort nach Reykjavík und dann nach Vancouver. Dort kontaktiere ich dich in drei Tagen. Melde ich mich nicht in drei Tagen, bist du auf dich allein gestellt.«

Melde ich mich nicht in drei Tagen, bin ich tot, übersetzte sie.

»Ich will bei dir bleiben.«

»Da, wo ich hingehe, kannst du nicht mitkommen, Mascha.«

Tränen schossen ihr in die Augen.

»Nicht.«

Victor Fjodorow wischte sie ihr sanft weg.

»Mach es mir nicht schwer, Mascha. Geh!«

Sie lachte ihn an, während ihr die Tränen über die Wimpern quollen, und sie drohte ihm mit dem Zeigefinger: »Wehe, du meldest dich nicht in Vancouver. Dann komme ich und hole dich.«

Sie gab ihm keine Chance für eine Antwort, denn sie verschwand in ihrer Suite und schloss die Verbindungstür hinter sich.

»Können Sie da reinzoomen?«

»Gern.«

Mithilfe des Programms tat Isadora ihm den Gefallen. Es war, als führe die Kamera immer näher an den Aktenkoffer heran.

Leander, der im kriminaltechnischen Labor der Kripo neben ihr saß, legte den Kopf etwas schief, als könnte er so die Details besser erkennen.

Die Ausgabe der *New York Times* und diesen metallischen, rechteckigen Gegenstand.

Die KTU, die Kriminaltechnische Untersuchung, verfügte hier über kein eigenes Gebäude. Deshalb breitete sie sich neben dem Sekretariat im gesamten Erdgeschoss der Polícia Judiciária aus. Die Büros der Kommissare befanden sich alle im ersten Stock.

Auf den ersten Blick herrschte hier unten in Isadoras Abteilung das Chaos. Aber wenn jemand nach etwas fragte oder sie etwas brauchte, war nur ein einziger Griff nötig. Sie kannte sich bestens aus, und auch wenn die Systematik der Anordnung für Dritte nicht nachvollziehbar war, funktionierte sie ausgezeichnet.

Bunsenbrenner und Reagenzgläser standen neben gestapelten Bänden Fachliteratur.

In einem Safe ruhten toxische Materialien und Waffen für die Geschossproben. Dort, wo in modernen Küchen eine Kochinsel platziert wurde, befand sich ihre Werkbank. Ein Tisch auf Stahlbeinen mit einer dicken, verwitterten Arbeitsplatte von zwei mal anderthalb Meter. Als hätte die kleine Kriminaltechnikerin sie aus irgendeinem gestrandeten Wrack gefräst.

Doc, ihr Dobermann, hatte leicht gewedelt, als Leander das Labor betreten hatte. Nun umschmeichelte er ihre Beine auf der

Suche nach einer Streicheleinheit oder einem kleinen Büffelknochen, der nach einem Prinzip, das er nicht durchschaute, plötzlich aus dem Nichts in Isadoras Hand auftauchte.

»Ein Wunder«, hatte Chefarzt Vidal gesagt, »und nicht weniger! Ich muss sagen, ich hatte große Sorge um Ihre Frau – und Ihre Tochter. Was sind das für Skulpturen?«

»Es sind meine Wächter.«

»Ihre … Wächter?«

»Ja, sie schützen meinen Schlaf.«

»Aaaah ja.«

»Da sagen Sie was.«

Jedenfalls war das Blut am Leberriss geronnen, die Heilung hatte eingesetzt. Damit sich das nicht änderte, war Soraia wieder sediert worden.

»Sie schläft für die nächsten 48 Stunden, dann holen wir sie zurück. Und was Ihren Mann und Ihre ältere Tochter betrifft, Senhora Raquel, die müssen wir auch noch hierbehalten.«

»Das Laborergebnis für die Probe von der *cabelida*, die Sie mitgebracht hatten, Senhor Lost, liegt jetzt vor. Jemand hat das Essen mit Fliegenpilz kontaminiert. Ich habe die Sache an die Lebensmittelaufsicht übergeben.«

Und jetzt saß er in Isadoras kleinem Reich.

»Ich habe so etwas schon mal gesehen«, sagte Leander. »Ich glaube, das elektronische Bauteil im Koffer ist ein Transponder. Können Sie die Pixel interpolieren?«

»Kein Problem.«

Der Lüfter des Rechners begann zu rauschen, während er das Standbild schärfer rechnete. Jetzt waren alle Prozessorkerne gefragt.

»Wie kommen Sie auf den Koffer?«, fragte ihn Isadora Jordão.

»Weil sich alles auf David Learner und den Koffer fokussiert. Die drei Mordopfer stehen immer mit beiden in Verbindung.

Vanessa Novo in Lissabon ist den Bewegungsdaten ihres Handys nach zu urteilen höchstwahrscheinlich David Learner und dem Koffer begegnet. André Bento hat ihn zu sich gewunken, um ihn den Koffer öffnen zu lassen. Und Raica Afonso hat ihm den Koffer entwendet.«

Das Lüftergeräusch ließ nach, die Interpolation war beendet. Das metallische Rechteck »Warnung« war jetzt viel schärfer zu sehen. Leander beugte sich vor und deutete mit dem Zeigefinger auf eine Gravur an der Seite des elektronischen Bauteils im Koffer.

»Können Sie diese alphanumerische Folge noch schärfer bekommen?«

»Das bringt aber nichts. Graciana hat mich schon darum gebeten. Die Gravur ist genau an der halbrunden Kante. Wir können das Bild nicht drehen oder wenden.«

Leander erfasste die Problematik sofort. Es war unmöglich, in einem zweidimensionalen Foto einen dreidimensionalen Betrachtungswinkel einzunehmen.

Es sei denn ... es existierte auf dem Foto ein *anderer* Betrachtungswinkel.

Leander suchte das Foto nach einem Lichtreflex ab.

»Was suchen Sie?«

»Eine Spiegelung.«

Nun beugte Isadora sich auch vor, ihrer beider Nasen spürten schon das elektromagnetische Kribbeln, das das Display auf ihrer Haut auslöste.

»Da.«

Sie deutete auf Learners Uhr. Eine typische, große Pilotenuhr.

»Das sind nicht ganz 45 Grad zur Gravur, aber immerhin.«

»Ja, immerhin«, gab Leander zurück.

»Ich versuche es.«

Und wieder begannen die Lüfter aufzudrehen.

»Ich habe mir wie von Ihnen gewünscht den Frachtbrief besorgt«, ließ sie ihn wissen und legte eine Kopie davon auf den Tisch, die Leander aufmerksam begutachtete.

»Inertialmesssystemmodul ...«, las er, »aber das erscheint mir fragwürdig. Diese Module sind nur handtellergroß. Das hier ist viel größer. Haben Sie ein digitales Maßband?«

»Schon vermessen: 44 x 8 x 5. Da: Auf der Gravur steht LMF35TRP17122002. Sagt Ihnen das was?«

»LM ist der internationale Code für Lockhead Martin.«

»Auf dem Frachtbrief steht, das Modul sei für eine Boeing-Passagiermaschine«, ergänzte Isadora, »für eine Passagiermaschine müsste die Gravur aber mit BCA beginnen für Boeing Commercial Airplanes.«

»Müsste das nicht der Zoll in Lissabon kontrollieren?«

»Sicher, ja«, sagte sie und deutete auf den Stempel des Frachtbriefes, »aber die Zollbehörde in New York hat die Ausfuhr genehmigt. Und die sind sehr streng. Ich kann mir vorstellen, dass unsere Behörde in Lissabon sich darauf verlassen hat.«

»F-35«, fuhr Lost fort, »das ist der modernste Stealth-Bomber der USA.«

»Und das hier sein Transponder. Aber wieso reist Learner damit von New York nach Faro?«

Leander löste die Nase vom Schirm.

»Interessante Frage. Die führt zur Aufgabe eines Transponders.«

»Wenn zwei Flugzeuge sich begegnen«, sagte Isadora, »tauschen sich ihre Transponder in wenigen Sekunden aus, um eine Kollision der beiden Maschinen zu vermeiden. Sie bestimmen, wie sie einander ausweichen.«

»In der zivilen Luftfahrt ist das korrekt. In der militärischen Luftfahrt beherbergt der Transponder ein IFF-System. *Identification Friend or Foe.* Ein Freund-Feind-Erkennungssystem.«

»Die Transponder verhandeln keine Flughöhen oder Ausweichmanöver«, sagte Isadora.

»Nein, die sagen dem Piloten im Bruchteil einer Sekunde, ob sich ein feindliches oder befreundetes Flugzeug nähert.«

Isadora Jordão ließ die Information kurz nachwirken, um die

Dimension dessen zu erfassen, was David Learner in seinem Aktenkoffer transportierte.

»Learner trägt den IFF nach Europa. Und da?«

»Da geht er in ein Hotel, das *Da Gama*. Und während er das macht, sterben alle, die mit dem Koffer oder ihm selbst in Verbindung gekommen sind. Durch Morde, die für die örtlichen Behörden – uns – vertuscht werden sollten.«

»Aber warum, denken Sie, ist Learner mit dem IFF-Transponder hier?«

»Ich weiß es nicht. Aber wenn es einen bewaffneten Konflikt mit der NATO geben sollte, dann ist der Besitz des IFF vergleichbar mit dem Besitz der Enigma im Zweiten Weltkrieg. Wer den gegnerischen IFF besitzt, hat letztendlich die Luftüberlegenheit.«

25.

Koljas Multistrada stand nicht im Hof des Ferienhauses, als Ewa dort ankam.

Sie war erleichtert. Sie musste ihm keine halbgaren Erklärungen liefern, warum sie noch einmal aus dem Haus ging. Nichts sagen, was er vielleicht durchschaut hätte.

Meistens hatte Kolja eine undurchdringliche Miene aufgesetzt.

Sie musste packen, jetzt gleich. Aber sie hatte unendlich Durst.

Im Vorbeigehen warf Ewa Zorin im Flur die beiden Deckenventilatoren an.

Im Kühlschrank in der Küche standen zwei angebrochene Colaflaschen. Eine mit einem roten Klebestreifen und eine mit einem blauen Streifen. Kolja konnte es nicht ausstehen, wenn man aus seiner Flasche trank. Seine war diejenige mit dem roten Band.

Als sie danach griff, bemerkte Eva, dass ihre Hand ein wenig zitterte. Sie erstarrte in der Bewegung und lauschte. War da ein Türenklappen gewesen? Schritte? Sie schloss die Augen, um sich ganz auf ihren Gehörsinn zu konzentrieren.

Nein, keine Schritte.

Um Kolja zum Abschied ein wenig zu ärgern, löschte sie ihren Durst mit der Cola aus seiner Flasche.

Proço Longo.

Nicht mehr als eine Ansammlung von Häusern, durch deren Mitte eine Straße führte. Das Ferienhaus war von Orlow geschickt gewählt, dachte Victor. Ein Auto, das hier am Fahrbahnrand hielt und nicht die Auffahrt zu einem Grundstück nahm, gehörte nicht hierher. Es sei denn, es war der Postwagen.

Es gab kaum eine Möglichkeit, sich den Anwesen links und rechts der Straße unauffällig zu nähern.

Im ersten Anlauf fuhr Fjodorow daher lediglich an der Nummer vier vorbei. *Casa Ria,* stand dort in verschnörkelten Lettern am Einfahrtstor. Auch das hatte Orlow klug gewählt, denn was *João* für die Männer im Land war, war *Ria* für die Häuser an der Ostalgarve.

Ewa Zorin packte schnell. Das Nötigste.

Alles, was sie zurückließ, konnte sie woanders kaufen.

Plötzlich musste sie verschnaufen, denn sie war etwas außer Atem. Vielleicht die Anspannung. Aber als sie kurz die Augen schloss, um sich zu beruhigen, um ihren Puls nach unten zu fahren, wurde ihr schwindelig. Was sich auch nicht änderte, als Ewa die Augen wieder öffnete. Im Gegenteil: Ihr war schwindelig und ein wenig übel.

Ich brauche nur etwas Wasser ins Gesicht, dachte sie und machte sich auf den Weg ins Badezimmer. Auf dem Flur begann sich der Boden unter ihr zu bewegen, sodass sie sich links und rechts an den Wänden abstützen musste. Zum Glück gelang es ihr, die Badezimmertür zu öffnen. Als sie eintrat, blinzelte sie, weil sie nicht ganz sicher war, ob sie gesehen hatte, was sie gesehen hatte.

Die Wanne war voller Eiswürfel.

Sie wirbelte herum, so gut ihr das trotz des Betäubungsmittels noch möglich war.

Trotz des Betäubungsmittels, das – wie sie jetzt begriff – Kolja in dem Wissen in seine eigene Cola geträufelt hatte, dass sie sich stets daraus bediente.

Doch ihr Fluchtversuch wurde jäh vereitelt, denn Orlow, der wie bei Raica hinter der Badezimmertür gewartet hatte, stieß ihr seine Faust unterstützt von einer kräftigen Drehung seiner Hüfte exakt auf den Solarplexus.

Die brachiale Wucht raubte ihr die Luft und ließ sie gegen den Spiegel krachen, der zersplitterte, sodass die Scherben auf die Bodenfliesen purzelten.

Noch einmal unternahm sie den Versuch, den Flur zu erreichen, doch sofort war Kolja heran, packte ihre Haare und zerrte sie in Richtung Wanne, während sie schrie wie am Spieß und er mit der anderen Hand ganz leicht ihre Beine anhob, als wöge sie nichts, und sie in die Wanne fallen ließ. Dann war er über ihr und drückte sie mit aller Kraft hinab.

Die Kälte schoss ihr wie ein Dorn in den Hinterkopf.

Und weil sie vor Schmerz und Todesangst und Panik brüllte, schnappte er sich einen Waschlappen, den er ihr rabiat in die Mundhöhle stopfte und an dem ihre Schreie nun dumpf verhallten.

Da gab es eine Reflexion in den letzten Splittern des Spiegels. Sie sah, wie Kolja sich über die Schulter blickte und die Kachel hinter ihm zerplatzte und ihn das nächste Projektil nicht verfehlte, sondern am Schulterblatt traf.

Er ließ von ihr ab und war in einem Sekundenbruchteil mit einem übermenschlichen Sprung in der Tür und fiel Victor Fjodorow an, dessen nächster Schuss wirkungslos in der Decke verpuffte, aus der Putz rieselte.

Orlow verpasste seinem Ausbilder einen Handkantenschlag gegen die Halsschlagader und dann einen Tritt in die Nieren. Wuchtig.

Victor keuchte und warf sich jetzt mit aller Kraft gegen ihn, was ausreichte, damit sie gegen die Badewanne stolperten und mit den Oberkörpern hineinplumpsten.

Ewa mobilisierte ihre letzten Kräfte und drückte Koljas Kopf in die Eiswürfel, die bereits zur Hälfte geschmolzen waren. Ihr und Victors Blick trafen sich. Und dann pressten sie Kolja mit vereinten Kräften hinab in die Würfel.

26.

Die Schulung war beendet.

Michael alias David Learner erhielt von Mendes seine Aktentasche zurück. Er ging damit ins Foyer, während Mendes und die anderen Teilnehmer mit ihrem Gepäck das *Da Gama* verließen und in vorbestellte Taxis stiegen, die sich draußen wie eine Perlenkette aufgereiht hatten. Ein paar letzte Worte wurden getauscht, die Learner von hier drinnen nicht hören konnte, ein Händeschütteln oder Schulterklopfen. Keine fünf Minuten später war der Bereich vor dem Hoteleingang wieder leer. Und Learner am Ende seiner Mission angekommen.

Er hatte in der Lounge Platz genommen und blickte auf seine Armbanduhr. Victoria Coen würde bereits in den nächsten Minuten in Faro landen. Sie würde herkommen oder sie würden sich in der Stadt treffen und den Koffer austauschen. Im Anschluss würde Learner mit seiner Familie eine Rundreise durch Andalusien unternehmen.

Leander Lost hatte ihn genau im Blick – und zwar über einen Wandspiegel. Er nahm an, der Amerikaner wartete hier auf jemanden.

Um sich zu tarnen und nicht sofort in dem schwarzen Anzug erkannt zu werden, hatte er das Naheliegende getan, sich äußerlich nämlich in sein Gegenteil verkehrt: Hawaiihemd, rote Jeans und gelbe Sneakers.

Alles führte zu dem Koffer, dachte er und tat so, als läse er in seinem Smartphone etwas Interessantes, was ihn ganz schön anstrengte: so zu tun als ob. Der Mann stand nun auf und ging mit seinem Koffer in eine Art Pavillon, einen Raum im Foyer, in dem sich die hauseigne Bibliothek befand.

Dort am Tisch, an einem Schachbrett, saß zu Losts Überraschung Adriana Ventura und spielte eine Partie nach oder gegen sich selbst – jedenfalls saß ihr niemand gegenüber, um die schwarzen Figuren zu führen.

Adriana, die tief in die Züge versunken schien, bemerkte nun ein paar Beine aus den Augenwinkeln, die seit einigen Sekunden neben dem Tisch verharrten, was sie aufblicken ließ. Zu Learner, der sie mit und einem freundlichen Lächeln begrüßte.

»Bom dia, Senhor.«

»Good morning«, erwiderte er und deutete auf das Schachbrett: »Anderssen versus Kieseritzky?«

Adriana Ventura spielte Überraschung: »Ja, tatsächlich. Sie interessieren sich für Schach?«

»Ja, ich komme aus Baltimore, ich bin da im Schachclub.«

»Oh, aus Baltimore. So weit weg. Sollen wir eine Partie spielen?«

»Ja, gerne«, sagte Learner, setzte sich ihr gegenüber hin und stellte den Koffer neben dem Stuhl ab.

»Wie heißen Sie?«

»Alice – und Sie?«

»David. Möchten Sie was trinken, Alice?«

»Wollten wir nicht Schach spielen?«

»Das eine schließt das andere nicht aus, oder?«

»Na schön – ich nehme einen Tomatensaft.«

»Gute Idee. Ich auch.«

Leander beobachtete, wie Learner etwas bei dem Kellner bestellte und Adriana und er dann ihre Partie eröffneten.

Und weiter, hatte Isadora Jordão ihn in der KTU in Faro neugierig gefragt und im doppelten Sinne an seinen Lippen gehangen, dessen einer Sinn ihm aber entging.

»Ich gehe davon aus«, hatte er erklärt, »dass die drei Aktionen von Vanessa Novo, André Bento und Raica Afonso zusammenhängen.«

»Und jemand sie koordiniert hat? Meinen Sie das?«

»Ja. Von der Person, die für alle drei die Flüge nach Zypern bezahlt hat. Bar. Nicht zurückzuverfolgen. Alle drei Mordopfer hatten mit David Learner zu tun und alle drei auch mit dem Koffer. In Bezug auf David Learner ändert sich nichts. Aber die Stadien bezüglich des Koffers unterscheiden sich. In gewisser Hinsicht bauen sie sogar aufeinander auf: Nach unseren Erkenntnissen hat Vanessa Novo ihn lediglich von außen gesehen. Aber sie könnte seine Beschaffenheit und den Namen des Modells weitergegeben haben. In der zweiten Phase hat sich jemand einen Überblick über den Inhalt des Koffers verschafft: André Bento, der David Learner gezielt zu sich gewunken und bereits Tage vorher versucht hat, die entsprechende Schicht am Zoll zu ergattern. An dem wohlgemerkt nur ein Flug abzufertigen war, der Zubringerflug aus Lissabon. Spulen Sie bitte mal zurück bis zu Timecode 4:41.«

Isadora Jordão tat es und startete den Mitschnitt bei Minute 4:40. Es handelte sich um den Augenblick, in dem André Bento den Aktenkoffer kurz auf die Waage stellte.

»Er wiegt den Koffer«, stellte sie fest.

»Aber warum? Warum wiegt man Handgepäck *nach* dem Flug?«

»Gut beobachtet«, gab sie zu und zeigte ihm ein entwaffnendes Lächeln. »Ich weiß es nicht. Es … macht keinen Sinn.«

»Doch«, widersprach Leander ruhig. Und auch das schätzte Isadora an ihm: sein Gegenwort war stets frei von Eitelkeit oder Hochmut, sondern immer der Sache verpflichtet.

»Wenn man etwas eine ganze Weile trägt, dann bekommt man ein Gespür für das individuelle Gewicht dieses Gegenstandes. Sei es ein Aktenkoffer oder ein Mantel oder eine geladene oder ungeladene Dienstwaffe. David Learner war mit diesem

Handgepäck lange genug unterwegs, damit ihm ein Gewichtsunterschied von zum Beispiel einem Kilo durchaus hätte auffallen können.«

An diesem Punkt Begriff Isadora: »Sie meinen, der Koffer sollte getauscht werden?«

»Ja. Denn in der dritten Phase hat Raica Afonso versucht, den Koffer zu stehlen. Wenn es aber für denjenigen, der die Aktion koordiniert hat, im Ergebnis darauf ankam, sich des Koffers zu bemächtigen, dann wären die ersten beiden Schritte unnötig. Ich muss mir keinen Überblick über einen Kofferinhalt verschaffen, wenn ich ohnehin vorhabe, ihn später zu stehlen.

Ich war vorhin in dem Hotel, in dem Senhor Learner untergekommen ist. Exakt um 9:00 Uhr morgens hat er den Koffer einer Frau übergeben, die damit in einem Konferenzraum verschwunden ist. Dieser Konferenzraum nennt sich *Magellan*.

Ich habe mit einer Rezeptionistin gesprochen. Der Konferenzraum war vom 21. September bis heute angemietet. Vier Tage lang.

David Learner ist fast in dem gleichen Zeitraum im Hotel *Da Gama* untergebracht worden – mit dem Unterschied, dass er am Vortag der ersten Tagung im *Magellan* angereist ist.

Sowohl der Konferenzraum ist heute ab zwölf Uhr an jemanden anderen vergeben worden als auch die Suite, die David Learner in den Tagen bewohnt hat.«

»Und jetzt?«

Leander Lost schloss die Augen und konzentrierte sich. Er rief aus seinem Hinterkopf alles ab, was dort über die Funktionsweise von Transpondern hinterlegt war. »Was wissen wir? In dem Koffer von Senhor Learner befindet sich ein Transponder mit einer F-35-Kennung, das bedeutet, der Transponder wird in einem Kampfflugzeug eingesetzt. Und zwar in dem modernsten Tarnkappenbomber der Welt. Und daraus resultiert: Learner ist der Kurier für ein Freund-Feind-Erkennungssystem aus den USA, und er liefert es hier im *Da Gama* in einem Konferenzraum ab.«

»So viel ist sicher«, bestätigte Isadora mit einer Aufregung, die sie nicht länger unterdrückte. Losts Logik war einfach bestechend.

»Das vorausgesetzt, findet im *Magellan* zwar durchaus eine Schulung von Piloten statt – aber nicht von Hobbypiloten, sondern von F-35-Piloten oder deren Ausbildern. Vielleicht von beiden. Was die Freund-Feind-Erkennung betrifft, ist ein Transponder an sich relativ wertlos. Die entsprechenden Datenbanken werden erst freigeschaltet, wenn er mit der Elektronik in der Maschine verbunden wird. Das funktioniert nach dem Schlüssel-Schloss-Prinzip. Sie entschlüsseln sich bei Kontakt gegenseitig. Das ist eine Sicherheitsmaßnahme.«

»Das bedeutet, für eine Schulung muss sich das Gegenstück im Konferenzraum befinden.«

»Ja.«

»Gut«, sagte Isadora, »die entschlüsseln sich gegenseitig, damit die Piloten oder ihre Ausbilder im Konferenzraum darin geschult werden können.«

»Ja.«

»Und damit ist das Freund-Feind-Erkennungssystem nur in dem Konferenzraum aktiviert.«

»Exakt«, bestätigte Leander Lost.

»Und wer den Koffer getauscht hat, hat zwangsläufig auch den Transponder getauscht.«

»Das ist die einzige Option, die meiner Meinung nach Sinn macht«, antwortete Leander.

»Aber Sie haben gerade gesagt, dass der Transponder ohne sein Gegenstück praktisch wertlos ist. Jedes Mal, wenn er aus dem Konferenzraum wieder an Learner übergeben wird, ist er im Grunde nur ein Kilo Metall.«

»Es sei denn, der Transponder, den David Learner im *Magellan* abgibt, ist manipuliert worden und speichert all die geheimen Daten, die bei Kontakt von Schlüssel und Schloss für die Dauer des Kontakts dechiffriert werden.«

Isadora musterte ihn verblüfft: »Wie meinen Sie das?«

»Ich habe mich gefragt, was die Person, die den Koffertausch initiiert und dafür Vanessa Novo, André Bento und Raica Afonso eingespannt hat, mit dem Tausch bezweckt. Dass sie am Ende lediglich in der Hand hält, was Sie anschaulich als *ein Kilo Metall* bezeichnet haben, kann es nicht sein. Was also dann? Dieser Transponder erzeugt zusammen mit dem Schlüssel im Konferenzram die hoch geheimen Datenbanken es IFF. Habe ich Zugang zu den Datenbanken, kann ich jedes beliebige Flugzeug als Freund klassifizieren. Es gibt nur eine einzige Möglichkeit, diese Datenbanken und damit den IFF der NATO aus dem Konferenzraum zu schaffen, ohne später auf den Schlüssel angewiesen zu sein: wenn der ausgetauschte Transponder die Datenbanken während der Verbindung mit dem Schlüssel allesamt speichert.«

»Dann … ist der Transponder, den man Learner per Koffertausch untergejubelt hat, praktisch so was wie ein riesiger USB-Stick?«

»Ja. Eine Art trojanisches Pferd, das vorgibt, ein Transponder zu sein und in Wahrheit das aktuelle Freund-Feind-Erkennungssystem stiehlt. Und zwar so, dass niemand diesen Diebstahl bemerkt«, erklärte Lost. »Treffen meine Schlussfolgerungen zu, dann muss derjenige, der all das koordiniert hat, dafür Sorge tragen, dass es heute ab 12:00 Uhr zu einem Rücktausch kommt. Deshalb werde ich dann im *Da Gama* sein. Kommt es zu keinem Rücktausch, habe ich mich geirrt.«

Victor Fjodorow hatte noch einen Notfallplan für den Rücktausch in petto. Draußen, auf dem Weg zum Flughafen, falls sein Kalkül nicht aufgehen sollte.

Er wusste von Learners Schwäche für das Schachspiel. Mascha und er hatten in den letzten Tagen mehrfach beobachtet, wie er das fein gearbeitete Holzbrett in dem kleinen Pavillon in Augenschein genommen hatte. Wie sein Blick fast liebevoll über die handgefertigten Figuren geglitten war.

Adriana Ventura, das wusste Fjodorow, war eine recht gute Schachspielerin. Und wenn jemand allein die Partie Anderssen gegen Kieseritzky eröffnete, konnte ein begeisterter Schachspieler unmöglich einfach vorbeigehen.

Und genau so kam es. Menschliches Verhalten vorhersagen und gegebenenfalls in die Richtung manipulieren, die einem dienlich war.

Leander entdeckte nun Raphael Romão in einem feinen, hellblauen Anzug und weißem, offenen Hemd, der mit einem Aktenkoffer den Weg von den Fahrstühlen zu dem Pavillon recht zügig zurücklegte und sich an den freien Tisch hinter dem Schachbrett setzte. Und zwar in Blickrichtung auf Learners Rücken.

Leander hob den Blick von seinem Smartphone – der Aktenkoffer unter Romãos Tisch war zweifellos auch ein Corf Offermann. Romão hatte sich ein Buch aus dem Regal geschnappt, in dem er nun blätterte.

Dann ging alles sehr schnell: Adriana Ventura zog einen Springer quer über das Brett und stieß dabei gegen Learners Glas, das umkippte. Der zuckte zwar zurück, aber nicht schnell genug, sodass sich der Glasinhalt nicht nur auf seiner Seite des Tisches entleerte, sondern der Tomatensaft auch auf seine Hose und den Stuhl spritzte.

»Oh, entschuldigen Sie«, sagte Adriana sichtlich bestürzt und sprang auf, »oh je.«

Sie zauberte aus dem Nichts einige Papiertaschentücher, von denen sie Learner ein paar reichte und zwei weitere in ihr Wasserglas tunkte, um ihm schnell dabei behilflich zu sein, die Flecken aus seinem Jackett zu reiben.

»Ich bin so ein Trampel.«

»Kein Problem, Senhora. Kann doch passieren.«

»Ich hoffe, Sie haben Ersatzkleidung dabei. Ich bezahle natürlich die Reinigung.«

»Das geht schon in Ordnung. Ich gehe noch mal auf mein Zimmer und ziehe mich um.«

Sagte er und schaute jetzt zum ersten Mal wieder rechts neben sich, wo er den Aktenkoffer zwischen dem Stuhl und der Sitzbank deponiert hatte. Und der befand sich nach wie vor dort.

Leander beobachtete, wie Raphael Romão mit dem soeben ausgetauschten Koffer nicht zu den Fahrstühlen ging, sondern das viel näher liegende Treppenhaus betrat und damit aus seinem Blickfeld verschwand.

Adriana Ventura. Investigativjournalistin.

Was er soeben gesehen hatte, war eindeutig eine konzertierte Aktion zwischen Ventura und Romão gewesen. Romão, der behauptete, Möbelhändler zu sein.

Zara hatte sich bei der angesehenen, seriösen *Público* um ein Praktikum beworben. Und prompt das große Los gezogen: Sie absolvierte es ausgerechnet an der Seite von Adriana Ventura. Die viel Zeit darauf verwendete, die junge Frau in die Welt des praktischen Journalismus einzuführen. Oder war es eher darum gegangen, ihr Vertrauen zu gewinnen?

Und das Porträt über Duarte – hielt er sie aus Eitelkeit und in dem Sinne unabsichtlich die ganze Zeit auf dem Stand der Ermittlungen? Den sie an Romão weiterleitete?

Alles Fragen, auf die sie später persönlich Antworten geben würde.

Doch jetzt stand Leander auf und ging hinüber zur Rezeption. Die Frau, die dort arbeitete, sah den bunten Paradiesvogel ein wenig amüsiert an, bewahrte aber die Contenance. Leander zeigte ihr seinen Dienstausweis.

»Lost, Polícia Judiciária«, sagte er, »welches Zimmer bewohnt Senhor Raphael Romão bei Ihnen?«

Sie sah kurz im Rechner nach, dessen Bildschirm auf ihrer Seite in die Tischplatte eingelassen war. Zwei Mausklicks, dann hatte sie es: »Die 109.«

»Holen Sie bitte den Hotelmanager.«

»Warum?«

»Weil ich eine Codekarte für die 109 von Ihnen benötige.«

»Das kann ich nicht allein entscheiden.«

»Das habe ich vermutet. Deshalb meine Bitte, den Hotelmanager zu verständigen.«

Die Rezeptionistin machte sich auf den Weg.

Leander rief bei Graciana an.

»Guten Tag, wie geht es Ihnen ... *Leander*?«

Er nahm durchaus wahr, dass sie ihn das erste Mal mit seinem Vornamen ansprach.

»Gut.«

»Wie ich höre, haben Sie sich alle 15 Minuten nach Soraia und uns erkundigt.«

»Ja, das war die Frequenz. Und ich habe immer Standardantworten erhalten. Sind Sie noch in der Klinik?«

»Nein, wir sind auf dem Rückweg nach Fuseta. Soraia schläft noch, aber wie es aussieht, wird sie heute Nachmittag auf eine normale Station verlegt. Sie ist stabil, aber das wissen Sie ja. Gibt es Neuigkeiten bei Ihnen? Wo sind Sie?«

»Ich bin in Olhão. Im *Da Gama*. Sind Sie und Senhor Esteves schon wieder einsatzfähig?«

»Ja. Nur mein Vater und Miguel Duarte sind noch unter Beobachtung.«

»Könnten sie hierher kommen? Ich benötige möglicherweise Verstärkung.«

Victor Fjodorow schloss leise die Verbindungstür zu der benachbarten Suite, in der Mascha gewohnt hatte. Völlig erschöpft und mit einem Veilchen ums linke Auge lag Ewa Zorin im Bett und schlief.

Das Zimmertelefon klingelte. Fjodorow stutzte. Niemand von außen hatte seine Durchwahl. Also musste es die Rezeption sein.

»Romão?«

»Hier ist die Rezeption, Senhor Romão. Es ist für Sie gerade ein Kuvert abgegeben worden. Soll ich es zu Ihnen hochbri...«

»Nein«, unterbrach er. »Ich komme selbst. Danke.«

Ein Page, der ihm das Kuvert brachte, achtete vielleicht nicht darauf, wer ihm auf seinem Weg zu dem Zimmer folgte. Victor deponierte den Koffer im Kleiderschrank und zog die Schiebetür wieder zu, bevor er die Suite verließ.

Wer schrieb ihm Nachrichten? Kolja war tot und Ewa bei ihm. Mascha? Was auch immer da unten auf ihn wartete, wollte er jetzt klären. Sofort. Mit Ewa Zorin an seiner Seite wäre er weniger beweglich. Er lief die Stufen zügig und konzentriert hinab. Und passierte dabei Leander, der ruhig im Flur des 4. Stocks abgewartet hatte.

Kaum befand Raphael Romão sich außer Sicht, öffnete er die Tür und lief das Treppenhaus hinauf in den 5. Stock. Dort blieb er stehen und lauschte. Nur das leise Säuseln der Klimaanlage. Er schritt die Türen ab. 103, 104 …

Die 109. Leander zog zuerst die Walther P99 für Linkshänder. Er entsicherte sie und zog mit rechts den Schlitten durch, was die erste Kugel aus dem Magazin in den Lauf lupfte. Romão war auf dem Weg ins Foyer, aber das bedeutete nicht, dass seine Suite unbewacht war. Die frisch generierte Codekarte, die der Hotelmanager Leander persönlich ausgestellt hatte, funktionierte einwandfrei. Ein Surren aus der Mechanik des Schlosses, dann konnte Lost die Tür sanft aufdrücken.

Mit zwei Schritten war er drinnen und sah sich um: Doppelbett, Fernseher, Couch, Tisch, Obstschale, Balkon, Blick auf das Meer. »Olá!«, sagte er laut.

Keine Reaktion. Er öffnete das Bad und fand es ebenfalls leer vor. Ein Blick auf die Armbanduhr: Raphael Romão hatte ihn vor 86 Sekunden passiert. Die Zeit lief. Wo würde man einen Koffer kurzzeitig verstecken? Das Bad war leer. Leander schaute unter dem Bett nach, in den Fächern der Küchenzeile und schließlich im Kleiderschrank. Dort, unter einer Decke stieß er auf den Corf Offermann. Er hob ihn an – schätzungsweise mehr als fünf Kilo Inhalt – und legte ihn vorsichtig aufs Bett. Möglicherweise war er elektronisch gesichert. Aber Leander blieb keine Zeit, das herauszufinden. Er musste auf etwas höchst Flüchtiges und Flatterhaftes setzen, auf etwas, das sich keiner Seite anschloss und sich jeder Vorhersehbarkeit entzog, das in tausend Gestalten Form annahm und sich sofort verflüchtigte, wenn man danach griff: Glück.

Er probierte die Kombination 249, die er im Mitschnitt gesehen hatte.

Der Verschluss sprang auf.

Bingo.

Leander öffnete den Koffer. Drinnen lag keine *New York Times* mehr. Aber ein Transponder mit der Gravur LMF35TRP03031943. Also nicht derjenige, den David Learner aus den Vereinigten Staaten nach Faro gebracht hatte. Was im Umkehrschluss bedeutete: Losts Theorie traf ins Schwarze. Für einen Moment wurde er reglos. Hier drinnen befand sich das aktuelle Freund-Feind-Erkennungssystem des Westens. Leander schloss den Koffer.

Als er wieder hinaus in den Flur trat, stand dort zu seiner Verblüffung Gloria Santos neben einer anderen, etwas jüngeren Frau. Etwas kaltes und flaches Rundes wurde ihm von links mit Nachdruck auf die Schläfe gepresst.

»*Parado.*«

Leander konnte aus den Augenwinkeln sehen, dass es sich um die Mündung einer Pistole handelte und neben ihm ein Mann mit Helm, Identitätsschutz und gepanzertem Brustkorb und Unterschenkeln stand. Portugiesisches SEK.

Und er hatte nicht vor, sich unter diesen Umständen zu rühren.

»Obrigada«, sagte Santos, woraufhin der SEK-Mann einen Schritt zur Seite machte und die Waffe wieder senkte. Gloria Santos trat an Leander heran.

»Senhor Lost. Das hier neben mir ist Miss Victoria Coen von der CIA. Miss Coen, Sub-Inspetor Leander Lost von der PJ in Faro.«

Coen reichte ihm die Hand, die er möglichst kurz schüttelte.

»Hier drinnen ist ein F-35-Transponder«, erklärte Leander, »möglicherwiese enthält der den aktuellsten IFF.«

»Den IFF 7.0«, sagte Coen und nickte. »Ja, in gewisser Hinsicht. Sie haben eine Codekarte für die Suite?«

»Ja, ich habe sie mir an der Rezeption …«

»Sehr praktisch«, unterbrach Coen ihn freundlich, aber bestimmt. »Legen Sie den Koffer wieder in die Suite.«

Leander sah sie verständnislos an.

»Tun Sie es bitte, Senhor«, bat Santos.

27.

Es dauerte gute fünf Minuten, bis er Ewa geweckt hatte und sie einigermaßen zu sich gekommen war.

»Wir müssen weg. Raus aus Portugal. Können Sie gehen?«

»Ich glaube schon«, sagte Ewa Zorin und stand auf, verlor aber beinahe das Gleichgewicht und musste sich wieder setzen. Fjodorow seufzte:

»Wir haben keine Zeit mehr. Wir müssen los. Jetzt gleich.«

»Dann … gehen Sie ohne mich.« Victor deutete ein Kopfschütteln an: »Ich kann niemanden hier zurücklassen. Wenn ich das mache, wird Dunja Kusmin jemanden auf Sie ansetzen. Und ich kann auch nicht warten.« Denn unten an der Rezeption hatte man ihm ein Kuvert überreicht, auf dem *Senhor Raphael Romão* gestanden hatte. In gestochen scharfer Schrift, mit exakten Abständen zwischen den Buchstaben. Drinnen fand er eine Postkarte, die die Marina zeigte. Aber keine Nachricht. Er drehte sich um und ließ den Blick durchs Foyer schweifen. »Wer hat das Kuvert hier abgegeben?« »Es hat hier einfach gelegen.« »Danke.« War hier jemand im Foyer, der sehen wollte, wie Raphael Romão aussah? Oder der … Victor begriff und lief los. Er nahm das Treppenhaus und sprintete hinauf, zwei Stufen, manchmal drei, er war gut in Form, er war schneller als der Lift. Im 5. Stock lief er zu der Suite, öffnete sie und sprang hinein. Lauschte. Das Säuseln der Klimaanage. Mit zwei Schritten war er an der Zwischentür. Ewa Zorin lag in ihren Kleidern bäuchlings auf Maschas Bett und schlief tief und fest. Er ging zum Kleiderschrank und drückte die Schiebetür beiseite: der Koffer. In exakt der Position, in der er ihn hinterlassen hatte. Victor atmete erleichtert aus.

Victor Fjodorow beobachtete geschlagene zwei Minuten lang den Hotelflur durch den Spion in der Tür. Hinter ihm saß Ewa auf einem Stuhl neben seinem Gepäck. Den Aktenkoffer hatte er auf dem Rollkoffer platziert. Ewa hatte lediglich die Kleider dabei, die sie trug. Sie waren sofort aus dem Ferienhaus in Poço Longo getürmt, in dem nun Kolja Orlows Leiche lag. Nichts passierte. Niemand ließ sich auf dem Stockwerk blicken. Er drehte sich zu ihr um und streckte ihr die Hand entgegen: »Es geht los.« Sie reichte ihm ihre und er half ihr auf und legte ihr den Arm sehr fest um die Taille, damit Ewa nicht umkippte. Sie machten jetzt den Eindruck eines Paares. Mit der freien Hand öffnete Fjodorow die Zimmertür und schob den Roll- samt Aktenkoffer mit dem Fuß vor ihnen hinaus auf den Flur.

Dann trat er mit Ewa Zorin hinaus. Etwas flog von rechts durch die Luft, ein zylindrischer, handgroßer Gegenstand, der mit einem dumpfen Knall zerbarst und sich in einen grellen Lichtblitz verwandelte. Noch im Aufgleißen der Blendgranate schloss Victor geistesgegenwärtig die Augen, aber es war zu spät. Der Blitz hatte sich in die Netzhaut gebrannt, er sah nur grelles Weiß und versuchte, sich trotz der intensiven Blendung den Aktenkoffer zu schnappen.

Stattdessen packte jemand seinen Arm und drehte ihn um 90 Grad, womit er ihn zu Fall brachte. Fjodorow schlug hart auf dem Teppich des Flurs auf, seine Zähne krachten dabei aufeinander. Er hörte, wie Ewa mit einem schmerzhaften Keuchen ebenfalls zu Boden gebracht wurde.

»Polícia, parado!«, rief eine Männerstimme und legte Fjodorow die Mündung einer Pistole ins Genick. Victor war bereits im Augenblick der Blendgranate bewusst, womit sie es hier zu tun hatten – mit dem portugiesischen SEK. Wäre es der SWR gewesen, wäre er bereits tot. Stattdessen wurden ihm die Hände auf seinem Rücken mit einem Kabelbinder fixiert. Er blinzelte kurz und stellte fest, dass er bereits wieder Hell und Dunkel wahrnehmen konnte. Umrisse und Formen.

Die Tür zu dem Zimmer gegenüber von Fjodorows Suite öffnete sich und Victoria Coen trat hinaus auf den Flur: »Die Frau nach unten in die Tiefgarage und in den Transporter. Den Mann hier zurück ins Zimmer.«

Sie nahm den Aktenkoffer an sich und ging voran in die Suite, um die Tür aufzuhalten. Zwei SEK-Männer schafften Ewa Zorin zu dem Fahrstuhl, zwei weitere zogen Fjodorow unsanft vom Fußboden hoch und führten ihn, je eine Hand auf der Schulter und am Ellbogen, hinein.

»Wohin?«

»Auf den Stuhl da.«

Die beiden vermummten Männer setzten Fjodorow daraufhin mit robustem Druck auf dem Stuhl ab. In dem kurzen Handgemenge eben beim Zugriff im Flur war sein Hemd etwas aufgerissen. Gloria Santos erschien in der Tür. »Holen Sie die drei von der PJ dazu, bitte«, bat Coen sie, aber es klang mehr nach einer Anweisung. Und da Santos zögerte: »Ich will sie vergattern. Dazu sollen sie erfassen, was hier passiert ist.« Woraufhin Santos nickte und wieder verschwand. Fjodorow sah auf zu Victoria Coen, die er nun halbwegs klar erkennen konnte. Der Lichtblitz auf seinen Netzhäuten verblich langsam. Die Frau erwiderte seinen Blick jetzt. Sie verzog dabei keine Miene. Und Victor Fjodorow nickte kaum merklich, wie man es tat, wenn man jemanden erkannte.

Dann näherten sich draußen auf dem Flur Schritte und Gloria Santos kehrte mit Leander Lost, Carlos und Graciana zurück. Letztere waren Leanders Ruf hierher gefolgt. Gloria Santos hatte sie auf Coens Weisung gleich bei ihrer Ankunft vor dem Hotel dezent abgefangen und hier in die oberste Etage gebracht, wo sie von Leander Lost auf den aktuellen Stand gebracht worden waren. *Seinen* aktuellen Stand.

»Schließen Sie die Tür, bitte, Senhor …«

»Esteves«, half Carlos aus und kam ihrer Aufforderung nach.

Für einen Augenblick war es in der Suite totenstill, niemand rührte sich. Links und rechts hinter Fjodorow stand ein gepanzerter SEK-Mann. Graciana, die deren Uniformierung kannte, hatte bei ihrem Anblick immer noch das Gefühl, sie seien einer düsteren Zukunft entstiegen.

Coen trat an Fjodorow heran: »Die drei Kollegen dort sind von der Polícia Judiciária Faro, aber das wissen Sie vermutlich.« Fjodorow zuckte nicht mal mit der Wimper. Coen tat ihm nicht den Gefallen, näher darauf einzugehen, sondern deutete mit einer Geste in die Richtiung von Santos und fuhr nicht weniger ungerührt als er fort: »Die Kollegin dort ist Gloria Santos vom SIS.«

Der Russe hob den Blick.

»Ich dachte, Sie sind vom Innenministerium«, sagte Graciana überrascht und Carlos nickte.

»Nein, ich arbeite für den SIS. Ich hatte dafür zu sorgen, dass Ihre Abteilung uns mit Ihren Ermittlungen nicht … in die Parade fährt. Deswegen habe ich die Untersuchungskommission gegen Sie erfunden, Senhora Rosado, und den nach Durchsicht der Akten am wenigsten geeigneten Sub-Inspetor mit der Leitung der Abteilung betraut.«

Carlos erhaschte mit einem Seitenblick, wie Graciana es zu vermeiden versuchte, es ihr aber nicht ganz gelang, das Anheben ihrer Mundwinkel zu unterdrücken.

Die CIA-Frau zog nun einen Stuhl über das Eichenholzparkett, direkt gegenüber von Victor Fjodorow, und nahm darauf Platz, so dass die beiden sich in Augenhöhe miteinander befanden.

»Ich bin mir nicht ganz sicher, ob ich mich hier an den Richtigen wende«, sagte sie zu ihm, »vielleicht kurz zu meiner Person. Mein Name ist Victoria Coen, ich bin in Idaho geboren …

»In Boise, Idaho. 03.03.1980«, sagte Fjodorow.

Sie war überrascht, nickte aber nicht.

»Sie haben in Georgetown Politikwissenshaften studiert mit dem Schwerpunkt Sicherheitspolitik. Mit 24 hat die CIA Sie rekrutiert. Auch wegen Ihres Sprachportfolios: Arabisch, Farsi, Russisch.«

Die Amerikanerin hob nur leicht die Augenbrauen.

»Könnten Sie mich von den Kabelbindern befreien, bitte? Ich bin nicht in der Lage sieben Personen mit bloßen Händen zu töten.«

Coen musterte ihn und nickte dann dem SEK-Mann links zu, der die Kabelbinder mit einer kurzen Klinge durchtrennte.

Fjodorow schwenkte die Arme nach vorn und rieb sich die Handgelenke.

»Danke.«

Er musterte sie und Coen erwiderte seinen Blick. Abwartend.

»Drei Jahre später sind Sie in die operative Abteilung gewechselt. Sie waren in Osteuropa aktiv.«

»Das stimmt.«

»Mit 35 haben Sie es zur Chefin der Europäisch-Eurasischen Abteilung gebracht. Zuständig für …«

»… zuständig für die strategische Steuerung von Geheimdienstoperationen und die Bekämpfung russischer Einflussnahme.«

»Ja. Und was haben Sie über mich?«

Coen verbat es sich eigentlich, aber sie musste jetzt lächeln. Wegen seiner Chuzpe. Hemingway, ihr Lieblingsautor, hatte mal drei Worte gefunden, schöne Worte, die sie ihr Leben lang auf Menschen oder Situationen anzuwenden versucht hatte.

Doch es fehlte stets der passende Mensch oder die passende Situation. Natürlich. Denn sie waren für jetzt gemacht, für diesen Mann: *Grace under Pressure.*

»Was haben Sie über mich?«

»Vermutungen.«

»Das ist nicht viel«, konstatierte er.

»Es hat gereicht, damit wir uns hier gegenübersitzen. Sie, ich … der Koffer da. Die Vermutungen haben sich bewahrheitet.«

Sie deutete mit einer knappen Kopfbewegung hinter sich, wo der Corf Offermann stand.

Coen war nach Portugal gekommen, hierher, in dieses Hotel, um diesen Mann zu brechen.

Interessiert, beinahe neugierig musterte sie ihn. Als Ganzes. Jetzt war er noch in sich gefestigt, intakt.

Gleich würde er das nicht mehr sein.

»Ich habe noch eine Vermutung«, sagte sie, »über die Jahre habe ich Bruchstücke gesammelt, Indizien, Nebensätze aus Befragungen, über das *Chamäleon*. Es gibt Gerüchte über diesen Mann. Dinge vom Hörensagen. Eine sehr früh an Krebs verstorbene Frau gehört dazu.«

Sie ließ den Satz stehen, aber er zeigte keine Reaktion.

»Was man so hört, nicht?«

»Ja«, gab sie zurück, »was man so hört, man klaubt dieses und jenes zusammen und schaut, ob es passt.«

»Passt denn was?«

»Oh ja.«

»Sie sehen mich gespannt, ich …«

»Larissa«, unterbrach sie.

Und etwas in seiner Fassade geriet in Bewegung. Kaum merklich. Aber eben nur kaum. Das Heben und Senken seines Kehlkopfes beim Schlucken konnte er weder verhindern noch verbergen.

»Aus diversen Quellen habe ich entnommen, das Chamäleon sei vielleicht Vater. Vater einer Tochter. Und dass diese Tochter vielleicht den Vornamen Larissa trägt. Larissa Fjodorow.«

Victors Miene blieb starr. Aber bei dem Namen *Larissa* hatte der Mann kurz den Blick gesenkt. Coen war sich jetzt nahezu sicher. Nein, sie war so gut wie sicher gewesen, als sie Learner auf seine Mission entsandt hatte. Mit jedem weiteren Wort, das zwischen ihnen fiel, und mit jeder seiner Reaktionen bestätigte sich ihr Gespür dafür, mit wem sie es hier die ganze Zeit zu tun hatte. Vom Anfang an. Schon bevor Sienna White ihn im *Pappardella* in der Upper East getroffen hatte.

»Larissa Fjodorow ist am 3. August verstorben«, fügte sie unvermittelt hinzu.

Victor schluckte leer, sein Blick ging durch Coen hindurch.

»Man wird Ihnen sagen, sie habe Suizid begangen. Aber das hat sie nicht.«

Sie zog ein paar Fotos aus einem Umschlag und zeigte sie ihm.

Larissa. Rücklings auf einem Metalltisch. Nackt. Wie aufgebahrt. Bläulich-bleich mit Hämatomen im Gesicht, am Becken. Eine tiefe Schusswunde am Hals. Eintrittsloch, Austrittsloch.

»Sie wollte am 3. August fliehen. Die Fotos sind aus dem Gefängnis geschmuggelt worden.«

Fjodorows Unterlippe begann unkontrolliert zu zittern.

»Ihre Tochter war bereits tot, als man Sie auf die Mission hierher entsandt hat … Victor Fjodorow.«

Und damit brach sie ihn.

Es war, als ginge ein Riss durch Raphael Romão, den Möbelhändler wie den Detektiv, durch Jack Davis, Thierry Roux und andere, die er gewesen war.

Begleitet von einem hellen Knirschen, das sie sich alle einbildeten, denn es geschah lautlos, so wie der Mann seit Jahren in Lautlosigkeit stattfand und nun unter einem waidwunden Schluchzen all diese Identitäten und Gestalten von ihm absplitterten wie Teile eines Panzers und am Ende nur Victor Fjodorow übrig blieb, der sich auf seinem Stuhl nach vorn krümmte vor Schmerz. Vor einem Schmerz, der niemals vergehen würde. Und wichtiger: den er nie vergeben würde.

Und der ihn nun auf diesem Stuhl durchschüttelte und ihm unaushaltbar schien.

»Ich glaube, wir lassen Sie jetzt einen Moment allein«, sagte Coen, stand auf und gab ihnen allen mit einer Geste zu verstehen, den Raum zu verlassen.

Der Leiter des SEK zögerte.

»Sie haben gehört, was ich gesagt habe. Verlassen Sie den Raum.«

Alle fügten sich und gingen und zum Schluss schlüpfte Coen hinaus. Sie drehte sich nicht um zu Fjodorow, sondern schloss die Tür.

»Sie und Sie bleiben an der Tür und sichern sie«, wies Coen die zwei SEK-Leute an, die daraufhin Aufstellung an der Tür nahmen.

»Kommen Sie«, bat sie die anderen und öffnete die Tür zum Zimmer gegenüber, aus dem sie vorhin gekommen war. Hinter Santos folgten Graciana, Carlos und Leander.

Auch dieses Zimmer war eine weitläufige Suite mit Panoramafenstern zur Marina hin. Unten, auf der Promenade spazierten die Touristen herum und schossen Fotos.

Eine Kellnerin legte noch Servietten auf einen großen Tisch, dann verließ sie das Zimmer und schloss die Tür hinter sich.

Auf dem Tisch am Fenster fanden sich Wasser, frischer Orangensaft, geröstete Schinken-Käse-Toasts, ein Bastkorb voller Obst, Kiwis, Ananas, Orangen, daneben Gemüsesticks und Dips. Frisch aufgeschnittenes Weißbrot. *Pastel de nata.*

»Bedienen Sie sich bitte, und nehmen Sie Platz.«

Carlos, der nach der Kost im Krankenhaus doppelt beherzt zugriff, empfand die Teller als zu klein, deshalb stapelte er die Dinge ein wenig. Gloria Santos begnügte sich mit einem *Pastel de nata* und Graciana und Leander bedienten sich gar nicht.

»Der Mann da drüben ist Victor Fjodorow und Raphael Romão ist seine Tarnidentität?«, fragte Leander.

»Ja, genau das nehme ich an«, antwortete Coen und nickte Santos zu: »Sie können …«

Gloria Santos trat vor sie: »Die Vorkommnisse hier im Hotel, insbesondere die eben erfolgte Festnahme, unterliegt strengster Geheimhaltung. Sie sind zu absolutem Stillschweigen verpflichtet.«

»Warum?«, fragte Graciana und erntete dafür Coens Aufmerksamkeit.

»Weil Sie Teil eines Theaterstücks waren«, sagte die Amerikanerin und trat an sie, Carlos und Lost heran: »Der Mann da drüben in der Suite ist mit hoher Wahrscheinlichkeit Victor Fjodorow. Ein Mann, der Netzwerke bis tief in westliche Geheimdienste aufgebaut hat. Ein ausgezeichneter Analyst, ein Taktiker, ein Chamäleon. Wir jagen ihn seit über sieben Jahren … ich.«

An dieser Stelle schaltete sie den Breitbildfernseher ein, der einen Kartenausschnitt zwischen dem US-amerikanischen Alaska und dem russischen Kamtschatka zeigte: das Beringmeer.

»Das hier ist die Beringstraße zwischen den USA und Russland«, führte Victoria Coen aus. »Im Frühjahr 2020 ist hier eine unserer F-35 bei einem Trainingsflug abgestürzt, der Pilot kam ums Leben. Ein russischer Fischer hat den Absturz beobachtet und gemeldet. Die zuständigen russischen Stellen haben uns informiert und die Navy hat das Wrack einen Tag später geortet und neben der Blackbox auch den Transponder geborgen.«

Das Foto vom Beringmeer wechselte zu einem, das den Transponder zeigte, der dem in Learners Koffer aufs Haar glich.

»Aber der Transponder war geöffnet worden.«

Damit drehte sie sich zu ihnen um: »Der Transponder beherbergt das IFF 6.8, das Freund-Feind-System, Version 6.8. Unsere Analysten waren sich sicher, dass die Russen vor uns Taucher zu dem Wrack geschickt haben. Und dass sie den Transponder ausgelesen hatten. Dass sie über IFF 6.8. verfügten. Sie wissen, was das bedeutet: Ihre Kampfflugzeuge könnten sich auf dem Radar mittels IFF 6.8. als NATO-Flugzeuge ausgeben und reihenweise unsere Flugzeuge vom Himmel holen – und im Krisenfall alle Flugabwehr ausschalten und so eine Luftüberlegenheit herstellen. Also …«

»Also hat man ein neues IFF entwickelt, vermute ich«, merkte Leander an.

»Genau das. Das IFF 7.0.«

Das Bild auf der Mattscheibe des Fernsehers wechselte. Nun war eine junge Frau mit Daunenjacke und Pelzkragen zu sehen. Im Schnee. Mit geröteten Wangen, die herzhaft lachte.

»Larissa Fjodorow«, kommentierte Coen.

»Wir haben eine Informantin in der dortigen Rechtsmedizin, die uns diese Bilder hier hat zukommen lassen.«

Es erschienen die Fotos der toten Larissa Fjodorow, die Coen schon deren mutmaßlichem Vater präsentiert hatte. »Warum saß sie ein?«, erkundigte Graciana Rosado sich. »Sie hat an den Protestmärschen gegen die Verhaftung von Alexei Nawalny am 17. Januar teilgenommen. Daraufhin ist ihr Vater in Ungnade gefallen. Aber er wurde nicht ebenfalls verhaftet. Damit war klar, dass man ihm eine Chance geben würde, seine Regimetreue unter Beweis zu stellen.«

Coen deutete wieder auf den Monitor: »Die Quelle berichtet, dass der Tod von Larissa Fjodorow geheim gehalten wird. Kein Mithäftling weiß davon, kein Schließer, nicht mal die Gefängnisleitung. Es gab keine Angehörigen, die kontaktiert worden sind. Heißt im Umkehrschluss?«

»Die Angehörigen von Larissa Fjodorow denken, sie ist noch am Leben«, sagte Lost.

Coen musterte ihn kurz. Fähiger Mann.

»Es gibt diverse Quellen und kleine Hinweise, die ich wie ein Puzzle zusammengefügt habe. Und die mich vermuten lassen, dass Larissa Fjodorow die Tochter des Chamäleons ist. Sie waren alle Zeugen seiner Reaktion eben in der Suite. Die Todesnachricht war für ihn brandneu.«

Lost hob die Hand.

»Ja, bitte?«

»Was ist der Unterschied zwischen *neu* und *brandneu*?«

»Ist das Ihre Frage?«

»Ja.«

Coen blickte zu Santos, die sich wiederum an Leander wandte: »Können wir das … später klären, Senhor Lost?«

»Ja«, sagte Leander und Gloria Santos seufzte kaum hörbar.

»Also«, nahm Victoria Coen den Faden geduldig wieder auf, »hat Moskau Victor Fjodorow nach Portugal entsandt, ohne ihm vorher den Tod seiner Tochter mitzuteilen.

Wir haben bei uns in New York eine Mitarbeiterin, deren Mann, einer unserer Agenten, bei einem Einsatz ums Leben gekommen ist. Und sie macht bis heute ihren Arbeitgeber dafür verantwortlich: die CIA. Wir wussten das nicht.

Ihr Name ist Sienna White. Sie ist unser Reisebüro. Sie übernimmt die Buchungen für unsere CIA-Leute von New York bis runter nach Baltimore für Auslandseinsätze. Sie hat seit dem Tod ihres Mannes die Buchungsdaten weitergegeben. Interne Ermittlungen haben das aufgedeckt. Gegen Straffreiheit hat sie vor sechs Wochen umfassend ausgesagt. Und an einem von uns fingierten Treffen mit einem Kanadier namens Jack Davis in einem italienischen Restaurant in Manhattan teilgenommen. Hier.«

Sie zeigte ihnen auf dem TV-Display Überwachungsfotos. Durchs Fenster des *Pappardella* geschossen. Sienna White und Jack Davis.

»Jack Davis ist der Vater von Larissa Fjodorow ist Victor Fjodorow ist das Chamäleon«, erklärte sie, denn Davis glich dem Mann in der Suite gegenüber bis auf die Kleidung, eine Brille und einen Bart bis ins Detail.

Man sah ihn auf einem der Fotos auch beim Verlassen des Lokals.

»Fjodorow hat Zugang zu engsten geheimen Zirkeln des Kreml.«

Sie sah sie der Reihe nach an, einen nach dem anderen.

»Nachdem Sienna White ausgesagt und ich die Nachricht von Larissa Fjodorows Tod hatte, habe ich mich entschlossen, den Versuch zu unternehmen, Fjodorow umzudrehen. Und ihn zu unserer Top-Quelle zu machen. Dazu musste ich ihm etwas in die Hand geben, das immens wertvoll fur die Russen ist. Ich musste ihm eine Erfolgsgeschichte mitgeben, die dafür sorgt, dass seine Loyalität zu Moskau trotz des Todes seiner Tochter niemals in Zweifel gezogen wird. Einen Coup, der ihn im SWR schon zu Lebzeiten zu einer Legende machen würde.«

»Den IFF 7«, sagte Leander Lost.

Coen musterte ihn kurz. Wie kam es, dass dieser helle Kopf hier in der Provinz seinen Dienst versah?

»Exakt. Ich habe über mehrere Quellen Indizien für den SWR streuen lassen, dass wir hier in Olhão NATO-Piloten im Umgang mit dem IFF 7 schulen. Und ein Oberst der Navy ihn hierherbringen wird: Michael Learner. Für den Sienna White die Buchungen übernommen hat.

Aber das alles war ein Fake. Es gab keine Schulung. Und keine echten Piloten. Die Statisten im Konferenzraum *Magellan* haben drei Tage lang Poker und Skat gespielt. Und Learner war angewiesen, den Koffertausch, den Fjodorow organisieren würde, nicht zu bemerken. Ganz gleich, wie plump der ausfallen sollte.

Victor Fjodorow wird, wenn er meinen Deal annimmt, den IFF 7 nach Moskau bringen. Unsere IT-Experten haben aber parallel einen IFF 8 entwickelt. Im Ernstfall wird der IFF 7 den Russen nichts nützen. Er ist einzig und allein dafür da, einen Top-Agenten im Zentrum der Macht zu platzieren.

Im Herzen des Kremls.

Sie müssen über diese Vorgänge und alles, was ich Ihnen gerade gesagt habe, absolutes Stillschweigen bewahren. Viele Menschenleben hängen davon ab.«

Carlos hatte zu essen vergessen, was üblicherweise ein bedenkliches Zeichen war.

»Das war ja ein riesiger Aufwand.«

Coen nickte.

»Je größer der Aufwand, desto glaubwürdiger die Täuschung«, kommentierte Lost.

»Sie sind schnell im Kopf«, stellte Coen fest.

»Und in den Beinen. Ich laufe 100 Meer in 11,2 Sekunden.«

»Sehr löblich.«

»Bei Windstille.«

»Ganz ausgezeichnet.«

Victoria Coen spürte die Blicke der Sub-Inspetora und ihres Kollegen auf sich. Der legte sein angebissenes Sandwich auf dem Teller ab, bevor er sich an sie wandte:

»Warum hat man uns nicht vorab eingeweiht?«

»Weil der Tausch eines Koffers nicht die PJ auf den Plan ruft«, sprang Gloria Santos ein, »es hätte einfach geräuschlos an Ihnen vorbei passieren sollen.«

»Das ist es aber nicht«, entgegnete Carlos. »Ja. Weil der russische Auslandsgeheimdienst alle am Tausch Beteiligten danach hat umbringen lassen. Diese Morde haben Sie auf den Plan gerufen.« Graciana erhob sich plötzlich, trat an Coen heran und musterte sie aus nächster Nähe. Als wollte sie alle Details dieses Gesichts in ihr Gedächtnis brennen:

»Diese Menschen haben Namen. Kennen Sie sie?«

»Sollte ich?«

»Ja, sollten Sie.« Victoria Coen holte einmal tief Luft:

»Eine Frau Nova, meine ich, in Lissabon.«

»Vanessa Nov*o*«, korrigierte Leander.

»Genau. Und ein Herr Bento. Der Zöllner.«

»Wie hieß er noch gleich mit Vornamen?«, fragte Graciana. Victoria Coen sah das Gesicht der Sub-Inspetora vor sich. Wie eingefroren. Den Blick unverwandt und ohne zu blinzeln in ihren versenkt.

»Ich kann das gerade nicht abrufen.«

»Ich rufe für Sie«, erwiderte Graciana:

»André. Das war sein Name. André Bento. Ihre Aktion hat seiner Enkelin den Großvater genommen und seiner Tochter den Vater. Vanessa Novo ist aus ihrem Apartment in den Tod gestoßen worden und Raica Afonso war erst 23 Jahre alt. Und ist einem perfiden Mord zum Opfer gefallen.«

»Wir haben das nicht getan«, stellte Coen fest. Graciana nickte:

»Natürlich nicht. Aber die drei hat Ihr Theaterstück das Leben gekostet.«

Victoria Coen war harte Bandagen in der Spionageabwehr gewohnt. Aber üblicherweise kamen die um die Ecke oder ein wenig verpackt.

Der Vorwurf dieser Frau kam gerade und klar. Und die Portugiesin blickte ihr dabei auch noch unverwandt und unversöhnlich in die Augen.

Die Amerikanerin wandte sich an Graciana:

»Sie würden jedes Menschenleben schützen. Um jeden Preis.«

»Ja.«

»Ich habe diesen Luxus nicht, ich muss Menschenleben quantifizieren und gegeneinander aufwiegen: Darf ich sechs Leben aufs Spiel setzen, um hunderttausend zu retten? Sie also möglicherweise auch zu verlieren, um die hunderttausend zu retten? Ja. Ich habe mich dafür entschieden, dass ich das darf. Mehr noch: dass das dringend geboten ist. Deshalb werden Sie und ich auch keinen gemeinsamen Nenner finden. Sie suchen sich Ihre Anworten in einer Welt, wie sie sein sollte, und ich in der, wie sie ist. Victor Fjodorow wird hoffentlich sehr bald unsere Top-Quelle im Kreml sein. Er wird helfen, viele Menschen zu retten. Das ist, was für mich zählt.«

Um nach einer kurzen Pause hinzuzufügen: »Leben Sie wohl.«

Damit nickte sie ihr zu und verließ zusammen mit Gloria Santos die Suite. Carlos ging zu dem Buffet und wickelte einige kleine kulinarische Wegbegleiter in Servietten ein.

»Und jetzt?«, fragte er.

»Wir gehen auch«, gab sie zurück.

»Ja«, sagte Leander, »ich möchte jetzt meine Frau besuchen.«

Graciana und Carlos tauschten ein Lächeln, weil es aus Losts Mund etwas Rührendes hatte, wenn er Soraia so nannte. »Gute Idee, Leander«, stimmte Grcaiana ihm zu, »ich kenne einen wunderbaren Blumenladen.«

»Blumenladen?«

28.

Es gab natürlich *Arroz de marisco*, Soraias Lieblingsspeise: Reis mit Meeresfrüchten. Und selbstverständlich nicht in einem Restaurant, sondern als Auffrischung ihrer Erinnerung daran aus der Kindheit. Eine Erinnerung an diesen Geschmack, die sie sich mit ihrer älteren Schwester Graciana und Carlos teilte. Die beste Variante stammte wie in allen Familien meist von der eigenen Mutter. Was sich im Hause Rosado nicht anders verhielt. Mit dem Unterschied allerdings, dass viele Söhne und Töchter Fusetas hinter vorgehaltener Hand schworen, nie einen besseren gegessen zu haben als jenen von Raquel Rosado (und nicht wenige ihrer Mütter schlossen sich dem an).

Ein wolkenloser Himmel spannte sich in gewohntem Azurblau über die Dachterrasse in der Virgílio Inglês. Soraia war am Mittag aus der Klinik nach Hause entlassen worden. »Kind, was möchtest du essen?«, hatte Raquel sie als Erstes gefragt. »Arroz de Marisco.« »Heute Abend bei uns. Und bring Zara mit, hm?«

Es gab vorweg etwas Oliven, dazu eingelegte, saure Karottenscheiben mit Koriander und Knoblauch und Schafskäse. Obwohl es einer der ersten Oktobertage war, herrschten noch 27 Grad im Schatten, sodass Carlos António dabei behilflich gewesen war, das cremefarbene Segeltuch von der Hauswand bis über den gemauerten Grill zu spannen. Jetzt saßen sie bei einem kühlen Bier am Holztisch und eine leichte, salzige Brise brachte die Wäsche auf der benachbarten Dachterrasse zum Tanzen.

»Was macht Toninho?«, erkundigte Soraia sich bei Zara und knabberte an einer Olive.

»Leiden.«

Graciana musste schmunzeln.

»Und ist eine Erlösung in Sicht?«, fragte Carlos.

»Ich bin mir sicher, er stalkt mich auf Facebook. Ich habe da ein Foto von Delfinen gepostet. Wenn da noch ein Rest Grips in seinem Kopf ist, kommt ihm vielleicht die richtige Idee dazu.«

Raquel Rosado erschien in der Tür, die auf die Dachterrasse führte: »Carlos, könntest du mir kurz behilflich sein, *por favor*?«

»Klaro«, sagte er und folgte ihr ins Haus, um keine Minute später den großen, schweren Topf mit Meeresfrüchten in der Mitte des Tisches abzusetzen. Raquel hob den Deckel und legte eine Suppenkelle in den Meeresfrüchtereis, bevor sie sich übereck zu António setzte. Alle beugten sich vor und schauten hinein: der Langkornreis lag im Tomatensud. Wie auch die Garnelen und Venus- und Miesmuscheln. Der Reis hatte den Weißwein aufgesogen und war im Fond vor sich hin geschmort. Die Schalen der Garnelen gaben dem Eintopf zusammen mit ein paar Krebsscheren den entscheidenden Pfiff. Den Geschmack des Atlantiks. Neben den üblichen Zutaten wie Zwiebeln, Knoblauch, Koriander, Petersilie, Lorbeerblättern und feinsten Tomaten – natürlich von dem einsilbigen Paar aus Foupana –, schnitt Raquel immer noch etwas rote und grüne Paprika hinein, die sie ebenfalls in dem scharfen Piri-Piri-Öl anbriet. Vielleicht war es das, was ihre *arroz de marisco* von den anderen unterschied. Oder der Umstand, dass António gar nicht zur Markthalle von Fuseta rollte, sondern direkt zu den Fischern und Muschelsammlern und das, was Raquel brauchte, dort einkaufte.

Graciana ahmte eine Bewegung aus ihrer Kindheit nach, als sie mit der offenen Hand etwas von den Dämpfen, die aus dem Topf traten, zu ihrer kleinen Schwester wedelte, die mit einem Lächeln die Nase in die Luft hielt.

»Hmmm«, seufzte sie.

»Mãe, es riecht wunderbar«, bestätigte Graciana. Dann ploppte ein Korken und alle sahen zu António Rosado, der soeben eine Portweinflasche entkorkt hatte und in sieben Aperitifgläser einschenkte, die er nach links und rechts weiterreichte, bis alle am Tisch eines vor sich stehen hatten. Mit dem rubinroten Port, der jedes Sonnnenlicht in sich zu absorbieren schien.

Carlos warf einen Bick auf das Etikett und schnalzte anerkennend mit der Zunge: Es handelte sich um einen Vintage Port, Jahrgang 1984. Etwas *ganz* Edles. António Rosado hob sein Glas und die anderen ihres daraufhin ebenfalls.

»Senhor Lost«, sagte er, »Leander, *bem-vindo à familia* Rosado.« Herzlich willkommen in der Familie Rosado.

»Da sagen Sie was.«

Epilog

Victor Fjodorow kehrte samt Koffer und dem IFF 7 zurück nach Moskau.

Mit Ewa Zorin an seiner Seite, die seine Aussagen im Prozess gegen Dunja Kusmin bezeugte – Mord an drei russischen Informanten und Mordversuch an Ewa Zorin und Victor Fjodorow.

Kusmin wurde verurteilt und sitzt ihre Strafe in dem Gefängnis ab, in dem Larissa Fjodorow starb.

Victor Fjodorow machte gegenüber Victoria Coen zur Bedingung, dass die einzige Kontaktperson im Ausland Mascha Karpenko alias Jessica McQueen sein dürfe, mit der er sich in Zukunft überall im Ausland traf.

Zur Bedingung machte er außerdem die Straffreiheit für Adriana Ventura, seiner allerersten Quelle, die er immer mit erstklassigen (geheimdienstlichen) Informationen versorgt und sie auf diese Weise zu einer erfolgreichen, investigativen Journalistin aufgebaut hatte. Im Gegenzug musste er den Kontakt mit ihr abbrechen.

An einem frühen Morgen holte Toninho Zara ab und versprach ihr eine Überraschung. Mit einem geliehenen Motorboot fuhr er sie beide weit hinaus und stellte den Außenbordmotor aus. Wenige Augenblicke später waren sie von einem Dutzend neugieriger

Delfine umringt. Und keine Minute später schwammen sie mit ihnen. So glücklich hatte Zara noch nie in ihrem Leben vergeben.

Die Bentos gewannen exakt 450.000 Euro in einer Lotterie, an der sie ihrer Erinnerung nach nie teilgenommen hatten. Aber das schien die Lottogesellschaft nicht weiter zu kümmern.

Victor Fjodorow war seit seiner Rückkehr und dem Coup mit dem IFF 7 im SWR eine lebende Legende und unantastbar. Er ist bis heute der *White Star* der CIA im Kreml.

Soraia und Leander flogen nur einen Monat nach Soraias Entlassung nach Neuseeland, wo er schon einmal ein Austauschjahr verbracht hatte und sich bestens auskannte. Sie erlebten die bis dahin beste gemeinsame Zeit ihres Lebens.

Soundtrack

The Exorcist	Mark Eyres (für alle Geheimdienstaktionen)
Private Investigations	Dire Straits (eine Art Saudade)
Memories of Green	Soundtrack »Blade Runner«
Cornfield Chase	Soundtrack »Interstellar«
No Time for Caution	Soundtrack »Interstellar«
Claudia's Theme	Soundtrack »Unforgiven«
Time	Hans Zimmer
Minimum	Charlie Cunningham
Easy on Me	Adele
The Deer Hunter	Soundtrack / Main Title

Danksagung

Zuallererst meiner Frau Ira, die mich nach außen hin abschirmt, wenn die Deadline für die Abgabe mal wieder näher rückt. Die die Figuren in- und auswendig kennt und an die ich mich wende, wenn ich Rat brauche und Hilfe, manchmal tief in der Nacht. Und die immer mit etwas um die Ecke kommt, das mir hilft, das die Tonlage trifft, die Figuren und für die sie auch gegen mich Partei ergreift, wenn es sein muss. Sie ist das Rückgrat von Lost.

Dann meiner Lektorin Johanna Links, die nach einem verlagsinternen Wechsel ins kalte Wasser springen musste und insbesondere in den letzten Wochen Nächte und Wochenenden geopfert hat, damit dieser Roman rechtzeitig im Satz und Druck landet. Sie kennen ja den Begriff *Nerven wie Drahtseile*. Bei ihr kann man die bewundern.

Dank auch an meinen Testleser Christoph Höver in Fuseta, der mir auf meinen ausdrücklichen Wunsch hin jeden Fehler nachträgt. Manchmal habe ich den Eindruck, er lächelt dabei in sich hinein, wenn er wieder einen findet.

Und an meinen langjährigen Freund Marco Rossi – für all die Variationen darüber, wie man einen Koffer tauschen kann.

Der Jahrhundertsommer 2003. Gluthitze liegt über Marnow, dem malerischen Ort an der Mecklenburgischen Seenplatte. Die Kommissare Frank Elling und Lona Mendt ermitteln in einem Mordfall. Das Tatmotiv scheint klar, die Aufklärung nur eine Frage der Zeit. Doch nichts ist so, wie es scheint. So entpuppt sich das Tatmotiv als absichtlich gelegte Fehlspur des Mörders, der vermeintliche Routinefall als Beginn einer Mordserie mit brisantem politisch-historischem Hintergrund.